落月
摇情满江树

周啸天

编著

四川人民出版社

图书在版编目（CIP）数据

落月摇情满江树 / 周啸天编著. -- 成都：四川人民出版社，2025.1. -- ISBN 978-7-220-13809-6

Ⅰ. I207.227.42

中国国家版本馆 CIP 数据核字第 2024TP0726 号

LUOYUE YAOQING MANJIANGSHU

落月摇情满江树

周啸天　编著

责任编辑	刘姣娇
封面设计	张迪茗
版式设计	张迪茗
责任校对	刘　静
责任印制	周　奇

出版发行	四川人民出版社（成都三色路 238 号）
网　　址	http://www.scpph.com
E-mail	scrmcbs@sina.com
新浪微博	@四川人民出版社
微信公众号	四川人民出版社
发行部业务电话	(028) 86361653　86361656
防盗版举报电话	(028) 86361653
照　　排	四川胜翔数码印务设计有限公司
印　　刷	成都蜀通印务有限责任公司
成品尺寸	145mm×210mm
印　　张	15
字　　数	370 千
版　　次	2025 年 1 月第 1 版
印　　次	2025 年 1 月第 1 次印刷
书　　号	ISBN 978-7-220-13809-6
定　　价	88.00 元

前　言

中国诗史最光辉的篇章是唐诗。六朝新体诗运动到初唐完成，最终确定了五七言古近体诗，成为当时和后世诗人常用的百代不易之体。唐诗今存五万首之多，超出西周到南北朝一千六七百年间存诗总数的二至三倍；知名诗人远逾两千之数，具有独特风格的诗人总数在五十至六十人之间，超过从战国到南北朝著名诗人的总和，其间产生了李白、杜甫、白居易等世界性的大诗人。

胡应麟赞叹道："甚矣，诗之盛于唐也：其体则三四五言、六七杂言、乐府歌行、近体绝句靡弗备矣；其格则高卑远近、浓淡浅深、巨细精粗、巧拙强弱靡弗具矣；其调则飘逸浑雄、沉深博大、绮丽幽娴、新奇猥琐靡弗诣矣；其人则帝王将相、朝士布衣、童子妇人、缁流羽客靡弗预矣。"（《诗薮》外编三）因而被王国维称为"一代之文学"，谓"后世莫能继焉者"（《宋元戏曲史》）。

唐诗的最大特点是内容的生活化，创作的社会化。朱彝尊说："唐诗色泽鲜妍，如旦晚脱笔砚者，今诗才脱笔砚，已是陈言。"（《静志居诗话》卷十六）诗歌在唐代曾是最具群众性的文艺样式，且有很高的社会应用价值——唐诗中送别、寄赠之作之多，就是很好的说明。唐代诗人遍布社会各阶层，以诗赋举士的科举制度，和帝王宫廷重视诗歌创作，上行下效，形成全社会尊重文艺的风气。唐诗的传播方式，一是宴会赋咏，二是谱曲传唱。优秀的唐诗，千百年来一直活在人们的口头。

唐诗佳作如林，选不胜选。明代高棅《唐诗品汇》百卷，收诗六千七百首有余；清代沈德潜《唐诗别裁》二十卷，收诗亦近两千首，都是很权威的选本。而清乾隆年间成书的《唐诗三百首》更是一部家喻户晓的唐诗读本，就其普及程度而言，远远超过了上述两种选本，编选者孙洙，别号蘅塘退士，原序如下：

> 世俗儿童就学，即授《千家诗》，取其易于成诵，故流传不废。但其诗随手掇拾，工拙莫辨，用止五七律绝二体，而唐宋人又杂出其间，殊乖体制。因专就唐诗中脍炙人口之作，择其尤要者，每体得数十首，共三百余首，录成一编，为家塾课本，俾童而习之，白首亦莫能废。较《千家诗》不远胜耶。谚云："熟读唐诗三百首，不会吟诗也会吟。"请以是编验之。

可见，此书编选原则乃着眼普及，入选诗歌皆脍炙人口、音韵和谐，易于诵读，言近旨远，耐人寻味，文辞清丽，不难解会，特别适宜教授童蒙。自其问世以来两百余年间，成为刊布最广、发行量极大的图书之一。不过，编者囿于闻见，颇有遗珠之憾：七言古诗之"尤要者"，如张若虚《春江花月夜》、刘希夷《代白头吟》，七言律诗之"尤要者"，如沈佺期《古意呈补阙乔知之》、许浑《咸阳城东楼》，均未入选；中唐诗人"尤要者"李贺，一首未选。此外，唐人歌词或为绝句，截律诗四句入乐，不必用乐府旧题；而用乐府旧题之诗，不必入乐。因此，旧本《唐诗三百首》于五七言各体诗歌，单列"乐府"，为不切实际。

本编应四川人民出版社之约，以旧本《唐诗三百首》为基础，对入选篇目做了优化调整，五七言古近各体诗歌不再单列"乐府"。入选名篇，予以赏析，以供广大唐诗爱好者阅读欣赏之参考，欢迎批评指正。

周啸天于成都欣托居

2020 年 6 月 6 日星期六

目 录 CONTENTS

卷一　五言古诗

落月摇情满江树

二

卷二　七言古诗

落月摇情满江树

四

卷三　五言律诗

卷四　七言律诗

落月摇情满江树

卷五　五言绝句

落月摇情满江树

卷六　七言绝句

卷一 五言古诗

感遇十二首之一

张九龄

兰叶春葳蕤，桂华秋皎洁。

欣欣此生意，自尔为佳节。

谁知林栖者，闻风坐相悦。

草木有本心，何求美人折。

远离城市的寂静的山林中，芳草香花生生不息。春天里的兰叶茂盛，秋季里的桂花芬芳。春兰秋桂本不希求别人的赞美，然而，兰桂的芳香随风传播，引起了志趣高洁的人们的爱慕，他们不辞辛苦，踏遍山隅苦苦寻求。春兰秋桂终于被列入名花的光荣榜，虽然这并不是它们所要追求的目标。修养使人趋于美善，荣誉毕竟是身外之物。

这是张九龄自明品节之作。张九龄是贤相，也是盛唐初期的五言名家，在唐诗发展过程中地位很高，影响深远。他被贬到荆州以后，写了十二首《感遇》，是一组五言古诗，表现了自己复杂的思想感情，诗风一洗六朝铅华，质朴刚劲，寄慨遥深。

这是第一首。取意屈原《离骚》："不无知其亦已兮，苟余情其信芳。"以兰、桂自比，以美德自励。全诗的主旨在"草木有本心，何求美人折"二句，意谓贤者志洁行芳，无须求人赏识，博取高名，表现了作者坚贞耿介的品格。前人说："曲江公（即张九龄）诗雅正沉郁，言多造成道，体含风骚，五言直追汉魏深厚处。"（周珽《唐诗选脉会通评林》）全诗只是平平道来，不激不厉，看似毫不经意，而深刻的思想自寓其中，令人含咀不尽。

感遇 | 二首之二

张九龄

江南有丹橘，经冬犹绿林。
岂伊地气暖，自有岁寒心。
可以荐嘉客，奈何阻重深。
运命惟所遇，循环不可寻。
徒言树桃李，此木岂无阴。

这是一首歌咏丹橘的诗，其实也是托物咏志。屈原有《橘颂》诗，赞美橘树"受命不迁生南国兮"，有坚贞不移的美德。诗人也是南国韶州曲江（今广东韶关）人，贬所荆州又多橘，因此自然受到了屈原诗歌的影响，写下了这首诗，可以说是张九龄的"橘颂"。

其他树木一到秋天就会落叶，而橘树却经冬不凋。可见并非江南有什么暖冬，而是橘树禀性耐寒。常绿的橘树不仅可供观赏，而它的果实红橘，实在是味道鲜美而营养丰富的水果。用来款待贵宾，是摆得上桌面的佳品。想不到有人只取桃李，而排斥红橘。这样做公平吗？诗人当时被贬荆州，而荆州盛产红橘，故以此自喻；诗中说桃李乘时，则暗指李林甫、牛仙客等小人得志。

这首诗在表现手法上较屈赋有新意。一是用具有"岁寒心"的松柏来相比拟橘树，强调其独立不移的品格；二是指出其果实的珍贵，暗示积极的用世精神；三是以桃李来反衬，指出其被忽视的作用。这样，更能启人想象，委婉深沉，意蕴宽广。诗中也有对自己遭受贬谪的抱怨，对命运无常的悲叹，但整个精神却是积极向上的，再加上语言的清新简练，平和温雅，历来受到传诵。

感遇三十八首之一

陈子昂

乐羊为魏将，食子殉军功。

骨肉且相薄，他人安得忠。

吾闻中山相，乃属放麑翁。

孤兽犹不忍，况以奉君终。

这是一首咏史诗，也是一篇谲讽之作。其手法非常简单，只是用韵文改写了两段可以类比的历史故事，并置一处，结论不言自明。

"乐羊为魏将"四句改写自《战国策·魏策一》："乐羊为魏将而攻中山。其子在中山，中山之君烹其子而遗之羹，乐羊坐于幕下而啜之，尽一盃。文侯谓睹师赞曰：乐羊以我之故，食其子之肉。赞对曰：其子之肉尚食之，其谁不食！乐羊既罢中山，文侯赏其功而疑其心。"大意是：乐羊为魏国将领，奉魏文侯之命率兵攻打中山国。中山国君把乐羊的儿子杀死，烹成肉羹送给乐羊吃。乐羊为了表示对魏国的忠心，竟吃了一杯肉羹。魏文侯重赏了他的军功，但怀疑他心地残忍，故而不敢予以重用。

"吾闻中山相"四句改写自《吕氏春秋》："孟孙猎而得麑，使秦西巴持归烹之。麑母随之而啼，秦西巴弗忍，纵而与之。孟孙归，求麑安在。秦西巴对曰：其母随而啼，臣诚弗忍，窃纵而予之。孟孙怒，逐秦西巴。居一年，取以为子傅。左右曰：秦西巴有罪于君，今以为子傅，何也？孟孙曰：夫一麑不忍，又何况于人乎？"大意是：秦西巴为中山君侍卫。中山君孟孙到野外去打猎，猎到一只小鹿，就交给他带回去。母鹿一路跟着，悲鸣不止。秦西巴于心不忍，就把小鹿放了。中山君认为秦西巴是个忠厚善良的人，因此不追究他的欺君之罪，还任用他做儿子的太傅。

这两则故事适成对照，说明残忍之人即使有功，也不可信用。而良善之辈，即使有过，也可以信赖。诗人作此诗，当然不是发思古之幽情，而是借古讽今。当时，武则天为了巩固政权，信任酷吏如周兴、来俊臣之辈，发明了种种酷刑，制造了不少冤案。太子李弘、李贤，皇孙李重润以及李唐王朝的宗室，都因受到猜忌而招致杀身之祸。上行下效，社会上也出现了许多"大义灭亲"之事，堪称荒谬绝伦。清代陈沆《诗比兴笺》认为本诗是"刺武后宠用酷吏淫刑以逞"之作，信然。

感遇三十八首之二

陈子昂

翡翠巢南海，雄雌珠树林。

何知美人意，骄爱比黄金。

杀身炎州里，委羽玉堂阴。

旖旎光首饰，葳蕤烂锦衾。

岂不在遐远，虞罗忽见寻。

多材信为累，叹息此珍禽。

这是一首寓言诗，主题句是："多材信为累，叹息此珍禽。"武则天时代，重用酷吏，滥施刑杀。陈子昂本人曾因直言极谏，致祸入狱。此诗当有感而发，并非仅说事理。

"翡翠巢南海"四句，以南海珍禽翡翠鸟，因其羽毛美丽光泽，为美人所爱，喻贤士在野，以其德才为君王赏识。"南海"，郡名，秦始皇时所置，治所在番禺（今广州），隋亦置郡。"珠树"乃神话传说中的"三珠树"。《山海经·海外南经》云："三珠树在厌火北，生赤水上，其为树如柏，叶皆为珠。"

"杀身炎州里"四句，以翡翠鸟因羽毛珍稀而招致杀身之祸，美丽的羽毛或为首饰，或为被饰，喻贤士在朝，徒供点缀升平，或贾祸杀身。"炎州"指热带的州郡，亦即南海。"玉堂"喻指朝堂。"旖旎"形容婀娜多姿的样子。"葳蕤"本指草木茂盛的样子，也可以形容华丽。

"岂不在遐远"四句，慨叹翡翠鸟以羽毛为累，未能远祸全身，喻贤士之多才为累，令人惋惜。"虞罗"原指掌山泽之虞人所张设捕鸟的罗网，喻法网。

诗中"多材信为累"的思想，屡见于《庄子》或庄周故事，如："庄子钓于濮水，楚王使大夫二人往先焉，曰：愿以境内累矣！庄子持竿不顾，曰：吾闻楚有神龟，死已三千岁矣，王以巾笥而藏之庙堂之上。此龟者，宁其死为留骨而贵乎？宁其生而曳尾于涂中乎？"（《庄子·秋水》）又如："庄子行于山中，见大木，枝叶盛茂，伐木者止其旁而不取也。问其故，曰：无所可用。庄子曰：此木以不材得终其天年。"（《庄子·山木》）如果庄子能看到这首诗，肯定是很欣赏的。

秋登兰山寄张五

孟浩然

北山白云里，隐者自怡悦。

相望始登高，心随雁飞灭。

愁因薄暮起，兴是清秋发。

时见归村人，沙行渡头歇。

天边树若荠，江畔洲如月。

何当载酒来，共醉重阳节。

古代有重阳节登高怀远的风俗，此诗即是重阳之作。诗歌写在薄暮时分登山望友所见，寄寓对朋友的深切思念。也许是已经许久不见，心里牵连万端，于是只有登高相望，一寄愁思，这一行动本身，就包含了作者对朋友的一片深情。而眼中所见，那归飞的大雁，渡头晚归的村人，如荠的远树，似月的沙洲，以及笼罩这一切的苍茫的暮色，无一不牵动作者怀人的愁思。因此，他多么希望友人一朝载酒而来，把酒倾谈，欢度重阳佳节啊，充满了美好的期待！全诗写得平淡清醇，但是景中含情，情景浑融一体，使真情自然流露，境界清幽而高远。诗中"天边树若荠，江畔洲如月"二句，写从高山上往下望，高大茂密的树木小如荠菜，江边的沙洲像一弯新月，风景如画，摹写得细致逼真，非常形象生动。

彭蠡湖中望庐山

孟浩然

太虚生月晕，舟子知天风。

挂席候明发，渺漫平湖中。

中流见匡阜，势压九江雄。

黯黕凝黛色，峥嵘当曙空。

香炉初上日，瀑水喷成虹。

久欲追尚子，况兹怀远公。

我来限于役，未暇息微躬。

淮海途将半，星霜岁欲穷。

寄言岩栖者，毕趣当来同。

这首诗约作于开元二十四年（736）作者为张九龄幕府从事时，因公出差往扬州途中。诗写在彭蠡湖（即今鄱阳湖）远望庐山的情景。

"太虚生月晕"四句写清晨扬帆过彭蠡湖的情景。一起两句写船家看云识天气，得旅行之趣。古人称天为太虚，谚云："月晕而风，础润而雨。"船家根据丰富的观测气候的经验，一大早就挂起风帆（"挂席"），等天亮就开船（"明发"）。"渺漫"二字写出彭蠡湖之烟波浩渺。诗人说什么风不好，偏说"天风"（常与"海雨"组词），极有气势感。俟顺风到来，则船家可以借力矣。

"中流见匡阜"六句写湖中所见庐山拂晓时壮丽的景色。"匡阜"是庐山的别称，山在九江附近，气势雄伟。"黯黮凝黛色"，"黯黮"是深黑不明的样子，"黛"是女子画眉用的深黑材料，诗人抓住"晓空"衬托下山色的特点，那就是深暗而显眼，山势显得更加峥嵘。接着写香炉峰的瀑布，那是庐山的招牌，特别是"日照香炉生紫烟"（李白《望庐山瀑布》）的时候，由于水沫飞溅，可以看见彩虹。"香炉初上日"的"上"字，尤其是"瀑水喷成虹"的"喷"字，都用得准确而有力度。是在大湖中见高山，真成活画。

"久欲追尚子"两句是紧扣庐山的咏史怀古，涉及两个人。一个是东汉隐士尚长，据《高士传》载："尚长字子平……隐居不仕……建武中，男女婚嫁既毕，断决家事不相关，当如他死。遂肆意与同好北海禽庆俱游五岳名山，不知所终。"另一个是晋代僧人慧远，俗姓贾氏，是庐山白莲社的创始人。诗人读书多，看到庐山，就会想起这些古人，产生追慕的情怀，即对隐逸生活的向往。

"我来限于役"六句，写作者对登上庐山的向往。他是路过，而未遑登山，是因为人事所役，不得自由的缘故。"于役"出自《诗经·王风·君子于役》，指正在服役，或出差。"淮海"指长江下游的江浙地区，这是诗人要去的地方。"星霜"指日子或年岁，所谓"朝来暮去星霜换"（白居易《岁晚旅望》），可以喻指头发斑白，也可以喻指生活辛苦。最后两句的"岩栖者"，乃指尚平、远公一类人物。而"趣"字音义同"趋"，指"我来限于役"之事。所谓"毕趣"，就是了却人事，宋黄庭坚有"痴儿了却公家事"（《登快阁》），即此意也。这两句是曲终奏雅，宣告诗人终将告别俗务，归隐山林。

夏日南亭怀辛大

孟浩然

山光忽西落，池月渐东上。

散发乘夜凉，开轩卧闲敞。

荷风送香气，竹露滴清响。

欲取鸣琴弹，恨无知音赏。

感此怀故人，中宵劳梦想。

孟浩然诗的特色是"遇景入咏，不拘奇抉异"（皮日休《郢州孟亭记》），虽只就闲情逸致作轻描淡写，往往能引人渐入佳境。《夏日南亭怀辛大》是其有代表性的名篇。

诗的内容可分两部分，既写夏夜水亭纳凉的清爽闲适，同时又表达对友人的怀念。"山光忽西落，池月渐东上"，开篇就是"遇景入咏"，细味却不只是简单写景，同时写出诗人的主观感受。"忽""渐"二字运用之妙，在于它们不但传达出夕阳西下与素月东升给人实际的感觉：一快一慢；而且，"夏日"可畏而"忽"落，明月可爱而"渐"起，又表现出一种心理上的快感。"池"字表明"南亭"傍水亦非虚设。

近水亭台，不仅"先得月"，而且先退凉。诗人沐浴之后，洞开亭户，"散发"不梳，靠窗而卧，使人想起陶潜的一段名言："五、六月中北窗下卧，遇凉风暂至，自谓是羲皇上人。"（《与子俨等疏》）三、四句不但写出一种闲情，同时也写出一种适意——来自身心两方面的快感。

进而，诗人从嗅觉、听觉两方面继续写这种快感："荷风送香气，竹露滴清响。"荷花的香气清淡细微，所以"风送"时闻；竹露滴在池面其声清脆，所以是"清响"。滴水可闻，细香可嗅，使人感到此外更无声息。宜乎"一时叹为清绝"（沈德潜《唐诗别裁》）。写荷以"气"，写竹以"响"，而不及视觉形象，恰是夏夜中人的真切感受。

"竹露滴清响"，那样悦耳清心。这天籁似对诗人有所触动，使他想到音乐，"欲取鸣琴弹"。琴，这古雅平和的乐器，只宜在恬淡闲适的心境中弹奏。古人弹琴，先得沐浴焚香，摒去杂念。而南亭纳凉的诗人，此刻已自然进入这种心境，正宜操琴。"欲取"而未取，舒适而不拟动弹，但想想也自有一番乐趣。不料却由"鸣琴"之想牵惹起一层淡淡的怅惘。像平静的井水起了一阵微澜。相传楚人钟子期通晓音律，伯牙鼓琴，志在高山，子期品道："巍巍乎若太山"；志在流水，子期品道："汤汤乎若流水。"子期死而伯牙绝弦，不复演奏（见《吕氏春秋·本味》）。这就是"知音"的出典。说到弹琴"恨无知音"，有一个时代背景，即刘长卿所谓"古调虽自爱，今人多不弹"也（《听弹琴》）。说到"恨无知音"，又自然过渡到怀人的意思上来了。

此时，诗人是多么希望有朋友在身边，闲话清谈，共度良宵。可人期不来，自然会生出惆怅。"怀故人"的情绪一直带到睡下以后，进入梦乡，居然会见了亲爱的朋友。诗以有情的梦境结束，极有余味。

孟浩然善于捕捉生活中的诗意感受。此诗不过写一种闲适自得的情趣，兼带点无知音的感慨，并无十分厚重的思想内容；然而写各种感觉细腻入微，诗味盎然。文字如行云流水，层递自然，由境及意而达于浑然一体，极富于韵味。诗的写法上又吸收了近体的音律、形式的长处，中六句似对非对，具有朴素的形式美；而诵读起来谐于唇吻，又"有金石宫商之声"（严羽《沧浪诗话》）。

宿业师山房待丁大不至

孟浩然

夕阳度西岭，群壑倏已暝。
松月生夜凉，风泉满清听。
樵人归欲尽，烟鸟栖初定。
之子期宿来，孤琴候萝径。

这是一首写等待朋友到来的诗歌。等待的地方是在"山房"即僧舍，很清静；等待的时间是在傍晚，很容易撩人愁思。诗人精心布置下这个典型环境，为怀人创造了感人的氛围。诗的前六句就具体勾画出月夜山寺静谧清幽的景色，美妙动人。其中"度"字用得非常准确传神。"松月生夜凉，风泉满清听"二句，清人王寿昌在《小清华园诗谈》中说其"可以照耀古今，脍炙人口"，认为"当与日星河岳同垂不朽"，评价很高。末二句写诗人抱琴在萝径中等待朋友到来的孤影，一片真情、深情，溢于言外，感人至深。

陇西行

王 维

十里一走马，五里一扬鞭。

都护军书至，匈奴围酒泉。

关山正飞雪，烽火断无烟。

———————————————————————

这首诗的前两句倒装。古代十里·长亭，十里是驿站之间的路程，这是说一走马就是十里，一扬鞭就是五里，所谓十万火急，到一站则须换马继续奔驰。下两句补充说明原因——之所以如此情急，因送军书故也；军书云何？"匈奴围酒泉"也——军书是从河西来的。为什么以羽书报警而不用烽火呢？下两句再补充说明原因，乃是因为大雪纷飞，烟点不着或者点着也看不见的缘故。此诗之所以能出神入化地表现边地紧张的军旅生活，全在于因果一再倒装，渲染出敌人入侵时紧张的气氛，是边塞诗中的神品。

渭川田家

王 维

斜光照墟落，穷巷牛羊归。

野老念牧童，倚杖候荆扉。

雉雊麦苗秀，蚕眠桑叶稀。

田夫荷锄立，相见语依依。

即此羡闲逸，怅然吟式微。

"渭川"，《文苑英华》作"渭水"，渭水是黄河的最大支流，发源于甘肃渭源县鸟鼠山，东流经陕西省，于渭南市潼关县汇入黄河。在唐代，这是一条重要的河流，长安就在渭水南岸，故有"秋风生渭水，落叶满长安"（贾岛《忆江上吴处士》）之歌吟。

此诗写渭河流域的农村生活观感，时在一个暮春傍晚。农村的黄昏时分是富于诗意的，不仅是因为夕阳可爱，回光返照墟落的景色迷人，而且经过了一天劳作，农夫们就要得到甜蜜的憩息，乡村的气氛特别轻松愉快。"日之夕矣，羊牛下来"（《诗经·王风·君子于役》），各家各户，都在盼望亲人的回还。诗人从中撷取了一个典型的动人情景：一个老人正拄着拐棍在柴门外等候暮归的牧童。一种老牛舐犊的亲切的人情味，就透过纯客观描写的画面流露出来。拄杖动作描写固好，"念"字写心理活动尤佳。

潘岳《射雉赋》写暮春野外景物道："麦渐渐以擢芒，雉鹦鹦而朝鸲"，诗人概括为一句："雉雊麦苗秀。"这是蚕儿快要结茧的季节，荀卿《蚕赋》云："三俯三起，事乃大已。"阡陌上的景色，正是"柔桑采尽绿阴稀"（王安石《郊行》）。诗句紧扣农时农事，散发出浓郁的泥土气息。倘在日间，农夫们"足蒸暑土气，背灼炎天光。力尽不知热，但惜夏日长"（白居易《观刈麦》），决不会有人荷锄而立，拉闲扯淡。只有在这黄昏收工时分才有工夫摆谈几句，虽不过只说些桑麻之类，却谈得十分投机，依依不舍。稍有农村生活经验的人，都会为这些质朴无华的诗句

一三

所感动。

诗中"式微"一词，是黄昏的意思，同时它也是《诗经》的一个篇名。《式微》一诗抒发的是为主子从早到晚干活，天黑还不得回家的怨情。王维为渭川农村黄昏景色所吸引，从而产生了对田园生活的艳羡，也就情不自禁地想起《诗经》中的这首诗来。诗人对田园乐的艳羡，当然是置身局外的感觉。话说回来，正因为置身局外，诗人也才持审美观照的态度，对田家景物有极新鲜的发现。他捕捉到最富有乡村黄昏特征的景物，描绘出了一幅富于生活情趣的田园画。

苏东坡说："味摩诘之诗，诗中有画。"什么是"诗中有画"呢？德国的美学家莱辛说，诗用文字和声音表现一个时间过程，所以是时间艺术；而画用线条和色彩显现同时并列于空间的物体，所以是空间艺术。王维作为一个画家，在诗中有意识地将时间定格，而像画画那样进行空间显现，即一一展示同时并列在空间的物体，这才是"诗中有画"的本质。就拿这首诗来说吧，撇开末二句的抒情不论，前面八句的时间是定格在黄昏时分，然后一一展示空间——陌巷中走着羊群，一个老农站在篱笆门外，远处有牧童正在归来，麦子在扬花，桑林疏疏落落的，在田坂上荷锄的田夫正在拉话，等等，景物与景物间只有空间的联系，并无时间的先后。而孟浩然《过故人庄》就不同，它的四联分别写故人相邀—诗人赴会途中所见—开筵的情景—话别的情景，表现的正是一个时间的过程。所以孟浩然的写法是纯诗性的，而王维的写法是"诗中有画"。

西施咏

王　维

艳色天下重，西施宁久微。

朝为越溪女，暮作吴宫妃。

贱日岂殊众，贵来方悟稀。

邀人傅脂粉，不自著罗衣。

君宠益娇态，君怜无是非。

当时浣纱伴，莫得同车归。

持谢邻家子，效颦安可希！

古来歌咏西施的作品很多，但这首诗却能"别寓兴意"，"以避雷同剿说，此别行一路法也"（沈德潜《说诗晬语》）。西施初为越溪贫女，后为越王所得，培训三年之后献给吴王，很得宠幸。诗歌即通过这件事情，感慨世事之炎凉冷暖，反复无常。表现了对富贵而忘本，甚至泯灭是非观念，厌弃贫贱之交的丑恶社会现象的深深不满。诗歌重在议论，但议论又寓于平静细致的叙述之中，让人味而得之，所以读来没有说教味，也没有枯燥感。

下终南山过斛斯山人宿置酒

李　白

暮从碧山下，山月随人归。

却顾所来径，苍苍横翠微。

相携及田家，童稚开荆扉。

绿竹入幽径，青萝拂行衣。

欢言得所憩，美酒聊共挥。

长歌吟松风，曲尽河星稀。

我醉君复乐，陶然共忘机。

终南山东起蓝田，西至郿县，绵亘八百余里，主峰在长安之南，唐时士人多隐居于此。李白第一次上长安，终南山是不会不去的。诗中记的这次出游，应是由一位姓斛斯的隐士陪同，当夜即宿其家。

李白诗中常言"碧山"，说者每苦不知确指，"碧山"叼泛称青山，亦可专指，例如此诗即指终南山。游览竟日，薄暮下山时，兴致尚未全消，这时月亮已升上天空，陪伴着诗人同行，恰如儿歌所唱的："月亮走，我也走，我跟月亮手拉手。"在自然景物中，此乃最有人情味者。诗人写着"暮从碧山下，山月随人归"，心中就有一种亲近自然的况味。到达目的地，松一口气，回看向来经过的山路，已笼罩在一片暮霭中，使人感到妙不可言。此时此刻，最叫人依恋。

说斛斯先生与诗人同行，是从"归"和"相携"等措辞上玩味出的。到达斛斯之家时，须穿过幽竹掩映、青萝披拂的曲曲弯弯的小路，"苔滑犹须轻着步，竹深还要小低头"，很平常，却也很有趣。而来开门迎客的，是斛斯家的小朋友。儿童有天然好客的倾向，今俗谓之"人来疯"，他们怕是早就盼着客人的到来才争着开门的呀！

主人道"快上酒上菜，我们的客人早饿了呢"，于是就饮酒，就吃菜。"美酒聊共挥"，"聊"字可见主客之间的随便，而"挥"字更见其言谈举止之潇洒。这是"挥霍"的"挥"，"挥金如土"

的"挥"——一口一口地呷酒不可叫"挥",非"一杯一杯复一杯"(李白《山中与幽人对酌》)、"会须一饮三百杯"(李白《将进酒》)不可叫"挥"。

"眼花耳热后,意气素霓生",趁酒酣之际,就为朋友歌一曲吧,如果没有琴,就请山头的松风伴奏也成。"酒逢知己饮,诗向会人吟",李白"过斛斯山人宿置酒"之谓也。他们边喝边唱,不觉斗转星移,不知东方将白。王维对裴迪赠诗道"复值接舆醉,狂歌五柳前"(《辋川闲居赠裴秀才迪》),李白对斛斯山人则道"我醉君复乐,陶然共忘机","忘机"本道家术语,谓心地淡泊,与世无争。

写眼前景,说家常话,其冲淡与平易不亚于孟浩然诗。冲淡不是清淡,不是淡乎寡味。有味如果汁、如牛奶,才可冲淡。冲淡固然要清水,然仅有清水可以谓之冲淡者乎?此诗所以其淡如水,盖因其味弥长也。

月下独酌四首之一

李　白

花间一壶酒,独酌无相亲。

举杯邀明月,对影成三人。

月既不解饮,影徒随我身。

暂伴月将影,行乐须及春。

我歌月徘徊,我舞影零乱。

醒时同交欢,醉后各分散。

永结无情游,相期邈云汉。

这首《月下独酌》是李白诗歌的代表作之一，作于天宝三载（744）春。于时诗人供奉翰林，在政治上不能有所作为，因而有很深的孤独感。"月下独酌"四字，本身就构成一种境界。《竹里馆》写月下独坐，是一境界；此诗写月下独酌，是另一境界。

　　此诗将月、酒合为一题，不是对月发问，而是对月独白。这首诗是达到了道的层面的，是充分体现了诗人的人生理念的。人生渴望永恒，而永恒不属于个体生命。人生最怕孤独，最怕举目无亲，所以没有人不渴望友谊和爱情。生命给人恋爱的日子不多，因为短暂，所以值得珍视。人只能为快乐而活着，而幸福在于分享，没人分享时，诗人只好拉来假想的对象，聊胜于无——"举杯邀明月，对影成三人"。举杯邀来天上的明月和地上的影子，和自己凑成了一个"派对"。

　　"暂"在诗中是个关键词，"及春"是另一个关键词，彼此又紧密联系。因为人生短暂，所以及时努力是必要的，及时行乐也是必要的。这是两个及时，而不是一个。人生多束缚，所以渴望自由，渴望无拘无束。在酒精的作用下，诗人达到了彻底地放松，心理压力得到了释放和缓解，无拘无束，思维非常活跃，举止完全放松，"我歌月徘徊，我舞影零乱"，达到了自由、自如的境界，对什么都不那么在意了。

　　人既然渴望自由，渴望无拘无束，那就不应该苛刻别人和自己。"醒时同交欢，醉后各分散"就是"我醉欲眠卿且去"（李白《山中与幽人对酌》）——最好的感情，不是浓得化不开的那种，而是在你希望朋友"招之即来挥之即去"的同时，也得让朋友"乘兴而来兴尽而返"。换言之，你在争取个人自由与空间的同时，也应尊重别人的自由和空间。有人对爱的理解是纠缠——"树死藤生缠到死，树生藤死死也缠""爱你爱到杀死你"。然而这不符合诗人的理念。在李白看来，君子之交淡如水，而真爱也不必纠缠。

在老子看来，任何事物发展到极致，就会像它的反面，如大智若愚、大巧若拙，等等，"无情游"也是这样的，这只是事情的表面，是"多情却似总无情"（杜牧《赠别》）。可以相隔云汉，感觉却很近，恰如俗话所说，"远在天边，近在眼前"。佛教有所谓立一义，随即破一义，破后又立，立后又破，直到彻悟为止。而在这首诗中，一切都不是靠理性的说明，而是形象的、感性的显现，诗人将春花秋月打成一片，物我俱化，形影不离，洋洋乎愈歌愈妙，呈现出一种醉态的诗学思维方式，体现了李白独有的诗歌风格。同时，又比较集中地表现了李白的人生理念，是很达道的一首诗。

尼采说："寂寞是一种心病，而孤独是一种救治。"这首诗就是一个内心充实、强大的诗人，用孤独对寂寞的救治，使孤独显得如此美妙。

关山月

李　白

明月出天山，苍茫云海间。

长风几万里，吹度玉门关。

汉下白登道，胡窥青海湾。

由来征战地，不见有人还。

戍客望边色，思归多苦颜。

高楼当此夜，叹息未应闲。

这是李白的边塞诗，是唐代边塞诗中最神气的作品之一。

"明月出天山"四句先声夺人，写边塞风光及两地相思，一读就是李白的口气。从意蕴上讲，这几句包含有沈佺期"可怜闺里月，长在汉家营"（《杂诗三首》其三）那样的意思，为后文写思妇的愁思埋下伏笔。而它的想象飞动，则是别的人所不能及的。沈佺期诗中十五的月亮，是静态的。而李白笔下的月亮，是动态的，曹操说月亮是从海里出来的，有谁说过月亮是从天上出来的呢？有谁想过闺中看到的月亮，天山的月亮被长风吹送，以瞬息几万里的速度，送进玉门关来的呢？倒是有人说过"羌笛何须怨杨柳，春风不度玉门关"（王之涣《凉州词》）。正是从想象飞动这一点上，读者明确无误地鉴识了李白。这几句诗，也成了李白的招牌语。

"汉下白登道"四句，写唐代的边塞问题，是历史遗留问题，其角度就变了，从空间角度变成时间角度。"秦家筑城避胡处，汉家还有烽火燃。烽火燃不息，征战无已时。"（李白《战城南》）汉七年，刘邦因为出兵攻打投降匈奴的韩王信，军事实力不够，又中了计，被匈奴的骑兵包围在白登山，最后用了陈平的计策，才得以脱险。从此只能用和亲的办法，把领土问题搁置起来，留给了后代。于是"由来征战地，不见有人还"，意同"秦时明月汉时关，万里长征人未还"（王昌龄《出塞》）。"汉下""胡窥"两句，对仗加入的点染之功，使这首古诗流动中有整饬，率意中有警策，在内韵上富于变化。

"由来征战地"四句，从历史角度换成现实生活角度，写两地相思。明代妇女黄峨有名句最妙："曰归曰归愁岁暮，其雨其雨怨朝阳。"（《寄夫》）"戍客望边色"二句说战士思家，就是"曰归曰归愁岁暮"。在此提出探讨一下，这个"边色"，可能是

"边邑"的形近致误。"高楼当此夜"二句，写思妇之叹息，就是"其雨其雨怨朝阳"了。这两句语有来历，出于曹植《七哀诗》的开头"明月照高楼，流光正徘徊。上有愁思妇，悲叹有余哀"，用于结尾，又照应篇首两地相思之意，有袅袅之余音。

子夜四时歌之秋歌

李　白

长安一片月，万户捣衣声。

秋风吹不尽，总是玉关情。

何日平胡虏，良人罢远征？

《子夜四时歌》一作《子夜吴歌》，四首分别写春夏秋冬四时。这里选的两首皆为征人思妇之辞。《秋歌》的手法是先景语后情语，而情景始终交融。"长安一片月"，是写景同时又是紧扣题面写出"秋月扬明辉"（陶渊明《四时》）的季节特点。见月怀人乃古典诗歌传统的表现方法，加之秋来是赶制征衣的季节，故写月亦有兴意。此外，月明如昼，正好捣帛，而那"玉户帘中卷不去，捣衣砧上拂还来"（张若虚《春江花月夜》）的月光，对于思妇是一种何等的撩拨呵！制衣的练帛须先置砧上，用杵捣平捣软，以备裁缝，是谓"捣衣"。这明朗的月夜，长安城就沉浸在一片此起彼落的砧杵声中，而这种特殊的"秋声"对思妇又是一种何等的撩拨呵！"一片""万户"，写光写声，似对非对，措语天然而得咏叹味。秋风，也是撩人愁绪的，"秋风入窗里，罗帐起飘扬"（南北朝民歌《子夜四时歌·秋歌》），便是对思妇的第三重撩拨。月朗风清，风送砧声，声声都是怀念玉关征人的深情。著"总是"二字，情思益见深长。这里，秋月秋声与秋风织成浑成的境界，见境不见人，而人物俨在，"玉关情"自浓。无怪王夫之说："前四句是天壤间生成好句，被太白拾得。"（《唐诗评选》）此情之浓，不可遏止，遂有末二句直表思妇心声："何日平胡虏，良人罢远征？"过分偏爱"含蓄"的读者责难道："余窃谓删去末二句作绝句，更觉浑含无尽。"（田同之《西圃诗说》）其实未必然。"不如歌谣妙，声势出口心"（陆龟蒙《大子夜歌》），慷慨天然，是民歌本色，原不必故作吞吐语。而从内容上看，正如沈德潜指出："本闺情语而忽冀罢征"（《说诗晬语》），使诗歌思想内容大大深化，更具社会意义，表现出古代劳动人民冀求过和平生活的善良愿望。全诗手法如同电影，有画面，有"画外音"。月照长安万户。风送砧声。化入玉门关外荒寒的月景。插曲："何日平胡虏，良人罢远征。"这是多么有意味的诗境呵！须知这俨然女声合唱的"插曲"，绝不多余，它是画面的有机组成部分，在画外亦在画中，它回肠荡气，激动人心。因此可以说，《秋歌》正面写到思情，而有不尽之情。

子夜四时歌之冬歌

李 白

明朝驿使发，一夜絮征袍。
素手抽针冷，那堪把剪刀。
裁缝寄远道，几日到临洮？

《冬歌》则是另一种写法。不写景而写人叙事，通过一位女子"一夜絮征袍"的情事以表达思念征夫的感情。事件被安排在一个有意味的时刻——传送征衣的驿使即将出发的前夜，大大增强了此诗的情节性和戏剧味。一个"赶"字，不曾明写，但从"明朝驿使发"的消息，读者从诗中处处看到这个字，如睹那女子急切、紧张劳作的情景。关于如何"絮"、如何"裁"、如何"缝"等具体过程，作者有所取舍，只写拈针把剪的感觉，突出一个"冷"字。素手抽针已觉很冷，还要握那冰冷的剪刀。"冷"便切合"冬歌"，更重要的是有助于情节的生动性。天气的严寒，使"敢将十指夸针巧"（秦韬玉《贫女》）的女子不那么得心应手了，而时不我待，偏偏驿使就要出发，人物焦急情态宛如画出。"明朝驿使发"，分明有些埋怨的意思了。然而，"夫戍边关妾在吴，西风吹妾妾忧夫"（陈玉兰《寄夫》），她从自己的冷必然会想到"临洮"（甘肃临潭西南，此泛指边地）那边更冷，所以又巴不得驿使早发、快发。这种矛盾心理亦从无字处表出。读者似乎又看见她一边呵着手一边赶裁、赶絮、赶缝。"一夜絮征袍"，言简而意足，看来大功告成，她应该大大松口气了。可是，"才下眉头，却上心头"，又情急起来——路是这样远，"寒到君边衣到无"（同上）呢？这回却是恐怕驿使行迟，盼望驿车加紧了。"裁缝寄远道，几日到临洮？"这迫不及待的一问，含多少深情呵。《秋歌》正面归结到怀思良人之意，而《冬歌》却纯从侧面落笔，通过形象刻画与心理描写结合，塑造出一个活生生的思妇形象，成功表达了诗歌主题。结构上一波未平，一波又起，起得突兀，结得意远，情节生动感人。

如果说《秋歌》是以间接方式塑造了长安女子的群像，《冬歌》则通过个体形象以表现出社会的普遍性，二歌典型性均强。

其语言的明转天然，形象的鲜明集中，音调的清越明亮，情感的委婉深厚，得力于民歌，彼此并无二致。

长干行

李 白

妾发初覆额，折花门前剧。

郎骑竹马来，绕床弄青梅。

同居长干里，两小无嫌猜。

十四为君妇，羞颜未尝开。

低头向暗壁，千唤不一回。

十五始展眉，愿同尘与灰。

常存抱柱信，岂上望夫台。

十六君远行，瞿塘滟滪堆。

五月不可触，猿声天上哀。

门前迟行迹，一一生绿苔。

苔深不能扫，落叶秋风早。

八月蝴蝶来，双飞西园草。

感此伤妾心，坐愁红颜老。

早晚下三巴，预将书报家。

相迎不道远，直至长风沙。

《长干行》是乐府《杂曲歌辞》旧题。长干，故址在今江苏南京市。本篇是以商妇的爱情和离别为题材的诗。

诗中的长干，是一个特殊的生活环境，那里漕运方便，居民多从事商业。而在古代商人与市民中，封建礼教的控制力量是比较薄弱的。诗中女主人公生长在一个较为开放的生活环境，青梅竹马式的童年生活，便成为日后爱情的坚实基础，这和封建时代最常见的先结婚后恋爱，或根本没有爱情的婚姻是完全不同的。因此男女主人公婚后"愿同尘与灰""常存抱柱信"，以及别后的深切相思，都表现了真诚平等的相爱和对爱情幸福的热烈向往。这种爱情多少带有一点脱离封建礼教的解放色彩。

本篇以第一人称的口吻写女子对远出经商的丈夫的怀念。全诗用年龄序数法和四季相思的格调，巧妙地把一些生活情景——弄青梅、骑竹马、两小无猜的情景，初婚羞涩的情景，婚后热恋的情景，经商过峡的惊险情景，以及别后相思的情景，等等，连缀成完整的艺术整体，表现出女主人公温柔细腻、缠绵婉转的思想感情，具有很浓厚的民歌风味，与其所表现的内容是十分协调的。

这首民歌风的诗作还创造了两个成语："青梅竹马"和"两小无猜"。"弄青梅"大约相当于今日叫作"抓子儿"的游戏，女孩子玩的。"两小无猜"，是说男女双方因年幼天真，没有防嫌——随着年龄增长，情况自然会发生变化。

春　思

李　白

燕草如碧丝，秦桑低绿枝。

当君怀归日，是妾断肠时。

春风不相识，何事入罗帏。

李白擅长乐府诗，多写乐府旧题，如《蜀道难》《将进酒》《行路难》等，而这首乐府诗是自制的新题，是李白的新乐府。名曰《春思》，其实也就是闺怨，写思妇对征人的思念。属第一人称手法。

　　"燕草如碧丝"四句，是话分两头，写同一时间（春日）的不同空间，一句边塞，一句关中。一、二句说边地的草（燕草）绿了，秦地（关中）的桑树很茂盛，分别是征人和思妇眼中的景物。这里用了乐府诗常用的谐音双关手法，以"丝"双关"思"，以"枝"双关"知"，却隐然不露。

　　三、四句是全诗的重点，"当君怀归日，是妾断肠时"，虽是话分两头，却又是一气贯注的，是十字句、流水对。语言很朴素，思路很开阔，句容量很大，给读者以许多想象空间。用"日"和"时"作对，在小儒看来，至少是一个瑕疵（所谓"合掌"）。而唐诗名篇，也不免若此，例如张敬忠《边词》："即今河畔冰开日，正是长安花落时。"读者接受，吐槽没用。

　　"春风不相识"二句，写少妇正当怀思，而春风又至，故作嗔怪。这两句语本化用南朝乐府《子夜四时歌》："春林花多媚，春鸟意多哀。春风复多情，吹我罗裳开。"用拟人的手法，将"春风"描写成骚扰者，是诗趣所在。不同的是，《子夜四时歌》说"春风复多情"，是喜悦的心情；而这首诗说"春风不相识"，是若嗔若喜，更含蓄些。而作者《独漉篇》有一处类似描写："罗帏舒卷，似有人开。明月直入，无心可猜。"同一入"罗帏"，说明月则"无心可猜"，说春风则"何事"骚扰，一信一疑，绝不雷同。

　　李白鸿篇巨制很多，却也善于用短。《子夜吴歌·秋歌》同样是三十字的小诗："长安一片月，万户捣衣声。秋风吹不尽，总是玉关情。何日平胡虏，良人罢远征？"是字字豪放。而这首诗却字字和缓，平易近情，各有其妙。非大家不办矣！

望 岳

杜 甫

岱宗夫如何，齐鲁青未了。
造化钟神秀，阴阳割昏晓。
荡胸生层云，决眦入归鸟。
会当凌绝顶，一览众山小。

〔⸺⸺⸺⸺⸺⸺⸺⸺⸺⸺⸺⸺⸺⸺⸺⸺⸺⸺⸺⸺〕

杜诗以望岳为题者共三首，分咏东岳泰山、西岳华山、南岳衡山。这首诗写望泰山，体属五古，中二联对偶，却不依平仄。本诗作于开元二十四年（736）杜甫二十五岁"忤下考功第"后、漫游齐赵之时，为现存杜诗中最早的一首。

泰山古称岱山，坐落在齐鲁平原，在今山东泰安境内，海拔一千五百余米，山势雄伟，壑谷幽深，松柏苍翠，植被青葱，是一座历史文化名山：自秦皇汉武，历代帝王登极后都曾来此封禅，表示改制应天、以告太平——秦皇泰山遇雨所封五大夫松，至今犹存。故泰山又称"岱宗"，山下的神庙建制如皇宫。历史文化名人孔子、司马迁、司马相如、陆机等都到过泰山，至今其山道有"孔子登临处"的标记。由于上述原因，东岳泰山向称"五岳独尊"。无怪青年杜甫到此即有高山仰止之企慕。

诗以一问喝起"岱宗夫如何"，不称"泰山"而称"岱宗"，就是强调其在五岳中的领导地位，"夫如何"的"夫"字以语气助词传达出一种自我商度的神情，也就使人感到泰山给人的印象是难以形容的。不是吗——"齐鲁青未了"，齐、鲁是周代的两个诸侯国，而泰山山青、绵延不断，超越了两国国境，这还不伟大吗？"五字囊括数千里，可谓雄阔"（施补华《岘佣说诗》）、"写岳势只'青未了'三字，胜人千百矣"（浦起龙《读杜心解》），这是大笔驰骛，得远望之色。

次联写泰山的高峻，所谓一山之中气象万千。关于"阴阳割昏晓"一句，通常讲作山阴即北面和山阳即南面昏晓不同，即光线的明暗不同，这是抠字眼的讲法。有人则根据实地观察的经验，谓"泰山坐北向南，山脚下可见东西两面山峦对峙，至斜阳西下，则东面山峦的西侧不见阳光，暗若黄昏；西面山峦的东侧光照正强，灿若初旭。此即杜诗'阴阳割昏晓'之谓也。此景唯黄昏时分始得见之，而诗中'决眦入归鸟'句，足证杜公望岳，正黄昏之时"（傅庚生、傅光《百家唐宋诗新话》），这是以意逆志的讲法，甚为可取。

三联写黄昏望中之山景，山间暮霭蒸腾，使人心胸为之激荡；归鸟没入长空，叫人睁大眼眶搜寻，表明诗人选定的角度是从山下望山。

所以末联趁势抒怀，说自己定要登峰造极，从泰山顶居高临下地望一望，那该又是一番境界，又是一番情趣吧。《孟子·尽心上》曰："孔子登东山而小鲁，登泰山而小天下。"此即"会当凌绝顶，一览众山小"二句所本。

要知道这是杜甫在经历了"忤下考功第"的挫折后写成的一首诗，可一点也没有垂头丧气的感觉，这一方面来自时代的精神影响，一方面来自漫游生活尤其是眼前泰山的陶冶和启迪。在诗中，巍峨秀丽的泰山景象和诗人积极开朗的内心世界是完美和谐地统一着的。诗既能从大处着眼，又能从小处落笔，而所有的描写都通向篇末的两句，即表现一种蓬勃向上的气象。故浦起龙于《读杜心解》谓："杜子心胸气魄，一斯可观，公集当以此首。"——这是兼年代之早与气象之大而言的。

赠卫八处士

杜 甫

人生不相见，动如参与商。

今夕复何夕，共此灯烛光。

少壮能几时，鬓发各已苍。

访旧半为鬼，惊呼热中肠。

焉知二十载，重上君子堂。

昔别君未婚，儿女忽成行。

怡然敬父执，问我来何方。

问答未及已，驱儿罗酒浆。

夜雨剪春韭，新炊间黄粱。

主称会面难，一举累十觞。

十觞亦不醉，感子故意长。

明日隔山岳，世事两茫茫。

这首诗当是乾元二年（759）春，杜甫从洛阳回华县途中所作，与"三吏""三别"作于同一时期。卫八处士是杜甫青年时代的朋友，二十年未曾谋面，时正战乱，彼此重逢的亲切与感慨可想而知。仇兆鳌引周甸注："前曰'人生'，后曰'世事'，前曰'如参商'，后曰'隔山岳'，总见人生聚散不常，别易会难耳。"（《杜诗详注》）诗中"山岳"，当指华山，仇注引黄鹤注："唐有隐逸卫大经，居蒲州。卫八亦称处士，或其族子。"（同上）蒲州在华山以东，华县在华山以西，在地理上是相合的。

全诗基本上用顺叙。先用一比，喻阔别之久：参即参宿，商为辰星，即心宿（见《史记·天官书》）。参在西，商在东，此出彼没，永不相见。再借古人咏新婚的诗句"今夕何夕，见此良人"（《诗经·唐风·绸缪》）叙重逢之乐。相见第一感觉就是对方一样地老了，不禁有"少壮几时兮奈老何"（刘彻《秋风辞》）之慨。继而叙旧，打探彼此的熟人，才知道某某死了，某某也死了，惊讶之余，不胜悲痛，更觉得二十年重逢的不易。

尔后撇开沉重话题，回到愉快的眼前，还有什么比和孩子见面更让人感觉愉快的呢？过去彼此未婚，这次见面才知道卫八也成了多子女的父亲。孩子天性好客，又有家教，拉着杜伯伯问长问短。家长却道：别烦杜伯伯了，赶快端酒去。招待饭菜都是乡村风味，刚从地里割来的韭菜，饭中掺有黄黄的小米，吃起来香着呢。难得有今夜的兴致，所以主人殷勤劝酒，客人也放开了酒量，以真心对真心。结尾提到明日分手，对篇首是一个回应，同时联及时势，更饶感慨。

全诗基本上语言朴素，多用白描，娓娓道来，真如"秀才对朋友说家常话"（谢榛《四溟诗话》），"无句不关人情之至，情景逼真，兼极顿挫之妙"（杨伦《杜诗镜铨》卷五引张上若语）。对后来白居易等人的五言叙事诗，有较大影响。

新安吏

杜 甫

客行新安道，喧呼闻点兵。

借问新安吏，县小更无丁。

府帖昨夜下，次选中男行。

中男绝短小，何以守王城？

肥男有母送，瘦男孤伶俜。

白水暮东流，青山犹哭声。

莫自使眼枯，收汝泪纵横。

眼枯即见骨，天地终无情！

我军取相州，日夕望其平。

岂意贼难料，归军星散营。

就粮近故垒，练卒依旧京。

掘壕不到水，牧马役亦轻。

况乃王师顺，抚养甚分明。

送行勿泣血，仆射如父兄。

乾元二年（759）春，九节度使围邺城，朝廷未置统帅，而以宦官监军，城久不下，上下懈怠。叛将史思明从魏州（今河北大名县）率军至，三月初与官军战于安阳河北，当日风沙极大，六十万官军步骑骤溃，朔方军退至河阳（今河南孟州），断河桥以保洛阳。东京市民惊骇，奔散山谷，杜甫也赶紧离开洛阳回华州任所。

为补充兵员，唐王朝在河南府都畿道实行了战时紧急征兵，征兵的对象大大放宽，甚至到了不分老幼和性别的程度，而负责征集任务的官吏为此忙得不可开交。杜甫一路上都看到吏们的活动及民间到处都上演着的生离死别的活剧，忍不住将这一路的亲身闻见写成了一组具有报告文学性质的作品，即《新安吏》《潼关吏》《石壕吏》《新婚别》《垂老别》《无家别》，统称"三吏""三别"，以"吏""别"为名，岂偶然哉。"三吏"客观叙事夹带问答，"三别"以代言体记征行者言辞，六诗相互联系，浑然一体，而又各叙一事，独立成篇。

新安西邻洛阳，是杜甫经过的第一站，《新安吏》也是组诗第一篇，六诗的总领。诗分三段。前八句叙点兵之事，出以诗人和新安吏的问答。"县小更无丁"一句为诗人问话，这五字中包含有丰富的潜台词：首先是看到新兵年纪尚小，是些未成年人；然后想到新安县小，也许征集不到足够的兵员，不得不如此；继而又感到怀疑——虽说是小县，难道真就没有成年男子吗？这个残酷的事实简直叫人不敢置信。几层意思，可谓千回百折，包含对县情的理解，对差吏工作的体谅，更体现了对民生疾苦的关心。"府帖昨夜下，次选中男行"是吏的回答，这里也包含几层意思：一是昨发军帖，今即征兵，可见期限之紧急；二是成年男子确已征完，征集中男有文件依据；三是表明吏的态度，是照章办事。于是诗人不禁脱口又道："中男绝短小，何以守王城？"这话有两重含义：一是承认吏的行为无可非议，二是担心这些发育不良的孩子们能否担当起保卫东都的重任。按唐制或以十六岁为中男，或以十八岁为中男，但这些孩子在成长的年代不幸遭遇战争，就显得发育不良，个头矮小。诗人在这里的担心不仅是冲着这些娃娃兵，也是冲着战局、忧念国事的。

"肥男有母送"等八句写送别之苦。这些中男，比较健壮的还有母亲相送——父亲呢？还用问吗？父亲显然早已从军了。而瘦小一点的连母亲也没有，格外显得孤苦伶仃。由此可见这场艰苦的战争中，征兵已到了不分贫富的关头了。明人王嗣奭说："就短小中分出肥瘦、有母无母、有送无送，此必真景，而描写到此何等细心。此时瘦男哭，肥男亦哭，肥男之母哭，同行同送者哭，哭者众，宛若声从山水出，而山哭，水亦哭矣。至暮则哭别者已分手去矣，白水亦东流，独青山在而犹带哭声……包括许多哭声，何等笔力，何等蕴藉。"（《杜臆》）以下像是补叙杜甫劝慰中男及送行人的话，又像是诗人心中想到的话。他说，快别哭坏了身子，快把泪水擦干，本来情形就很糟了，哭伤了身子岂不更加坏事。"天地终无情"一语极其耐人寻味，其实与天地何干，只是战争无情，军帖无情，至于叛匪，又岂止无情而已！

最后十二句补说点兵之由，并对新兵寄予良好祝愿。"我军取相州"四句写相州兵败，乃是这次征兵的原因。"归军"本是溃军，措辞避免了贬义。"就粮近故垒"四句写河阳防线的情况，说军中粮草不乏，新兵将在洛阳进行军训，驻扎在黄河边上，挖掘战壕和牧马的劳役都不算重，估计中男们还是可以逐渐适应。"况乃王师顺"四句说王师平叛是名正言顺的，而郭子仪又是个会带兵的人，算是不幸之中的大幸，差可引为安慰的了。这里讲的既是实情，也包含诗人的一种祝愿。

包括本篇在内的"三吏""三别"，从纯诗的角度而言都未免质木无文，不那么有诗意。然而最值得重视的是这批诗具有纪实性、新闻性和典型性，是诗体的报告文学。这正是杜甫的一个创举，无怪前人称之为"诗史"。

石壕吏

杜 甫

暮投石壕村，有吏夜捉人。

老翁逾墙走，老妇出门看。

吏呼一何怒！妇啼一何苦！

听妇前致词，三男邺城戍。

一男附书至，二男新战死。

存者且偷生，死者长已矣。

室中更无人，惟有乳下孙。

有孙母未去，出入无完裙。

老妪力虽衰，请从吏夜归。

急应河阳役，犹得备晨炊。

夜久语声绝，如闻泣幽咽。

天明登前途，独与老翁别。

石壕村在陕州（今河南陕县）城东，杜甫从洛阳回华州路过此地，诗记投宿的当晚亲眼看到的一幕抓丁的悲剧。

开篇先交代故事发生的时间（某夜）、地点（石壕村）和出场人物（我、吏、翁、媪），是故事的序幕。首句一个"投"字，便烘托出兵荒马乱、鸡犬不宁的时代气氛，浦起龙谓"起便有猛虎攫人之势"，实深具会心。下句自然转出"有吏夜捉人"。从前句的"暮"，到本句的"夜"，时间已有一番推移。"夜捉人"的潜台词是：抓丁的事经常发生，老百姓已有对策，所以白天已捉不到人。于是吏也变白天抓人为夜入民宅抓人。"夜捉人"就有把握？那可不一定。老百姓竖着耳朵睡觉，一有风吹草动，也会翻身就跑，而且一准跑掉，这是何等生动的一幅乱世风情画。"老翁逾墙走"——客观的描写，惊心的场面，须知老翁走路还要扶杖呢，而情急时却可"逾墙走"。古代文学中的跳墙能与此媲美的，怕只有张生跳墙了。"老妇出门看"，是因为"老妇"这个身份比较安全，再说也是"跑得了和尚跑不了庙"啊。

然后叙捉人经过。老翁逾墙需要时间，老妇出门必有延宕。而吏深夜捉人也不堪劳苦，敲半天门，出来的只是个老妇，叫他如何不怒。老妇应声而哭，不仅是因为苦，更是因为惊慌，老翁刚才跳过墙去，可千万不能叫他们发现，必须赶紧一哭。一呼一啼，一怒一苦，通过强烈对比，写出双边情态，惟妙惟肖。两个"一何"加重了感情色彩，渲染出紧张气氛，为老妇的陈情做好铺垫。以下是老妇的陈词，但吏绝不是被动地洗耳恭听——细品老妇的每一句话都是有针对性的，便可知她只是回答着吏的诘问。诗中出现多次换韵，韵转意亦随转，就暗示着吏的发问，或谓"藏问于答"甚是。

吏一进门首先必盘问家中男丁何在，故老妇劈头就说"三男邺城戍"——这意味着三个儿子都参加了相州之役。然而一个儿子捎信回来，说两个兄弟新近战死。这样，老妇就很自然地表明了自己"军烈属"身份，然后又悲痛地说"死了的也倒罢了，活着的才是活受罪呢"。吏听此言，若说丝毫不动恻隐之心也未见得，只是差遣在身，他也是没奈何，只好打断这一话题，再追问家中有无其他男人。于是老妇一口咬定"室中更无人"；出语太快，赶紧补正——"唯有乳下孙"（这个是没法抓的）；这一下漏洞更多，再交代出哺乳的儿媳，这下是真没有了？真的没有。说儿媳是"孙母"而"未去"，可见其夫是战死的二子之一，强调她是准备回娘家的，也就暗示吏别打她的主意，也别叫她出来，因为她连一条完好的下裙也没有，见了岂不晦气。以上短短几句话，活画出老妇语无伦次，却亦有心计的情态，堪称善画。出人意表的是，老妇突然自告奋勇，请从吏归，好心的评论者说是人民自愿从军，其实不那么单纯。老妇始终惦着那段隐情，说罢媳妇，就怕露了马脚，到了最后也只好豁出去了。老妇提到"急应河阳役"的话头，她怎么如此了解形势，显然是吏做了些说服工作，使老妇也有些明白了吏的苦衷。她不做这样的表态又能怎么办？虽然未尝不心存侥幸，其中也确有真诚的成分。谁知这倒真给那吏搭了一个下台的梯子，为了交差，老妇也将就吧。事实上，老妇是为了保全家人、保全老伴，做了自我牺牲，也因此维持了一个普通老百姓的人格尊严——其间包含纯正的悲剧意味，足以令人掩卷兴叹。

最后写事件的结局，先写老妇和儿媳的话别，以及她走后儿媳的悲泣。"如闻泣幽咽"，幽咽到"如闻"的程度，渲染出时代的恐怖气氛，连大放悲声都是不敢的。这个儿媳也够惨的，夫死子幼，婆婆又被抓走，娘家的情况怕也不容乐观吧。其次是清晨独别老翁，这老翁回家又成何心情，早知要连累老伴，他恐怕也不躲了，大不了就像《垂老别》中的那个老头那样"子孙阵亡尽，焉用身独完？投杖出门去，同行为辛酸"罢了。面对这样一家子，诗人能说什么？就连对新安中男讲的那番安慰的话，都不适用了。所以他只能如实写下来，让后人知道曾经有过这样的事。

《石壕吏》的语言极其普通，而选材至为典型，诗中所写的这一家子，有三个儿子参军，两个儿子为国捐躯，而其老亲还不能幸免兵役的骚扰。"古者有兄弟始遣一人从军，今驱尽壮丁，及于老弱。诗云：三男戍、二男死、孙方乳、媳无裙、翁逾墙、妇夜往,一家之中父子、兄弟、姑媳,惨酷至此,民不聊生极矣。"(仇兆鳌《杜诗详注》)清袁枚诗道:"莫唱当年《长恨歌》,人间亦自有银河。石壕村里夫妻别,泪比长生殿上多。"(《马嵬》)关于河南府都畿道的这次战时征兵,史书是失载的,因为封建时代历史学家关心的是帝王将相的活动,而杜甫的"三吏""三别"正好补史载之缺,而其关切在于人民。这就是所谓"诗史",也完全称得上史诗。

新婚别

杜 甫

兔丝附蓬麻,引蔓故不长。

嫁女与征夫,不如弃路旁。

结发为君妻,席不暖君床。

暮婚晨告别,无乃太匆忙!

君行虽不远,守边赴河阳。

妾身未分明,何以拜姑嫜?

父母养我时,日夜令我藏。

生女有所归,鸡狗亦得将。

君今往死地,沉痛迫中肠。

誓欲随君去,形势反苍黄。

勿为新婚念,努力事戎行!

妇人在军中,兵气恐不扬。

自嗟贫家女,久致罗襦裳。

罗襦不复施,对君洗红妆。

仰视百鸟飞，大小必双翔。

人事多错迕，与君永相望！

〇⋯⋯⋯⋯⋯⋯⋯⋯⋯⋯⋯⋯⋯⋯⋯⋯⋯⋯⋯⋯⋯⋯⋯⋯⋯⋯⋯⋯〇

新婚伊始，即遇征兵，夫妻生离，亦一典型事例。诗为代言，曲尽人情。

全诗三层，一起怨夫。盖旧时女子对男方有较强的人身依附关系，豪爽如红拂亦感"丝萝非独生，愿托乔木"（杜光庭《虬髯客传》），借夫贵以显妻荣；而本篇所写乃贫贱夫妇，则"兔丝附蓬麻，引蔓故不长"，理所当然。"嫁女与征夫，不如弃路旁"是一句过情话，过情乃是怨极的表现，不全是真话。"席不暖君床"语妙，如俗话所谓"地皮还没有踩热"呢，而"暮婚晨告别"则补充说明何以就"席不暖君床"。古时婚期不服役，赶紧完婚，也许就有道理，但战时兵役不认那个道理，弄得新人分离，"无乃太匆忙"也。当时征集的所有新兵，皆开赴河阳，说是"守边"，国事仓皇可知，可见也怨夫不得。而古时女子过门三日，先告家庙，上祖坟，再见公婆，始正名分。诗中新娘过门才得两天，难怪她要为难："妾身未分明，何以拜姑嫜？"

二是怨命怨身为女儿，不能自择配偶，而听命于父母，嫁鸡随鸡，嫁狗随狗。进一步又说，而今嫁得夫婿，竟不能随，岂不是鸡犬不如。不过退一步想，要是生为男儿又将如何呢？这倒使人想起古谚道"宁为太平犬，勿为乱世民"，这话定出自乱世人口，太平时代谁想得到呢？于是改口劝夫，"勿为新婚念，努力事戎行"，是无奈语也是理智语，希望这仗早点打完，打完了再团圆。"妇人在军中，兵气恐不扬"，是理智语亦无奈语。

三是自誓。从新妇的怨艾和劝勉可以见出，这是一个相当善良，也很重感情的贫女。虽说只"一夜夫妻"，但俗话又说"一日夫妻百日恩"，因此她决心等，也只能等。全部的希望都寄托在丈夫杀敌凯旋之上。从此她跟《诗经·卫风·伯兮》中那个女子一样，不再施妆，以示坚贞。诗末更作一比，谓人不如鸟，照应鸡犬一句。然而并未绝望。

要之，诗中刻画的女主人公形象是痴情而又能识大体的，虽然她也有怨意，却也正因为如此，她才是个活生生的、有血有肉的女人。

羌村三首之一

杜 甫

峥嵘赤云西，日脚下平地。

柴门鸟雀噪，归客千里至。

妻孥怪我在，惊定还拭泪。

世乱遭飘荡，生还偶然遂。

邻人满墙头，感叹亦歔欷。

夜阑更秉烛，相对如梦寐。

杜甫于至德元年（756）八月陷贼，即与家人失去联系；二年四月逃出长安，奔凤翔行在，官授左拾遗，因上疏救房琯言辞激烈，开罪肃宗，闰八月放归鄜州探家。杜甫曾描述当时情景是"青袍朝士最困者，白头拾遗徒步归"（《徒步归行》）。在那"家书抵万金"的岁月，一年多未能与家人沟通音信，这次说回就回，注定要给家人和乡亲们一个意外的惊喜。

组诗的第一首，就是写诗人初至羌村给家人和乡亲带来的意外惊喜。这是一个让人难以忘怀的秋天傍晚，满天火烧云，像是火山高出西天，而日脚已下到平地。就在这个当儿，诗人终于看到他家的柴门，心中该是何等激动！柴门外鸟雀之多，又是他不曾想到过的，这幅"门可罗雀"的景象，活画出那柴门的冷落和凄凉，好像从来就没人来过似的，诗人的心中又该紧一下了。他的出现，使得门外的鸟群惊噪起来，屋里的人会不会意识到是亲人归来了呢？

　　以下写见面，这里的"妻孥"主要指杜妻杨氏，她一见诗人面就发愣，"怪我在"——简直不相信"我"还活着。当初说奔行在，一年多却无消息，怎么想得到人还活着。回思一年的经历，真是一言难尽，如以一言尽之，那就是"生还偶然遂"了。盖陷贼数月可以死，逃亡途中可以死，触怒肃宗可以死，而现在竟得生还，还不偶然吗？妻子"惊定"之后，接着不能不忆起这一年多盼望丈夫归家的焦灼和独立撑持门户的艰难（对照《北征》"平生所娇儿，颜色白胜雪。见爷背面啼，垢腻脚不袜。床前两小女，补绽才过膝"），许多辛酸苦辣都涌上心头，也就不能不"拭泪"。

　　杜二先生突然回来的消息，很快传开来，于是"邻人满墙头"，就像看什么稀奇似的——这就是乱世人情：谁家的亲人回来，都会成为地方特大新闻，都会成为全村羡慕的对象。夜已深了，一家子该睡却又点灯，都有点神情恍惚，疑幻疑真，正见乱离喜得团聚之意。仇兆鳌注云："偶然遂——死方幸免，如梦寐——生恐未真。司空曙诗'乍见翻疑梦，相悲各问年'，是用杜句；陈后山诗'了知不是梦，忽忽心未稳'，是翻杜句"（《杜诗详注》），有助于对此二句的深入理解。

羌村三首之二

杜 甫

晚岁迫偷生，还家少欢趣。

娇儿不离膝，畏我复却去。

忆昔好追凉，故绕池边树。

萧萧北风劲，抚事煎百虑。

赖知禾黍收，已觉糟床注。

如今足斟酌，且用慰迟暮。

这首诗写作者还家后寂寞苦闷的心情。本来诗人才四十六岁，算不得多老，然而在长安时已"白头搔更短"（杜甫《春望》），逃至行在时则为"所亲惊老瘦"（杜甫《喜达行在所三首》），所以有"晚岁"之感。值此万方多难的时候，想到自己不能有所作为，被遣离了行在，还家后也就快乐不起来。这是一种强烈责任心在"作怪"，也是诗人在政治上遭受的不愉快的潜在反映。这种情态连小儿子也察觉到了。"娇儿"指杜甫的小儿子宗武，小名骥子。按杜甫这时有两儿两女，骥子是最小的一个，生得很聪明，杜甫在长安时有诗怀念他说："骥子好男儿，前年学语时。问知人客姓，诵得老夫诗。世乱怜渠小，家贫仰母慈。"（《遣兴》）"娇儿不离膝"二句，写出这孩子在战乱年代，心灵里已烙下离乱与痛苦的影子，因此他紧紧靠在父亲膝下，生怕父亲再走掉。

诗人回想到去年夏天初来羌村，喜欢在池边那棵老树下乘凉；今番往寻，情景有一番不同，盖此时北风萧萧，心中便生忧虑。就家事而言，正是"全家都在风声里，九月衣裳未剪裁"（黄景仁《都门秋思》）；就国事言，则是"惟草木之零落兮，恐美人之迟暮"（屈原《离骚》），从树叶的零落中，感到人的衰老，更及于时代的盛衰。末几句说幸亏今年庄稼收成还好，可以有酒消忧了——其实酒还不知在哪里呢。这是一种自我宽慰的写法。

羌村三首之三

杜 甫

群鸡正乱叫，客至鸡斗争。

驱鸡上树木，始闻叩柴荆。

父老四五人，问我久远行。

手中各有携，倾榼浊复清。

莫辞酒味薄，黍地无人耕。

兵革既未息，儿童尽东征。

请为父老歌，艰难愧深情。

歌罢仰天叹，四座泪纵横。

这一首写作者归家后父老乡亲来访的情事。先有一个客来时院中正发生鸡斗，于是赶鸡上树的序曲，衬托出客至时的欢喜。盖陕西农村风俗，农家两壁有悬空的横木，为晚上群鸡栖息其上如笼鸟然，白天放鸡出门，觅食后即栖于屋边矮树，此风由来甚古，此诗即已记之（冯其庸说）。来人是四五位父老乡亲，还专门带了酒来，招待杜甫这个主人。但倒出的酒有清有浊，其中隐隐透露出战争年代生活的艰难。"儿童"即孩子们——是长者对年轻人的称呼。父老因酒味淡薄说到黍地无人耕种，战争没有结束，孩子们东征"打鬼子"还没有回来。这里隐隐流露出父老乡亲主要的来意，不外希望杜二先生讲讲现在的情况和战争时局，高度集中反映了劳动人民的情感和要求——要求和平，要求恢复生产，希望孩子们平安回来。然而杜甫清楚地知道自哥舒翰兵败潼关以来，去年冬天房琯又兵败陈陶斜——"孟冬十郡良家子，血作陈陶泽中水"（《悲陈陶》），秦地战士死伤最多，其中焉知没有羌村父老所盼望的孩子们呢？陈陶之战也许不能不讲，但他能够把情况讲得这样可怕吗？为了报答父老们一片深情，他为他们唱了自己写的悲歌——姑且假定唱的是《春望》吧。唱完后，只有仰天长叹。诗人的痛苦也就是座中父老的痛苦，所以诗人的思想感情就像过电一样传给座中父老，使他们也跟着掉下泪来。

三首诗中这一首尤其高度集中反映了劳动人民的思想感情，风格也更加朴素明朗。正如王慎中所说："一字一句，镂出肺肠，才人莫知措手；而婉转周至，跃然目前，又若寻常所欲道者"（杨伦《杜诗镜铨》引），的确，像这样以生活功力见长，因而力透纸背的诗，是无法以语言计工拙的，所以"才人莫知措手"也。

梦李白二首之一

杜　甫

死别已吞声，生别常恻恻。

江南瘴疠地，逐客无消息。

故人入我梦，明我长相忆。

恐非平生魂，路远不可测。

魂来枫林青，魂返关塞黑。

君今在网罗，何以有羽翼？
落月满屋梁，犹疑照颜色。
水深波浪阔，无使蛟龙得。

杜甫和李白分手于天宝四载（745）秋。临别李白有诗赠杜甫，诗云："何时石门路，重有金樽开。"（《鲁郡东石门送杜二甫》）杜甫到长安后也表达了同样愿望："何时一樽酒，重与细论文。"（《春日忆李白》）但他们谁也没有料到，这次分手便是永久的分手。

此后，海阔天空的李白又遇到过许多新的朋友，杜甫的名字再没出现于李白诗中，杜甫本人也没再直接收到过李白的消息，然而，无论是在长安、秦州、成都还是夔州，杜甫都有怀念李白的诗歌。

安史之乱中，李白以从永王李璘罪入狱浔阳，获释后，复于乾元元年（758）判决为长流夜郎。乾元二年（759）秋，杜甫在秦州听到消息，作此二诗。这两首诗写得非常沉痛，写出了作者对李白的深情厚谊。

写梦先写别离，是题中应有之义。"从来说别离者，或以死别宽生别，或以死别况生别"（浦起龙《读杜心解》），诗人说死别也就死心，而生别则让人不能放心，即翻出了新意。然后入题，说知道李白被流放，却得不到确切的消息，因而日有所思，夜有所梦。

在梦中，李白就站在面前。诗人惊喜之余，却不敢相信这是真的：夜郎——秦州，道路遥阔，怎能说来就来？在梦中，李白仿佛对他讲述过一路的辛苦，翻了许多的山，过了许多的河。正

落月摇情满江树

是："天长地远魂飞苦"（李白《长相思》），"关山难越，谁悲失路之人"（王勃《滕王阁序》）。

在潜意识中，诗人记起李白原是失去自由的，如何能忽然到来，心里不免奇怪。或许正因为这个原因，李白匆匆告辞，诗人的梦也醒了：屋梁上月色犹明，李白的样子还残存在记忆中，人却不在眼前了。浦起龙评此诗道："纯用疑阵，句句喜其见，句句疑其非。"（《读杜心解》）是说此诗传达出如幻如真、做梦般的感觉。

最后，诗人只好在心中默默祈祷，祝李白的梦魂一路上多多保重，在渡水的时候一定要当心水底的蛟龙——蛟龙，喻指人间阴险的小人。正如何其芳所说："作者就是这样好像不加文饰地直写胸臆，真切地说出了他对于李白的处境的忧虑，有些话就像是面对面地和友人交谈。真正有充沛的感情，本来是用不着过多的文饰的。"

梦李白二首之二

杜　甫

浮云终日行，游子久不至。

三夜频梦君，情亲见君意。

告归常局促，苦道来不易。

江湖多风波，舟楫恐失坠。

出门搔白首，若负平生志。

冠盖满京华，斯人独憔悴。

孰云网恢恢，将老身反累。

千秋万岁名，寂寞身后事。

《古诗十九首》云："浮云蔽白日，游子不顾返。"本诗开篇师其辞不师其意，说天上浮云成天移动，人间的游子却久不归来。紧接写一连几夜梦见李白，想必是李白顾念旧人，反过来，恰恰表现的是诗人自己的多情。

这首诗更多地写到梦境。它写到了梦中的友人的亲切。在潜意识中，诗人记得李白是失去太白的，所以每一次梦中见面，友人都显得那么仓促，没有能够畅谈就告别了；每一次梦中见面，友人都说会面不易；每一次从梦中醒来，诗人都要为友人担心。

诗中特别提到梦中李白告辞出门时，下意识地用手挠挠白发的样子——那是一种很失意、很落魄，让人看了很心酸的样子。作者的愤慨和控诉就从这里开始，他怎么也想不明白：为什么那么多碌碌之辈都香车宝马，身居高位，而李白这样的天才，却要遭到这样的不幸？说什么"天网恢恢，疏而不失"——不该漏的漏多了，为什么偏偏不放过老诗人李白？

李白诗歌将流传千年万载是一定的，然而这是以他一生的不幸为代价的。这使人联想到韩愈对友人柳宗元所讲的一番话："子厚斥不久，穷不极，虽有出于人，其文学辞章，必不能自力，以致必传于后如今，无疑也。虽使子厚得所愿，为将相于一时，以彼易此，孰得孰失，必有能辨之者。"（《柳子厚墓志铭》）

"千秋万岁"之"名"，却是"寂寞身后"之"事"——何为熊掌？何为鱼？"以彼易此，孰得孰失？"韩愈说"必有能辨之者"，真是天知道。此诗最后两句感慨之深，囊括之广，使人想到了屈原，想到了柳宗元，等等。

落月摇情满江树

寄全椒山中道士

韦应物

今朝郡斋冷，忽念山中客。

涧底束荆薪，归来煮白石。

欲持一瓢酒，远慰风雨夕。

落叶满空山，何处寻行迹。

唐代有一些人际间的赠酬诗，写得特别动人，比如韦应物的《寄全椒山中道士》。此诗作于德宗兴元元年（784）秋，作者于滁州刺史任上（全椒县在唐属滁州），写诗人对诗中称为"山中客"的那位道士的思念。

一起说思念道士的缘由是"今朝郡斋冷"。"郡斋冷"直接是说气温低，间接是说郡斋冷清。作者未免会感到一些失落，于是才引起了他的思念："忽念山中客"。虽然别的什么也没说，却让人感到这位道士如果不是一位奇人，至少不会是一个无趣之人。任何人都没有理由思念一个无趣之人。而且，这道士和作者之所以投机，不会因为作者是太守，而应该因为作者是诗人。

"涧底束荆薪，归来煮白石。"这两句和前两句一样自然，却又极富机趣。写道士的生活，却用了葛洪《神仙传》中的一个材料："白石先生者……常煮白石为粮，因就白石山居，时人故号曰白石先生。""归来煮白石"容易使人想入非非，然而，全椒山中这位道士，绝不会是不食人间烟火之人。你看，"涧底束荆薪"——到底还是过着凡人的生活。很可能只是因为押韵，凑手用了这个典故。然而不同寻常的诗意的产生，往往就在这样的不经意之间。对凡人来说，"归来煮白石"，是不可想象的，等于要喝清水汤。所以，这句话也可以表明道士的生活过得很清苦。

　　细心的读者会发觉，诗意有一个不经意的转折，早就包含在"忽念"二字当中。那就是诗人从自己的处境，推想到道士朋友的处境，即"郡斋冷"，"山中"更冷。于是他的无聊情绪，就发生了转移，转移为对别人的关心："欲持一瓢酒，远慰风雨夕。"此诗的动人之处就表现在，本来需要别人的关心慰问，却变成了想要慰问别人。不是到别人那里吃酒，而是想要送酒上门。这个转折之自然，可能连作者自个儿都没有意识到。

　　这个类乎"雪夜访戴"的想法，最后没有实现。因为没有预约，上门可能扑空。全椒山的道观想必不近，去了见得着见不着也是一个问题，其结果很可能是"落叶满空山，何处寻行迹"。前人说这两句的境界他人不能道，那也未必。贾岛诗"松下问童子，言师采药去。只在此山中，云深不知处"（《寻隐者不遇》）就有异曲同工之妙。最后回到诗题"寄全椒山中道士"，作者的慰问最后变成寄诗寄物（酒），这都是言外之意了。

　　前人说"此等诗妙处在工拙之外"（钟惺《唐诗归》），这话是对的。看它一起一结，只是自然，中间却有一个不经意的人我移情，张问陶曰"好诗不过近人情"，情之所至，语亦随之，如是而已；苏轼所谓"发纤秾于简古，寄至味于淡泊"，如是而已。

长安遇冯著

韦应物

客从东方来，衣上灞陵雨。
问客何为来，采山因买斧。

冥冥花正开，飏飏燕新乳。

昨别今已春，鬓丝生几缕。

冯著曾经做过广州刺史兼岭南节度使李勉的幕府录事，这诗大约作于大历末年（779），冯从广州回，在长安与作者相聚，因失意而有归隐之心。诗歌不直接劝慰，而是通过描绘春天的明媚景象，展现出眼前美景，暗示友人要心情乐观，珍惜时光，用意婉转。诗中两用探询语气问客，声口宛然，很是亲切，表现出对友人的深切关心。全诗文字明白如话，如同口语，但"冥冥"二句又对偶工整，显得精巧，二者结合很妙。宋人刘辰翁说："不能诗者，亦知是好！"（高棅《唐诗品汇》）

秋晓行南谷经荒村

柳宗元

杪秋霜露重，晨起行幽谷。

黄叶覆溪桥，荒村唯古木。

寒花疏寂历，幽泉微断续。

机心久已忘，何事惊麋鹿。

这首诗作于永贞元年（805），柳宗元因参加王叔文革新集团被贬永州司马任上。在唐代，司马是一个安置迁谪的闲职，白居易这样形容："刺史守土臣，不可远观游；群吏执事官，不敢自暇佚；惟司马绰绰，可以从容于山水诗酒间。""州民康非司马功，郡政坏非司马罪，无言责，无事忧。""若有人蓄器贮用急于

兼济者居之，虽一日不乐；若有人养志忘名安于独善者处之，虽终身无闷。"（《江州司马厅记》）"秋晓行南谷经荒村"，正是"司马绰绰，可以从容于山水诗酒间"的写照。

"杪秋霜露重"二句，写早起初入南谷的感受。"南谷"为永州地名。"杪秋"即晚秋，"霜露重"则气温低，是晚秋天气的特点。"晨起行幽谷"，作者起了个大早，冒着霜露，走进幽深的山谷。因为远离政治中心，又远离市井，加之"无言责，无事忧"，作者在永州养成了早起的习惯，徜徉山水，可以散心、呼吸新鲜空气，使头脑清醒。这一联是对仗，但"谷"字韵脚，属仄韵入声，使此诗体在古近之间。

"黄叶覆溪桥"二句，写行过荒村之所见。上句写黄叶覆盖在溪桥上面，既然有"溪桥"，表明这一带曾经有人，但是黄叶覆盖，又可见很久无人，其境荒寂可知。这里的居民都上哪去了？是迁徙了，还是死绝了？都不得而知。下句并列"荒村""古木"，中间著一"唯"字，更证明无人，生态回归到原始。此诗的诗题及正文都表明，作者这一次是独行，面对这样的荒村，其心情悲凉可想而知。

"寒花疏寂历"二句，继续写沿途的秋景。上句说秋花如菊科之类，开得稀疏零落，聊胜于无。"幽泉微断续"是说泉水声不大且时断时续，这样的声音更显得周围山林的寂静。此色此声，亦足幽赏，所谓"寒花之态，疏淡而寂寥，幽泉之声，微闻其断续，此皆天地自然之妙"（王尧衢《古唐诗合解》），这一联两句平仄格式相同，不成对仗。今之初学者往往大惊小怪，而唐人多不介意。

"机心久已忘"二句，写忽逢野鹿的惊喜。这一天的早行，即未"偶然值林叟"或"隔水问樵夫"，连空谷足音都没有听到，却遇到了野鹿，也是值得高兴的事。永州一带有麋鹿，此鹿又叫四不像。当时柳宗元写过一篇《临江之麋》，讲过有人从山中抱回幼鹿饲养的故事。所以这天碰到野鹿是真实的事，而麋鹿见人后，很警觉地逃走，也是实际情况。作者没有直说忽逢野鹿的欣喜，反而是自嘲了一下：你不是自以为放下了吗，为什么野鹿见了你就逃呢？"机心"指算计之心。关于动物具有识机心的本能，《列子·黄帝》有一则著名的故事，说海上有好鸥鸟者，鸥鸟皆从之游，其父闻之，令其捕捉，明日到海上，鸥鸟皆舞而不下。宋人黄彻评："'机心久已忘，何事惊麋鹿。'又《放鹧鸪词》云：'破笼展翅当远去，同类相呼莫相顾。'惜乎知之不早尔。"（《䂬溪诗话》）意思是，在识别机心上，人不如动物敏感。

全诗是循行踪为线索，逐步展开描写。明人唐汝询评此诗，则曰："此叙山行之景，因言机心已忘，则当入兽不乱，何为惊此麋鹿乎？此乃辋川落句翻案。"（《唐诗选脉会通评林》）意思是，此诗结尾较王维《终南山》等五律具有别趣，不但为永州南谷一带风光存照，同时表现出作者对大自然和生活的热爱，通过自我调侃，有揶揄人性的意味。

雨后晓行独至愚溪北池

柳宗元

宿云散洲渚，晓日明村坞。

高树临清池，风惊夜来雨。

予心适无事，偶此成宾主。

这首诗作于宪宗元和五年（810）亦即作者被贬永州司马的第六个年头。关于愚溪，作者《愚溪诗序》云："灌水之阳有溪焉，东流入于潇水。或曰：冉氏尝居也，故姓是溪为冉溪。""予以愚触罪，谪潇水上。爱是溪，入二三里，得其尤绝者家焉。古有愚公谷，今予家是溪，而名莫能定，士之居者，犹断断然，不可以不更也，故更之为愚溪。""北池"在愚溪钴𬭁潭北约六十步处，是作者经常游憩之所。

"宿云散洲渚"二句，写"雨后晓行"一路光景。"宿云"指昨夜就有的云。"洲渚"是指水中的小块陆地。从上句看，愚溪北池一带洲渚，昨夜是雨云笼罩的，而到清晨，已是云开雾散。"晓日明村坞"，旭日的光辉照到山村林坞（坞指地势周围高而中央低洼的地方）。人的心情也会随着天气的雨转晴，而变得开朗起来。所以有晓行之事。

"高树临清池"二句一气贯注，是作者在北池上，想象昨夜的风雨。池边高大的树木，被夜雨清洗过了，倒映在水中，水面却漂着树叶，仿佛诉说着昨夜的风雨。"风惊夜来雨"句，正像孟浩然《春晓》的"夜来风雨声，花落知多少"一样，是对昨夜的回忆。宋人吴可说："'惊'字甚奇。"（《藏海诗话》）奇在何处？作者眼前的景象是晴明的、平静的，他偏偏从落叶之类的迹象，看出昨夜的风狂雨暴。从无声处感受到风雨声，这是诗中的一个亮点。

以上四句通过"云散""晓日""高树""清池"，写出北池之上，雨霁云销的明丽图景。

"予心适无事"二句，则写作者徘徊池上，流连忘返。这层意思没有直说，而是通过比拟手法呈现的，诗中把北池比作主人，把自己比作闲适无事、愿意留下来不走的客人。通过主人殷勤留客的比拟，表达了作者流连忘返的意思。"偶此成宾主"，是诗中另一个妙语。意思是，虽然成了客人，却没有事先得到主方的邀请；虽然是不速之客，却又受到主方的热情接待。"偶此"云云，好比说——缘分哪。

这首诗只六句，是一首五言古风。顺便说，今人写旧诗如不讲平仄，写六句就好。因为写成八句，很容易被人当作律诗予以评谈。要不然，就写十句或十句以上，免得别人说长道短。

游子吟

孟 郊

慈母手中线，游子身上衣。
临行密密缝，意恐迟迟归。
谁言寸草心，报得三春晖！

孟郊诗多抒写穷愁，用字造句力避平庸浅率，而就生新瘦硬，故苏轼谓之"郊寒岛瘦"。所谓寒、瘦，在内容上指言贫叫苦，在艺术上则指苦吟和一种清峭的意境美。方牧素描孟郊："冷露滴破残梦，峭风梳篦寒骨；暮年登第，一生才说几句痛快话"，可谓得之。

《游子吟》是孟郊享誉千古之作。在香港的民意测验中，此诗高居最知名十佳唐诗的榜首。其关键在于诗人抓住了母爱与孝道，将这个在中华民族文化心理结构中占有特别重要地位的题材，表现得深入浅出。诗作于贞元十六年（800）溧水县尉任上，自注云："迎母溧上作。"

前四句摄取生活中一个常见的情景，慈母为游子准备行装，临行前夕在灯下缝缝补补。这幅图画表现的是贫寒之家，儿子出门不能盛其服玩车马之饰，然而母爱是"论心不论迹"的。从"临行密密缝"这个场面所流露出的质朴无华的人性美，足以使任何"金缕衣"失去光辉。

在母亲眼中，孩子永远是孩子，不管他走向何方，不管他走得多远，都永远走不出母亲的目光，走不出母亲的思念。从感情上讲，母亲是希望孩子早些回来的，这是"意恐迟迟归"的一层含义。而从理智上讲，母亲又本能地深知，孩子必须经风雨、见世面，所以不管怎样的不放心，也绝不会把他拴牢在自己身边。母亲缝下密密的针脚，怕衣服不经穿，这是"意恐迟迟归"的又一层含义。换言之，怕衣服不经穿，乃是"临行密密缝"的深层原因。

最后两句是针对迎母溧上这件事而言的，谋到一官半职，就如李逵一般不忘老母，这片赤子之心天然感人。而诗人还进一步辨认孝心与母爱的区别：孝心是出于报恩的意识，而母爱是无条件、无意识的，是春风与阳光一般不求回报的。

《小草》歌词说"春风呀春风把我吹绿，阳光呀阳光把我照耀"，古人仍有"草不谢荣于春风"（李白《日出入行》）之说。所以《诗经·小雅·蓼莪》云："哀哀父母，生我劬劳""欲报之德，昊天罔极"，而此诗结尾也是一样的意思。母爱固然伟大，赤子之心也很动人，这是构成此诗内容的两个基本点。所有的人，都是母亲的孩子，对此本来就容易产生共鸣；加上形象感人的描写和兴到笔随的比兴，取得的效果尤佳。

秋怀十五首之一

孟 郊

秋月颜色冰，老客志气单。

冷露滴梦破，峭风梳骨寒。

席上印病文，肠中转愁盘。

疑怀无所凭，虚听多无端。

梧桐枯峥嵘，声响如哀弹。

《秋怀》是孟郊所作五言古体组诗，共十五首，这是其二。时作者已属老年，在河南尹幕中充当下僚，贫病交加，愁苦不堪。组诗总体上反映了封建制度对人才的摧残及世态的炎凉。这首诗描述一贫病老者在冷露峭风中辗转反侧之难言苦况。

"秋月颜色冰"二句，以秋月起兴，写老者寒夜难眠。措词极为奇崛，一是"冰"字名词作形容词用（谓月色清白）、以"颜色"指月光、月色，令人耳目一新。"老客"自指，即"老至居人下"（刘长卿《新年作》）也。不说"衣裳单"而说"志气单"，也怪怪的。语云"人穷志短"，衣裳单不必说，而它所导致的，不正是"志气单"么。这种措词，是颇具推敲，而又很大胆的。

"冷露滴梦破"二句，写老者难耐夜寒。人到老年由于血气亏虚，夜晚尤其怕冷，所以保暖是必需的。然而诗中人没有这个条件，所以只好"抗"着。作者为了加深"寒"的印象，不但摄入"秋月"，而且进一步摄入"冷露""峭风"等意象，给读者以感官刺激，使之如坠冰窖之中。言"梦"为"冷露滴"破，"骨"为"峭风梳"寒；不说扰梦而说"滴梦"，不说刺骨而说"梳骨"，都是避熟就生。"滴""梳"二字下得极为奇峭，是此诗可圈可点的名句。

"席上印病文"二句承上，也是诗中奇句。上句若可解若不可解，其实是说病体因长期卧床，皮肤上压出了竹席的印文；句中却说是病文印于席上，是倒错的修辞手法，例如"心折骨惊"，其效在于奇趣。下句"肠中转愁盘"，形容如有磨盘在腹中转动，即愁肠百结之意。这种造句，即所谓"刿目鉥心""揽擢胃肾"（韩愈《贞曜先生墓志铭》）。

"疑怀无所凭"二句，写老者精神上的病态。其一是猜忌多疑，"疑怀"犹言妄想，妄想症是精神疾患重要类型之一，患者往往处于恐惧状态而胡乱推断，坚信自己受到迫害，会变得极度谨慎、处处设防，并将相关的人纳入自己妄想的世界中。"无所凭"，是说并无事实依据。其二是幻听，"虚听多无端"，经常听到一些声音，而"虚应空中诺"，其实是"无端"即没来由的，是一种病理现象。作者笔下的这些内容，在唐诗中极为罕见。

"梧桐枯峥嵘"二句，照应上文"峭风"，写窗外梧桐在秋风中发出哀鸣。"梧桐"是庭院中树，而桐木又是制琴的材料。"枯峥嵘"形容其老朽，所以它发出的声音，就像一张破琴所发出的悲哀的音响。诗中的枯桐，兼有兴象和喻象的作用，它也是诗人自己苦吟一生、穷困一生的象征。

《新唐书·孟郊传》称其"为诗有理致""然思苦奇涩"。金代元好问评其诗曰："东野穷愁死不休，高天厚地一诗囚。"然而，无可否认的是，孟郊诗在唐诗中自成一家。苏东坡尝称"郊寒岛瘦"，却又说："我憎孟郊诗，复作孟郊语。饥肠自鸣唤，空壁转饥鼠。诗从肺腑出，出辄愁肺腑。"（《读孟郊诗二首》）在批评中，已包含高度的评价。

咏怀二首之一

李 贺

长卿怀茂陵，绿草垂石井。
弹琴看文君，春风吹鬓影。
梁王与武帝，弃之如断梗。
惟留一简书，金泥泰山顶。

《咏怀二首》作于宪宗元和九年（814）作者辞奉礼郎，回昌谷赋闲期间，清人方扶南说："此二作不得举进士归昌谷后，叹授奉礼郎之微官，前者言去奉礼，后者言在昌谷。"（《李长吉诗批注》）

第一首借司马相如酒杯浇自家块垒。"长卿怀茂陵"二句，写司马相如病居茂陵（在今陕西兴平）之冷落。"长卿"为相如字，他早年事汉景帝为武骑常侍，因病罢免，后因《子虚赋》为汉武帝赏识，为孝文园令，后因病居茂陵。著一"怀"字，表明因病思归的意思。"绿草垂石井"，是说碧绿蔓草挂满了井边的石栏，虽然环境优美，却也幽冷。"弹琴看文君"二句，写为有卓文君相伴，尚不至于十分苦闷。"弹琴"二字表明是知音，而非寻常伴侣。"春风吹鬓影"，写文君之青春美丽，不事雕琢而绘声绘色，写出相如平生极得意处，真千古佳话也。句下既有鲍照"弄儿床前戏，看妇机中织"（《拟行路难》）的无奈，也有元稹"闲读道书慵未起，水晶帘下看梳头"（《离思》）的自得，可谓欣慨交心。

"梁王与武帝"二句，是说梁孝王早死，而汉武帝也没怎么重用司马相如，他仿佛被抛弃了。其实，无论是梁孝王，还是汉武帝都很赏识相如，对他恩遇有加，并不曾"弃之如断梗"，只是相如身体不行，病退茂陵，这才被武帝疏远了。而李贺本人，从来没有得到过相如似的风光和眷顾。说相如怀才不遇，完全是借古人酒杯浇自己块垒。"惟留一简书"二句，是说相如遗著《封禅书》，最后成为泰山石刻。"金泥"，是填在石刻字内的颜料。据说相如病重时，汉武帝还惦着他的书，害怕散失了，派所忠前往茂陵，不幸晚了一步，相如已亡故了，特留下一卷《封禅书》，由家人献给汉武帝，武帝亦读之甚为惊异。相如有《封禅书》立在泰山顶上，请问梁王、武帝留下什么了呢。联想到李白的"屈平辞赋悬日月，楚王台榭空山丘"（《江上吟》），你就不能说这里全是为相如遗恨。这里应该包含有作者自恋的心理。这就是为什么《咏怀》下一首从"著书"说起的原因。

感讽五首之一

李 贺

南山何其悲，鬼雨洒空草。
长安夜半秋，风前几人老。
低迷黄昏径，袅袅青栎道。
月午树立影，一山惟白晓。
漆炬迎新人，幽圹萤扰扰。

李贺有一种境界幽冷荒诞的诗，它们常常为人引以说明李贺诗的某种特点，却又因为情调的"消极"，为选家所摒弃。连司空图的二十四"诗品"也没有"荒诞"一品，让人不免小有遗

落月摇情满江树

憾。而这类"荒诞"的诗，实蕴含诗人李贺的苦心孤诣，是诗人获得"诗鬼"之谥的主要原因，在美学风格上也有独到的贡献。列在《感讽》第三的"南山何其悲"，便是这样的呕心沥血之作。诗中塑造的阴森恐怖的境界，是诗人内心苦闷的深刻的象征。

我国古代通行土葬，城市近郊的山陵往往为市朝之公墓，如洛阳的北邙与长安的终南山，都有松柏丛生的陵园。此诗写的就是深秋夜半南山墓地的情景。

南山是坟地，故空寂无人，雨天尤其萧瑟。"鬼雨"的铸辞由此而来，非常警策。而"空草"的铸辞也非常别致。因为秋能兴悲，愁能杀人，尤其在远离市井的南山，打在空寂的草木上的秋雨，真个别有阴冷的鬼气。"鬼"字遥兴篇末的冥境（人口语中的"鬼天气""鬼话"等含有诅咒的意味，即由此延伸而出）。以下一跳写到长安，那是繁华的人境。然而人皆有死，终须托体山阿。联系到开篇，"长安夜半秋，风前几人老"二句只平平道来也有些惊心动魄了。由青春年少而至于衰老，本是自然规律，何关乎秋风秋雨？然而秋风秋雨使人忧伤，忧伤足以加速人的衰老，而衰老则将导致人的死亡啊。

"低迷黄昏径，袅袅青栎道。"这两句是三重意义上的过渡：就地域言，是从长安到南山的过渡；就气候言，是从风雨到雨雾的过渡；就生命言，是从人境到冥界的过渡。这个过渡通过山林的道径描述而完成，很有别趣。曲折的路径笼罩在昏暗之中，两旁是沙沙响着的青栎，谁走在这样的路上也不免心中犯疑，乃至毛骨悚然。沿着这条幽暗之路，最后通到了一片白晃晃的世界。后四句中读者就看到了一个安静得可怕的午夜世界。诗人用战栗着的想象和可补造化之笔，描绘了一个神秘的，比黑夜更为可怕的白夜："月午树立影，一山惟白晓。漆炬迎新人，幽圹萤扰扰。"

寂静的山林，月到中天，树影缩成一团，消失在树脚，于是到处明晃晃，有甚于天亮的时候。这时磷火（漆炬）如烛光点点；鬼影幢幢，似乎是在迎接新来的伙伴，坟茔中乱糟糟萤火般的磷光，使人想到鬼的聚会！这想象，是幻觉，又那么逼真。铸辞用字的倒错和异常，产生了令人惊愕不已的效果："月午"对应着人间的日午，"白晓"其实出现在深夜，鬼灯发着幽昧的光，故曰"漆炬"，"新人"其实是新鬼。阴错阳差的语言有力地刻画出一个本不存在的冥界。在古诗或乐府中，"新人"还特指新妇（如《焦仲卿妻》"不足迎新人"，《上山采蘼芜》"新人不如故"，杜甫《佳人》"但闻新人笑"），从李贺《苏小小墓》看，他是认定鬼也能恋爱婚嫁的。所以"漆炬迎新人"二句，未尝不可解为鬼的迎娶，正是"冷翠烛（即漆烛），劳光彩"（《苏小小墓》）呢。"幽圹萤扰扰"则应是鬼的喜庆热闹的婚筵场面了。这也是诗中的别趣。

据说天才的诗人在创作时都有些精神失常或失态。作为一位有些神经质的诗人，李贺更是如此。他在悲哀苦闷时想到死后，却又把幻想作为审美观照的对象加以玩味，不由自主地给它添上一点点生趣，"虚荒诞幻"中仍有着天真烂漫的所在。读者为之既错愕又神往。诗列在"感讽"题下，显然想要告诫世人什么，又终于没有说出。但可以揣想，大概是讽刺世人"一死生为虚诞，齐彭殇为妄作"（王羲之语）吧。却出人意表地创造了一个独到的艺术境界，借以表现了一种生之困惑。杜牧说"荒国陊殿，梗莽丘垄，不足为其怨恨悲愁也；鲸吸鳌掷，牛鬼蛇神，不足为其虚荒诞幻也"（《李长吉歌诗序》），于此诗可见一斑。

贾客词

刘　驾

贾客灯下起，犹言发已迟。

高山有疾路，暗行终不疑。

寇盗伏其路，猛兽来相追。

金玉四散去，空囊委路岐。

扬州有大宅，白骨无地归。

少妇当此日，对镜弄花枝。

在古代社会经商的利润很大，但行业风险也很高。风险之一是遭遇拦路抢劫——在丝绸之路上，在黄泥岗上，客商往往是强盗紧盯的猎物；在旧小说中，在戏文中，也经常有剪径的情节。不过在唐诗中，经商一般不在诗人特别关注的民生疾苦范围。这首诗写在社会不安定因素日益增加的中唐时代，一位商贾的悲惨命运，具有一定的典型性。

"贾客灯下起"二句，写这个商人起床很早，还是觉得时间来不及——"犹言发已迟"。商人性急，正是性急导致了一念之差。"高山有疾路"二句，是说前面高山有一条捷路，知道的人少，但商人知道。过去走过，没有遇到强人。"暗行终不疑"，是说他凭经验办事，打算碰运气，事情就决定了。然而"不怕一万，就怕万一。""躲脱不是祸，是祸躲不脱。""寇盗伏其路"二句，说路上埋伏着劫匪，"猛兽来相追"是形容劫匪凶残。"金玉四散去"二句，写金银被洗劫一空，空囊被扔了一地。

"扬州有大宅"二句，是说可怜这商人在扬州的豪宅，再也迎不来自己的主人了。"白骨无地归"，表明主人遇到最凶狠的劫匪，洗劫财物，且不留活口，所以悲剧了。在古人的观念中，客死异乡是可悲的，尸骨无人收就更其可悲。一般情况下，只有穷愁潦倒的人才会如此，谁想这样悲惨的命运会发生在富甲一方的商人头上呢。"少妇当此日"二句，是说更有可悲者，在灾难发生的当天，商人之少妇在家中，也许就是在扬州的大宅子里，连眼皮都没有跳一下，还在"对镜弄花枝"，潜意识中正等着商人回家。

这个结尾比较接近陈陶《陇西行》之："可怜无定河边骨，犹是春闺梦里人。"沈彬《吊边人》之："白骨已枯沙上草，家人犹自寄寒衣。"将同一时间、不同空间，反差极大的画面组接在一起，艺术效果显著。令人触目惊心，从而更觉可悲。

伤田家

聂夷中

二月卖新丝，五月粜新谷。
医得眼前疮，剜却心头肉。
我愿君王心，化作光明烛。
不照绮罗筵，只照逃亡屋。

唐末广大农村破产，农民遭受的剥削更加惨重，至于颠沛流离，无以生存。在这样的严酷背景下，产生了可与李绅《悯农》二首前后辉映的聂夷中的《伤田家》。有人甚至将此诗与柳宗元《捕蛇者说》并论，以为"言简意足，可匹柳文"（沈德潜《唐诗别裁》）。

诗的开篇就揭露封建社会农村一种典型"怪"事：二月蚕种始生，五月秧苗始插，哪有丝卖？哪有谷粜（出卖粮食）？居然"二月卖新丝，五月粜新谷"。这乃是"卖青"——将尚未产出的农产品预先贱价抵押。正用血汗喂养、栽培的东西，是一年的衣食，是心头肉呵，但被挖去了。两言卖"新"，令人悲酸。卖青是迫于生计，而首先是迫于赋敛。有的版本将"父耕原上田，子劚山下荒。六月禾未秀，官家已修仓"四句与此诗合并，就透露出个中消息。这使人联想到民谣："新禾不入箱，新麦不登场。殆及八九月，狗吠空垣墙。"（《高宗永淳中童谣》）明年衣食将何如，已在不言之中。

紧接着是一个形象比喻："医得眼前疮，剜却心头肉。"它通俗、平易、恰切。"眼前疮"固然比喻眼前急难，"心头肉"固然比喻丝谷等农家命根，但这比喻所取得的惊人效果决非"顾得眼前顾不了将来"的概念化表述能及万一。挖肉补疮，这是何等惨痛的形象！唯其能入骨三分地揭示那血淋淋的现实，叫人一读就铭刻在心，永志不忘。诚然，挖肉补疮，自古未闻，但如此写来最能尽情，既深刻又典型，因而成为千古传诵的名句。

"我愿君王心"以下是诗人陈情，表达改良现实的愿望，颇合新乐府倡导者提出的"惟歌生民病，愿得天子知"（白居易《寄唐生》）的精神。这里寄希望于君主开明固然有其历史局限性，但作者用意主要是讽刺与谲谏。"我愿君王心，化作光明烛"，即委婉指出当时君王之心还不是"光明烛"；望其"不照绮罗筵，只照逃亡屋"，即客观反映其一向只代表豪富的利益而不恤民病——不满之意见于言外，运用反笔揭示皇帝昏聩、世道不公。"绮罗筵"与"逃亡屋"构成鲜明对比，反映出两极分化的尖锐阶级对立的社会现实，增强了批判性。它形象地暗示出农家卖青破产的原因，又由"逃亡"二字点出其结果必然是："殚其地之出，竭其庐之入，呼号而转徙，饥渴而顿踣"，"非死而徙尔"（《捕蛇者说》），充满作者对田家的同情，可谓"言简意足"。

卷二　七言古诗

登幽州台歌

陈子昂

前不见古人，后不见来者。

念天地之悠悠，独怆然而涕下！

本篇抒发了一个巨人的孤独感。事由：公元 697 年营州契丹叛乱，武攸宜亲总戎律，陈子昂参谋帷幕，军次渔阳。前军王孝杰等相次陷没，三军震慑。子昂料敌决策，直言进谏；武氏惧谏，但署以军曹，掌记而已。子昂因登蓟北楼，感昔乐毅、燕昭之事，作此诗（参见唐代赵儋为其所撰碑文）。蓟北楼即幽州台，遗址在今北京市。

昔燕昭王欲雪国耻，思得贤士，郭隗进策道"欲得贤士请自隗始"，燕昭王遂在易水东南筑台，置千金其上，招揽人才，遂得乐毅等。诗人登楼，首先想到的就是那个群雄割据的时代，眼前的原野上曾活动着燕昭王、乐毅等一批杰出人物，君臣甚为相得，可谓圣贤相逢。诗人不禁为自己出世太晚，未能赶上那个英雄有用武之地的时代惋惜："南登碣石馆，遥望黄金台。丘陵尽乔木，昭王安在哉！"（《蓟丘览古赠卢居士藏用七首·燕昭王》）"前不见古人"五字中包含着具体、复杂的思想内容，感喟沉痛。

英雄辈出、风云际会的日子，今后也许还会有。然而诗人又感到去日苦多，恐怕自己等不到那激动人心的未来："逢时独为贵，历代非无才。隗君一何幸，遂起黄金台。"（《蓟丘览古赠卢居士藏用七首·郭隗》）——"后不见来者"五字，在前句的基础上加倍写出生不逢时的孤独和悲哀。

"念天地之悠悠"是写诗人面对空旷的天宇和苍苍的原野，不禁生出人生易老、岁月蹉跎的痛惜与悲哀。无限的时空形成一种强大的压力，逼出一个"独"字，叫诗人百感交集。于是在前三句的无垠时空的背景上，出现了独上高楼，望极天涯，慷慨悲歌，怆然出涕的诗人自我形象。一时间古今茫茫之感连同长期仕途失意的郁闷、公忠体国而备受打击的委屈、政治理想完全破灭的苦痛，都在这短短四句中倾泻出来，深刻地表现了正直而富才能之士遭受黑暗势力压抑的悲哀和失落感。

这首诗直抒胸臆，不像《感遇三十八首其二》那样含蓄委婉，却更见概括洗练；不像《燕昭王》《郭隗》那样具体，却有更大的包容。诗的内涵已超出了一般意义上的怀才不遇，而具有更深广的忧愤——一种先驱者的苦闷。正如易卜生说："伟大的人总是孤独的。"（《人民公敌》）此亦即鲁迅说的在铁屋中最先醒来的人所感到的苦闷。《楚辞·远游》："惟天地之无穷兮，哀人生之长勤。往者余弗及兮，来者吾不闻。"正是在抒写屈子苦闷的诗句中，我们找到了陈子昂诗句之所本。

它有力地表现了一种烈士的惨怀。"'前不见古人，后不见来者'，这是一个真正明白生命意义同价值的人所说的话。老先生说这话时心中的寂寞可知！能说这话的人是个伟人，能理解这话的也不是个凡人。目前的活人，大家都记得这两句话，却只有那些从日光下牵入牢狱，或从牢狱中牵上刑场的倾心理想的人，最了解这两句话的意义。因为说这话的人生命的耗费，同懂这话的人生命的耗费异途同归，完全是为事实皱眉，却胆敢对理想倾心。"（沈从文《谁的生命可以不受时间限制》）

它还成功地表现了一种哲理的思索。"短短二十余字绝妙地表现了人在广袤的宇宙空间和绵绵不尽的时间中的孤独处境。这种处境不是个人一时的感触和境况，而是人类的根本境况，即具有哲学普遍意义的境况。"（赵鑫珊《哲学与人类文化》）对短小到二十二字的一首诗的意蕴探究的不可穷尽，充分说明了它在艺术上的成功。至于在形式上，前二整饬而后二则纯用散文化句法，诗的散文化即口语美，这种写法，完全是服从于内容的需要的——只有冲破过于整齐的形式，才能更好地表现一种奔进而出的不平之情。

春江花月夜

张若虚

春江潮水连海平，海上明月共潮生。

滟滟随波千万里，何处春江无月明。

江流宛转绕芳甸，月照花林皆似霰。

空里流霜不觉飞，汀上白沙看不见。

江天一色无纤尘，皎皎空中孤月轮。

江畔何人初见月？江月何年初照人？

人生代代无穷已，江月年年只相似。

不知江月待何人，但见长江送流水。

白云一片去悠悠，青枫浦上不胜愁。

谁家今夜扁舟子？何处相思明月楼？

可怜楼上月徘徊，应照离人妆镜台。

玉户帘中卷不去，捣衣砧上拂还来。

此时相望不相闻，愿逐月华流照君。

鸿雁长飞光不度，鱼龙潜跃水成文。

昨夜闲潭梦落花，可怜春半不还家。

江水流春去欲尽，江潭落月复西斜。

斜月沉沉藏海雾，碣石潇湘无限路。

不知乘月几人归，落月摇情满江树。

《春江花月夜》本乐府《清商曲辞·吴声歌曲》旧题，最早见于陈朝。陈叔宝（陈后主）与宫中女学士及朝臣相和为诗，《春江花月夜》与《玉树后庭花》是其中最艳丽的曲调（参见《旧唐书·音乐志》）。隋及唐初犹有诗人，然皆五言短篇，在题面上做文章而已。吴中诗人张若虚出，始扩为七言长歌，且将自然景物、现实人生与梦幻融冶一炉，诗情哲理高度结合，使此艳曲发生质变，成就了唐诗最早的典范之作，厥功甚伟。

《春江花月夜》属于"四杰体"，是卢、骆歌行的发展，故亦曾随四杰的命运升沉，从唐到元被冷落了好几百年，直到明前七子领袖之一的何景明重新推尊四杰后，它才被发现，被重视，被推崇至于"孤篇横绝，竟为大家"（王闿运《论唐诗诸家源流——答陈完夫问》）的高度。"大家"，在古代文学批评术语中

落月摇情满江树

是超过"名家"一等，指既有杰出成就又有深远影响的作家。四杰就不曾得到过这样的荣誉。《红楼梦》中林黛玉《代别离》一诗，就"拟《春江花月夜》之格，乃名其诗曰《秋窗风雨夕》"。也可见它所具的艺术魅力。

春、江、花、月、夜这五个字，本身就足以唤起柔情绮思。可同样是这五个字，在陈后主笔下只能是俗艳浅薄的吟风弄月——其辞虽与时消没，但从《玉树后庭花》可得仿佛："丽宇芳林对高阁，新妆艳质本倾城。映户凝娇乍不进，出帷含态笑相迎。妖姬脸似花含露，玉树流光照后庭。"然而在张若虚笔下则完全不同。其根本的差异就在诗是沉湎于肤浅的感官刺激与享乐，还是追求深刻的人生体验之抒发。大诗人与大哲人乃受着同一种驱迫，追寻着同一个谜底，而且往往一身而二任焉。屈原、李白、苏轼，但丁、莎士比亚、歌德、泰戈尔的诗篇里，回荡着千古不衰的哲学喟叹。张若虚《春江花月夜》也属于这个行列。它与其说是一支如梦似幻的夜曲，毋宁说是一支缠绵深邃的人生咏叹曲。

从诗的结构上说，《春江花月夜》不是单纯的一部曲，而是有变奏的两部曲。在诗的前半，诗人站在哲学的高度上，沉思着困扰一代又一代人的根本问题。与众不同的是，张若虚将这一沉思放到宇宙茫茫的寥廓背景之上，放到春江花月夜的无限迷人的景色之中，使这一问题的提出，更来得气势恢宏，更令人困惑，也更令人神往。

张若虚并没有采用石破天惊的提问式开篇，如"遂古之初，谁传道之？"（屈原《天问》）、"青天有月来几时，我今停杯一问之"（李白《把酒问月》）、"明月几时有，把酒问青天"（苏轼

《水调歌头》），而是从春江花月夜的绮丽壮阔景色道起，令人沉醉，令人迷幻。这似乎是一个优美的序曲。隋炀帝已经写过："暮江平不动，春花满正开。流波将月去，潮水带星来。"（《春江花月夜二首》其一）"春江潮水连海平"似乎就是从这里开始。潮汐，本是日月与地球运行中相对位置变化造成引力变化导致的海水水位周期性涨落现象，吴人张若虚是熟悉这种景象的。月圆之夜，潮水特大。大江东流而海若西来，水位上涨，遂成奇观。这里写春江潮水而包入"海"字，使诗篇一开始就比隋炀帝诗气势更大。本来是潮应月生，看起来却是月乘潮起；不说"海上明月共潮升"而说"海上明月共潮生"，一字之别，意味顿殊，使习见景色渗入诗人主观想象，仿佛月与潮都具有了生命。

　　"滟滟"是江水充溢动荡的样子。月光普照与水流无关，诗人的主观感受却是月光"随波千万里"，水到哪里月到哪里，整个春江都洒满月的光辉。"千万里""何处无"，极言水势浩远，月色无边。由一处联想到处处，诗人情思也像潮水般扩张着、泛滥着。以下由江水写到开花的郊野，过渡自然轻灵。"月照花林皆似霰"，月下的花朵莹洁如雪珠，吐出淡淡的幽香，写出春江月夜之花的奇幻之美。春夜何来"空里流霜"？明明是月光造成的错觉，故细看又不觉其飞。"汀上白沙"何以"看不见"？那也是因为一天明月白如霜，淆乱了视觉的缘故。

　　这两节写景奇幻，真有点令人目迷的感觉，诗人又并未迷失在镜花水月的诸般色相之中，而独能驭以一己之情思，一忽儿又跳脱出来。纷繁的春江景物被统摄于月色，渐渐推远，"看不见"了。诗人于是由色悟空。

　　被月光洗涤净化的宇宙："江天一色无纤尘，皎皎空中孤月轮。"如此光明清澈的环境，让人忘掉日常的琐屑烦恼，超越自我，而欲究宇宙人生之奥秘。"江畔何人初见月？江月何年初照人？"前句可以解为：江畔人众，何止恒河沙数，谁个最初见到这轮明月？就今夜而言，此问偏于空间范畴。后句则言：江上之月番番照临人寰，然不知青天有月自何时，江畔有人又始自何时，人与月的际遇又始自何时？此问则偏于时间范畴。由此看来，这是两个问题。但前句亦可不限于此夜，可以解为：代代江畔有人，究竟何人最早见到这轮明月？换言之亦"青天有月来几时"（李白《把酒问月》）也。由此看来，这又是同一个问题，以唱叹方式出之。通过"人"见"月"，"月"照"人"，反复回文的句式造成抒情味极浓的咏叹，令人回肠荡气。

诗人浮想联翩，产生了一个更有价值的思想："人生代代无穷已，江月年年只相似。"有限与无限这对范畴，很早就有诗人在咏叹，与张若虚同时代的刘希夷也有咏叹。这仅仅是"天地终无极，人命若朝霜"（曹植《送应氏》）、"人生若尘露，天道邈悠悠"（阮籍《咏怀》）、"年年岁岁花相似，岁岁年年人不同"（刘希夷《代悲白头翁》）的翻版么？否。虽然同样是对有限无限的思考，"岁岁年年人不同"着眼于个体生命的短暂，而"人生代代无穷已"着眼于生命现象的永恒，前者纯属感伤，而后者则是惊喜了。代代无穷而更新，较之年年不改而依旧，不是别有新鲜感和更富于生机么！生命现象，你这宇宙之树上苗放的奇花呀！无数个有限总和为无限而又如流水不腐。这是诗人从自然美景中得到的启示和安慰。诗中的"江月"是那样脉脉含情，不知送过多少世代的过客，它还来江上照临，还在准备迎新。皎皎的明月，你这天地逆旅中多情的侍者呀！闻一多说，诗人在这里与永恒"猝然相遇，一见如故"，"只有错愕，没有憧憬，没有悲伤"，"对每一个问题，他得到的仿佛是一个更神秘、更渊默的微笑，他更迷惘了，然而也满足了"（《唐诗杂论》）。如果我们把哲理与诗情分别比作诗之骨与肉的话，《春江花月夜》绝不是那种瘦骨嶙峋的哲理诗，更不是那种骨瘦肌丰的宫体诗，相形之下，它是那样的骨肉匀亭，丰神绝世，光彩照人。

在诗的后半展示了一个人生舞台，咏叹回味着人世间最普遍最持久的见难恒别的苦恼与欢乐。别易会难，与生命有限宇宙无限是有关联而又不尽相同的事体。生有离别之事，死为大去之期，故生死离别，一向并提，这是有关联的一面。不过离别悲欢限于人生，而与自然宇宙无关，在视野上大大缩小范围，这是二者毕竟不同的地方。故诗的后半对前半是一重变奏。如果说前半乃以哲理见长，则后半就更多地具有人情味。在所有的情亲离别之中，游子思妇是最典型的一类。东汉《古诗十九首》已多有表现，论者多把游子思妇的苦因归结到乱离时代。殊不知夫妻情侣生离之事，乱离时代固然多，和平时代也不少。李煜的"别时容易见时难"（《浪淘沙》）、《红楼梦》的"天下没有不散的筵席"咏叹的都是不可避免的人生现象。《春江花月夜》的后半就着重写和平时代的悲欢离合之情，对古诗词中游子思妇主题做了一个总结。诗人的特出之处在于，他运用了四杰体反复唱叹的句调，设计了许多富于戏剧性的情景细节，创造了浓郁的抒情氛围，在同类题材之作中可谓观止。

这部分一开始，诗人就描绘了一个典型的离别场所："白云一片去悠悠，青枫浦上不胜愁。""浦"即渡口，为送别地点。江淹《别赋》："送君南浦，伤如之何。"《楚辞·招魂》："湛湛江水兮上有枫，极目千里兮伤春心。"枫叶秋红，青枫是春天的形象。在此青枫浦口，见一片白云去远，更引起于离别的联想。以下就引入游子思妇之别情。"扁舟"在江，而"楼台"宜月，故诗人写道："谁家今夜扁舟子？何处相思明月楼？""谁家"与"何处"为互文，言"谁家"可见不止一家，言"何处"可见不止一处。这两句实是一种相思，两处着笔，反复唱叹，与"江畔何人初见月？江月何年初照人"二句同一机杼。

曹植诗云："明月照高楼，流光正徘徊。上有愁思妇，悲叹有余哀。"（《七哀》）本篇写月夜楼台相思，实化用《七哀》句意。然而诗人却设计了一个更富于戏剧性的情节："可怜楼上月徘徊，应照离人妆镜台。玉户帘中卷不去，捣衣砧上拂还来。"思妇对着妆台，不能成寐，想要卷帘去月光，但帘可卷而月光依然，撩人愁思；思妇意欲捣练，误认砧上月光是霜，想要拂拭，结果却"拂还来"，拂了个空。这两句写思妇懊恼情态，极有生活情趣。那卷不去、拂还来的月光，实是象征思妇无法解开的情结，无法摆脱的愁思，有赋抽象以具象之妙。"可怜""应照"云云，皆取游子遐想的情态，更有幻设之致。楼头思妇与扁舟游子虽非一处，此夜望月则同，却又信息难通。《子夜歌》云"想闻欢唤声，虚应空中诺"，此则曰"此时相望不相闻"；《子夜歌》云"仰头看明月，寄情千里光"，此则曰"愿逐月华流照君"，皆辞异情同。

"鸿雁长飞光不度，鱼龙潜跃水成文"二句对仗精工，就表意来讲，却是模糊语言。"鱼龙"偏义于"鱼"，鱼与雁皆为信使。"长飞""潜跃"云云，意言不关人意。"光不度"暗示音讯难通；"水成文"，可惜不是信字。两句诗尽传书信阻绝的苦恼。

日有此思，则夜有此梦。"昨夜闲潭梦落花"，又模糊于主语，或云是思妇，或云是游子。其实两可。

诗的结尾最有意味，照应题面，逐字收拾"春江花月夜"五字。花落春老，海雾蒸腾，隐没斜月，而相隔天南海北的人儿不知凡几："斜月沉沉藏海雾，碣石潇湘无限路。"尽管如此，却也必然有人踏上回故乡之路："不知乘月几人归，落月摇情满江树。"这个结尾之精彩，就在于诗人写够了人间别离的难堪后，又留下了会合团聚的希望。他并没有写到意尽，似乎更好。此生此夜，总有人乘月而归，在饱尝离别滋味之后，他们将得到重逢的喜悦，以资补偿。"人有悲欢离合，月有阴晴圆缺"（苏轼《水调歌头》），这才是人生。这是继"人生代代无穷已"之后，诗人给读者第二次精神上的安慰。这也是自然美景给他的启示。唯其如此，这支人生咏叹曲才显得那么积极乐观、一往情深。明月在告别前留下深情的一瞥（"摇情满江树"），显示出造物对于人类的厚爱。

全诗以春江花月夜为背景，沉思着短暂而又无涯的人生，抒写着情侣间的相思别情。诗情的消长与景物变化十分协调。在诗的前半，读者看到了春暖花开，潮涨月出，以及夜幕的降临，渐渐引起哲理性的人生感喟。诗的后半，随着这种哲理感喟的生活化、具体化，读者又看到了春去花落，潮退月斜，而长夜亦将逝去。这绝不是一夜的纪实，而更像是人生的缩影。诗歌的形象概括力是很强的。李泽厚修正闻一多的说法道："其实，这诗是有憧憬和悲伤的，但它是一种少年时代的憧憬和悲伤。所以尽管悲伤，仍然轻快，虽然叹息，总是轻盈。它上与魏晋时代人命如草的沉重哀歌，下与杜甫式的饱经苦难的现实悲痛都决然不同。它

显示的是，少年时代在初次人生展望中所感到的那种轻烟般的莫名惆怅和哀愁。"（《美的历程》）

余恕诚先生把此诗与王维《春日田园作》并论，说："《春江花月夜》从自然境界到人的内心世界都不受任何局限和压抑，向外无限扩展开去。人们面对无限的春江、海潮，面对无边的月色、广阔的宇宙，萦绕着绵长不尽的情思，荡漾着对未来生活的柔情召唤。"（《唐诗的生活理想和精神风貌》）它与其说是初唐诗的顶峰，毋宁说是盛唐第一诗，春风第一花。从这个意义上说，正是以孤篇压全唐。

代白头吟

刘希夷

洛阳城东桃李花，飞来飞去落谁家？
闺中女儿惜颜色，行逢落花长叹息。
今年落花颜色改，明年花开复谁在？
已见松柏摧为薪，更闻桑田变成海。
古人无复洛城东，今人还对落花风。
年年岁岁花相似，岁岁年年人不同。
寄言全盛红颜子，应怜半死白头翁。
此翁白头真可怜，伊昔红颜美少年。
公子王孙芳树下，清歌妙舞落花前。
光禄池台文锦绣，将军楼阁画神仙。
一朝卧病无相识，三春行乐在谁边？
宛转蛾眉能几时？须臾鹤发乱如丝。

但看古来歌舞地，惟有黄昏鸟雀悲。

题一作"代悲白头翁"。这首令人断肠的感伤诗，以诗人特有的敏感，对人生无常青春易逝深感无奈，充满对生活的憧憬和留恋。诗虽代老者立言，却出自青年诗人之手，故李泽厚称之为"青少年对人生宇宙初觉醒的自我意识"，说它虽然感伤，并不沉重。

用花红易衰喻红颜易逝，是一个天才的发明。但它的发明权并不属于本诗的诗人。这首诗前半写洛阳女子感伤落花，抒发人生短促、红颜易老的感慨，本于东汉宋子候乐府歌辞《董娇娆》："洛阳城东路，桃李生路旁。花花自相对，叶叶自相当。春风东北起，花叶正低昂。不知谁家子，提笼行采桑。纤手折其枝，花落何飘飏。请谢彼姝子，何为见损伤？高秋八九月，白露变为霜。终年会飘堕，安得久馨香？秋时自零落，春月复芬芳。何时盛年去，欢爱永相忘。"然而，刘希夷的创意在于，他一变乐府原作之叙述为反复咏叹，或前后易辞申意，或作回文式唱叹，情感更加集中，音调更加楚楚动人。

还有，这首诗在《董娇娆》诗"秋时自零落，春月复芬芳"的基础上，加以拓展，一而再，再而三地将人与花进行对比——不仅写出了红颜与落花的同病相怜，而且反复强调人不如花的意思，这就不是单纯的比喻，而是更进一层了。第一次是"今年落花颜色改，明年花开复谁在"，据说诗人写出这一联诗时，自己都吓了一跳。能把自己吓一跳的诗句，对于读者，也一定是惊心动魄之句。第二次是"古人无复洛城东，今人还对落花风"，这一次不但有人花对比，还有抚今追昔，也是极为沉痛的句子。第三次是"年年岁岁花相似，岁岁年年人不同"，这一次更加不同凡响，句子越写越单纯——"年""岁"二字各重复四次之多，意思却越写越深邃——"花相似""人不同"是何等耐人寻味！"相似"的岂止是花？"不同"的又岂止是人？据说写到这里，诗人又被自己吓了一跳。什么是写诗的状态？这就是写诗的状态。凡是在状态，或进入状态的写作，其结果必然产生真诗，必然产生佳句，必然打动读者。

刘希夷能写出不朽的"代言"之作，有一个原因是把它并入自己的身世之感。才人不幸，与红颜薄命，本有同情。据唐人孟棨《本事诗·徵咎》载："诗人刘希夷尝为诗曰'今年落花颜色改，明年花开复谁在'，忽然悟曰：'其不祥欤？'复构思逾时，又曰'年年岁岁花相似，岁岁年年人不同'，又恶之，或解之曰：'何必其然'，遂两留之。果以来春之初下世。"其事虽近小说家言，其潜在意味，乃在唐人认为此诗是刘希夷用心血和生命写成的。

元辛文房《唐才子传》所载略同，更添枝叶，作小说家言："舅宋之问苦爱后一联，知其未传于人，恳求之，许而竟不与，之问怒其诳己，使奴以土囊压杀于别舍，时未及三十，人悉怜之。"由此可见此诗是何等的为时所重，而"年年岁岁花相似，岁岁年年人不同"是何等的不同凡响。清袁枚《佳句》诗云："佳句听人口上歌，有如绝色眼前过。明知与我全无分，不觉情深唤奈何！"什么是爱诗如命？这就是爱诗如命。当然，宋之问未必是刘希夷的舅父，他也未必干了那件罪恶之事，然而，这个杜撰的故事确实生动地反映了唐代的诗人是如何的爱诗如命。

这首诗所创造的红颜薄命的感伤形象，对千年以后《红楼梦》的作者塑造林黛玉形象有很大的帮助。《红楼梦》中有一首尽人皆知的《葬花吟》，诗的开篇大段大段地以落花起兴，感伤红颜薄命，长时间在刘希夷《代白头吟》的诗意中徘徊——"花谢花飞飞满天，红消香断有谁怜"不就是"洛阳城东桃李花，飞来飞去落谁家"吗？"桃李明年能再发，明年闺中知有谁"不就是"今年落花颜色改，明年花开复谁在"吗？然而写到后来，曹雪芹也进入了痴迷的状态，写出了自己的惊心动魄之句——"尔今死去侬收葬，未卜侬身何日丧。侬今葬花人笑痴，他年葬侬知是谁？"当他写到这里时，也应与刘希夷一样地死去活来吧？这样的诗句，也一样地令后人徒唤奈何。

毫无疑问，曹雪芹对刘希夷的这首诗是非常喜爱的，《代白头吟》的最后一节写道："宛转蛾眉能几时？须臾鹤发乱如丝。但看古来歌舞地，惟有黄昏鸟雀悲"，这一段的人生感伤，在《红楼梦》曲子如"好一似食尽鸟投林，落了片白茫茫大地真干净"等语中，也可以明显看到它的影响。

古从军行

李颀

白日登山望烽火，黄昏饮马傍交河。
行人刁斗风沙暗，公主琵琶幽怨多。
野云万里无城郭，雨雪纷纷连大漠。
胡雁哀鸣夜夜飞，胡儿眼泪双双落。
闻道玉门犹被遮，应将性命逐轻车。

年年战骨埋荒外，空见蒲桃入汉家。

────────────────────────────────────

　　这首诗用乐府古题作边塞抒情。四句一解，凡三解。篇幅不长，令人百读不厌。诗中写征夫之苦，不采用客观叙述角度，而用第一人称语气写成，有如泣如诉之感。

　　一解中说：白昼登山站岗放哨，黄昏傍交河（在今新疆吐鲁番）喂饮战马，这都不是一朝一夕的事，而是日复一日，年复一年，天天如此，既辛劳又单调；边地风沙很大，日月暗淡无光，夜闻刁斗寒声，令人尤觉凄凉。

　　诗中用陪衬的写法，由征夫之幽怨，陪写入汉家公主的幽怨。昔汉武帝以江都王建女为公主，遣嫁乌孙，念其行道思家，故使工人裁筝筑为马上之乐，名曰琵琶。和亲本是汉文帝定下的睦邻外交政策，无论得失如何，对公主本人来说，总是被迫做出的牺牲，何况这牺牲还未能换来边地的持久和平。征夫与公主，贵贱悬殊，却在被迫做无谓的牺牲这一点上达成同情和共鸣，这是诗中极富于人情味的一笔。

　　二解专事环境气氛烘托，陪写入胡儿、胡雁的凄苦。胡雁哀鸣还可以说是因为自然环境的险恶，胡儿下泪则只能是因为战争不息的缘故了。在边塞诗中，从来胡汉对立，而李颀却着意于彼此的同情，他指出胡儿、汉儿同是战争的受害者，在征人泪的另一面，则是胡儿泪，这是诗中极富于人情味的又一笔。批判现实的精神，使诗人超出了狭隘民族主义的境地，而达到了人道主义的思想高度，是此诗过人之处。

　　三解再次运用汉事：武帝时李广利为夺取马匹资源攻大宛不利，表请回军，武帝大怒，派人拦守玉门关，下令"军有敢入者辄斩之"。言表请回军无望，只有继续进行开边战争。汉武帝开边的结果，随汗血马进入中原的还有葡萄、苜蓿种子。西域文明的引进，当然也是有重大意义的事，然而，文明的输入难道就非使用战争的手段不可吗？末二句极言统治者重物轻人，求之匪计，非战之意甚明。

《从军行》加一"古"字，仿佛只是沿袭古题，对汉代历史教训进行反思，然而借古鉴今的用意是很清楚的，可谓婉而多讽，发人深思。此诗多用骈句，调声上兼注音双声（"刁斗""琵琶"），叠词（"纷纷""夜夜""双双""年年"），反复（"胡雁""胡儿"）等手段，使得全诗音韵谐婉，唱叹生姿。

送陈章甫

李颀

四月南风大麦黄，枣花未落桐阴长。
青山朝别暮还见，嘶马出门思旧乡。
陈侯立身何坦荡，虬须虎眉仍大颡。
腹中贮书一万卷，不肯低头在草莽。
东门酤酒饮我曹，心轻万事皆鸿毛。
醉卧不知白日暮，有时空望孤云高。
长河浪头连天黑，津口停舟渡不得。
郑国游人未及家，洛阳行子空叹息。
闻道故林相识多，罢官昨日今如何？

这首诗约作于天宝九载（750），是诗人寄赠友人、描写人物的代表作之一。陈章甫是江陵（今属湖北）人，行第十六，制策登科，曾官太常博士，隐居嵩山二十余载，与诗人所居颍阳相邻近，所以两人相交甚厚。这首诗作于陈章甫罢官登程返乡之际。

"四月南风大麦黄"四句一韵（平声），以写送别时间、天气和景色为引子，有民歌之风。"枣花""桐阴"尤其是"大麦"的入诗，带来许多泥土气息，与送别诗习用的杨柳、枫树、长亭、渡口的景物迥然不同，无以名之，可叫作"非典型送别景色"。却让人感觉轻快舒坦，胸襟开阔，耳目一新。"立身坦荡"一语，呼之欲出。前人或谓之"浅妙"（郭云《增订评注唐诗正声》），或谓之"奇景涌出"（方东树《昭昧詹言》），并不矛盾。"青山朝别暮还见"，是说道路漫长。"嘶马出门"，是用班马嘶鸣，暗示行人对故土的留恋。

"陈侯立身何坦荡"四句转为仄韵，为人物画像，这是李颀歌行的独创和绝活。四句中包含了对陈氏品德、颜值、才学、志节的评价。"虬须虎眉仍大颡"，抓住陈章甫面相的三个特点——连鬓胡子、浓眉大眼、宽大脑门，谓其相貌堂堂，骨相之奇，有类大侠。更奇的是，此人并非质木不文，反而是"腹中贮书一万卷"，想来是"下笔如有神"（杜甫《奉赠韦左丞丈二十二韵》）了。以反差造成波澜，正是诗家手段。"不肯低头在草莽"融入本事：陈氏曾应制科及第，因未登记户籍，吏部不拟录取，经过抗议，始得破格录用，这事使他出名。但他的仕途，却一直不顺。

"东门酤酒饮我曹"四句再转平韵，换一口气，继续为陈氏画像。说他平素以官为隐，喜聚众酗酒，"我曹"云云，可见诗人与陈氏是一类人物，故能惺惺相惜。其所以如此，实因愤世嫉俗，官场的事（"万事"）没有一件让他感到满意，或看得顺眼，

"皆鸿毛"极言其轻视。于是，陈氏常常借酒浇愁，以醉卧逃避现实，在官场显得落落寡合。"有时空望孤云高"，形容人物的清高，是诗中胜语。这也暗示了陈氏遭到罢官是迟早的事，是为其思想性格所决定的事。以上两段是全诗最精彩的笔墨，既扣住送别道明陈氏罢官始末，又赞扬了他光明磊落、清高自重的品格。

"长河浪头连天黑"四句转仄韵，而且是入声韵，想象友人途中情景，音情更其凄苦。"长河"指黄河、"天黑"指黄昏，因为浪头太大，加之天黑，所以断渡。行人遇到这种情况，不免连连叫苦。同时，这两句还暗喻着仕途险恶，无人援之以手。所谓"江头未是风波恶，信有人间行路难。"（辛弃疾《鹧鸪天·送人》）诗中"郑国游人"指陈章甫，因为他曾居地河南春秋时属于郑国；"洛阳行子"是诗人的自称，因为他曾任新乡县尉，地近洛阳。一个是"未及家"，一时还到不了家；另一个则是"空叹息"，即爱莫能助。这样对举的措语，表现出深刻的同情，即各自都很失落很惆怅。而诗人更多一分替友人担忧。

"闻道故林相识多"两句一韵转平作结——这在歌行体为常见，是用设问作结，拷问世态的炎凉。其意是说：听说家乡的老朋友很多，你这次罢官回去，他们将如何看待你呢？这是一个很现实的问题。"为问门前客，今朝几个来？"（李适之《罢相作》）是一种情况，"洛阳亲友如相问，一片冰心在玉壶"（王昌龄《芙蓉楼送辛渐》）是另一种情况。这首诗的结尾，只设问而不妄加揣测，显出一种泰然处之的豁达态度。

总之，这首歌行以不长的篇幅将友人表里坦荡不羁的性格，困顿失意的处境，旷达豪爽的情怀，刻画得淋漓尽致，虽有悲伤惆怅之意，却无负面消极之态，表现出盛唐士人普遍的精神风貌。此诗在语言风格上酷似李白，如"心轻万事皆鸿毛"之于"世人见我轻鸿毛"（李白《梁甫吟》）、"不肯低头在草莽"之于"我辈岂是蓬蒿人"（李白《南陵别儿童入京》）等，而开局得民歌之神髓，也与太白歌行有相似之处。

听安万善吹觱 bì 篥 lì 歌

李颀

南山截竹为觱篥，此乐本自龟 qiū 兹 cí 出。
流传汉地曲转奇，凉州胡人为我吹。
傍邻闻者多叹息，远客思乡皆泪垂。
世人解听不解赏，长飙风中自来往。
枯桑老柏寒飕飗，九雏鸣凤乱啾啾。
龙吟虎啸一时发，万籁百泉相与秋。
忽然更作渔阳掺，黄云萧条白日暗。
变调如闻杨柳春，上林繁花照眼新。
岁夜高堂列明烛，美酒一杯声一曲。

这是一首描写音乐的唐诗名篇。觱篥是一种簧管古乐器，又名悲栗或笳管。"南山截竹为觱篥"两句一韵（入声），交代觱篥所用原材料（竹子）和产地（龟兹为古西域国名，位于今新疆库车一带），是全诗的引子。

"流传汉地曲转奇"四句转平韵，交代吹奏者为"凉州胡人"安万善，然后写听乐的感受。大凡外来音乐，一经传入异地，加进新的元素，曲调会变得更加新奇（"曲转奇"）。觱篥曲调以悲为美，感染力之强，使得听众——包括"我"、包括邻居者、包括客居思乡者，或闻而感叹，或闻而泪流满面，都得到了充分的艺术享受。

"世人解听不解赏"两句一韵（转仄），写"音实难知，知实难逢"（刘勰），远非所有的人都能领会觱篥之美。诚如马克思所说："对于非音乐的耳，再美的音乐也是毫无意义的。"（《1844年经济学哲学手稿》）虽然如此，却并不影响音乐美的自在。"长飙空中白来往"，是说觱篥曲调忽如狂风骤起，天马行空，独来独往。这种拟人化的描写，使听觉形象通感于视觉。

以下进一步用通感手法描绘音乐的千变万化。"枯桑老柏寒飕飕"四句转平韵，用许多具体可感的形象，比喻觱篥曲调给人以丰富的听觉感受，一会儿像风吹枯桑老柏，一会儿像凤生九子的啾啾和鸣（古乐府《陇西行》"凤凰鸣啾啾，一母将九雏"），一会儿像龙吟虎啸同时爆发，一会儿像各种秋声和泉水声。"忽然更作渔阳掺"两句转仄韵，继续形容觱篥曲调，一会儿像《渔阳掺挝 zhuā》（鼓曲）低沉悲壮，竟使得天昏地暗日月无光。"变调如闻杨柳春"两句又转平韵，形容觱篥之变调像《折杨柳》（笛曲）明丽清越，令人如见上林苑（汉代皇家园林）的繁花似锦，曲调变得欢快起来，自然过渡到最后两句。

"岁夜高堂列明烛"两句转仄韵（入声），点出听觱篥演奏的时间是除夕之夜，不能不引起韶光易逝、岁月蹉跎之感。地点是华堂之上，情景是明烛高烧，堂会正在进行。而正在演出的节目，便是安万善的觱篥独奏。"美酒一杯声一曲"句，表现出诗人对其吹奏技艺之精湛的激赏，照应了前文的"世人解听不解赏"，同时也有珍惜当下、及时行乐等意味。

这首诗最大的特点除频繁转韵、音调急促而外，便是通感的运用。而通感手法不一，或以听觉通感于另一听觉形象，或以听觉通感于视觉形象。以具体形象之描写，真实可感的比喻，刻画髣篥之声，极尽抑扬顿挫、变化多端之能事，步步踏实，绝不空衍。"（字里）行间善自裁制，故不至于烦芜，而笔情所向，又多油然惬适。"（林东海《历代诗法》）对中唐诸多诗人如白居易、韩愈、李贺等的音乐诗的写作，影响甚大。

送刘昱

李　颀

八月寒苇花，秋江浪头白。
北风吹五两，谁是浔阳客？
鸬鹚山头微雨晴，扬州郭里暮潮生。
行人夜宿金陵渚，试听沙边有雁声。

这首诗当是诗人在扬州、镇江一带送别友人刘昱所作，刘氏的去向是九江（"浔阳"）一带。从形制上讲，这是一首真正意义上的"短歌行"，就像是一首五绝加一首七绝组成。

"八月寒苇花"四句，写秋景以起兴，抒写相送的离情别绪。"秋江"二字极富诗意，因为楚辞《湘夫人》有经典的描写，北渚之上，秋风袅袅，江水兴波，树叶飘零。在川剧中，"秋江"甚至是一出戏名。诗人的新意在于并不化用现成词句，而是抓住八月江上两种令人眼明的景象，都是白色的——一种是芦苇花（"寒苇花"）的白色，一种是"浪头"的白色，既素净又肃杀，唤起的情绪是复杂的。接下来是一个典型的送别情景——"北风吹五两"。"五两"是船桅上用羽毛做成的风向标，暗示此刻风向已正，开船的时刻到了。接下来不挑明行者是谁，却故发一问"谁是浔阳客"？好像说，那时江上客船太多，叫送者一阵好找。又像是说，诗人曾向船家打听，哪艘船是到浔阳去的呢，我那位朋友到底在哪一条船上呢。这种写法，叫情景置入。真是以少胜多，令人身临其境。只有懂得细节妙用的、老于诗道的人，才会这样写。

"鸬鹚山头微雨晴"四句，设想友人旅途泊舟的情景，表达诗人的深情厚谊。仍然是情景置入，不是叙述，而是描写。"鸬鹚"是水鸟（即鱼鹰），同时又是山名。这个山名实在太妙，山前水里的鱼类一定很多，所以渔民多，而鸬鹚也多。行人出发次日，应该到达金陵，那是一个雨后初晴的日子。诗人想象黄昏时分，江水涨潮，客船不能再走，只能泊舟于江渚。接下来不说行人当夜可能失眠，却说"试听沙边有雁声"。好像是说，失眠者当夜对同船的人在说，听听，沙岸苇丛中有"雁声"呢。这里的"雁声"，一定不是扑打翅膀的声音，而是叫唤的声音。因为扑打翅膀的声音，可能是雁群，而叫唤的声音，只能是发自孤雁了，自然会引发旅人的同感或同情。这又是情景置入，又令人身临其境。"试听"二字之妙，意思是沙边"雁声"细微，不仔细听是听不到的，反过来正表现出行客在失眠中的敏感。

这是李颀歌行之神品，情景置入发挥了很大的作用。清人方东树点赞："天地间别有此一种情韵。"（《昭昧詹言》）还应加一句："多亏诗人拈出。"此诗以五七绝叠加为歌行，五言四句用仄韵，后二句大体入律；七言用平韵，除"鹚"字当仄外，基本上

落月摇情满江树

是一首近体绝句。一派散行中，加进了一联骈偶，即"鸬鹚山头微雨晴，扬州郭里暮潮生"，正所谓"于局势散漫中求整饬"（沈德潜《说诗晬语》）。全诗音韵铿锵，跌宕生姿，匀称工整，章法精妙，是短歌之可法者。

听董大弹胡笳弄兼寄语房给事

李　颀

蔡女昔造胡笳声，一弹一十有八拍。
胡人落泪沾边草，汉使断肠对归客。
古戍苍苍烽火寒，大荒沉沉飞雪白。
先拂商弦后角羽，四郊秋叶惊摵 shè 摵。
董夫子，通神明，深山窃听来妖精。
言迟更速皆应手，将往复旋如有情。
空山百鸟散还合，万里浮云阴且晴。
嘶酸雏雁失群夜，断绝胡儿恋母声。
川为净其波，鸟亦罢其鸣。
乌孙部落家乡远，逻 loú 娑 suō 沙尘哀怨生。
幽音变调忽飘洒，长风吹林雨堕瓦。
迸泉飒飒飞木末，野鹿呦呦走堂下。
长安城连东掖垣，凤凰池对青琐门。
高才脱略名与利，日夕望君抱琴至。

这是李颀用文字描绘音乐的另一名篇，作于天宝五载（746）。这首诗的题目，据程千帆先生考证"弄"为衍文，原题应作"听董大弹胡笳声兼寄语房给事"。题中"董大"即董庭兰，当时的著名琴师，后为房琯门客。所谓"胡笳声"即《胡笳弄》，是由胡笳曲调改编的琴曲，与东汉蔡文姬《胡笳十八拍》有关。不过诗人听到的是弹琴，而并非吹奏胡笳。这首诗写成后，寄给了当时的给事中房琯，因为他是董大的知音。

"蔡女昔造胡笳声"八句一韵（入声），从琴曲的来由说起，并状曲声之悲。相传蔡文姬流落匈奴，感胡笳之音而为琴曲《胡笳十八拍》，音乐哀婉悲伤。经十二年至汉末，始为曹操赎回，故诗中称之"归客"。蔡文姬《悲愤诗》自述离开匈奴归汉时的情景是："马为立踟蹰，车为不转辙。观者皆嘘唏，行路亦呜咽。"此诗三、四句囊括了这个意思，说成是《胡笳十八拍》的演奏效果，通感于视觉形象，则是苍苍古戍、沉沉大荒、烽火、白雪，织成一片黯淡悲凉的图景。"先拂商弦后角羽"二句承上启下，由蔡文姬制曲转入董大操琴。商、角 jué、羽各为五音之一，写琴声演奏由商弦到角弦，曲调变得迟缓而低沉。"四郊秋叶惊摵摵"，与五、六句相接，仍是以通感手法描绘琴声之悲。

"董夫子，通神明"（算两句）三句转平韵，叙董大音律之妙，迟速应手，往旋有情。忽插入短句，既赞美琴师，亦是模拟琴声转换之妙。接下来说琴声不只惊动了人间，连深山里的妖精也来偷听。这种融入神话元素的手法，开李贺之先声。"言迟更速""将往复旋"，加入对仗句，写琴师指法娴熟，得心应手，变化多端，抑扬顿挫的琴音漾溢着演奏者的激情。其酸楚哀恋之声，能逐飞鸟，遏行云，灵感鬼神，悲动夷国，所奏真足高绝古今。种种描写，无非是其"通神明"之证明。"胡儿恋母"一语，是照应篇首，关合蔡文姬身世，其自述为："念我出腹子，胸臆为摧败"存亡永乖隔，不忍与之辞"（《悲愤诗》）。"川为净其波"二句，忽又加入短句，写琴曲暂时的休止和继续，使人联想到汉朝乌孙公主（刘细君）远嫁异国，唐朝文成公主、金城公主和亲吐蕃（"逻娑"为吐蕃首府，即今拉萨），均不免产生思乡之情，与蔡女《胡笳十八拍》表达的情绪是十分合拍。

"幽音变调忽飘洒"四句转仄韵，继续用通感手法写琴曲的变调。变调后的琴声，如风吹树林，雨堕瓦屋，泉飒木末，鹿走堂下，种种形容，陡起精彩。这就是殷璠所谓"足可歔欷，震荡心神"。以上两段，写得洋洋洒洒，酣畅淋漓，通过种种视觉和听觉形象的描绘，以再现琴声，摹写传神，激情洋溢，极尽酣畅淋漓之致。

以下频频换韵，"长安城连东掖垣"二句转平韵，用对偶句式，扣住题面"寄语房给事"，点出房琯，因为他于董大，有知遇之恩。按唐朝的西都长安，皇宫坐北朝南，禁中左右两掖分别为门下、中书二省。"凤凰池"指中书省，"青琐门"指门下省。而"给事中"乃是门下省之要职。这是以此装点字面，烘托房琯地位显要。"高才脱略名与利"二句再转仄韵，说房琯（"高才"）是个不在意名和利的高人，音乐是他的最爱，一到公余，他是时时盼望着董大抱琴而至。这是在赞美董大高超的琴艺之余，又为他得遇知音而感到高兴。当然，也不必讳言，此诗投献房琯，有一定社会应用的功能，即公关作用。

就描绘音乐而言，此诗称得上是一篇得心应手之作。起有原委，结有收煞，中间极其形容，曲尽情态。与白居易《琵琶行》、韩愈《听颖师弹琴》等相比，自有一种奇气。

夷门歌

王 维

七雄雄雌犹未分，攻城杀将何纷纷。

秦兵益围邯郸急，魏王不救平原君。

公子为嬴停驷马，执辔愈恭意愈下。

亥为屠肆鼓刀人，嬴乃夷门抱关者。

非但慷慨献奇谋，意气兼将生命酬。

向风刎颈送公子，七十老翁何所求！

　　题材的因袭，包括不同文学形式对同一题材的移植、改编，都有一个再创造的过程。王维《夷门歌》便是故事新编式的杰作。

　　此诗题材出自《史记·魏公子列传》，即信陵君窃符救赵的历史故事。但从《魏公子列传》到《夷门歌》，有一重要更动：故事主人公由公子无忌（信陵君）变为夷门侠士侯嬴，从而成为主要是对布衣之士的一曲赞歌。从艺术手法上看，将史传以二千余字篇幅记载的故事改写成不足九十字的小型叙事诗，对题材的重新处理，特别是剪裁提炼上"缩龙成寸"的特殊本领，令人叹绝。诗共十二句，四句一换韵，按韵自成段落。

　　首四句交代故事背景。细分，则前两句写七雄争霸天下的局势，后两句写"窃符救赵"的缘起。粗线勾勒，笔力雄健，"叙得峻洁"（姚鼐）。"何纷纷"三字将攻城杀将、天下大乱的局面形象地表现出来。传云："魏安釐王二十年，秦昭王已破赵长平军，又进兵围邯郸（赵都）"，诗只言"围邯郸"，然而"益急"二字传达出一种紧迫气氛，表现出赵国的燃眉之"急"来。于是，与"魏王不救平原君"的轻描淡写，对照之下，又表现出无援的绝望感。

赵魏唇齿相依，平原君（赵公子）又是信陵君的姊夫。就公义私情而言，无论如何，"不救"都说不过去。无奈魏王惧虎狼之强秦，不敢发兵。但诗笔到此忽然顿断，另开一线，写信陵君礼贤下士，并引入主角侯生。"公子为嬴停驷马，执辔愈恭意愈下。亥为屠肆鼓刀人，嬴乃夷门抱关者。"信陵君之礼遇侯嬴，事本在秦兵围赵之前，这里倒插一笔，其作用是暂时中止前面叙述，造成悬念，同时运用"切割"时间的办法形成跳跃感，使短篇产生不短的效果，即在后文接叙救赵事时，给读者以一种隔了相当长的一段时间的感觉。信陵君结交侯生事，在《史记》中有一段脍炙人口的、绘声绘色的描写。诗中却把诸多情节，如公子置酒以待，亲自驾车相迎，侯生不让并无礼地要求枉道会客等一概略去。单挑面对侯生的傲慢"公子执辔愈恭"的细节做突出刻画。又巧妙运用"愈恭""愈下"两个"愈"字，显示一个时间进程（事件发展过程）。略去的情节，借助读者联想补充，便有语短事长的效果。两句叙事极略，但紧接二句交代侯嬴身份兼及朱亥，不避繁复，又出人意料。"嬴乃夷门抱关者也"，"臣乃市井鼓刀屠者"，都是史传中人物原话。"点化二豪之语，对仗天成，已臻墨妙"（赵殿成《王右丞诗集笺注》），而唱名的方式，使人物情态跃然纸上，颇富戏剧性。两句妙在强调二人卑微的地位，从而突出卑贱者的智勇；同时也突出了公子不以富贵骄士的精神。侯、朱两人在窃符救赵中扮演着关键角色，故强调并不多余。这段的一略一详，正是所谓"难说处一语而尽，易说处莫便放过"，贵在匠心独运。

最后四句专写侯生，既紧承前段遥接篇首，回到救赵事上来。"献奇谋"，指侯嬴为公子策划窃符及赚晋鄙军一事，这是救赵的关键之举。"意气"句则指侯嬴于公子至晋鄙军之日北向自刎事。其自刎的动机，是因既得信陵君知遇，又已申燕刀一割之用，平生意愿已足，生命已成长物。末二句议论更作波澜，说明侯生义举全为意气所激，并非有求于信陵君。慷慨豪迈，视死如归，有浓郁的抒情风味，故历来为人传诵。二句分用谢承《后汉书》杨乔语（"侯生为意气刎颈"）和《晋书·段灼传》语（"七十老公复何所求哉！"）而使人不觉，用事自然入妙。诗前两段铺叙、穿插，已蓄足力量，末段则以"非但""兼将"递进语式，把诗情推向高峰。以乐曲为比方，有的曲子结尾要拖一个尾声，有的则在激越处戛然而止。这首诗采取的正是后一种结尾，它如裂帛一声，忽然结束，却有"慷慨不可止"之感，这手法与悲壮的情事正好相宜。

把一个有头有尾的史传故事，择取三个重要情节来表现，组接巧妙，语言精练，人物形象鲜明，是《夷门歌》艺术上成功之处。这首诗代表着王维早年积极进取的一面。唐代是中下层地主阶级知识分子在政治上扬眉吐气的时代，这时出现了为数不少的歌咏游侠的诗篇，绝不是偶然的。《夷门歌》故事新编，融入了新的历史内容。吴汝纶评此诗"叙古事而别有寄托"，是很有见地的。

湖中对酒作

张　谓

夜坐不厌湖上月，昼行不厌湖上山。

眼前一樽又长满，心中万事如等闲。

主人有黍百余石，浊醪数斗应不惜。

即今相对不尽欢，别后相思复何益。

茱萸湾头归路赊，愿君且宿黄翁家。

风光若此人不醉，参差孤负东园花。

————————————————————————————

　　本诗题为"湖中对酒"，意亦不出流连杯酒光景以外，然而读者却能从中感受到盛唐人豪迈的胸襟，乐观通达的生活态度。

　　诗从湖上风光写起。从全诗看，这显然是一个春天，湖上风光到了最美的时节。白昼里无论是水光潋滟还是山色空蒙，都很宜人。而在月夜，则素月分辉，明河共影，浮光耀金，表里澄澈。诗人抓住昼、夜不同的山光水色，一开始就写出"总也看不够"的意思——"夜坐不厌湖上月，昼行不厌湖上山"，句中运用重复，写出了纵使夜以继日地游览，仍觉相看不厌的旅游情趣。"人间万事细如毛"，平日里不免有很多机虑事务，弄得人烦心死了。而面对湖光山色，这烦恼早消去一半。另一半"何以解忧"？则"唯有杜康"。一杯下肚，百虑皆空："眼前一樽又长满，心中万事如等闲。""又长满"，是十分惬意的语气。如逢故人，大得超脱。

　　紧接着写湖上豪饮和主人的好客。"主人有黍百余石（一百二十斤为一石），浊醪数斗应不惜"，主人是富有的，同时又非常谦和慷慨。诗中似是他的语气。既称"有黍百余石"，口气不小；

却又道"浊醪数斗",婉转谦恭。面对这样的东道主,客人还拘谨什么呢,赶紧举杯吧。"即今相对不尽欢,别后相思复何益"两句就像是席间主人劝酒的话,说得那样的恳切、实际而又动人。它没有李白"人生得意须尽欢,莫使金樽空对月"(《将进酒》)一般的狂放,比较近于王维"劝君更尽一杯酒,西出阳关无故人"(《送元二使安西》)那样的深情,但更为平易,更能表现盛唐时代一般人的现实而乐观的人生态度,不失为名言。

最后写饮酒尽兴,当夜止宿于湖上。当酒过数巡,客人关心天色的早晚时,多情的主人又殷勤相劝,以"茱萸湾头归路赊"为由,劝其当夜投宿湖畔人家。"黄翁家"如何,不得其详。想必是园宅宽舒,风光宜人,同样好客的所在。于是客人一百个放心,对着主人开怀畅饮,一醉方休。"即今相对不尽欢,别后相思复何益",说的是不要辜负相聚共处的时光,此处又言不要辜负大好春光:"风光若此人不醉,参差孤负东园花。"全诗挽结于湖上景色,首尾呼应,缴清题面。

这首湖上饮酒诗,并没有李白诗那样的复杂沉重的人生感喟,也不大重视景物的细致描绘。它通过直抒胸臆的方式,表现出和平时代谐调的人际交往和生活乐趣,虽然放歌纵酒,却一点儿也不颓废,倒使人感觉精神充实。诗人运用的是近乎口语和散文化的语言,其间不经意地杂用了重复排比的句式,其风格是与内容相适应的疏朗自如,潇洒可人。它已尽洗了初唐七古的华丽辞藻,当得起"清水出芙蓉,天然去雕饰"(李白《经离乱后天恩流夜郎忆旧游书怀赠江夏韦太守良宰》)的称誉,体现出一种崭新的美学趣味。

蜀道难

李 白

噫吁嚱，危乎高哉！蜀道之难难于上青天。

蚕丛及鱼凫，开国何茫然！

尔来四万八千岁，不与秦塞通人烟。

西当太白有鸟道，可以横绝峨眉巅。

地崩山摧壮士死，然后天梯石栈相钩连。

上有六龙回日之高标，下有冲波逆折之回川。

黄鹤之飞尚不得过，猿猱欲度愁攀援。

青泥何盘盘，百步九折萦岩峦。

扪参历井仰胁息，以手抚膺坐长叹。

问君西游何时还？畏途巉岩不可攀。

但见悲鸟号古木，雄飞雌从绕林间。

又闻子规啼夜月，愁空山！

蜀道之难难于上青天，使人听此凋朱颜。

连峰去天不盈尺，枯松倒挂倚绝壁。

飞湍瀑流争喧豗，砯崖转石万壑雷。

其险也如此，嗟尔远道之人胡为乎来哉！

剑阁峥嵘而崔嵬，一夫当关，万夫莫开。

所守或匪亲，化为狼与豺。

朝避猛虎，夕避长蛇，磨牙吮血，杀人如麻。

锦城虽云乐，不如早还家。

蜀道之难，难于上青天，侧身西望长咨嗟！

本篇是李白成名作，"李太白初自蜀至京师，舍于逆旅。贺监知章闻其名，首访之，既奇其姿，复请所为文。出《蜀道难》以示之，读未竟，称叹者数回，号为谪仙。"（唐孟棨《本事诗》）诗用乐府旧题，大胆想象，集中歌咏横穿秦岭、由秦入蜀的川北蜀道（秦岭南北有著名的子午道、傥洛道、褒斜道、金牛道、陈仓道、阴平道等）。全诗脉络，大体遵循从古到今、由秦入蜀、从自然地理环境到社会政治历史的顺序，使主题逐渐深化。可分三段。

一段从篇首到"猿猱欲度愁攀援"，写长安西面秦蜀（川陕）交通之不易，着重从神话传说的角度写蜀道之难。一起就是李白式的风雨骤至，三个惊叹语（噫吁嚱，危乎，高哉）的连属，一个极度夸张而又通俗的比方（蜀道之难难于上青天），传达出蜀道给人总体上的石破天惊之感。紧接着写秦蜀两地文明开化时代悬殊，极力夸张秦蜀交通之不易。"蚕丛""鱼凫"是传说中蜀人的祖先，"四万八千岁"这个年代数目的夸张，形象地告诉人们这一段蒙昧史前期之漫长，秦蜀两地交通隔绝年代之漫长，也就是间接形容"蜀道之难"。太白山是秦岭主峰，民谣曰"武功太白，去天三百"，"有鸟道"是原无人路的一转语。五丁力士开山的传说为蜀道蒙上了一层光怪陆离的色彩。交通有了，然而仍是"天梯石栈相钩连"而已，上有高标、下临深渊，鹤见愁、猿见愁、神（六龙）见愁、鬼见愁，就不用说人见该是怎样地战战兢兢了。这一段的写法是层层渲染气氛，在未具体描写自然光景之前，先声夺人，使人先从气氛上感受到蜀道之难和蜀道之奇。

二段从"青泥何盘盘"到"嗟尔远道之人胡为乎来哉"，写青泥岭以南由秦入蜀道路的艰险，着重从自然地理环境的角度写蜀道之难。青泥岭，"悬崖万仞，山多云雨，行者屡逢泥淖"

落月摇情满江树

（《元和郡县志》），一重艰险；山道盘曲，百步九折，又一重艰险；海拔太高，空气稀薄，产生高原反应，第三重艰险。由于加入登山探险的生活实感，写来尤觉入木三分。写到"扪参历井"（"参""井"二宿为秦蜀之分野）、"以手抚膺"，已凸现出西行人的形象。从而明作呼告，"问君西游何时还"——这样的畏途还能再走吗？紧接开出一片更悲凉、更幽深的山林境界，其中雄飞雌从回不了窝的鸟儿，就像流离失所、形影相吊的人间夫妻。而相传是古蜀王（杜宇）亡魂所化的鸟儿，带血号泣的声音据说是"不如归去"，响应上述呼告。于是诗中再次出现主旋律主题句"蜀道之难难于上青天"，不再是石破天惊，而是添了绵绵不绝的愁情。一阵悲凉之雾过去，眼前别有洞天，境界愈出愈奇。这里出现了蜀道最奇险、最壮观的自然景物，诗中再一次将高峰与深谷上下相形，而且再一次发出呼告。"嗟尔远道之人胡为乎来哉"一句中嵌入若干语气助词，真嗟叹之不足，故永歌（拉长声调唱歌，见《诗大序》）之，与篇首呼应。在"其险也如此"的惊心动魄的叹息中，分明有快乐的战栗和审美的愉悦。这一段且写景且抒情，虽有想象夸张，手舞足蹈，毕竟较富实感。

三段从"剑阁峥嵘而崔嵬"到篇末，写蜀门剑阁形势之险要，着重从社会政治历史的角度写蜀道之难。却说蜀中名山，"剑门天下险，夔门天下雄，峨眉天下秀，青城天下幽"。"剑阁"为川北门户，其山削壁中断，如门之辟，如剑之植，故以剑门名山。西晋张载《剑阁铭》形容这里的天险道："一夫荷戟，万夫趑趄；形胜之地，非亲弗居。"李白化用此铭文，便给蜀道难这一主题，注入了社会政治历史的内容。以李白之抱负，诗虽作于早年，恐亦不是海说事理，其间未必没有忧先天下的意味。深山老林本多毒蛇、猛虎、豺狼，但诗中的毒蛇猛兽显然还有一层喻义，就是现实政治中可能产生的个人野心家。古有"天下未乱蜀先乱，天下已治蜀后治"（欧阳直《蜀警录》）之说，便与地理特点密切相关。诗的结尾再一次出现主题句与呼告语。"锦城虽云乐"二句，意即"梁园虽好，不是久恋之家"，当是为送别而发——按李白身虽生蜀，却自称陇西布衣，一生以四海为家。看来他认为，欲平治天下，是必须走出盆地，面向中国的。故诗中最后一次咏叹"蜀道之难，难于上青天"的意味又有不同，比较沉重，不仅仅是为山川之险而发了。

本篇既歌咏壮丽河山，又关注现实，充满积极入世的浪漫主义精神。诗中从蒙昧历史、神话传说、山川险阻、政治忧患等多角度、全方位描写、夸张、渲染蜀道之难，却并不使人感伤、感到忧郁和畏惧，倒被诗人描画的蜀道山川深深吸引，从中感觉到诗人主观世界的宽广胸怀、好奇性格、傲岸精神，给人以健康向上的影响和极大的审美愉悦。

本篇从传说、历史、地理及政治等不同角度，全面地歌咏蜀道之难，艺术个性十分鲜明。首先是想象、夸张、传说的突出运用。诗人运用其绝活，将想象、夸张和神话传说熔为一炉，将自然山川、历史和现实打成一片，创造出惊险、神秘、奇丽、壮阔的大境界。其次是主题句的作用。"蜀道之难难于上青天"这个嗟叹永歌的主题句在诗中三次出现，分别标志情感的爆发、延伸和远出，绝类乐章中的主旋律，是李白的创调，对突出主题和强化抒情气氛功莫大焉。其三是句式参差、音情跌宕。诗中句式参差错落，大体一、二段多用长句，气势畅达；三段多用四言短句，砍截有力；有时作三平调如"愁空山"，声腔曼长；有时连用五仄，如"去天不盈尺"，以状促迫；"之、乎、也、者、矣、焉、哉"一类不常用于诗的语气助词的加入，形成散文化的句法，加之屡作呼告、祈使之语，更有助于表现诗人如火山喷发、不可遏止的激情。总是因情制宜，大大丰富了诗篇的艺术感染力。

据《唐朝名画录》载，天宝中唐玄宗曾命大画家于大同殿作蜀道山川壁画，赞曰"李思训数月之功，吴道子一日之迹，皆极其妙也"，其与李白此诗可称三绝，然二画荡然无存，唯本篇依倚语言艺术的优势得以传世不朽，不亦幸乎。

行路难三首之一

李 白

金樽清酒斗十千，玉盘珍羞值万钱。
停杯投箸不能食，拔剑四顾心茫然。
欲渡黄河冰塞川，将登太行雪满山。
闲来垂钓碧溪上，忽复乘舟梦日边。
行路难，行路难！多歧路，今安在？
长风破浪会有时，直挂云帆济沧海。

《行路难》系乐府旧题，属《杂曲歌辞》，《乐府解题》云"备言世路艰难及离别悲伤之意"。李白此诗作于离开长安之时，有系于开元十八、九年（730—731），言是初入长安困顿而归时所作；有系于天宝三载（744），谓是赐金放还时作。参照《梁园吟》《梁甫吟》二诗，与此结尾如出一辙，故以前说为允。题下诗三首，此其一。

诗从高堂华宴写起，可能是饯筵的场面。"金樽清酒斗十千，玉盘珍羞值万钱"，前句化用曹植《名都篇》"美酒斗十千"，后句本于《北史》"韩晋明好酒纵诞，招饮宾客，一席之费，动至万钱，犹恨俭率"，它展示的是如同《将进酒》"烹羊宰牛且为乐"那样的盛宴，然而接下来却没有"会须一饮三百杯"的酒兴和食欲。"停杯"尤其"投箸"这个动作，表现的是一种说不出的悲愤和失落，"拔剑四顾"这一动作，更增加了这种感觉。"心茫然"也就是失落感的表现。于是诗的前四句就有一个场面陡转的变化。

"欲渡黄河冰塞川，将登太行雪满山"是写景，但这是象征性的写景。它象征的是李白一入长安，满怀壮志，却备受坎坷，没有找到出路。具体而言，"欲渡黄河""将登太行"是以横渡大河、攀登高山来象征对宏大理想的追求；"冰塞川""雪满山"则是以严酷的自然条件来象征在政治上遭受的阻碍和排斥。两句既交代了"心茫然"的原因，又起到点醒题面的作用。以下一转，连用两个典故，一是姜子牙未遇周文王时曾在渭水之滨钓鱼，一是伊尹在辅佐成汤之前曾梦见自己乘舟从红日之旁驶过。显然又是幻想自己有朝一日也会时来运转，一骋雄才。这四句中诗情又经历了一次大的起落。

以下诗情再一次出浪峰跌至深谷，而且是一连串几个短句："行路难，行路难！多歧路，今安在"，诗人仿佛走到一个歧路的路口上，不知道该怎么走，甚至不知道自己身在何方，这与前文"拔剑四顾心茫然"相呼应，表现其理想破灭，陷入迷惘。而最后两句却又振起音情，冲决出迷惘："长风破浪会有时，直挂云帆济沧海。"

全诗在音情上大起大落，充分表现了理想和现实的矛盾，尽管几度陷入悲愤，但结尾却奏出了最强音。所以虽然写的是《行路难》，却自有豪气英风在。诗中拉杂使事，长短其句，也是太白惯用伎俩。

长相思

李　白

长相思，在长安。

络纬秋啼金井阑，微霜凄凄簟色寒。

孤灯不明思欲绝，卷帷望月空长叹。

美人如花隔云端。

上有青冥之高天，下有渌水之波澜。

天长路远魂飞苦，梦魂不到关山难。

长相思，摧心肝。

开元十八年（730），李白自安陆取道南阳，西入长安，干谒玉真公主不遇。当年秋天，被安置于公主别馆，别馆距长安百里，当时已是一所荒园。诗人遭此冷遇，曾作《玉真公主别馆苦雨赠卫尉张卿二首》向驸马张垍陈情，本篇情景与之相近，当为同期之作。

"长相思"本汉诗中语（如《古诗十九首》："客从远方来，遗我一书札。上言长相思，下言久离别"），六朝诗人多以名篇（如陈后主、徐陵、江总等均有作），并以"长相思"发端，属乐府《杂曲歌辞》。现存歌辞多写思妇之怨。李白此诗即拟其格而别有寄寓。

诗大致可分两段。一段从篇首至"美人如花隔云端"，写诗中人"在长安"的相思苦情。"长安"在诗中是一个重要的符号，用以表明诗之寓托。诗中描绘的是一个孤栖幽独者的形象。他（或她）居处非不华贵——这从"金井阑"可以窥见，但内心却感到寂寞和空虚。诗人是通过环境气氛层层渲染的手法，来表现这一人物的感情的。先写所闻——阶下纺织娘凄切地鸣叫。虫鸣则岁时将晚，孤栖者的落寞之感可知。其次写肌肤所感，正是"霜送晓寒侵被"时候，他更不能成眠了。"微霜凄凄"当是通过逼人寒气感觉到的。而"簟色寒"更暗示出其人已不眠而起。眼前是"罗帐灯昏"，益增愁思。一个"孤"字不仅写灯，也是人物心理写照，从而引起一番思念。"思欲绝"（犹言想煞人）可见其情之苦。于是进而写卷帷所见，那是一轮可望而不可即的明月呵，诗人心中想起什么呢，他发出了无可奈何的一声长叹。这就逼出诗中关键的一语——"美人如花隔云端"。"长相思"的题意到此方才具体表明。这个为诗中人想念的如花美人似乎很近，近在眼前；却到底很远，远隔云端。与月儿一样，可望而不可即。由此可知他何以要"空长叹"了。值得注意的是，这句是诗中唯一的单句，给读者的印象也就特别突出，可见这一形象正是诗人要强调的。

以下直到篇末便是第二段，紧承"美人如花隔云端"句，写一场梦游式的追求。这颇类屈原《离骚》中那"求女"的一幕。"求女"乃是一个现成思路，作用仍在表明诗之寓托。诗中人梦魂飞扬，要去寻找他所思念的人儿。然而"天长地远"，上有幽远难及的高天，下有波澜动荡的渌水，还有重重关山，尽管追求不已，还是"两处茫茫皆不见"。这里，诗人的想象诚然奇妙飞动，而诗句的音情也配合极好。"青冥"与"高天"本是一回事，写"波澜"似亦不必兼用"渌水"，写成"上有青冥之高天，下有渌水之波澜"颇有犯复之嫌。然而，如径作"上有高天，下有波澜"（歌行中可杂用短句），却大为减色，怎么读也不够味。而原来带"之"字、有重复的诗句却显得音调曼长好听，且能形成咏叹的语感，正如《诗大序》所谓"嗟叹之不足，故永歌之"，能传达无限感慨。这种句式，为李白特别乐用，它如"蜀道之难难于上青天"（《蜀道难》）、"弃我去者，昨日之日不可留；乱我心者，今日之日多烦忧"（《宣州谢朓楼饯别校书叔云》）、"君不见，黄河之水天上来"（《将进酒》），等等，句中"之难""之日""之水"从文意看不必有，而从音情上看断不可无，而音情于诗是至关紧要的。再看下两句，从语意看，词序似应作：天长路远关山难（度），梦魂不到（所以）魂飞苦。写作"天长路远魂飞苦，梦魂不到关山难"，不仅是为趁韵，且运用连珠格形式，通过绵延不断之声音以状关山迢递之愁情，可谓辞清意婉，十分动人。由于这个追求是没有结果的，于是诗以沉重的一叹作结："长相思，摧心肝！""长相思"三字回应篇首，而"摧心肝"则是"思欲绝"在情绪上的进一步发展。结句短促有力，给人以执着之感，诗情虽则悲恻，但绝无萎靡之态。

此诗形式匀称，"美人如花隔云端"这个独立句把全诗分为篇幅均衡的两部分。前面由两个三言句发端，四个七言句拓展；后面由四个七言句叙写，两个三言句作结。全诗从"长相思"展开抒情，又于"长相思"一语收拢。在形式上颇具对称整饬之美，韵律感极强，大有助于抒情。诗中反复抒写的似乎只是男女相思，把这种相思苦情表现得淋漓尽致；但是，"美人如花隔云端"就不像实际生活的写照，而显有托兴意味。何况我国古典诗歌又具有以"美人"喻所追求的理想人物的传统，如《楚辞》"恐美人之迟暮"。而"长安"这个特定地点，"求女"这种现成思路，都暗示诗中包含政治托寓。径言之，此诗之大旨是写追求政治理想不能实现的苦闷。因此，这首诗的用意是深含于形象之中，隐然不露的，具备一种蕴藉的风度。

将 qiāng 进酒

李　白

君不见黄河之水天上来，奔流到海不复回。

君不见高堂明镜悲白发，朝如青丝暮成雪。

人生得意须尽欢，莫使金樽空对月。

天生我材必有用，千金散尽还复来。

烹羊宰牛且为乐，会须一饮三百杯。

岑夫子，丹丘生，将进酒，杯莫停。

与君歌一曲，请君为我倾耳听。

钟鼓馔玉不足贵，但愿长醉不复醒。

古来圣贤皆寂寞，惟有饮者留其名。

陈王昔时宴平乐，斗酒十千恣欢谑。

主人何为言少钱，径须沽取对君酌。

五花马，千金裘，呼儿将出换美酒，与尔同销万古愁。

这首诗的主观感情色彩很强，有两个主要艺术特色——一是夸张手法的运用，二是内在韵律的大起大落。"将"，意思是劝，

"将进酒"的意思就是"劝酒歌"。其创作背景有两种说法，一说作于天宝十一年（752）即诗人二入长安后，一说作于开元二十四年（736）即诗人一入长安后。目前，学术界普遍倾向于第二种说法。原因是：李白一入长安虽没有找到政治出路，但对政治仍抱有很大幻想，因此，在一入长安之后、二入长安之前的诗，牢骚与期望并存。在二入长安之后，李白对政治几乎完全失望，诗中对现实持否定态度。《将进酒》所表现的思想内容，既有"古来圣贤皆寂寞，惟有饮者留其名"的牢骚，又有"天生我材必有用"的期望，符合一入长安之后、二入长安之前的诗人心态。

黄河的景象本来就是壮阔的，水流湍急，落差很大，但源头再高，也高不到天上去呀。"黄河之水天上来"把本来壮阔的景象说得更壮阔，这是放大式的夸张。这个夸张有一层比喻的意义，就是时间的一去不复返，但主要还是赞美河山的壮丽，这与李白的政治抱负是紧密联系着的。"高堂"是古代四合院的正堂，古人也用它来代称父母，但在这首诗中却是居家的意思。人生苦短，少年时一头青青的黑发，不知道什么时候就换成了白发。人的头发由黑变白，本来有一个时间过程，起码有一个"二毛"的阶段，但诗人取消了这个过程，把人生的由少到老，说成是一"朝"一"暮"的事。把一个短暂的事情，说得更加短暂，这就是缩小，这也是一种夸张，只不过是反向的夸张，其作用仍是增强表达效果，目的是感慨人生短暂。

可以说，没有夸张就没有李白。扩大式夸张在李白这里还有一种特殊形态，就是"数字化夸张"，就是运用大数目以达到夸张的目的。这种夸张形式在《将进酒》有比较集中的运用，如

"会须一饮三百杯""千金散尽还复来""斗酒十千恣欢谑""五花马，千金裘""与尔同销万古愁"，等等，或夸张饮酒之多，或夸张花销之巨，或夸张时间之长，等等。《水浒传》写武松过景阳冈，酒旗上写着"三碗不过冈"，而武松一口气喝下了十八碗，这也很夸张。但比起《将进酒》的"会须一饮三百杯"，似乎又算不得什么了，这里的效果是更加豪放、更加淋漓尽致、更加富有诗意。

李白在写作这首诗时的处境，一方面是遭遇政治失意，是冷酷的社会现实；另一方面是他一向怀有的政治抱负，是建功立业的崇高理想。这就构成了诗人的思想矛盾和冲突——这就是诗情大起大落的深层次原因。

李白诗歌内在韵律上的特点是大起大落。在《将进酒》中可以简单概括为一起一落，再起再落，再起。诗开篇是两组长句，一组长句把黄河的壮丽说得更加壮丽，面对壮丽河山，诗人豪情满怀，欲有作为。这是诗情的一次大起。紧接着，另一组长句把短暂的生命说得更加短暂，表现出诗人因仕途不顺而产生的时不我待，对虚度年华的恐惧。这是诗情的一次大落。

然而，诗人拒绝消沉。于是诗情再起："人生得意须尽欢，莫使金樽空对月。"这里说的人生得意，当然不是现实，而是未来，诗人肯定有这样的未来，所以他要为未来痛饮满杯。"天生我材必有用"表达的是使命感，是自信——"有用"而"必"！不但自信，而且充分。"千金散尽还复来"，仍然是自信——这不仅仅是说花钱的豪爽，更是对"钱"景的乐观。"烹羊宰牛且为乐"以下几句，则是为想象中乐观的前景而安排的一场盛宴，诗人用夸张的手法铺叙了这场盛宴，绝不同于"菜要一碟乎两碟乎，酒要一壶乎两壶乎"（李汝珍《镜花缘》），而是整头整头地"烹羊宰牛"，不喝上"三百杯"绝不罢休。他写了席间的劝酒之声："岑夫子，丹丘生，将进酒，杯莫停！"这就是诗情的第二次大起。

接着，"请君为我倾耳听"以下，诗人唱了一首诗中之歌。歌中唱道"但愿长醉不复醒"，这是对现实不满，是牢骚，也是诗情的再次低落。"古来圣贤皆寂寞，惟有饮者留其名"，这是继续发牢骚，情绪相当主观。读者完全可以提出质疑，举出许多反例，来证明它的不成立。却并不妨碍诗人用这样具有强烈主观情绪的诗句，来表达他对现实的不满。对古代著名的"饮者"，诗人举出了一个三国时魏国的陈思王曹植，因为他怀才不遇，壮志难酬，所以借酒消愁，诗人就这样借古人的酒杯，浇自己的块垒。这是诗情的第二次大落。

"主人何为言少钱，径须沽取对君酌"以下诗情再转狂放，甚至说："五花马，千金裘，呼儿将出换美酒，与尔同销万古愁！"这里是回应前文"人生得意须尽欢，莫使金樽空对月。天生我材必有用，千金散尽还复来"。并不因为现实的不得意，而否定未来，为了诗人肯定会到来的明天和未来，他要痛饮高歌，把过去一切的不愉快——"万古愁"（指从古以来由人生苦短引起的悲愁）彻底"销"掉。用今天的话来说，就是永久性删除。这是诗情的第三次大起，也是全诗的结束。

诗情的大起大落和强烈的主观感情色彩，以及由此形成的强烈的冲击力和感染力，是李白诗歌的突出艺术特点。通过这样的艺术表现，读者从诗中感受到的是个性的极度张扬，是对现实不满情绪的发泄，是对理想和未来的执着。这样的思想内容，为什么要通过劝酒的方式来表现呢？这是因为酒能使人情绪亢奋、酒能使人无拘无束、酒能使人缓解压力、酒能使人放言无忌，借"将进酒"这种形式，能使诗中的政治抒情既酣畅淋漓，又含蓄不露。说它含蓄不露，是因为诗中并没有直接批评现实政治。

因此，不能简单地把《将进酒》理解成一首提倡饮酒的诗，而应该看到在"借酒浇愁"的表面下，这首诗所包含的正面的积极的思想内容，那就是：不必为人生短暂而忧伤，不必为人生挫折而烦恼，应当相信未来、相信明天、相信自己——"天生我材必有用"！换言之，永远拒绝负面情绪，永远给自己以积极的心理暗示——这才是这首诗给读者的人生启迪。

梦游天姥吟留别

李白

海客谈瀛洲，烟涛微茫信难求。

越人语天姥，云霓明灭或可睹。

天姥连天向天横，势拔五岳掩赤城。

天台四万八千丈，对此欲倒东南倾。

我欲因之梦吴越，一夜飞渡镜湖月。

湖月照我影，送我至剡溪。

谢公宿处今尚在，渌水荡漾清猿啼。

脚著谢公屐，身登青云梯。

半壁见海日，空中闻天鸡。

千岩万转路不定，迷花倚石忽已暝。

熊咆龙吟殷岩泉，栗深林兮惊层巅。

云青青兮欲雨，水澹澹兮生烟。

列缺霹雳，丘峦崩摧。

洞天石扉，訇然中开。

青冥浩荡不见底，日月照耀金银台。

霓为衣兮风为马，云之君兮纷纷而来下。

虎鼓瑟兮鸾回车，仙之人兮列如麻。

忽魂悸以魄动，怳惊起而长嗟。

惟觉时之枕席，失向来之烟霞。

世间行乐亦如此，古来万事东流水。

别君去兮何时还？

且放白鹿青崖间，须行即骑访名山。

安能摧眉折腰事权贵，使我不得开心颜！

李白于天宝三载（744）由待诏翰林赐金放还，离京后曾与杜甫、高适同游梁宋、齐鲁，然后在东鲁家中居住过一个时期。东鲁的家已安定，尽可以怡情养性，但他的心却不在这儿，约在天宝五载（746）又一度踏上了漫游之路。此诗题一作"别东鲁诸公"，可知是赠别之作；由于寄情山水，通常也被认为是山水诗；然而毕竟是梦游，所以也有足够的理由被认为是游仙之作。此诗一向被列为李白代表作之一。

天姥山，在会稽（绍兴）南面，今浙江新昌、嵊州市以东，临近剡溪，与赤城山、天台山相对，号称灵秀奇绝，传说登山的人曾听到仙人天姥的歌唱，因此得名。但任何地图上都只标天台山，而不见天姥山，可见两山实际的大小。浙东山水，李白在辞亲远游的青年时代就已经游过，天台山早已去过，天姥山只听说过，故成为这次南下的主要目标。没有到过的山，当然是最好的山。诗一开始就以虚衬实，说瀛洲不可到，天姥总还可以到吧。这样说好像仙境第一，天姥山第二。然后就说它势压赤城、天台乃至五岳，这怎么可能呢？但经诗人一吹，不可能也变得可能了。这叫作尊题——为了突出所咏的对象，而做的夸张与衬托的艺术处理。

由于神往，就有尚未成行时的梦游。这番梦游不仅由越人侃大山而触发，而且有着昔游的基础，所以"梦吴越"也有旧地重游的意味，此重游乃神游，月夜飞度，与梦入妙。由杭州到越州、到剡溪、到天台，这是一条唐诗之路，而晋宋之际的谢灵运则是一个先行者，他不但是个写诗的行家，也是个登山的行家，曾特制登山木屐，"上山则去其前齿，下山则去其后齿"（《南史·谢灵运传》）。

"湖月照我影"到"迷花倚石忽已暝"这十句，从早写到晚，写诗人从剡溪到天姥山，行走山阴道上，但觉秀色扑面，层峦叠翠，回环奇绝，气派纵不如《蜀道难》雄伟，却别具清新的风格。以下写黄昏降临，山中幽怖的情景：熊在吼叫，龙在长吟，使人毛骨悚然。然后写到云头低垂，水面蒸烟，眼看滂沱大雨即将来临，诗人不禁有些失措。猛然间闪电过处，雷霆万钧，山峦崩塌，才打破适才的阴森恐怖，迎来了光明洞彻的神仙世界。从"熊咆龙吟殷岩泉"到"仙之人兮列如麻"十四句，则完全是光怪陆离、大类楚辞的幻设的笔墨了。

关于这一段描写，一方面流露出对神仙世界的向往，另一方面也可以辨认出李白在翰林三年现实生活的某些痕迹。清人陈沆在《诗比兴笺》中说，此诗即屈子《远游》之旨，亦即《梁甫吟》"我欲攀龙见明主，雷公砰訇震天鼓，帝旁投壶多玉女。三时大笑开电光，倏烁晦暝起风雨。阊阖九门不可通，以额叩关阍者怒”之旨也。太白被放以后，回首蓬莱宫殿，有若梦游，故托天姥以寄意。题曰留别，盖寄去国离都之思，非徒酬赠握手之什。此言甚是，盖太白之入侍翰林，无异好梦一场，梦醒之后，但觉其虚幻而无可留恋。尤其是联系天宝五、六载（746、747）之李林甫对大臣实行的一场场政治迫害，令人不免心有余悸，故以熊咆龙吟以象之，而以“世间行乐亦如此，古来万事东流水”二语收束。结尾更言寄情山水，为的是不同宫廷权贵同流合污。

最后几句点出留别之意，说：要问这一次离别诸君何时再见，我是打算远离尘嚣到名山求仙学道，怕是难以再会了。盖诗人有强烈的政治抱负，却不愿在权贵面前摧眉折腰，于是只好借山水、神仙以挥斥幽愤了。这几句是李白的名言，有人认为全诗从结构上说是倒装的写法，如果参读李白去朝后所作的《梁甫吟》《答王十二寒夜独酌有怀》等政治抒情诗，更会觉得这结尾的几句有雷霆万钧之力，充分显示了诗人对上层社会的深刻不满，不愿同流合污的傲岸性格，以及他对自由生活的热爱。

诗以七言为主，句法长短错综，适当采用了屈赋的句式，于波澜起伏中，表现出一种不同凡响的逸兴壮思。

乌栖曲

李　白

姑苏台上乌栖时，吴王宫里醉西施。

吴歌楚舞欢未毕，青山欲衔半边日。

银箭金壶漏水多，起看秋月坠江波。

东方渐高奈乐何！

┌··┐
└··┘

《乌栖曲》是乐府《清商曲辞·西曲歌》旧题，古辞为七言四句，两句换韵，内容较为靡丽。本篇讽刺宫廷淫靡生活，在内容形式上都推陈出新。

相传吴王夫差曾筑姑苏台，旧址在今苏州西南姑苏山，上建春宵宫，与西施在宫中为长夜之饮。前四句即紧扣题面，写姑苏台之黄昏。"鸟栖时"三字不仅点出时间，同时将吴宫置于昏林暮鸦的背景上，也带有几分象征色彩，使人联想到吴国已出现的没落趋势。"醉西施"既是说与西施共醉，即沉湎于酒；也是说惑溺于西施，即沉湎于色。"欢未毕"三字，可见宴乐是从日间进行到黄昏日落，这黄昏日落却又成为长夜之饮的开始。而黄昏日落本身，也是一个没落的象征。

接下来诗人跳过长夜之饮的场面，以两句写姑苏台之黎明。"起看秋月坠江波"与"青山欲衔半边日"适成照应，以"起看"二字暗示沉湎于酒色中的吴王心态——与处于狂欢极乐中的所有人一样，他感到时间过得太快，所谓"浮生若梦，为欢几何"（李白《春夜宴从弟桃花园序》），于是昼则望长绳系日，却依然出现了"青山欲衔半边日"的黄昏；夜则盼月驻中天，却依然出现了"起看秋月坠江波"的黎明。尽管夜以继日地行乐，然而欢乐仍然填不满精神的空虚。

于是诗的结尾有意突破《乌栖曲》古辞偶句收结的格式，变偶为奇，为诗安上了一个意味深长的结尾——"东方渐高奈乐何！"天下没有不散的筵席，《唐宋诗醇》评道："乐极生悲之意写得微婉，未几而麋鹿游于姑苏矣。全不说破，可谓寄兴深微者。末缀一单句，有不尽之妙。"

李白的七古一般都写得雄奇恣肆，而本篇则偏于含蓄收敛，成为别调。前人或以为它是借吴宫荒淫来托讽唐玄宗的沉湎声色，迷恋杨妃，是完全有可能的。据《本事诗》载，李白初见贺知章，贺见《乌栖曲》叹赏苦吟道："此诗可以泣鬼神矣。"看来这话不单纯是从艺术角度着眼的。

宣州谢朓楼饯别校书叔云

李　白

弃我去者昨日之日不可留，乱我心者今日之日多烦忧。

长风万里送秋雁，对此可以酣高楼。

蓬莱文章建安骨，中间小谢又清发。

俱怀逸兴壮思飞，欲上青天揽明月。

抽刀断水水更流，举杯销愁愁更愁。

人生在世不称意，明朝散发弄扁 piān 舟。

这首诗约作于天宝十二载（753）秋天，安史之乱爆发之前。李白游宣城登谢公楼（北楼）所作。谢公楼在陵阳山上，是南齐诗人谢朓任宣城太守时所建，并改名为叠嶂楼。《文苑英华》题作"陪侍郎叔华登楼歌"；日本影印静嘉堂宋本《李太白文集》题下注云"一作'陪侍御叔华登楼歌'"，缪曰芑、萧士赟、胡震亨、王琦各本均同。

这首诗到底是为李云而作，还是为李华而作，分歧主要在对"蓬莱文章"四字理解不同。维护今题者，以李云做过秘书省校书郎，谓唐之秘书省相当于汉之东观，而汉人称东观为"道家蓬莱山"，故应是送李云之作。主张另一题者，谓《文苑英华》注"蓬莱文章"一作"蔡氏（邕）文章"，即代指汉代文章，与校书郎之职无关，而李华则是著名古文家，方可比拟于蔡邕。另，《李太白全集》同卷另别有《饯校书叔云》系春日作，此诗是秋日作，古人在一年中很难有春、秋两季同送一人之作，故应是陪李华登楼作。好在这个问题对于诗意的理解影响不大，姑存而不论。

"弃我去者昨日之日不可留"四句一韵（平声）为一段，用了两个十一字散文化的排句如风雨骤至，是李白偏爱的开篇手法，也是杜甫称其"飘然思不群"的所在。前二句分别以"弃我去者""乱我心者"领起，其起势迅猛，如风雨骤至。对于政治失意的人，去日苦多是一重苦恼，今日难挨也是一重苦恼，这心情是太矛盾太复杂了。老实人作诗，昨日就昨日，今日就今日，而"昨日之日""今日之日"这样的说法在文法上是不通的，然而无论如何，你都不能把它简化为"昨日""今日"，简化了就不够味。这就是所谓言之不足故永歌之。此种句调，恰如"蜀道之难难于上青天"中加"之难"二字，是嗟叹之不足故永歌之，系李白从心化出。"长风万里送秋雁"二句归到题面。前两句说到愁不可遏，这两句却并不沿着这条思路往下写，突然振起，是李白特有的大落大起、语未了便转的手法，一跳就跳到秋高气爽、登楼酣饮的主题上来。

"蓬莱文章建安骨"四句转韵（入声）为一段。先以二句写煮酒论文。置酒会友，高谈阔论，李白对年轻的诗友杜甫是如此，对长辈的秘书郎李云或古文家李华也是如此。在谢公楼上，当然要谈到谢朓，不止谈谢朓，话题还一直追溯到陈子昂所大力提倡、李白所大力响应的汉魏风骨（《古风》"自从建安来，绮丽不足珍；圣代复元古，垂衣贵清真"），李白一向是以汉魏风骨的传人自居的。"蓬莱文章建安骨"就是两汉诗文即汉魏风骨的一转语。不过，从汉魏到盛唐，几百年中也并非一片空白，即就谢公楼的主人小谢而言，就算一个。他的诗符合"清风出芙蓉，天然去雕饰"的美学标准，为李白所服膺。所以诗中特别提到"中间小谢又清发"。饮宴的双方于酒酣耳热之际，尚论古人，谈兴极高。上说汉魏风骨，中论六朝名家，往下不免说到当下，说到彼此，于是诗情一跃而进，推到了高峰："俱怀逸兴壮思飞，欲上青天揽明月。"诗中口气，何啻是杯酒论文，"俱怀"云云，简直是在煮酒论英雄了。

"抽刀断水水更流"四句再转平韵为一段，思绪回到现实，诗情于是猛跌。天宝后期，唐王朝正走下坡路，所以此诗以愤激起，中间借高谈阔论飞上九天，只是"莫谈国是"，想起来叫人情绪一落千丈。自个儿的理想才情，可上九天揽月，偏偏在现实中没有出路，怎不叫人思之气短呢！诗人以"抽刀断水水更流"来比喻他不可断绝的忧愁，极有创意，就音情言，"断水水更流"的顶真和下句一连串的愁、愁、愁，联想巧妙，音调流畅，造语天成，使人如闻抽刀断水而水流潺潺不断之声。古今喻愁的诗句之多，而罕有其匹。"人生在世不称意"二句，谓现实黑暗，而壮志难酬，只好浪游江湖，这是很无可奈何的话，可与《梦游天姥吟留别》结语参读。"散发"指不束冠，以示闲适自在，意谓弃官。"弄扁舟"指乘小舟归隐江湖。语出《史记》所载，春秋末年范蠡辞别越王勾践，"乘扁舟浮于江湖"（《货殖列传》）。

这首诗基本上没有说离别之情，而是重笔写理想与现实的矛盾，抒发壮志凌云的激情及怀才不遇的愤懑，对现实黑暗表示了强烈的不满。诗情大起大落：首二句破空而来，诗情下坠；再用破空之句作接，诗情上扬，于第四句点题；"蓬莱文章"异军突起，诗情扬至高峰；"抽刀断水"猛然下跌，最后两句煞题。全诗如风云变幻、大河奔流，其天马行空般的内在韵律，极具魅力，是李白的代表之作和唐诗的头等名篇。

江上吟

李 白

木兰之枻沙棠舟，玉箫金管坐两头。

美酒樽中置千斛，载妓随波任去留。

仙人有待乘黄鹤，海客无心随白鸥。

屈平词赋悬日月，楚王台榭空山丘。

兴酣落笔摇五岳，诗成笑傲凌沧洲。

功名富贵若长在，汉水亦应西北流。

李白平生游江夏不止一次，此诗或系于开元二十二年（734）游江夏时；郭沫若则认为是长流夜郎，上元元年（760）遇赦返回江夏时所作。按诗中强烈蔑视求仙隐逸及否定功名富贵，而希图以诗文传世不朽的思想，应是晚年之作，故以郭说为是。

诗从江上遨游写起，按《吴书》载，三国时期吴国人郑泉，其人博学有奇志，而嗜酒好吃，常说："愿得美酒五百斛船，以四时甘脆置两头，反复没饮之，惫即往而啖肴膳。酒有斗升减，随即益之，不亦快乎？"诗即本此，更以木兰桨、沙棠舟、玉箫、金管、美酒等种种精美名物，描绘出一幅江上行乐图，充分表现了李白肯定物质享乐而反对苦行的人生观。史载谢安隐居东山时，常常携妓出游，李白以谢安自比，在这方面也不宜多让，故敢放言"载妓随波任去留"也。选家或因此而不选，也太道貌岸然了。

江夏有黄鹤楼，据传仙人子安曾骑鹤过此，"有待"二字语出《庄子》，是委婉地说成仙无望；"海客无心随白鸥"事见《列子》，谓与其求仙虚妄，不如忘机狎物，可以纵适一时也。诗人在肯定物质世界的同时，对神仙世界做了否定。

江夏属楚地，李白自然联想到屈原，从而对诗人做了崇高的赞美，对其对立面的楚王则予以否定。这实际上也是宣布诗人如今的人生价值取向。看他兴酣落笔，动摇五岳，诗成之后，不可一世，即杜甫所谓"笔落惊风雨，诗成泣鬼神"（《寄李太白二十韵》），可知他赞美屈原就是赞美自我，否定楚王就是否定权贵，所以结尾指江水为誓，对功名富贵做断然彻底之否决，痛快淋漓之至。

李白的一生，思想复杂矛盾，情绪并不稳定，抒情有较强的主观色彩，所谓"时来天地皆同力，运去英雄不自由"（罗隐《筹笔驿》）。他的否定功名富贵，多半是出自愤激之言；否定神仙，恐未必彻底。其骨子里最本质的东西，则是鄙弃庸俗，热爱自由。本诗赞美诗、赞美酒、赞美创造的精神，渴望永恒与不朽和蔑视权贵的思想，则是一以贯之的。诗的篇幅奇短，而包容极大，反映的人生观总的说来是积极、进取、乐观、豪迈的。

诗满心而发，肆口而成，故明白如话，如"坐两头""置千斛""任去留"等，无须翻译人人都懂；音节浏亮，对仗精工，波澜迭起，如倒倾鲛室，一气呵成而神完气足；同时具备了自然和高妙，故最能代表李白式的锦心绣口。

燕歌行

高　适

开元二十六年（738），客有从御史大夫张公出塞而还者，作《燕歌行》以示适，感征戍之事，因而和焉。

汉家烟尘在东北，汉将辞家破残贼。
男儿本自重横行，天子非常赐颜色。
摐金伐鼓下榆关，旌旆逶迤碣石间。
校尉羽书飞瀚海，单于猎火照狼山。
山川萧条极边土，胡骑凭陵杂风雨。
战士军前半死生，美人帐下犹歌舞！
大漠穷秋塞草腓，孤城落日斗兵稀。
身当恩遇恒轻敌，力尽关山未解围。
铁衣远戍辛勤久，玉箸应啼别离后。
少妇城南欲断肠，征人蓟北空回首。
边庭飘飘那可度，绝域苍茫更何有！
杀气三时作阵云，寒声一夜传刁斗。
相看白刃血纷纷，死节从来岂顾勋？
君不见沙场征战苦，至今犹忆李将军。

这是一首以暴露问题为主的边塞诗。原序中"张公"指张守珪，当时以辅国大将军兼御史大夫，主持北边对契丹、奚族的军事。诗中所写，却综合了诗人在蓟门的见闻，不限于一人一事，是对当时整个边塞战争的更高的艺术概括，既有现实针对性，又有典型性。

全诗四句一解。"汉家烟尘"四句,写唐军将士慷慨辞阙奔赴东北边防的情况。当时营州(今辽宁朝阳)以北是契丹和奚族,两蕃在开元三年(715)内附于唐,玄宗复置松漠、饶乐两都督府,认其酋长为都督,先后以五公主和亲于两蕃,而契丹内部实力人物可突干擅行废立,多次弑其酋长。唐虽一再迁就,但可突干于开元十八年(730)又杀其主李邵固,并胁迫奚族叛唐降突厥,并为边患,此后唐与二蕃的战争连年不断。故诗云"汉家烟尘在东北"。开元二十二年(734)六月,张守珪大破契丹,斩其王屈利及可突干,然余党犹未平,不久又叛唐,"残贼"即指此。首二句以"汉家""汉将"开篇,是谓同纽,造成一种连贯的气势,突出的是一种同仇敌忾的民族意识。继二句以"本自""非常"呼应递进,言"男儿生世间,及壮当封侯"(杜甫《后出塞五首》其一)——本来就该驰骋沙场,何况天子十分赏脸,奖励有加,所以士气之高可以想见。

"摐金伐鼓"四句,写唐军赴边途中的情况。古时军中以金、鼓为乐节止进退,所谓"击鼓进军""鸣金收兵",故诗云"摐金伐鼓";因为是从朝廷到边地,故云"下榆关(即山海关)";"旌旆逶迤"则形象生动地写出了出征队伍的阵容浩大,也写出了行军道路的崎岖。这二句勾勒出一幅壮观的行军图,下二句则通过快马羽书,写出军情紧急。古代少数民族打仗前行较猎以为演习,"狼山"(狼居胥山,属阴山山脉,在今内蒙古)此泛指边塞的山,"猎火照狼山"则暗示敌人又发起进攻。诗的音情由雄壮转为急促。

"山川萧条"四句,写沙场的苦战和军中的苦乐不均。边地连年交战,耕地减少的同时,沙扬扩大;敌方是强悍的骑兵,其来势如狂风骤雨；面对如此强敌，战争的惨烈可想而知，"战士军前半死生"啊。写到这里，笔锋一宕，出现了军中帐内将军沉湎女乐的情景，这里是一片轻歌曼舞，哪里感觉得到半点硝烟的气氛。这样的将军，又怎能指望他身先士卒？这样的军队，又怎样去战胜敌人？一面是壮烈的牺牲，一面是赤裸裸的荒淫。尽管士卒已竭其全力，但指挥不得其人，战斗的结果不容乐观。

"大漠穷秋"四句，写战斗的失利和士卒的悲哀。时正秋末，"匈奴草黄马正肥"，敌人得天时之利，唐军则上下离心，经过一场恶战，到傍晚时分，只剩少数士卒稀稀落落生返孤城。诗中孤城、落日、衰草构成惨淡悲凉的气氛，渲染出战局失利的悲哀。战士们怀着保家卫国的忠勇，从来作战奋不顾身（"身当恩遇恒轻敌"句回应前文"男儿本自重横行，天子非常赐颜色"），然而"力尽关山未解危"——边患依然未能解除，这原因不能不令人深思。尽管诗人未能直说"左贤未遁旌竿折，过在将军不在兵"（常建《塞下》），但意思是很清楚的了。从此以后，战争就要旷日持久地进行下去，带给人民沉重的负担和痛苦。

"铁衣远戍"四句，写战士久戍不归与思妇两地相思之苦。长安城南是居民区（城北为宫室所在），城南蓟北，远隔天涯，两地相思，一例承受着战争的痛苦。四句用回文反复的方式，一句征夫（"铁衣"），一句少妇（"玉箸"），再一句少妇，一句征夫。先用借代藻饰，再出本辞，隐显往复之间，道出无限缠绵悱恻之思。

"边庭飘飖"四句，写军中生活的紧张和苦寒。边地极目，一片荒凉，"那可度"就地域言是辽阔，承上文言则是曰归无期；"更何有"是指没有庄稼，没有牛羊，也就是没有和平。战争僵持，两军对垒，随时都可能发生战斗。早午晚三时，前线都是战云密布，杀气不消；深夜刁斗传出的寒声，则暗示着战士连睡觉也绷紧神经，睁着一只眼睛。此即《木兰诗》中所谓"朔气传金柝，寒光照铁衣"，李白所谓"晓战随金鼓，宵眠抱玉鞍"（《塞下曲六首》其一），岑参所谓"将军金甲夜不脱""风头如刀面如割"（《走马川行奉送出师西征》），陈毅所谓"风击悬冰碎万瓶，野营人对雪光横。遥闻敌垒吹寒角，持枪倚枕到天明"（《雪中野营闻警》）。

"相看白刃"四句，是点明全诗的题旨，以引起人们的深思。前二句再次照应"男儿本自重横行"及"身当恩遇恒轻敌"，重申战士卫国的忠勇——尽管有家室之私，他们出以国家民族之大义，出生入死，奋勇拼搏，白刀子进、红刀子出，身家性命尚且不顾，还看重什么个人名位！一篇之中，凡三致意，"岂顾勋"三字则进了一层。然后有力地呼号出唯一的不满，唯一的无法容忍，那就是对将帅的不体恤士兵、无安边之良策造成无谓的牺牲，因此，这些连死都不怕的汉子才大声叫出了"征战苦"，并渴望古之良将复生于今日。

诗中"李将军"，指战国赵之良将李牧，或汉之飞将军李广。高适在诗中不止一次赞美过李牧，如"李牧制儋兰，遗风岂寂寞"（《睢阳酬别畅大判官》），"惟昔李将军，按节出此都。总戎扫大漠，一战擒单于"（《塞上》）。据《史记》本传，牧守赵北边时，厚遇战士，养精蓄锐数岁，然后出击，大破匈奴十余万骑，其后十余岁，匈奴不敢近赵之边城。李白诗云："不见征戍儿，岂知关山苦。李牧今不在，边人饲豺虎"（《古风五十九首》其十四），即与此诗结句同意。又，《史记·李广传》载，广廉洁，得赏赐辄分其麾下，饮食与战士共之，天乏绝处见水，士卒不尽饮，广不近水；士卒不尽食，广未尝食；宽缓不苛，故士卒乐为之用。广居右北平，匈奴闻之，号曰"汉之飞将军"，或避之数岁不敢入右北平。其事迹与李牧相近，王昌龄诗云："但使龙城飞将在，不教胡马度阴山"（《出塞二首》其一），与此诗结句亦相似。所以两说均可通。

《燕歌行》是盛唐边塞诗的力作之一。全诗展示的思想内容和生活内容，无论就深度还是广度而言，在边塞诗中均首屈一指。诗中不仅写了行军和战斗的过程和场面，而且是全方位、多角度展开描写，诗中涉及人物有天子、将军、士兵、思妇和敌人，而又能集中到几个重点，即揭露军中矛盾、表现士兵对将帅不得其人的愤慨及人民对和平生活的向往。所以尽管面铺得很广，主题思想却很集中、很突出。与内容的丰富性相应，诗在写法上双管齐下，主次分明，形象丰满，气势开阔。全诗以刻画边防战士的集体形象为主，按其辞阙、赴边、激战、乡思、警戒和怅怨为主要线索展开描写，交织以天子送行、胡骑猖獗、将帅腐朽、少妇愁思等内容，有纵向发展，有横向延伸。就空间而言，涉及长安、榆关、碣石、瀚海、狼山、蓟北等，使诗篇具有尺幅千里、坐役万景的气势感。直抒胸臆的同时，使用了景物描写烘托气氛，有助于抒情。

诗中写激战的同时，多次展现边庭荒凉的景象，如"山川萧条极边土""大漠穷秋塞草腓，孤城落日斗兵稀""边庭飘飖那可度，绝域苍茫更何有！杀气三时作阵云，寒声一夜传刁斗"，通过对沙场荒凉的渲染，增加了悲壮惨苦的抒情气氛。词浅意深，铺排中即为讽刺（王夫之语）。诗中并没有多少直接批判的语言，而更多地运用形象来说话，如"战士军前半死生，美人帐下犹歌舞"二句，其效果有如电影的蒙太奇语言，通过前线和帅府两个画面的组接，批判的力度胜过千言万语。又如"身当恩遇恒轻敌，力尽关山未解危"，用吁叹的语调传达出许多言外之意，令人不禁要问个为什么。"君不见沙场征战苦，至今犹忆李将军"，只言对古之良将的怀念，而对今日将帅之不得其人，尤其是一种辛辣的讽刺。

诗虽为七言古体，却适当吸收了近体的骈偶和调声，如"校尉羽书飞瀚海，单于猎火照狼山""战士军前半死生，美人帐下犹歌舞""铁衣远戍辛勤久，玉箸应啼别离后。少妇城南欲断肠，征人蓟北空回首""杀气三时作阵云，寒声一夜传刁斗"，等等，都相当工整；同时也继承了四杰体四句转韵、平仄互换的调式；除偶尔点染（用"铁衣""玉箸"代征夫、少妇以避复），洗空藻绘，故全诗既音调浏亮，又浑厚老成，纯乎唐音矣。

《燕歌行》原为乐府古题，取材于征夫思妇的离愁别恨，从曹丕首倡以来，陆机、谢灵运、庾信等都有拟作，然一般不出这一范围，唯庾信加入了个人身世之感，算是有一些创新。高适此诗虽然在写征夫思妇两地相思这一点上与古辞有联系，但写作的重心已转移到边塞问题上来，大大增加了社会意义，可谓推陈出新。

走马川行奉送出师西征

岑 参

君不见走马川，雪海边，平沙莽莽黄入天。

轮台九月风夜吼，一川碎石大如斗，随风满地石乱走。

匈奴草黄马正肥，金山西见烟尘飞，汉家大将西出师。

将军金甲夜不脱，半夜军行戈相拨，风头如刀面如割。

马毛带雪汗气蒸，五花连钱旋作冰，幕中草檄砚水凝。

虏骑闻之应胆慑，料知短兵不敢接，车师西门伫献捷。

　　本诗一题为"走马川行奉送封大夫出师西征"。岑参笔下人物多是理想化的英雄，有其现实基础，最直接、最当指出的便是节度使封常清。岑参有不少杰作都是献给此人的。封常清是一个富于传奇性的人物，瘦瘠跛足，精通兵法，是唐代武将中起自细微而位至公卿的奇才。今存为岑诗中为封氏所作的多篇出征歌和凯歌，乃是诗人平生最得意之作。这首诗是岑参在轮台时为封常清出师播仙而写的，是作者的代表作之一。全诗三句一韵，韵自为解。

　　前三句写平沙万里的西部风光，其中运用西部地名"走马川""雪海"，顿觉有异国情调。"平沙莽莽黄入天"，既言"平沙"，就不是指飞沙（如王昌龄《从军行七首》其五"大漠风尘日色昏"），而是展现"平沙万里绝人烟"（岑参《碛中作》）的沙碛昼景。为紧接着的写飞沙走石蓄势。夜来风云突变，打破了日间的寂静，静动相生，构成奇趣。这是怎样一种"飞沙走石"！民间倒反歌中的"直刮得石头满街滚"，在西部却是一种事实，句有奇趣——一位新诗人拟曰"轮台的风吹落斗大陨石，一块雹子砸死一匹骆驼，热海的月亮烙熟葱饼"，颇为神似。风云突变又预示着战局突变，或突如其来的军机。果然，气象预兆落实在军情上——本节匈奴的张狂与唐将的从容，形成对照。

　　接下来就写夜行军，这是本篇独出心裁的构思。全诗没有一句写接仗，通过夜行军中唐军纪律的严明、精神的振奋、士气的高涨，暗示战斗的必然结果。便是所谓不著一字，尽得风流。

"将军金甲夜不脱，半夜军行戈相拨，风头如刀面如割"三句，一句见将士上下一心（这与高适《燕歌行》的取向完全不同），一句见军纪严明（兵戈撞击的声音反衬出行军的肃静），一句以句中排比形式，通过人的感觉写风霜之厉害，像刀子在脸上割。黑夜霜风，越是环境艰苦，越是衬托出将士的英勇无畏。夜袭敌人，兵贵神速，又增加了成功的概率。

然后，作者通过马背热汗、砚中墨汁瞬息成冰，以小见大，状出天气酷寒程度，既极富西北生活实感，又颇具奇趣，一再以环境的艰苦，衬托主人公的无畏形象。经过两度烘托，决胜信心已溢言表，故跳过接仗，预想敌人闻风胆丧，大军兵不血刃，捷报倚马可待。干净利落，出乎意外，得其圜中。

本篇在写景状物、叙事抒情方面颇多奇趣，体现了岑诗的特点。尤其突出的是三句一韵的体式，乃吸收了汉代以后民间歌谣中三三七和七言三句构成句群的形式，扩成长篇，意思三句一转，韵脚三句一变，句位密集，平仄交替，从而形成强烈的声势和急促的音调，成为以语言音响传达生活音响的成功范例。

轮台歌奉送封大夫出师西征

岑　参

轮台城头夜吹角，轮台城北旄头落。
羽书昨夜过渠黎，单于已在金山西。
戍楼西望烟尘黑，汉兵屯在轮台北。
上将拥旄西出征，平明吹笛大军行。
四边伐鼓雪海涌，三军大呼阴山动。

虏塞兵气连云屯，战场白骨缠草根。

剑河风急雪片阔，沙口石冻马蹄脱。

亚相勤王甘苦辛，誓将报主静边尘。

古来青史谁不见，今见功名胜古人。

这首七古与《走马川行奉送出师西征》系同一时期、为同一事、赠同一人之作。但《走马川行奉送出师西征》未写战斗，通过将士顶风冒雪的夜行军情景烘托必胜之势；此诗则直写战阵之事，具体手法与前诗也有所不同。

起首六句写战斗以前两军对垒的紧张状态。虽是制造气氛，却与《走马川行奉送出师西征》从自然环境落笔不同。那里是飞沙走石，暗示将有一场激战；而这里却直接从战阵入手：军府驻地的城头，号角声划破夜空，呈现出一种异样的沉寂，暗示部队已进入紧张的备战状态。据《史记·天官书》："昴为髦头（旄头），胡星也。"古人认为旄头跳跃主胡兵大起，而"旄头落"则主胡兵覆灭。"轮台城头夜吹角，轮台城北旄头落"，连用"轮台城"三字开头，造成连贯的语势，烘托出围绕此城的战时气氛。把"夜吹角"与"旄头落"两种现象联系起来，既能表达一种同仇敌忾之气，又象征唐军之必胜。气氛酿足，然后倒插一笔："羽书昨夜过渠黎（今新疆轮台县东南），单于已在金山（今阿尔泰山）西"，交代出局势紧张的原因在于胡兵入寇。因果倒置的手法，使开篇奇突警湛。"单于已在金山西"与"汉兵屯在轮台北"，以相同句式，两个"在"字，写出两军对垒之势。敌对双方如此逼近，以至"戍楼西望烟尘黑"，写出一种濒临激战的静默。局势之紧张，大有一触即发之势。

紧接四句写白昼出师与接仗。手法上与《走马川行奉送出师西征》写夜行军大不一样，那里是衔枚急走，不闻人声，极力描写自然；而这里极力渲染吹笛伐鼓，是堂堂之阵，正正之旗，突出军队的声威。开篇是那样奇突，而写出师是如此从容、镇定，一张一弛，气势益显。作者写自然好写大风大雪、极寒酷热，而这里写军事也是同一作风，将是拥旄（节旄，军权之象征）之"上将"，三军则写作"大军"，士卒呐喊是"大呼"。总之，"其所表现的人物事实都是最伟大、最雄壮的、最愉快的，好像一百二十面鼓、七十面金钲合奏的鼓吹曲一样，十分震动人的耳鼓。和那丝竹一般细碎而悲哀的诗人正相反对"（徐嘉瑞《岑参》）。于是军队的声威超于自然之上，仿佛冰冻的雪海亦为之汹涌，巍巍阴山亦为之摇撼，这出神入化之笔表现出一种所向无敌的气概。

"三军大呼阴山动"，似乎胡兵将败如山倒。殊不知下面四句中，作者拗折一笔，战斗并非势如破竹，而斗争异常艰苦。"虏塞兵气连云屯"，极言对方军队集结之多。诗人借对方兵力强大以突出己方兵力的更为强大，这种以强衬强的手法极妙。"战场白骨缠草根"，借战场气氛之惨淡暗示战斗必有重大伤亡。以下两句又极写气候之奇寒。"剑河""沙口"这些地名有泛指意味，地名本身亦似带杀气；写风曰"急"，写雪片曰"阔"，均突出了边地气候之特征；而"石冻马蹄脱"一语尤奇：石头本硬，"石冻"则更硬，竟能使马蹄脱落，则战争之艰苦就不言而喻了。作者写奇寒与牺牲，似是渲染战争之恐怖，但这并不是他的最终目的。作为一个意志坚韧、喜好宏伟壮烈事物的诗人，如此淋漓兴会地写战场的严寒与危苦，是在直面正视和欣赏一种悲壮画面，他这样写，正是歌颂将士之奋不顾身。他越是写危险与痛苦，便越发得意，好像吃辣椒的人，越辣得眼泪出，便越发快活。下一层中说到"甘苦辛"，亦应有他自身体验在内。

末四句照应题目，预祝奏凯，以颂扬作结。封常清于天宝十三载（754）以节度使摄御史大夫，御史大夫在汉时位次宰相，故诗中美称为"亚相"。"誓将报主静边尘"，虽只写"誓"，但通过前面两层对战争的正面叙写与侧面烘托，已经有力地暗示出此战必胜的结局。末二句预祝之词，说"谁不见"，意味着古人之功名书在简策，万口流传，早觉不新鲜了，数风流人物，则当看今朝。"今见功名胜古人"，朴质无华而掷地有声，遥应篇首而足以振起全篇。上一层写战斗艰苦而此处写战胜之荣耀，一抑一扬，跌宕生姿。前此皆两句转韵，节奏较促，此四句却一韵流转而下，恰有奏捷的轻松愉快之感。在别的诗人看来，一面是"战场白骨缠草根"而一面是"今见功名胜古人"，不免生出"一将功成万骨枯"（曹松《己亥岁》）一类感慨，盖其同情在于弱者一面。而作为盛唐时代浪漫诗风的重要代表作家的岑参，无疑更喜欢强者，喜欢塑造"超人"的形象。读者从"古来青史谁不见，今见功名胜古人"所感到的，不正如此么？

全诗四层写来一张一弛，顿挫抑扬，结构紧凑，音情配合极好。有正面描写，有侧面烘托，又运用象征、想象和夸张等手法，特别是渲染大军声威，造成极宏伟壮阔的画面，使全诗充满浪漫主义激情和边塞生活的气息，成功地表现了三军将士建功报国的英勇气概。就此而言，又与《走马川行奉送出师西征》并无二致。

白雪歌送武判官归京

岑　参

北风卷地白草折，胡天八月即飞雪。

忽如一夜春风来，千树万树梨花开。

散入珠帘湿罗幕，狐裘不暖锦衾薄。

将军角弓不得控，都护铁衣冷难着。

瀚海阑干百丈冰，愁云惨淡万里凝。

中军置酒饮归客，胡琴琵琶与羌笛。

纷纷暮雪下辕门，风掣红旗冻不翻。

轮台东门送君去，去时雪满天山路。

山回路转不见君，雪上空留马行处。

────────────────────────────────

此诗是一首咏雪送人之作。天宝十三载（754）岑参再度出塞，充任安西北庭节度使封常清的判官。武某或即其前任，为送他归京，写下此诗。"岑参兄弟皆好奇"（杜甫《渼陂行》），因此读此诗处处不要忽略一个"奇"字。

此诗开篇就奇突，未及白雪而先传风声，所谓"笔所未到气已吞"——全是飞雪之精神。大雪必随刮风而来，"北风卷地"四字，妙在由风而见雪。"白草"，据《汉书·西域传》颜师古注，乃西北一种草名，王先谦补注谓其性至坚韧。然经霜草脆，故能断折（如为春草则随风俯仰不可"折"）。"白草折"又形出风来势猛。八月秋高，而北地已满天飞雪。"胡天八月即飞雪"，一个"即"字，惟妙惟肖地写出由南方来的人少见多怪的惊奇口吻。

塞外苦寒，北风一吹，大雪纷飞，诗人以"春风"使梨花盛开，比拟"北风"使雪花飞舞，极为新颖贴切。"忽如"二字下得甚妙，不仅写出了"胡天"变幻无常、大雪来得急骤，而且再次传出了诗人惊喜好奇的神情。"千树万树梨花开"的壮美意境，颇富有浪漫色彩。南方人见过梨花开繁的景象，那雪白的花不是一朵一朵，而是一团一团，花团锦簇，压枝欲低，与雪压冬林的景象极为神似。春风吹来梨花开，竟至"千树万树"，重叠的修辞表现出景象的繁荣壮丽。"春雪满空来，触处似花开"（东方虬《春雪》），也以花喻雪，匠心略同，但无论豪情与奇趣都得让此诗三分。诗人将春景比冬景，尤其将南方春景比北国冬景，几使人忘记奇寒而内心感到喜悦与温暖，着想、造境俱称奇绝。要品评这咏雪之千古名句，恰有一个成语——"妙手回春"。

以写野外雪景作了漂亮的开端后，诗笔从帐外写到帐内。那片片飞"花"飘飘而来，穿帘入户，沾在幕帏上慢慢消融，"散入珠帘湿罗幕"一语承上启下，转换自然从容，体物入微。"白雪"的影响侵入室内，倘是南方，穿"狐裘"必发炸热，而此地"狐裘不暖"，连裹着软和的"锦衾"也只觉单薄。"一身能擘两雕弧"的边将，居然拉不开角弓；平素是"将军金甲夜不脱"（岑参《走马行川奉送出师西征》），而此时是"都护铁衣冷难着"。二句兼都护（镇边都护府的长官）将军言之，互文见义。这四句，有人认为表现了边地将士苦寒生活，仅着眼这几句，谁说不是？但从"白雪歌"歌咏的主题而言，主要是通过人和人的感受，通过种种被南方人视为反常的情事写天气的奇寒，写白雪的威力。这真是一支白雪的赞歌呢！通过人的感受写严寒，手法具体真切，不流于抽象概念。诗人对奇寒津津乐道，使人不觉其苦，反觉冷得新鲜，寒得有趣。这又是诗人"好奇"个性的表现。

场景再次移到帐外，而且延伸向广远的沙漠和辽阔的天空：浩瀚的沙海，冰雪遍地；雪压冬云，浓重稠密，雪虽暂停，但看来天气不会在短期内好转。"瀚海阑干百丈冰，愁云惨淡万里凝"，二句以夸张笔墨，气势磅礴地勾出瑰奇壮丽的沙塞雪景，又为"武判官归京"安排了一个典型的送别环境。如此酷寒恶劣的天气，长途跋涉将是艰辛的呢？"愁"字隐约对离别分手做了暗示。

于是写到中军帐（主帅营帐）置酒饮别的情景。如果说以上主要是咏雪而渐有寄情，以下则正写送别而以白雪为背景。"胡琴琵琶与羌笛"句，并列三种乐器而不写音乐本身，颇似笨拙，但仍能间接传达一种急管繁弦的场面，以及"总是关山旧别情"（王昌龄《从军行》其二）的意味。这些边地之器乐，对于送者能触动乡愁，于送别之外别有一番滋味。写饯宴给读者印象深刻而落墨不多，这也表明作者根据题意在用笔上分了主次详略。

送客送出军门，时已黄昏，又见大雪纷飞。这时看见一个奇异景象：尽管风刮得挺猛，辕门上的红旗却一动也不动——它已被冰雪冻结了。这一生动而反常的细节再次传神地写出天气奇寒。而那以白雪为背景上的鲜红一点，那冷色基调的画面上的一星暖色，反衬得整个境界更洁白，更寒冷；那雪花乱飞的空中不动的物象，又衬得整个画面更加生动。这是诗中又一处精彩的奇笔。

送客送到路口，这是轮台东门。尽管依依不舍，毕竟是分手的时候了。大雪封山，路可怎么走啊！路转峰回，行人消失在雪地里，诗人还在深情地目送。这最后的几句是极其动人的，成为此诗出色的结尾，与开篇悉称。看着"雪上空留"的马蹄迹，他会想些什么？是对行者难舍而生留恋，是为其"长路关山何日尽"(张谓《送卢举使河源》)而发愁，还是为自己归期未卜而惆怅？结束处有悠悠不尽之情，意境与汉代古诗"步出城东门，遥望江南路，前日风雪中，故人从此去"(《步出城东门》)名句差近，用在诗的结处，效果更佳。

充满奇情妙思，是此诗主要的特色（这很能反映诗人的创作个性）。作者用敏锐的观察力和感受力捕捉边塞奇观，笔力矫健，有大笔挥洒（如"瀚海"二句），有细节勾勒（如"风掣红旗冻不翻"），有真实生动的摹写，也有浪漫奇妙的想象（如"忽如"二句），再现了边地瑰丽的自然风光，充满浓郁的边地生活气息。全诗融合着强烈的主观感受，在歌咏自然风光的同时还表现了雪中送人的真挚情谊。诗情内涵丰富，意境鲜明独特，具有极强的艺术感染力。诗的语言明朗优美，又利用换韵与场景画面交替的配合，形成跌宕生姿的节奏旋律。诗中或二句一转韵，或四句一转韵，转韵时场景必更新：开篇入声、起音陡促，与风狂雪猛的画面配合；继而音韵轻柔舒缓，随即出现"春暖花开"的美景；以下又转沉滞紧涩，出现军中苦寒情事；末四句渐入徐缓，画面上出现渐行渐远的马蹄印迹，使人低回不已。全诗音情配合极佳，当得"有声画"的称誉。

热海行送崔侍御还京

岑　参

侧闻阴山胡儿语，西头热海水如煮。
海上众鸟不敢飞，中有鲤鱼长且肥。
岸旁青草常不歇，空中白雪遥旋灭。

蒸沙烁石燃虏云，沸浪炎波煎汉月。

阴火潜烧天地炉，何事偏烘西一隅。

势吞月窟侵太白，气连赤坂通单于。

送君一醉天山郭，正见夕阳海边落。

柏台霜威寒逼人，热海炎气为之薄。

　　岑参是一个与平庸无缘的诗人，他生性好奇，喜欢富于刺激性的生活。三十及第受官后，曾一度陷入苦闷，然而一窥塞垣，则精神为之振奋。京华的一切离他远了，然而他有了写不完说不尽的冰川雪海、火山沙漠、烽火杀伐，以及比这一切更刺人心肠的悲恸与快乐。在新印象与强刺激中，岑参进入了创作的成熟期和丰收期，成为大西北的豪迈歌手。岑参的诗歌创作有一种独特现象，即其每逢上司或僚友出征或还京之际，总忘不了唱一首大西北的赞歌为之送行，诗歌标题大抵相类："白雪歌送武判官归京""走马川行奉送出师西征""天山雪歌送萧治归京""火山云歌送别"，这类诗歌中，杰作极多，《热海行送崔侍御还京》也属于这类诗作。

　　"热海"即今吉尔吉斯斯坦境内的伊塞克湖，唐时属安西都护府辖区。岑参出塞"行到安西更向西"（《过碛》），仍未能达到直线距离去安西都护府约有千里之遥的热海。"侧闻阴山（此泛指边地的山）胡儿语，西头热海水如煮"，表明作者对热海的了解来自传闻，而这传闻得自当地土著"胡儿"。"水如煮"三字形象地渲染热海之"热"，是内地人闻所未闻的。大概崔侍御（侍御史是居殿中纠察不法的官吏）还没听说过，所以诗人要对他夸一夸这比"火山"更稀奇的热海。

篇首八句便糅合传闻与想象，对热海绘声绘色，加以渲染：热海气候之酷热难以形容，海水烫得快沸腾了。别处"胡天八月即飞雪"，而热海则十分反常，白雪还没有到达其地，就早已化灭得无影无踪。这里，诗人的超凡出奇处在于，他一面夸张自然环境的恶劣，一面赞美顽强的生命：鸟儿纵然避开了炎热的湖面，然而湖中却出产一种赤鲤，它们不但活泼，而且长得肥硕；这与岸旁经过严酷生存竞争考验，获得惊人的抗旱耐温性能的青草之生生不息，彼此辉映着，唱出了一支生命力的颂歌。尽管他一面骇人听闻地唱着："蒸沙烁石燃虏云"呀，"沸浪炎波煎汉月"呀，几乎令听者汗流浃背，却仍使人觉得诗人是在津津有味地夸耀他最感兴味的事体，同时与之发生共鸣，感到痛快。"燃云""煎月"的说法，实在匪夷所思。一处有一处的云彩，故谓此处之云为"虏云"；月亮却只有一个，故此地之月亦即"汉月"，措语惬心贵当。诗笔的挥纵自如，表明诗人兴会无前。

经过上述渲染，紧接四句是诗人的慨叹。他借用了贾谊《鵩鸟赋》"天地为炉"的说法，而扬弃了其"万物为铜"的感喟，说道：仿佛地底的"阴火"（相对太阳之炎而言）一齐烧向了西北边陲，令人不解其故。那炎热的威力不但统治了边地（"月窟"指西陲，"单于"指单于都护府所在地），而且影响东渐（"赤坂"在陕西洋县东龙亭山），甚至远达天庭的太白星。"吞""侵""连""通"四字一气贯注，准确、有力而又酣畅。诗人似乎在责问造物："阴火潜烧天地炉，何事偏烘西一隅。"然而从他作诗的兴头看，这与其说表示遗憾，毋宁说是变相的惊喜。

末四句，诗人回到送别的话题："送君一醉天山郭，正见夕阳海边落。"以景色转换话头，十分自如。钱宴座中哪能看见热海？夕阳西下的景色却是能看到的。这时宾主俱醉，既醉于酒，又陶醉于那关于热海的传说，也就好像看到"夕阳海边落"。"正见"的口气，却又写幻如真。这时的热海，又和神话中日浴处的咸池合二为一了。《汉书·朱博传》谓"御史府中列柏台"，诗中即以"柏台"代称崔侍御。又因为侍御史为执法吏，有肃杀之气，故谓之"霜威寒逼人"。这里写人，用了一个寒冷的喻象，与诗中的热海折中一下，给"热海炎气"浇了一瓢凉水。既承上写足热海主题，使人感到余兴不浅，又十分凑手地表达了对崔侍御的敬爱和赞美。不勉强，不过头，将唱热海与表送行，挽合得天衣无缝。

诗虽作于社交场合，却是积累有素，文如宿构。既牵涉饯别，又是"醉翁之意不在酒"（欧阳修《醉翁亭记》）——诗人深深爱上了边塞，爱上了塞外风光，借送别之由以发挥之，这就和一般的应酬之作有别。

送李副使赴碛西官军

岑　参

火山六月应更热，赤亭道口行人绝。
知君惯度祁连城，岂能愁见轮台月。
脱鞍暂入酒家垆，送君万里西击胡。
功名只向马上取，真是英雄一丈夫。

诗作于天宝十载（751）六月。开篇就显示出别具一格的特色，不从酒家送别说起，而从出塞途中必经的"火山"和"赤亭"落笔，极富新奇感。据地质工作者说，火山确曾有过烈焰熊熊的历史，远在侏罗纪，地层中的煤层曾发生过自燃，紫红色的烧结层绵延起伏，看上去宛似一条火龙在飞舞，加之地处吐鲁番盆地，酷热异常，称之火山，更是名副其实。这火山、赤亭与雪海、大漠一样，给了岑参以太多的灵感，屡形于诗。

本篇一开始就说火山与赤亭，这两个地名给人的感觉，都是炎热。使人想起《西游记》"唐三藏路阻火焰山，孙行者三调芭蕉扇"的故事，为送别提供了一个特殊的背景。又以常人面对畏途的裹足不前，反衬诗中人身负使命，明知征途有艰险，越是艰险越向前的气概。以下再一次信手拈来河西地名——"祁连""轮台"，作成异域的情调。"轮台月"与"火山"有凉热的不同，形成一番对照，一种跌宕。"轮台月"有何可愁？愁在使人望而思乡。所以"岂能愁见轮台月"，是肯定诗中人以四海为家的襟抱，这是盛唐人胸襟与风貌的体现。而"惯度"二字，传达出一种夸口的语气和不屑一顾的神情。"知君惯度"与"岂能愁见"相呼应，是不容置辩的口气与推心置腹的揣度，料想行者听了，一定浮一大白，道："知我者岑生也。"

正因为前四句写得饱满，写得够味，故以下四句直是骏马注坡一般迅疾，不妨其流走。这里仍须注意"脱鞍暂入酒家垆"所表现的壮怀，与"系马高楼垂柳边"（王维《少年行四首》其一）同一声口，而地域的莽苍粗犷又有区别。"送君击胡"中嵌入"万里"，表现出一种"匈奴未灭，何以家为"（霍去病语）式的豪情。而"功名只向马上取"，也有"乃公居马上而得之，安用诗书"（刘邦语）的胜概。"真是英雄一丈夫"一点即收，虽直白，却痛快。

兵车行

杜 甫

车辚辚，马萧萧，行人弓箭各在腰。

耶孃妻子走相送，尘埃不见咸阳桥。

牵衣顿足拦道哭，哭声直上干云霄。

道旁过者问行人，行人但云点行频。

或从十五北防河，便至四十西营田。

去时里正与裹头，归来头白还戍边。

边庭流血成海水，武皇开边意未已。

君不闻汉家山东二百州，千村万落生荆杞。

纵有健妇把锄犁，禾生陇亩无东西。

况复秦兵耐苦战，被驱不异犬与鸡。

长者虽有问，役夫敢申恨？

且如今年冬，未休关西卒。

县官急索租，租税从何出？

信知生男恶，反是生女好。

生女犹得嫁比邻，生男埋没随百草。

君不见青海头，古来白骨无人收。

新鬼烦冤旧鬼哭，天阴雨湿声啾啾。

⌐┄┄┄┄┄┄┄┄┄┄┄┄┄┄┄┄┄┄┄┄┄┄┄┄┄┄┄┄┄┐

此诗乃诗人困守长安期间，即天宝后期作。历代注家多以为因玄宗用兵吐蕃而作，因为诗结尾有"君不见青海头"云云；而当代学者则据黄鹤、钱谦益的笺解定此诗为杨国忠征南诏一事而作，同时引《通鉴》为书证略云：天宝十载（751）鲜于仲通丧师于泸南，人畏云南瘴疠不敢应募，杨国忠遣御史分道捕人，连枷送指军所，开拔时行者愁怨，父母妻子送之，所在哭声震野，与本篇开头描写的情景相似。

大抵天宝后期，朝廷一意开边，边将亦贪功好战，安禄山在范阳、哥舒翰在陇右、鲜于仲通在南诏乃至高仙芝对大食都发动过不义战争，与开元时代防御性质的战争不同。此诗虽就征兵一事立题，却并不限于某于具体的战事，而是集中反映天宝年间唐王朝发动开边战争所引起的一系列严重的社会问题，具有高度的艺术概括力量。

一起七句开门见山，展开出征送行的场面，具有很强的现场感。诗人选择渭桥这一西行必经的送别之地为背景，按道旁观者感受最强烈的视听印象集中描写：车轮的滚动声，军马的嘶叫声，出征的队伍（特写：新兵腰间的弓箭），夹道奔走相送的男女老少，和遮挡住视线的漫天的尘埃；队伍在西渭桥边稍息，送行的场面一下子就达到高潮，这时亲属拦道牵衣、捶胸顿足、失声痛哭、尽情发泄，士兵们则强忍眼泪，劝慰亲人。虽然笔墨不多，由于集中典型，为读者留下想象的余地，故能以巨大的历史容量震撼人心。

接下来，作为"道旁过者"的诗人，不失时机地进行了现场采访。采访的对象是位老兵，这个并非初次应征、年逾四十的老兵看来是没人话别，被冷落在一边，倒也乐意回答诗人的问题。老兵答话可分几层，从"点行频"到"武皇开边意未已"为第一层，是怨叹朝廷用兵过于频繁。就拿他本人来说吧，十五岁被征至西河（今甘肃、宁夏一带）驻守；到四十岁还在西北屯田（唐王朝为增强河西对吐蕃的防务，在河西屯田）；入伍时年纪尚小，里长还替他束过发；回来时有了白发，还被调遣去戍边。读者仿佛听到他那沉重的叹息声：国家总是要征兵的，但征兵次数实在太多了，太多了。这个老兵，又叫人联想到汉乐府《十五从军征》中的那个老兵，诗中也就借汉武来比唐皇了。

从"君不见汉家山东二百州"到"租税从何出"为第二层，谈黩武战争导致农业大幅度减产和民生凋敝等严重的社会问题。诗中的"山东"乃指华山以东的广大地区。由于征兵太频，造成农业劳动力投入的不足——旧时妇女从事蚕桑，在农耕方面抵不上男子，如今靠妇女种田，庄稼长势不好，农业歉收是不可避免的了。然后话头转到秦兵、也就是关西兵（关指潼关）、也就是眼前这些子弟兵，说古话就有"关东出相，关西出将"（《汉书·赵充国传》"关"作"山"），我们这些关西子弟是耐苦善战的，但也不能鞭打快牛、把我们像鸡狗一样看贱呀。就拿今冬眼前来说吧，还在不停征关西兵，这又怎么得了呢？最妙的是垫上一句"长者虽有问，役夫敢申恨"，口气分明是：要不是先生好心问我，我是不愿说这些话的。说是不敢申恨，而言下已俱是恨声。然后再退一步撇开百姓不说，这样打下去，对官府又有什么好处呢？官府不是要收租吗，没有收成，租税能从天上掉下来？"租税从何出"一问问得好，只怕统治者还没有清醒地认识到这个问题的严重性吧。

从"信知生男恶"到篇终感叹作结，是第三层。秦时征发民夫修筑长城，民间便流传着"生男慎勿举，生女哺用脯"（陈琳《饮马长城窟行》），无休止的战争和徭役夺去了大量男子的生命，竟使重男轻女的社会心理转变为重女轻男，在号称盛世的天宝年间竟然又出现了这种情况，不能不发人深省。"生女犹得嫁比邻，生男埋没随百草"两句实际包含着一个悖论，既然生男不免乎送死，那么生女又嫁谁呢？结果只能是出现许多老女不嫁和许多的寡妇而已。这层比较，发挥了秦时民谣的意思。最后几句，诗人站在历史的高度，通过对古战场阴森恐怖的描写，对自古以来穷兵黩武的战争进行血泪的控诉。这里的鬼哭，与开篇的人哭遥相呼应，形象地反映了安史之乱前夕社会出现的不祥之兆。

此诗纯用客观叙述的表现手法，前半写出征送行惨状，是记事；后半写征夫诉苦之词，是记言。诗人在诗中虽然只扮演一个采访者的角色，但他和那个主人公的思想感情实际上是打成一片的，所以历来解释此诗的人，往往就"行人"的答词究竟该在何处画句号发生争论——关键就在这个打成一片上。

此诗句式长短错综，融合了历代民歌各种修辞手法，如顶针、问答、征引、口语化（"耶孃妻子"等语），等等，内容方面的情事紧迫和表达方面的起伏跌宕天衣无缝地统一在一起，不愧为杜诗代表作。

丽人行

杜 甫

三月三日天气新，长安水边多丽人。
态浓意远淑且真，肌理细腻骨肉匀。
绣罗衣裳照暮春，蹙金孔雀银麒麟。
头上何所有？翠为匐叶垂鬓唇。
背后何所见？珠压腰极稳称身。
就中云幕椒房亲，赐名大国虢与秦。
紫驼之峰出翠釜，水精之盘行素鳞。

犀箸厌饫久未下，鸾刀缕切空纷纶。

黄门飞鞚不动尘，御厨络绎送八珍。

箫管哀吟感鬼神，宾从杂遝实要津。

后来鞍马何逡巡，当轩下马立锦茵。

杨花雪落覆白苹，青鸟飞去衔红巾。

炙手可热势绝伦，慎莫近前丞相嗔！

━━━━━━━━━━━━━━━━━━━━━━━━━━━━━━━━━

《丽人行》是杜甫即事名篇创立的乐府诗题，诗作于天宝十二载（752）春的上巳节。上巳是中国古代的一个传统节日，又叫"修禊"（临水为祭，祓除不祥），最初定在三月上旬的巳日，魏以后定为三月三日，实际上成为一个春游日。唐时长安曲江，是在汉武帝建筑的宜春苑的基础上进一步疏凿而成的国家水上公园。故首都居民在上巳日，大都来此游春修禊，据唐初王绩《三月三日赋》说，届时曲江水滨就聚"三都之丽人"。天宝十二载正是杨贵妃春风得意之时，其宠荣及于亲属，据《旧唐书》和《明皇杂录》，每到十月玄宗幸华清宫，国忠姊妹五家扈从，每家为一队，著一色衣，五家合队，照映如百花之焕发，遗钗坠钿，灿烂芳馥于路。天宝十二载春天，杜甫在曲江亲眼看到杨氏姊妹在曲江游春的种种"表演"，作此诗，从一个侧面反映了当时的社会现实。

诗分三段。先叙曲江游女之佳丽，极写杨氏姊妹姿色之艳与服饰之盛。诗人从三月三日长安水边多丽人说起，初未挑明丽人身份，好像是总写踏青之仕女，其实笔墨集中在其中的一群。从五代人所画《虢国夫人游春图》可知，杨氏诸姨出游跟随的侍女不少，都骑大马，一个个花枝招展。若是小家碧玉，"态浓"则不能"意远"（雍容大方），所谓婢学夫人，不免露出些村气；唯贵妇浓妆为本色，显得脱俗，美善自然（淑真）。由于养尊处优，一个个细皮嫩肉，体形不错——骨多则瘦，肉多则肥，"骨肉匀"即纤秾适度。本来粗服乱头亦不掩国色，她们偏偏还要美上加美，看她们的全身打扮——罗衣闪闪发光，上面以金银线绣有孔雀、麒麟等吉祥图案，再看其头饰——翠玉做成的叶状首饰压在鬓角上，再看她们的背影——珠玉垂在衣裾边上很有坠性。诗中来有"头上何所有""背后何所见"五言的问句，不但形成节奏，读来朗朗上口，而且暗传围观打量者窃窃私语的神情。这样一群美妇人出现在曲江，当然会引起轰动，使游众大饱眼福。

次写杨氏诸姨宴饮肴馔之阔气和排场。先用两句插说挑明这一群丽人不同寻常的身份：其中那几位丽人中的丽人，乃是当今皇上的几个姨子（"云幕椒房"以居处代指贵妃）。按杨贵妃有姊三人，皆封国夫人（古代贵妇最高封号）：大姊崔氏封韩国夫人，二姊裴氏封虢国夫人，三姊柳氏封秦国夫人。诗中落下了大姊，是受字数限制，故举二以概三。然后写她们开始用"野餐"，这可不是便餐或快餐，上菜"驼峰""素鳞"表明食物乃水陆之珍稀，"翠釜""水精盘""犀箸""鸾刀"表明用具之考究，同时进餐时还有箫鼓奏乐以助食欲。就这样，那班贵妇还觉得无可下箸（对比《儒林外史》二回写周进宴请众穷酸："每桌上摆上八九个碗，乃是猪头肉、公鸡、鲤鱼、肚肺肝肠之类，叫一声'请'，一齐举箸，却如风卷残云一般，早去了一半"），这就惊动了御厨，赶紧精心炮制佳肴美味，由黄门太监从夹城快马递送。

面对这样一场眼花缭乱的场面，旁观者当做何感想？正处在"饥卧动即向一旬，鹑衣寸寸曾联百结"（《投简咸华两县诸子》）的境况之中的诗人做何感想？唾沫直往肚里咽。难怪他要高度地不满了。注意"宾从杂遝实要津"一句，表面是说杨氏诸姨的跟班很多，把住路口，担任防卫，实另有所刺。盖自天宝十一载五月杨国忠任御史大夫兼京畿采访使，同年十一月升为右相兼文部尚书，大权在握后办的第一件事，就是把他在蜀中结识的亲信鲜于仲通引荐为京兆尹，鲜于到任后即奉旨为国忠撰写颂词，并授意来京参选者附和之。杜甫在走投无路时，也曾献诗鲜于，希望他能向杨国忠引荐自己。尽管如此，诗人对杨氏鲜于集团还是很反感的，诗句也隐射着他们把持了权门要路（"要津"）这一事实。

末六句刺杨氏兄妹丑闻和炙手可热的权势。这是由后来的一位大官人模样的角色即当朝丞相杨国忠而引发的，因为他靠贵妃的裙带关系而飞黄腾达，所以在《丽人行》中也是一个重要角色。杨氏兄妹在当时口碑不好，见载于史的传闻之一，就是杨国忠和虢国夫人有暧昧苟且。虢国夫人是放诞风流的一个女性，杜甫（一作张祜）《集灵台》专咏其事："虢国夫人承主恩，平明骑马入宫门。却嫌脂粉污颜色，淡扫蛾眉朝至尊。"对皇帝如此随便，平素之不自约束也可想而知。当时她住宣阳里左，国忠在其南，经常往来，出则并马，说说笑笑。市民看不顺眼，就说他们乱伦。所以杨国忠来到曲江，在游人中又会引起一阵轰动，彼此咬耳朵，所"咬"内容见于"杨花雪落覆白苹（大浮萍）"二句，古人认为杨花具水性，入水则化浮萍（陆佃《埤雅·释草》），所以向来用喻轻薄者。杨花姓"杨"，浮萍也姓"杨"，杨花像雪花一样飘在浮萍上，是隐射杨氏兄妹乱伦偷情。"青鸟"是神话传说中西王母的使者，或即鹦鹉，后多用指在男女间传情的人，红巾为女性用品，暗指定情之物。

结尾用警告的口气提醒游众，最好还是离杨氏兄妹远点，不要触及禁区，自讨苦吃。诗旨在揭露杨氏兄妹骄奢淫逸之丑，笔致却华美庄重，到最后点到为止，即前人所谓"美人相、富贵相，最后乃现出罗刹相，真可笑可畏"（蒋弱六）。不作断语，是为善讽。施补华说："前半竭力形容杨氏姊妹之游冶淫佚，后半叙国忠之气焰逼人，绝不作一断语，使人于意外得之，此诗之善讽也。"浦起龙说："无一讥刺语，描摹处语语讥刺；无一慨叹外，点逗处声声慨叹。"咸中肯綮。

哀江头

杜　甫

少陵野老吞声哭，春日潜行曲江曲。
江头宫殿锁千门，细柳新蒲为谁绿？
忆昔霓旌下南苑，苑中万物生颜色。
昭阳殿里第一人，同辇随君侍君侧。
辇前才人带弓箭，白马嚼啮黄金勒。
翻身向天仰射云，一笑正坠双飞翼。
明眸皓齿今何在？血污游魂归不得。
清渭东流剑阁深，去住彼此无消息！
人生有情泪沾臆，江水江花岂终极？
黄昏胡骑尘满城，欲往城南望城北。

杜甫写作这首诗的前一年，即天宝十五载（756）六月十二日乙未，小雨天气，玄宗仓皇奔蜀；十三日丙申，军行至马嵬驿发生哗变，杀杨国忠，并逼玄宗赐杨贵妃自缢，这就是历史上著名的马嵬之变。七月肃宗即位灵武。八月杜甫即得到上述消息，奔行在途中陷贼。至德二年（757）年春，杜甫偷偷行至曲江，目睹江柳、江花、江水及眼前宫殿的荒凉，忆帝妃行幸游乐之旧事，想马嵬之变的凄凉，感赋此诗。

全诗共分三部分。前四句为一段，写潜行曲江的满目悲凉。诗以"少陵野老"自称，盖与《咏怀五百字》一样，不以率府为意也。"吞声哭"三字写出诗人不能不哭而又欲哭不敢、只能吞声饮泣，昔日游览胜地，今日不敢公然前往又不能不来、只能向最偏僻之处偷偷潜往的情状；"吞声哭"三字，与"潜行曲江曲"五字，写出诗人由衷的伤时念乱之情和沦陷区压抑恐怖的处境，所谓"苦音急调，千古魂消"（杨伦《杜诗镜铨》）。下两句写江头宫门尽锁，虽有细柳新蒲，更有何人欣赏。"为谁绿"三字反诘得妙，宋词人姜夔名句"念桥边红药，年年知为谁生"（《扬州慢》）即从此化出，正是花柳无主，有不如无，与《小雅·采薇》"昔我往矣，杨柳依依"同致，盖以乐景写哀，倍增其哀。

继八句写乱前帝妃行幸曲江的盛况。先总一笔，用霓虹般的彩旗代指天子仪仗之盛，谓其使万物沾光。然后用汉代赵飞燕代出杨妃。"第一人"使人联想到白居易《长恨歌》"后宫佳丽三千人，三千宠爱在一身"，杨妃当时俨然成了第一夫人，和皇帝夜同床、出同车，寸步不离。"辇前才人"四句，朱鹤龄以为反映了唐时天子游幸有才人射生（射活靶子）之制，特新旧《唐书》失载。这种推测是有根据的。按中唐王建《宫词》云："射生宫女宿红妆，把得新弓各自张。临上马时齐赐酒，男儿跪拜谢君王"，"旋猎一边还引马，归来花鸭绕鞍垂"，可知其制：参与射生的乃宫女即此诗中女官"才人"，射生时换却红妆、身着戎服，临行天子赐酒，则行男儿跪拜之礼；一般射生主要是鸭子之类活靶。不过杜甫此诗不同于王建的纪实，为了增强美感和诗意，用了一个特写镜头——"翻身向天仰射云，一笑正坠双飞翼"，这一笑是"千金一笑"，点明玄宗游苑多为娱乐贵妃也。这个"一笑正坠双飞翼"的另一层妙用是双关，暗示玄宗与贵妃乐极生悲，种下不幸的根苗。经过这样的暗示，下文就出其不意地转到马嵬事变上来。

末八句为第三段，写对马嵬事变的感伤。"明眸皓齿"代贵妃，她已血溅马嵬，埋骨渭滨，而魂游于异乡；玄宗则由剑阁到了成都。彼此悬崖撒手，永不相干。这里既有惋伤，也有痛恨，感情是十分复杂的。于是最后四句说，人是有情的，而自然无情、历史无情，"花自飘零水自流"（李清照《一剪梅》），秋去春来，永无终极；而帝妃大错铸成，却无药可救。多情的诗人越想心越乱，一时竟迷失方向，欲往城南，却往城北。

白居易的《长恨歌》是把唐玄宗、杨贵妃作为一个爱情传奇故事的主人公来加以刻画的，所以基本倾向是玩味和同情。杜甫《哀江头》写的是时事，忠实于历史事实，所以基本倾向是悲伤和痛心。《长恨歌》是叙事诗，诗人只充当一个叙事人而已；《哀江头》是抒情诗，诗人是抒情主人公，而帝妃则是他的哀悼对象。故《长恨歌》按叙事步骤一步步走向高潮，极善铺陈；《哀江头》则以抒情的笔法写来，劈头就是抒情，然后插说，然后复转入抒情，结构上有大的跳跃，比如说到帝妃的生死离别，就几乎略去了整个马嵬事件，直接飞跃到悲剧的高潮，便表现出凝练的特色。

戏题王宰画山水图歌

杜 甫

十日画一水，五日画一石。

能事不受相促逼，王宰始肯留真迹。

壮哉昆仑方壶图，挂君高堂之素壁。

巴陵洞庭日本东，赤岸水与银河通，中有云气随飞龙。

舟人渔子入浦溆，山木尽压洪涛风。

尤工远势古莫比，咫尺应须应万里。

焉得并州快剪刀，剪取吴淞半江水。

....

此为歌行体题画诗，约作于上元元年（760）。读此诗须注意
"戏题"二字，即其中的幽默感。

前四句写其名家风度，"十日画一水，五日画一石"无乃太
慢乎，看来王宰是位工笔青绿山水画家，喜欢精雕细刻，画起来
胸有成竹，不喜受人催促。时下名画家应酬求画时也是如此，先
决条件便是不催，把绢幅搁那儿就是。一来求画的人多，哪能说
要就要？二来要有兴致才肯命笔。所以要快莫来，不然就暗中教
弟子或女儿临摹代笔，自己画押就是——要不然杜甫何以特别强
调"真迹"二字呢——"能事不受相促逼，王宰使肯留真迹"！

中七句述画中山水。这是一幅绢画，而且是挂在画家自己家
中的中堂，可知是得意之作。《昆仑方壶图》以神山尤其海上神
山命名，可知是想象写意为主。此画山水俱佳，尤善留白（"中
有云气"云云），而且从树木与波涛传出狂风之势。诗人所举
"巴陵""日本""赤岸"皆泛言崇山峻岭、江河湖海，以助读者
之想象。

末四句是总评和观感，"尤工远势古莫比"二句，是说王宰在运用透视画法以取得尺幅万里之势方面，有超过古人的独到之处。可谓懂画。

据说晋人索靖见顾恺之画，爱不释手，说："恨不带并州快剪刀来，欲剪松江半幅纹练归去。"（此注乃宋人伪托，然大有助于理解诗意。）意即这画不能全幅偷走，剪一块水纹回去，亦有收藏价值。末二句正此意也，所以言"戏"。或解为"不知哪得如此快剪刀，把吴淞江水也剪来了"，非唯不通（江水何可剪，必画水始可剪耳），且大失题意。

诗人另有《戏为韦偃双松图歌》末云"我有一幅好东绢，重之不减锦绣段；已令拂拭光凌乱，请公放笔为直干"，盖画松以曲干见奇，而一匹东绢长可两丈，问彼能否作直干之松树，是求画意，亦开个小小的玩笑。

茅屋为秋风所破歌

杜 甫

八月秋高风怒号，卷我屋上三重茅。
茅飞渡江洒江郊，高者挂罥长林梢，下者飘转沉塘坳。
南村群童欺我老无力，忍能对面为盗贼。
公然抱茅入竹去，唇焦口燥呼不得，归来倚杖自叹息。
俄顷风定云墨色，秋天漠漠向昏黑。
布衾多年冷似铁，娇儿恶卧踏里裂。
床头屋漏无干处，雨脚如麻未断绝。
自经丧乱少睡眠，长夜沾湿何由彻！

安得广厦千万间，大庇天下寒士俱欢颜，风雨不动安如山！

呜呼！何时眼前突兀见此屋，吾庐独破受冻死亦足！

此诗于上元二年（761）秋八月作于草堂。草堂也就是茅屋，《堂成》说"背郭堂成荫白茅"，可知草堂最初建成的样子。从这一时期所作的不少七律看，诗人的生活是相对安定的，心情也较为舒畅。《南邻》诗云"锦里先生乌角巾，园收芋栗未全贫"，好个"未全贫"，它恰如其分地表明了诗人当时未脱贫而十分安贫的处境——稍有天灾人祸，就要露出它的困窘来。761 年的这个秋天情况就有不妙，草堂至少遭遇了一次暴风雨的袭击，堂前临江的一棵两百岁的楠木也被连根拔起，屋漏把诗人搞得十分狼狈。在那个狼狈的夜晚，他想到普天下与他一样和比他处境更遭的人，想得很多很多，从而留下了这一名篇。

诗分两个部分。第一部分叙事，写茅屋为秋风所破的白天及当晚，诗人遭遇的种种狼狈，是极其生动的三部曲。首五句写狂风破屋的情景，这风来得之野蛮，如撒泼打滚，差点没把草堂的屋顶给揭了。卷走的茅草之多，吹得之高，吹得之远，都是令人张口、结舌、傻眼的。"茅飞"几句，一连串地铺写，几令人目不暇接。在合辙押韵上，句句入韵，用了"号""茅"等五个开口呼平声韵脚，对风声作了形象的描摹，都很能传神。继五句写顽童趁火打劫，在风中欢呼着抢夺茅草，往竹林那边扬长而去，根本不听招呼，把老人气得不行。吹散的茅草没法捡，能捡的又被南村童群童捡了，诗人只好回来拄杖喘息。继八句写暴雨的袭击，俗话说"屋漏偏逢连夜雨"，意思是祸不单行，这恰是诗人当日的写照。狂风揭茅只是倒霉的开头，接着便是黑云压顶，大雨跟着就来了。被子冷得像铁，是说它不但冷，而且硬，可见其陈旧；这样的被子睡着怪不舒服，难怪孩子乱蹬，把里子都蹬破了，就更不舒服。更加痛苦的是屋漏，它使得诗人在屋里、床顶到处摆盆，滴水叮叮咚咚，空气又湿又冷，桌上的书卷稿纸都遭了殃。自战乱以来六个年头，诗人忧国忧民，长期失眠，这个风雨之夜就更别睡了，不知怎样才能熬得到天亮。于是诗人百感交集，想到普天下不知有多少人屋顶漏雨，又不知有多少人头上无片瓦。

第二部分抒怀。一想到大众的痛苦，诗人就忘却了一己的痛苦，他痛切地感到解决人民仅次于衣食的住房问题是多么重要、多么迫切，于是大声疾呼"安得广厦千万间，大庇天下寒士俱欢颜，风雨不动安如山！呜呼！何时眼前突兀见此屋，吾庐独破受冻死亦足"，披露了诗人民胞物与、爱及天下的博大襟怀。特别是它出现在前一部分所展示的具体的生活背景上，建筑在切肤之痛上，就显得格外真切动人。后来白居易《新制布裘》诗："安得万里裘，盖裹周四垠。稳暖皆如我，天下无寒人"，即受此诗影响——作为饱暖中人能想想穷苦的人，那是富人的慈悲，总不如身在饥寒中人的祈愿更具切肤之痛。

本篇在歌行体的运用上达到了十分自由的程度，一是句式参差，用了散文化的语言；二是句群奇偶的错综，有三处是三句形成句群，有时三句一韵，有时五句一韵，其出入变化，挥洒收放，皆缘情而为。非圣于诗者不能也。

丹青引赠曹将军霸

杜 甫

将军魏武之子孙，于今为庶为清门。

英雄割据虽已矣，文采风流今尚存。

学书初学卫夫人，但恨无过王右军。

丹青不知老将至，富贵于我如浮云。

开元之中常引见，承恩数上南薰殿。

凌烟功臣少颜色，将军下笔开生面。

良相头上进贤冠，猛将腰间大羽箭。

褒公鄂公毛发动，英姿飒爽来酣战。

先帝御马玉花骢，画工如山貌不同。

是日牵来赤墀下，迥立阊阖生长风。

诏谓将军拂绢素，意匠惨淡经营中。

斯须九重真龙出，一洗万古凡马空。

玉花却在御榻上，榻上庭前屹相向。

至尊含笑催赐金，圉人太仆皆惆怅。

弟子韩幹早入室，亦能画马穷殊相。

幹惟画肉不画骨，忍使骅骝气凋丧。

将军善画盖有神，偶逢佳士亦写真。

即今漂泊干戈际，屡貌寻常行路人。

途穷反遭俗眼白，世上未有如公贫。

但看古来盛名下，终日坎壈缠其身。

此诗于代宗广德二年（764）作于成都。唐张彦远《历代名画记》载："曹霸，魏曹髦（高贵乡公）之后，髦画称于后代，霸在开元中已得名。天宝末每诏写御马及功臣，官至左武卫将军。"安史之乱后，曹霸亦漂泊成都，与杜甫相遇。本诗可以说是一篇绝妙的画家小传，其间亦寄寓了诗人深深的同情。

全诗四十句，八句一韵，平仄互换，换韵处换意成为自然段落。诗中所列曹霸从艺二三事，描绘出画家一生梗概，在材料处理上颇得主次详略之法。先八句叙曹霸家世、艺事及人品。叙家世从其远祖魏武说起，谓其割据已矣、门第中落，其辞若有憾，实深许之，紧要乃在"文采风流"一句。如杜甫自诩"吾祖诗冠古"一样值得骄傲。其次赞其书艺。但这不是曹霸的强项，所以说"但恨无过王右军"，又是辞若有憾，然而乃是与书圣相比，如此地取法乎上，仍是肯定，又为以下赞其画艺留够余地，分清主次。再次述其人品，说曹霸乃致力于绘画，乐此不疲，贫困不移。"丹青不知"二句化用《论语·述而》"发愤忘食，乐以忘忧，不知老之将至云尔""不义而富且贵，于我如浮云"。这里强调的是艺术家对艺术的热爱和献身精神，有了这个，加上先天的禀赋，即"文采风流"，就是百分之百的成功。

次八句写图画凌烟功臣，在丹青事迹中又是陪笔，但较书艺的一笔带过又稍详细。唐贞观十七年（643）阎立本奉诏图画功臣二十四人（文武两类）于凌烟阁，由于年久褪色，开元间又命曹霸重画一次。史称立本所画"尤工形似"，诗云曹霸所画别开生面，为笔下人物传神，使之栩栩如生。"良相头上"二句描述人物衣饰佩服之细节，可见画家一笔不苟。然后特写褒国公段志玄、鄂国公尉迟敬德画像之威风，以概其余。

以下十六句即两段写曹霸画马，才是诗中主笔，刘熙载论书云："画山者必有主峰，为诸峰所拱向；作字者必有主笔，为余笔所拱向。主笔有差，余笔皆败，故善书者必争此一笔。"这不是一般的作画，而是有皇帝（玄宗）出席的当众表演。"画工如山貌（描）不同"，描不同即画不像，画不像是因不传神。既表明马的神骏，也说明国手的难得。以下写皇帝叫拂绢，要看他动笔，画家却不慌不忙——"能事不受相促逼"。他在做什么呢，"意匠惨淡经营"——是在窥伺对象，是在酝酿情绪。是草草动手，还是胸有成竹再动，这是行家与冒牌货的重要区别。所以林冲在打翻洪教头之前的一味退让，未尝不是惨淡经营；"将军欲以巧服人，盘马弯弓故不发"。所谓兴会、灵感，不是从天上掉下来的，它完全是一种积累的产物，印象和素材的积累，技法的积累和情绪的积累，最后形成一种创作冲动，觉得兴会到了，便要努力创造。在这种状态下，真正的艺术品就诞生了："斯须九重真龙出，一洗万古凡马空！"杜甫之所以能写活一个曹霸，正如曹霸能画活一匹天马一样，是在于与笔下对象达成了一种精神上的默契。盖杜甫也有过"集贤学士如堵墙，观我落笔中书堂。往日文采动人主，今日饥寒趋道旁"（《莫相疑行》），几乎完全一样的经历。然后正面说画的精彩，画马与真马难分高下，皇帝赐金，宫廷的马官们自愧不如了。突然又引入一个韩幹——曹霸升堂入室的弟子，来进一步衬托曹霸的绝活之不可及。这里对韩幹的批评不一定确切，因为古代包括唐代的画论著作，对韩幹画马的评价都是很高的，如说他得"骨肉停匀法"（夏文彦），他有一句名言："臣自有师，今陛下内厩之马，皆仆之师也"（《唐朝名画录》），真迹至今珍藏于我国台湾，可驳"画肉不画骨"之说。杜甫的批评也许代表某个阶段的看法，但更是属于尊题的手法。值得注意的是，杜甫提出了创作的一个重要原则，就是关于画骨的问题。所谓"画骨"推广到一般，就是指的传达对象的精神实质，这"骨"与"忍使骅骝气凋丧"的"气"，"将军善画盖有神"的"神"，具有同一性。相传赵子昂画马，先要对镜扮马，才能动笔，他又说过"右军人品甚高，故书入神品"——艺术品中总是体现着艺术家的品格的。诗中这一段主笔之妙，完全在于杜甫写出了一个艺术家的精神。

最后八句慨叹曹霸遭逢的坎坷，并自鸣不平。作为一个敬业的艺术家，曹霸漂泊中还在画，但不再是画功臣与天马了，只偶画佳士，而更多的是为路人写真，成了个地摊画家，以画谋生了。卖艺以自食其力，正自有精神在。但同时也就是处于困窘了。古人说"诗穷而后工"，画亦如之。又说"古来才命两相妨"（李商隐《有感》）。这是曹霸的写照，也是杜甫本人的写照。《存殁口号》也写道："郑公粉绘随长夜，曹霸丹青已白头。天下何曾有山水，人间不解重骅骝。"这是对社会不重视人才，乃至埋没人才的有力控诉。前人对此诗评价很高，乔亿云："此七古之长江大河也，于浑浩流转中，位置详审，无一笔造次，所谓惨淡经营者，画不可见，诗独当之矣。"

听颖师弹琴

韩　愈

昵昵儿女语，恩怨相尔汝。
划然变轩昂，勇士赴敌场。
浮云柳絮无根蒂，天地阔远随飞扬。
喧啾百鸟群，忽见孤凤凰。

跻攀分寸不可上，失势一落千丈强。

嗟余有两耳，未省听丝篁。

自闻颖师弹，起坐在一旁。

推手遽止之，湿衣泪滂滂。

颖乎尔诚能，无以冰炭置我肠！

颖师是来自天竺的僧人，善弹琴，曾以琴换诗，肯请当时长安城中有名的诗人为其写诗，同时李贺亦有《听颖师弹琴歌》纪其事，作于元和六、七年（811—812）其为奉礼郎时。韩愈此诗作年亦相当。

诗分两段，前十句入手擒题，就"听"字摹写琴声。先状琴声袅袅而起，声音细小轻柔，如小儿女、小夫妻耳鬓厮磨，卿卿我我，其间夹杂些嗔怪之声，那其实不是嗔怪，是撒娇，充满柔情蜜意，曲尽琴声之妙。继写琴声骤转高亢，有金戈铁马之声，气势非凡。继写琴声再度转为轻柔，音色明快，令人想起风和日丽，晴朗的蓝天上飘着几片白云，空中飞舞着若干柳絮，越去越远，任情悠游。继写琴声蓦然变得欢快，如闻百鸟啁啾，中有一只凤鸟高举，好像不肯与凡鸟为伍，正长啸求凰。末了琴声由欢快变为低沉，有如孤凤力尽，高得不能再高，忽然摧翅于中天，一跌千丈。

后八句紧接写听乐的感受，先作谦辞，说自己不懂音乐，不能深析曲中奥妙。这是欲予故夺。然后说听了颖师的演奏，受到深深的感动。感动到何等程度呢？那就是对琴曲表现的情感旋律，产生了强烈共鸣，有点承受不了由此引起的激动。最后两句是说，我已经服了你了，让我心情平静一会儿吧。"冰炭置肠"比喻感情上（反差很大）的强刺激。

为什么诗人听琴会有这样强烈的反应，向来无人深究。诗中有"失势一落"之语，联系同一时期所作的《进学解》自叙为官经历是"跋前踬后，动辄得咎；暂为御史，遂窜南夷（指贬阳山令）；三年博士，冗不见治；命与仇谋，取败几时"，看来不会全无身世之感，不过不那么明显罢了。

此诗妙于摹写声乐，惟妙惟肖。它不但善于表现高低、强弱、刚柔不同的乐段间之悬殊和对比，而且能在高低、强弱、刚柔相近的乐段间辨出区别——如由低转高，勇士赴敌的雄壮就不同于孤凤高飞的清超；由高转低，絮飞云飘的悠闲就不同于长空坠鸟的惊险。

全诗在遣词造语上新奇妥帖，如"昵昵""划然""无根蒂""跻攀""冰炭"等语的运用，无论形容、描写都称入妙；在调声上，首二句用细声韵，"昵昵""女""语""尔""汝"音近，略显绕口，恰恰适合表现儿女情长的胶着状态，后即改用洪声韵，"昂""场""扬""凰"，与表现的高亢、阔远等境界同构，凡此俱见音情配合之妙。后八句的叙述，若对话然，从中见出了人的活动，则表现了韩愈"以文为诗"的特点。

清人方扶南（世举）说："白香山江上琵琶，韩退之颖师琴，李长吉李凭箜篌，皆摹写声音至文。"（《李长吉诗集》批注）苏轼尝因章质夫家善琵琶者乞歌词，即取此诗稍加隐栝，使就声律，为《水调歌头》以遣之："昵昵儿女语，灯火夜微明。恩怨尔汝来去，弹指泪和声。忽变轩昂勇士，一鼓填然作气，千里不留行。回首暮云远，飞絮搅青冥。众禽里，真彩凤，独不鸣。跻攀寸步千险，一落百寻轻。烦子指间风雨，置我肠中冰炭，起坐不能平。推手从归去，无泪与君倾。"

与原作比较，有点捉襟见肘。欧阳修、苏轼又以为此诗是听琵琶诗，谓韩愈未深得琴趣者，此后诸家复就此辩诬，成为一桩公案。皆可见其影响。

山　石

韩　愈

山石荦确行径微，黄昏到寺蝙蝠飞。
升堂坐阶新雨足，芭蕉叶大栀子肥。
僧言古壁佛画好，以火来照所见稀。
铺床拂席置羹饭，粗粝亦足饱我饥。
夜深静卧百虫绝，清月出岭光入扉。
天明独去无道路，出入高下穷烟霏。
山红涧碧纷烂漫，时见松枥皆十围。
当流赤足踏涧石，水声激激风吹衣。
人生如此自可乐，岂必局束为人鞿？
嗟哉吾党二三子，安得至老不更归！

此诗于贞元十七年（801）韩愈辞徐州张建封幕职，在洛阳闲居候调时游洛阳北面惠林寺作，具体时间是旧历七月二十二日。诗以首二字为题，写其与友朋李景兴、侯喜等黄昏投宿山寺及翌日遍游山水的经过。

前四句写雨后之黄昏，到寺所见。"黄昏到寺蝙蝠飞"，写山寺暮色情景宛然，闻一多有"黄昏中织满蝙蝠的翅膀"（《口供》），意象即类此；"芭蕉叶大栀子肥"传"雨足"之神，肥、大二字表现出一种阳刚之美，为元好问所赞赏。继四句写寺僧的接待。先是参观寺庙，最有看头的是壁画，因为时已入夜，所以燃灯观看。僧人介绍称是"古壁"，可见壁画出自前朝人手（大约是六朝吧）。韩愈虽不信佛，但客随主便，从"所见稀"的口气看，他对壁画艺术还是颇为欣赏的。接着便是用饭，寺庙待客是素席，是粗茶淡饭，但山行走了那么多路，到寺又参观了好一阵，饥者易为食，加之寺僧之热情，就吃得饱饱的。"夜深"二句写宿寺之夜的感受。从诗句可以意会，刚睡下时，山中还是虫声唧唧，氛围十分幽静；夜深时分，虫声绝响，而半轮下弦月从岭头升起（谚云"二十一二三，月出鸡叫唤"），境界更清幽，尤其令人陶醉。

以下写离寺山行。"天明独去无道路"句的"独去"是就寺僧未能远送而言，不是个人独行（同行还有"吾党二三子"），"无道路"是就大雾弥漫而言，不是无路可走。总之早行之初是在浓雾中出入高下，摸索前进，直到太阳出来，才穷尽烟霏。此时"山红涧碧纷烂漫"的明丽景色就扑入眼帘，带着山中特有的湿度；"时见松枥皆十围"，既表明山林的古老原始，也表明视野在不断变化。山行中最愉快的是看到山中之矿泉清水，杜甫这样写道："在山泉水清，出山泉水浊。"（《佳人》）脱鞋蹚石过溪水，不但不成其为麻烦，简直叫人觉得好玩——不知不觉就返回到想打赤脚、想耍水的童年心境。

最后四句抒发感想，揭示全诗的主题。"人生如此"四字概括了黄昏对景、灯下观画、粗粝疗饥、夜深赏月、清早山行、赤足蹚水乃至这次出游的全部经历，而后用"自可乐"三字加以肯定，同时又用"局束为人靰"的幕僚生活作反衬，表现了对山中自然美及包括在自然美中的人情美的真诚向往。这比较接近孔子欣赏的曾点之志，"吾党""二三子"也是出自《论语》中的语言。

《山石》在韩愈诗中不属于险怪，而属于文从字顺一路，在"以文为诗"方面表现则相当突出。全诗完全按行程顺序叙写，有如游记。既详记游踪，复能诗意盎然，盖诗人非常善于选材，善于捕捉景物在特定时间、天气中呈现的不同光感、色感、质感。全诗单句散行，一反初唐四杰以来七古间用骈偶的做法，避免了可能由此导致的圆熟和疲弱之病以及古风特殊韵味的丧失。全篇无一律句，是有意识运用了与律句相区别的三字脚——"仄仄平""仄平仄""仄仄仄""平平平"，所以虽平声一韵到底，却无平板疲弱之感。近人陈寅恪谓韩诗"既有诗之优美，复具文之流畅，韵散同体，诗文合一"者，此诗即为著例。

八月十五日夜赠张功曹

韩 愈

纤云四卷天无河，清风吹空月舒波。

沙平水息声影绝，一杯相属君当歌。

君歌声酸辞且苦，不能听终泪如雨。

洞庭连天九疑高，蛟龙出没猩鼯号。

十生九死到官所，幽居默默如藏逃。

下床畏蛇食畏药，海气湿蛰熏腥臊。

昨者州前槌大鼓，嗣皇继圣登夔皋。

赦书一日行万里，罪从大辟皆除死。

迁者追回流者还，涤瑕荡垢清朝班。

州家申名使家抑，坎轲只得移荆蛮。

判司卑官不堪说，未免捶楚尘埃间。

同时辈流多上道，天路幽险难追攀。

君歌且休听我歌，我歌今与君殊科。

一年明月今宵多，人生由命非由他，有酒不饮奈明何！

　　此诗为韩愈贬谪南方后，与张功曹一道改官江陵的作品，是发泄愤慨、排遣苦闷之作。诗分三段：开始六句为第一段，写作者与张功曹在中秋之夜对月饮酒，引起张对贬谪生活的痛苦回忆。接着十八句为第二段，是全诗主体，都是张的诉说，从贬谪南荒所处环境的恶劣，说到遇赦北归却只能到达"荆蛮"，并且官卑职小，难免捶楚之苦。这些酸苦之语，一路如破闸之水，奔泻无余。其实这是韩愈借他人酒杯，浇自家块垒，表现出在遭受政治打击之后的所处环境的艰难和心情的苦闷。最后五句为第三段，是作者的回答，写出韩愈无可奈何的旷达。诗歌也颇具散文特点，除了句法而外，结构上与他写的散文《进学解》《送穷文》等，设为宾主问答，很有相似之处。最后点出"一年明月今宵多"，与开篇的"清风吹空月舒波"相照应，显得结构谨严，篇法圆紧。

渔　翁

柳宗元

渔翁夜傍西岩宿，晓汲清湘燃楚竹。

烟销日出不见人，欸乃一声山水绿。

回看天际下中流，岩上无心云相逐。

ーーーーーーーーーーーーーーーーーーーーーーーーー

此篇作于永州。作者所写的著名散文《永州八记》，于寄情山水的同时，略寓政治失意的孤愤。同样的意味，在他的山水小诗中也是存在的。此诗首句的"西岩"即指《始得西山宴游记》的西山，而诗中那在山青水绿之处自遣自歌、独往独来的"渔翁"，则含有几分自况的意味。主人公独来独往，突现出一种孤芳自赏的情绪，"不见人""回看天际"等语，又都流露出几分孤寂情怀。而在艺术上，此诗尤为后人注目。苏东坡赞叹说："诗以奇趣为宗，反常合道为趣。熟味此诗有奇趣。"（《全唐诗话续编》卷上引惠洪《冷斋夜话》）"奇趣"二字，的确抓住了此诗主要的艺术特色。

首句就题从"夜"写起。"渔翁夜傍西岩宿"，还很平常，可第二句写到拂晓时就奇了。本来，早起打水生火，亦常事。但"汲清湘"而"燃楚竹"，造语新奇，为读者所未闻。事实不过是汲湘江之水、以枯竹为薪而已。不说汲"水"燃"薪"，而用"清湘""楚竹"借代，诗句的意蕴也就不一样了。犹如"炊金馔玉"给人侈靡的感觉一样，"汲清湘"而"燃楚竹"则有超凡绝俗的感觉，似乎象征着诗中人孤高的品格。可见造语"反常"能表现一种特殊情趣，也就是所谓"合道"。

一、二句写夜尽拂晓，从汲水的声响与燃竹的火光知道西岩下有一渔翁在。三、四句方写到"烟销日出"。按理此时人物该与读者见面，可是反而"不见人"，这也"反常"。然而随"烟销日出"，绿水青山顿现原貌，忽闻橹桨"欸乃一声"，原来人虽不见，却只在山水之中。这又"合道"。这里的造语亦其奇："烟销日出"与"山水绿"互为因果，与"不见人"则无干；而"山水绿"，与"欸乃一声"更不相干。诗句偏作"烟销日出不见人，欸乃一声山水绿"，尤为"反常"。但细品二句，"烟销日出不见人"，适能传达一种惊异感；而于青山绿水中闻橹桨欸乃之声尤为悦耳怡情，山水似乎也为之绿得更可爱了。作者通过这样的奇趣，写出了一个清寥得有几分神秘的境界，隐隐传达出他那既孤高又不免孤寂的心境。所以又不是为奇趣而奇趣。

结尾两句是全诗的一段余音，渔翁已乘舟"下中流"，此时"回看天际"，只见岩上缭绕舒展的白云仿佛尾随着他的渔舟。这里用了陶潜《归去来兮辞》"云无心而出岫"句意。只有"无心"的白云"相逐"，则其孤独无伴可知。

关于这末两句，东坡却以为"虽不必亦可"。这不经意道出的批评，引起持续数百年的争论。南宋严羽，明胡应麟，清王士禛、沈德潜同意东坡，认为此二句删好。而南宋刘辰翁，明李东阳、王世贞认为不删好。刘辰翁以为此诗"不类晚唐"正赖有此末二句（《诗薮·内编》卷六引），李东阳也说"若止用前四句，则与晚唐何异？"（《怀麓堂诗话》）两派分歧的根源在于对"奇趣"的看法不同。

苏东坡欣赏此诗"以奇趣为宗"，而删去末二句，使诗以"欸乃一声山水绿"的奇句结，不仅"余情不尽"（《唐诗别裁》），而且"奇趣"更显。而刘辰翁、李东阳等所菲薄的"晚唐"诗，其显著特点之一就是奇趣。删去此诗较平淡闲远的尾巴，致使前四句奇趣尤显，"则与晚唐何异"？其实"晚唐"诗固有猎奇太过不如初盛者，亦有出奇制胜而发初盛所未发者，岂能一概抹杀？如此诗之奇趣，有助于表现诗情，正是优点，虽"落晚唐"又有何伤？自然，选录作品应该维持原貌，不当妄加更改，然就谈艺而论，可有可无之句，究以割爱为佳。

上阳白发人

白居易

愍怨旷也

上阳人，红颜暗老白发新。

绿衣监使守宫门，一闭上阳多少春。

玄宗末岁初选入，入时十六今六十。

同时采择百余人，零落年深残此身。

忆昔吞悲别亲族，扶入车中不教哭；

皆云入内便承恩，脸似芙蓉胸似玉。

未容君王得见面，已被杨妃遥侧目。

妒令潜配上阳宫，一生遂向空房宿。

宿空房，秋夜长，夜长无寐天不明；

耿耿残灯背壁影，萧萧暗雨打窗声。

春日迟，日迟独坐天难暮；

宫莺百啭愁厌闻，梁燕双栖老休妒。

莺归燕去长悄然，春往秋来不计年。

惟向深宫望明月，东西四五百回圆。

今日宫中年最老，大家遥赐尚书号。

小头鞋履窄衣裳，青黛点眉眉细长。

外人不见见应笑，天宝末年时世妆。

上阳人，苦最多。

少亦苦，老亦苦，少苦老苦两如何？

君不见昔时吕向美人赋；又不见今日上阳宫人白发歌！

《上阳白发人》是《新乐府》五十首中的一首。按作者自序，盖以《新乐府》的写法仿效《诗经》，是首句标其目，卒彰显其志。其辞质而径，其言直而切，其事核而实，其体顺而肆。为君为臣为民为事而作，不为文而作。题下小序中，"怨旷"指怨女、旷夫，指成年而不得婚配的男女。"上阳宫"是唐代的行宫，此诗通过一个上阳宫人的遭遇，对不人道的选妃制度进行抨击。

开篇从"上阳人"到"零落年深残此身"八句为一段，总括上阳人的遭遇：一是入时十六今六十，二是同时百人剩一人。接下来"忆昔吞悲别亲族"到"东西四五百回圆"二十句为一段，写上阳人入宫四十五年的幽怨。第一场面是吞悲辞亲。《红楼梦》元春形容入宫说"当初送我到那见不得人的去处"，辞亲的一幕是当事人永远难以忘怀的。不过当时命运尚有许多未知，所有的亲人熟人都用同样的话来安慰她，无非是说她脸儿俊俏、身体丰满，人见人爱，这一入宫，不怕不能承恩呀。秀女入宫，唯一的希望就是得到皇帝的恩幸。不料唐玄宗偏偏情有独钟，而杨贵妃眼睛里揉不得沙子，于是宫中有殊色的美人都被远调上阳，一辈子除非太监，见不到真正的男人。诗人从春往秋来四十五年中，

落月摇情满江树

选取了两个具有代表性的场景，具体展示上阳人被幽禁的凄怨生活——主要运用了形象烘托的手法：秋雨打窗，是正面烘托凄清的气氛；梁燕双栖，是反面烘托宫人的寂寞。四十五年合五百四十月，除了雨天阴天，大约就是四、五百回圆了——这么长的日子，不知是如何熬过来的哟？

"今日宫中年最老"到"天宝末年时世妆"六句为三段，以"今日"为标记，写宫人年老的寂寞。不耐幽怨的宫人大多早死，而进入老年的宫人，赢得的是深深的寂寞和一个女尚书的虚衔，这虚衔还是皇帝（"大家"）遥赐的，抵偿得了她一生的幸福？诗中细写与世隔绝的老宫女的化妆，四十五年如一日，还是天宝末年时的妆，殊不知外边早已不穿小鞋窄袖，而是衣尚宽大；也早已不兴细长眉样，而兴短阔眉样——时代潮流更新复更新，上阳人早已跟不上趟，成了活的文物。几笔淡淡的嘲谑，饱含作者多少同情之泪。"上阳人，苦最多"以下七句卒彰显其志，直抒感喟。吕向是作者的老前辈，其《美人赋》自注："天宝末，有密采艳色者，当时号花鸟使"，因作赋以讽之。诗人表明本篇的主题与吕赋一脉相承，是为宫女请命的。

这首诗在写作上是以个别见一般。作者没有概述宫女共同的悲惨遭遇，而是通过"这一个"来表现群体。诗中有具体环境、人物外貌衣着及心理的描写，给人的感受是生动形象的。其次是通过环境气氛的渲染，如用绵绵秋雨、双双春燕来烘托主人公的凄清和孤单，增强了形象表现力。其三是细节描写，如对老宫女早不入时的衣着服饰的具体描写，形象地暗示出其幽禁的时间之长，有恍如隔世之感。

长恨歌

白居易

汉皇重色思倾国，御宇多年求不得。

杨家有女初长成，养在深闺人未识。

天生丽质难自弃，一朝选在君王侧。

回眸一笑百媚生，六宫粉黛无颜色。

春寒赐浴华清池，温泉水滑洗凝脂。

侍儿扶起娇无力，始是新承恩泽时。

云鬓花颜金步摇，芙蓉帐暖度春宵。

春宵苦短日高起，从此君王不早朝。

承欢侍宴无闲暇，春从春游夜专夜。

后宫佳丽三千人，三千宠爱在一身。

金屋妆成娇侍夜，玉楼宴罢醉和春。

姊妹弟兄皆列土，可怜光彩生门户。

遂令天下父母心，不重生男重生女。

骊宫高处入青云，仙乐风飘处处闻。

缓歌慢舞凝丝竹，尽日君王看不足。

渔阳鼙鼓动地来，惊破霓裳羽衣曲。

九重城阙烟尘生，千乘万骑西南行。

翠华摇摇行复止，西出都门百馀里。

六军不发无奈何，宛转蛾眉马前死。

花钿委地无人收，翠翘金雀玉搔头。

君王掩面救不得，回看血泪相和流。

黄埃散漫风萧索，云栈萦纡登剑阁。

峨眉山下少人行，旌旗无光日色薄。

蜀江水碧蜀山青，圣主朝朝暮暮情。

行宫见月伤心色，夜雨闻铃肠断声。

天旋地转回龙驭，到此踌躇不能去。

马嵬坡下泥土中，不见玉颜空死处。

君臣相顾尽沾衣，东望都门信马归。

归来池苑皆依旧，太液芙蓉未央柳。

芙蓉如面柳如眉，对此如何不泪垂。

春风桃李花开日，秋雨梧桐叶落时。

西宫南内多秋草，落叶满阶红不扫。

梨园弟子白发新，椒房阿监青娥老。

夕殿萤飞思悄然，孤灯挑尽未成眠。

迟迟钟鼓初长夜，耿耿星河欲曙天。

鸳鸯瓦冷霜华重，翡翠衾寒谁与共。

悠悠生死别经年，魂魄不曾来入梦。

临邛道士鸿都客，能以精诚致魂魄。

为报君王辗转思，遂教方士殷勤觅。

排空驭气奔如电，升天入地求之遍。

上穷碧落下黄泉，两处茫茫皆不见。

忽闻海上有仙山，山在虚无缥缈间。

楼阁玲珑五云起，其中绰约多仙子。

中有一人字太真，雪肤花貌参差是。

金阙西厢叩玉扃，转教小玉报双成。

闻道汉家天子使，九华帐里梦魂惊。

揽衣推枕起徘徊，珠箔银屏迤逦开。

云鬓半偏新睡觉，花冠不整下堂来。

风吹仙袂飘飘举，犹似霓裳羽衣舞。

玉容寂寞泪阑干，梨花一枝春带雨。

含情凝睇谢君王，一别音容两渺茫。

昭阳殿里恩爱绝，蓬莱宫中日月长。

回头下望人寰处，不见长安见尘雾。

唯将旧物表深情，钿合金钗寄将去。

钗留一股合一扇，钗擘黄金合分钿。

但令心似金钿坚，天上人间会相见。

临别殷勤重寄词，词中有誓两心知。

七月七日长生殿，夜半无人私语时。

在天愿作比翼鸟，在地愿为连理枝。

天长地久有时尽，此恨绵绵无绝期。

白居易作《长恨歌》，马嵬事件已过去整整半个世纪，有了相当长的时间距离。李隆基、杨玉环这一对帝妃的生离死别故事，被传说赋予特殊的美感，使得《长恨歌》不同于《哀江头》，减弱了现实的悲痛，增强了浪漫的感伤。

《长恨歌》是白居易的名作，也是广为传诵的唐诗名篇之一。诗成不久就给诗人带来声誉，据作者自述："闻有军使高霞寓者，欲聘倡妓，妓大夸曰：'我诵得白学士《长恨歌》，岂同他妓哉？'由是增价。""又昨过汉南日，适遇主人集众乐娱他宾，诸妓见仆来，指而顾曰：'此是《秦中吟》《长恨歌》主耳。'"（《与元九书》）作者身后，唐宣宗更有"童子解吟长恨曲，胡儿能唱琵琶篇"（《吊白居易》）之延誉。诗是好诗，无可争议。然而关于此诗的主题却是古今聚讼纷纭。归纳起来，有三种意见：一说讽刺玄宗荒淫误国；二说歌咏生死不渝的爱情；三说双重主题。文学鉴赏的实践表明，越是杰作，由于结构层面较多，象征意蕴越难穷尽，故有"诗多义"之说。主题的认定，实即多义的取舍。《长恨歌》的中心内容是唐玄宗与杨贵妃生离死别的故事，这是一场生死之恋。无论从作者的创作动机，还是从客观效果上看，都是一篇言情杰作。

作者友人陈鸿谈及此诗的写作缘起："元和元年冬十二月，太原白乐天自校书郎尉于周至，地近马嵬坡。鸿与王质夫家于是邑。暇日相携游仙游寺，话及此事，相与感叹。质夫举酒于乐天前曰：'夫希代之事，非遇出世之才润色之，则与时消没，不闻一世。乐天深于诗，多于情者也；试为歌之，如何？'乐天因为《长恨歌》。"（《长恨歌传》）显然，荒淫误国不能称为"希代之事"，而帝王与妃子之间的生死之恋才是"希代之事"。这样的"希代之事"经过"深于诗，多于情"的诗人的润色，主题的走向可想而知。白居易自己就把《长恨歌》编入"感伤诗"，而不编入"讽喻诗"，题词道："一篇长恨有风情，十首秦吟近正声。"（《编集拙诗成一十五卷用题卷末》）又对元稹说："今仆之诗，人所爱者，悉不过'杂律诗'与《长恨歌》以下耳，时之所重，仆之所轻。"（《与元九书》）凡此，都足以表明作者的创作动机是什么。更重要的是作品的创作实际，从客观上体现了作家的主观意图。

长诗共分三大段。从篇首至"惊破霓裳羽衣曲"写安史之乱前唐玄宗与杨贵妃的情恋史。劈头就说"汉皇重色思倾国"，暗用汉武帝遇李夫人故事，"倾国"出自于李延年"北方有佳人"那首歌，后来成为绝代佳人的代称。"重色"二字不能说没有托讽，不过讽刺的分量太轻，与其说是唐玄宗的弱点，毋宁说是人性的弱点。(《礼记》谓修身当"如好好色",作者《李夫人》诗谓"人非木石皆有情,不如不遇倾城色",便是明证)"杨家有女初长成,养在深闺人未识"二句与史实大有出入,不像陈鸿《长恨歌传》那样哪怕是委婉地指出杨氏本是寿王妃这一事实,这种润色或美化,其目的和效果都是明显的。接下来有六句写杨妃的承宠。《丽情集·长恨歌传》形容杨妃的美是:"绿云生鬓,白雪凝肤。涅饰光华,纤秾有度,举止娴冶,如汉武帝李夫人。"仅限于静态的描摹,不胜痕迹。相形之下,白居易抓住一个动态和美的效果来写杨妃之美,何等灵妙:"回眸一笑百媚生,六宫粉黛无颜色。"避开正面描写,却引起更生动的关于美的印象。

昭应县(陕西临潼)东南骊山有温泉,开元中建温泉宫,天宝中改华清宫,设有浴池十余处。玄宗常于该地避暑越冬。得杨妃后又"别疏汤泉,诏赐澡莹"。赐浴温泉自以春寒时最舒服。水何谓滑?实乃间接表现肌肤的光洁,从水浇凝脂的形象不难悟出"滑"字之工。作者语言平易而绝对细腻,故有别于唐诗中的粗浅一派,此即一例。温泉浴汗,出水后会感觉乏力,诗人通过眸子、肌肤、浴态等生物细节,写活了一个美丽而性感的杨妃,给后来的戏曲家和画家无穷灵感。继十句写杨妃的专宠。南朝民歌"打杀长鸣鸡"一首形容蜜月中人"春宵苦短",是情有可原的,而"春宵苦短日高起,从此君王不早朝"则是说不过去的,这两句和"承欢侍宴"几句写唐明皇"泡"杨贵妃,应该说是有托讽的。不过这种托讽的分量太轻,不足以改变全诗的总体倾向。白居易《上阳白发人》自注:"天宝五载(746)以后,杨贵妃专宠,后宫人无复进幸矣。六宫有美色者,辄置别所,上阳是其一也。"亦可移注"后宫佳丽三千人,三千宠爱在一身"二句。

"金屋"又关涉《汉武故事》极言妃之宠幸。

接下来有四句写杨氏一门沾光。妃有姐三人，大姨封韩国夫人，三姨封虢国夫人，八姨封秦国夫人，富比王室，恩泽势力过于大长公主，可自由出入宫禁，乃至素面朝天。从弟铦为鸿胪卿、锜以侍御史尚主，从祖兄钊赐名国忠，授金吾兵曹参军，后任宰相。妃父玄琰追赠齐国公，母封凉国夫人。这就是"姐妹兄弟皆列土，可怜光彩生门户"所据事实。故当时谣谚云："生女勿悲酸，生男勿喜欢。生女勿怒，君不见卫子夫霸天下。"杨妃专宠，光耀门第，居然改变了重男轻女的社会传统心理，诗中的慨叹很深。继六句写乐极生悲。"骊宫"即华清宫。"霓裳羽衣曲"本《婆罗门》曲，开元时从印度传入，经玄宗润色为著名的舞曲。"渔阳鼙鼓动地来，惊破霓裳羽衣曲"——安史之乱宣告了李杨纵情欢娱生活的终结。写安史之乱仅两句，只作为对爱情生活产生破坏的事件来写，也表明《长恨歌》写的是爱情悲剧而非政治悲剧。

从"九重城阙烟尘生"到"魂魄不曾来入梦"写唐玄宗杨贵妃的生离死别，和玄宗对死去的杨妃无时或已的怀念。十句写马嵬之变。大乱初起，玄宗在毫无思想准备的情况下仓皇出逃，杨国忠首倡幸蜀，此之谓"西南行"。"翠华摇摇行复止"，可见一路人困马乏。马嵬驿在咸阳之西，距长安"百余里"。由于军中积怨，突生哗变，国忠被杀，殃及杨妃。从政治角度歌咏马嵬之变的诗人，总是冷静地判断："不闻夏殷衰，中自诛褒妲"（杜甫《北征》）、"终是圣明天子事，景阳宫井又何人"（郑畋《马嵬坡》）。唯独白居易写出了一个割不断情根爱胎的玄宗，"六军不发无奈何，宛转蛾眉马前死""君王掩面救不得，回看血泪相和流"，讽刺之笔哪得如此惨痛飞迸！在诗人笔下，坠入爱情炼狱的玄宗，将逐渐洗清"重色"的表象，而袒露出一颗情种之心。

"黄埃散漫风萧索"八句写赴蜀路上玄宗对杨贵妃的思念。借萧索、孤凄、暗淡的景物色彩，及月色铃语给失眠者的特殊感觉，渲染出玄宗的悲痛。据《杨太真外传》，玄宗一行至斜谷口，属淫雨涉旬，于栈道闻铃声隔山相应，玄宗悼念杨贵妃之情愈切，遂采其声为《雨霖铃》曲以寄恨。月无心可伤，铃无肠可断，而谓之伤心色，断肠声，以伤心人别有怀抱（对照杜甫《春望》"感时花溅泪，恨别鸟惊心"）。"天旋地转回龙驭"六句写光复后还京路上玄宗对杨贵妃的思念。至德二年九月收复长安，十二月玄宗从蜀归，过马嵬坡，派人备棺改葬杨妃，挖开土，香囊犹在。"不见玉颜空死处"的"空"字，极写出他心境的悲凉。时过境迁，他那难以消减的悲痛感染了左右，此时是"君臣相顾尽沾衣"。东望都门，本应归心似箭，快马加鞭，但玄宗却打不起精神，"信马归"三字可见意懒心灰。

"归来池苑皆依旧"十八句写回京后身为太上皇的玄宗对杨妃更深的相思。玄宗还京后居南内兴庆宫，因邻街与外界接近，肃宗心腹恐变生不测，使迁至西内太极宫甘露殿，处境更凄凉。当初在幸蜀路上，玄宗曾以《雨霖铃》曲授张徽，回京后复幸华清，从官嫔御无一旧人，因于望东楼令徽复奏此曲，不觉怆然。诗中写他看到池中的芙蓉想起杨妃，看到宫中柳叶想起杨妃，正是"物是人非事事休"（李清照《武陵春·春晚》），从春到秋，年复一年，此情有增无减。"梨园弟子白发新，椒房阿监青娥老"，间接是说，玄宗自己也是岁月不饶。诗人不惜以八句篇幅写他的孤眠难熬之夜，大肆渲染环境。有人嘲笑"孤灯挑尽未成眠"一句"寒酸",理由是"宁有兴庆宫中夜不烧烛,明皇自挑灯者乎!"(《邵氏闻见续录》卷十九)"此尤可笑,南内凄凉,何至挑孤灯耶!"(《岁寒堂诗话》)殊不知这正是离形得似、不拘实录的妙笔。冬至前夜晚逐渐增长,"初长夜"是说难熬的夜晚还在后头。说到"星河"则暗逗"他年七夕笑牵牛"的情事,正是往事不堪回首。"鸳鸯瓦"是两片嵌合的瓦,它在字面上有反衬失伴的孤单的作用。凡此种种,都可见诗人意匠经营。以上写各种场合,四时交替,而玄宗悼亡之情无时或已,这样的钟情,不但"在帝王家罕有"(洪昇),也超出了市井一般情种的水平。弗洛伊德说,性本能能够升华,即此时对于特定的兴奋可以确定一种更高的、显然不再与性有关的目标,一种更有社会价值的目标。我们文化的最高成就就应归功于这种以升华方式释放的能量。"假如春天没有花,人生没有爱,到底成了个什么世界!"(郭沫若《梅花树下醉歌——游日本宰府》)《长恨歌》中的玄宗的生死恋,就升华到了精神恋爱的、纯情的高度。当他的精诚感动了一个道士,诗篇就进入了一个新的天地。

"临邛道士鸿都客"到篇末,在一个幻想的神仙世界中,刻画了死者对生者刻骨铭心的眷念,补足了悲剧主人公之一的杨妃形象。诗人所据,应是王质夫转述的民间传说(方士致魂魄的情节,汉武帝李夫人故事亦有之)。"上穷碧落下黄泉,两处茫茫皆不见。忽闻海上有仙山,山在虚无缥缈间"几句,最有山重水复之妙。当初杨玉环被度为女道士,就叫太真。这便是蓬莱仙岛传说的现实凭借。"金阙西厢叩玉扃"到"在地愿为连理枝",以细腻的笔墨写杨妃接见道士的情景和对话。仙府重深,须经辗转通报的手续(小玉、双成皆神话中女子,此作太真妃的侍女),当睡眠中的杨妃得知玄宗使者到此，先是一"惊"，然后是"揽衣—推枕—起徘徊"三个动作，表现出她掩饰不住内心的激动。珠箔银屏接连打开，云髻半偏便下堂来，表现出她迫不及待要见使者的心情。她依然那样美丽，下堂的步态就能使人想见当年的舞姿。诗人以"梨花一枝春带雨"形容她的"玉容寂寞泪阑干"，贴切而形象，真"淡处藏美丽，浅处著工夫"（方虚谷）。诗中刻画杨妃神情，每每抓住一双眸子传之，前有"回眸一笑"，此处有"含情凝睇"，可谓善绘。

　　诗中省去了道士的致辞，而重在写杨妃的答词，寄赠旧物与信誓："唯将旧物表深情，钿合金钗寄将去。钗留一股合一扇，钗擘黄金合分钿。但令心似金钿坚，天上人间会相见。"数句采用了"分总"辞格，钗、合、金、钿四字反反复复，在音情上渲染杨妃缠绵悱恻的相思，淋漓尽致。这民间式的旦旦信誓，丰满地刻画出一个同样执着于爱情的杨妃形象。根据当时传说，"方士受辞与信，将行，色有不足。玉妃固征其意，复前跪至词：'请当时一事不为他人闻者验于太上皇。不然，恐钿合金钗，负新垣平（汉时赵人，以善望气致宠，后被告发有诈被杀）之诈也。玉妃茫然退立，若有所思。徐而言之：'昔天宝十载，侍辇避暑骊山宫，秋七月牵牛织女相见之夕夜殆半，休侍卫于东西厢，独侍上。上凭肩而立，因仰天感牛女之事，密相誓心：愿世世为夫妇。言毕，执手各呜咽，此独君王知之耳。'"（陈鸿《长恨歌传》）诗的最末几句便写这一情节，骊宫（诗云"长生殿"）之誓，被诗化为"在天愿作比翼鸟，在地愿为连理枝"的千古名句。

　　诗人的高明之处在于，尽管通过杨妃的誓言和行动丢下了一个希望，但他并没有来一个廉价的大团圆结局。因为誓中虽有

"愿世世为夫妇"和"天上人间会相见"的话头,然而"他生未卜此生休"(李商隐《马嵬》其二),大错今生铸成,遑论来世?如同一首流行歌曲所唱:"只有等待来生里,再踏上彼此故事的开始"——好像说很有希望,其实是很悲哀、很无奈的话。李商隐《马嵬》结云:"如何四纪为天子,不及卢家有莫愁",也就是"长恨"结穴所在,但说得露,不及白居易的结句有悠悠不尽的余味:"天长地久有时尽,此恨绵绵无绝期。"这一悲剧性结局,突破了我国传统文化心理喜欢"大团圆"的模式,尤为难能可贵。清赵翼评道:"以易传之事,为绝妙之词,有声有色,可歌可泣,自是千古绝作。"

琵琶行

白居易

元和十年,予左迁九江郡司马。明年秋,送客湓浦口,闻舟中夜弹琵琶者。听其音,铮铮然有京都声;问其人,本长安倡女,尝学琵琶于穆、曹二善才。年长色衰,委身为贾人妇。遂命酒,使快弹数曲。曲罢悯然。自叙少小时欢乐事,今漂沦憔悴,转徙于江湖间。予出官二年,恬然自安,感斯人言,是夕始觉有迁谪意。因为长句,歌以赠之,凡六百一十二言,命曰《琵琶行》。

浔阳江头夜送客,枫叶荻花秋瑟瑟。
主人下马客在船,举酒欲饮无管弦。
醉不成欢惨将别,别时茫茫江浸月。
忽闻水上琵琶声,主人忘归客不发。

寻声暗问弹者谁，琵琶声停欲语迟。

移船相近邀相见，添酒回灯重开宴。

千呼万唤始出来，犹抱琵琶半遮面。

转轴拨弦三两声，未成曲调先有情。

弦弦掩抑声声思，似诉平生不得志。

低眉信手续续弹，说尽心中无限事。

轻拢慢撚抹复挑，初为霓裳后六幺。

大弦嘈嘈如急雨，小弦切切如私语。

嘈嘈切切错杂弹，大珠小珠落玉盘。

间关莺语花底滑，幽咽泉流冰下难。

冰泉冷涩弦凝绝，凝绝不通声暂歇。

别有幽愁暗恨生，此时无声胜有声。

银瓶乍破水浆迸，铁骑突出刀枪鸣。

曲终收拨当心画，四弦一声如裂帛。

东舟西舫悄无言，唯见江心秋月白。

沉吟放拨插弦中，整顿衣裳起敛容。

自言本是京城女，家在虾蟆陵下住。

十三学得琵琶成，名属教坊第一部。

曲罢曾教善才伏，妆成每被秋娘妒。

五陵年少争缠头，一曲红绡不知数。

钿头云篦击节碎，血色罗裙翻酒污。

今年欢笑复明年，秋月春风等闲度。

弟走从军阿姨死，暮去朝来颜色故。

门前冷落车马稀，老大嫁作商人妇。

商人重利轻别离，前月浮梁买茶去。

去来江口守空船，绕船月明江水寒。

夜深忽梦少年事，梦啼妆泪红阑干。

我闻琵琶已叹息，又闻此语重唧唧。

同是天涯沦落人，相逢何必曾相识！

我从去年辞帝京，谪居卧病浔阳城。

浔阳地僻无音乐，终岁不闻丝竹声。

住近湓江地低湿，黄芦苦竹绕宅生。

其间旦暮闻何物，杜鹃啼血猿哀鸣。

春江花朝秋月夜，往往取酒还独倾。

岂无山歌与村笛，呕哑嘲哳难为听。

今夜闻君琵琶语，如听仙乐耳暂明。

莫辞更坐弹一曲，为君翻作琵琶行。

感我此言良久立，却坐促弦弦转急。

凄凄不似向前声，满座重闻皆掩泣。

座中泣下谁最多？江州司马青衫湿。

〔···〕

　　元和十年（815），白居易受政治迫害被贬九江郡司马。司马是一种冗员散职，作者在《江州司马厅记》一文中写道："若有人蓄器贮用急于兼济者，居之虽一日不乐；若有人养志忘名安于独善者，处之虽终生无闷。刺史，守土臣，不可远观游；群吏，执事官，不敢自暇佚；惟司马绰绰，可以从容于山水诗酒间，官足以庇身，食足以给家；州民康，非司马功；郡政坏，非司马罪。无言责，无事忧。噫，为国谋，则尸素之尤蠹者；为身谋，则禄仕之优稳者。"可见作者当时生活的平静闲散而又无聊，心情则充满矛盾和不安。诗序所谓"予出官二年，恬然自安"，只不过是表面而暂时的现象。每逢人际交往，触绪牵情，又不免感事伤怀。序云元和十一年（816）秋，送客溢浦口（溢水入长江处），遇一琵琶女，乃旧日长安名倡沦为商人妇者，既得领略其技艺之精妙，又闻其自叙经历之不幸，因"感斯人言，是夕始觉有迁谪意"。这就是《琵琶行》的写作缘起。

从篇首到"主人忘归客不发"是故事的引子。交代了诗人相遇琵琶女的时间、地点与环境。这是一个逢秋兴悲的日子，枫叶赤，芦花白，江水碧，好一派肃杀的江景。故人当夜要出发，诗人在"浔阳江头"即溢浦口为之饯别。饯别的酒并不能消去心中的离愁别绪，又没有音乐助兴，故"醉不成欢"。方留恋处，不觉大色渐晚，"别时茫茫江浸月"——是不知不觉的发现和催别的信号。诗人当年四十五岁，在古时已是感伤老大的年纪，兼在迁谪之中，他乡送客，心中很不是滋味。这境况正是郑板桥《道情》集唐人诗句所说："枫叶荻花并客舟，烟波江上使人愁。劝君更尽一杯酒，昨日少年今白头。"这种特定的状况的渲染，为以下写相逢琵琶女做了铺垫。诗人先已说"举酒欲饮无管弦"，十分遗憾；后写"忽闻水上琵琶声"，则尤令人欣喜。

从"寻声暗问弹者谁"到"唯见江心秋月白"，写饯宴重开，琵琶独奏。诗中写琵琶女的露面，非草草交代，而别具摇曳多姿的描述。在"寻声暗问"之初，先是"琵琶声停"，一阵迟疑。在邀者盛情难却之际，仍是"千呼万唤始出来，犹抱琵琶半遮面"。这是故作姿态，还是当众害羞？否，须知这些都不是徐娘半老的昨日名角应有之态。揣其情，当是因告别"舞台"不作当众表演多年，深有"退休者"之寂寞，鱼龙失水的悲哀，受伤者的自怜。尤其是中夜梦回，泪流满面，骤然间遇此热情邀请于江湖之上，宜乎其欲语不能，欲进犹疑。江州司马"千呼万唤"这段时间，她显然是在化妆。然而当她抱琵琶出场后，便技痒难熬，恨不得一奏为快。这从"转轴拨弦三两声，未成曲调先有情"两句可以知之。就在这三两声中，已令人觉其掩抑深思，"似诉平生不得志"了。"低眉"可见专注，"信手"可见纯熟，所以往后弹奏"霓裳""六幺"等名曲，也能弹出个人情寄，而"说尽胸中无限事"。这一段描摹琵琶声，乃全诗中最精妙的文字。描写演奏者只有"轻拢慢撚抹复挑"一句，两只手都写到了：叩弦为拢，揉弦为撚，这是左手按弦指法；顺手下拨为抹，反手上拨为挑，这是右手弹弦指法。这是知音者说内行话，故自然妥帖。但诗人着重描写的还是音乐本身及其给人的感受。虽然所用办法，不过是由听觉联系到听觉，但通过人们熟悉的自然音响如雨声、私语声、珠落玉盘声、鸟声、泉声，等等，能给人以具体生动的音乐美的印象。诗人在描摹中特别注意音乐对比因素的刻画，如高低、粗细、重轻、缓急、滑涩、断续等，极富层次感。诚如傅雷所说："'大弦嘈嘈''小弦切切'一段，好比 staceato（断音），像琵琶的声音极切；而'此时无声胜有声'的几句，等于一个长的 pause（休止）。'银瓶乍破水浆迸'两句，又是突然的 attack（爆发），声势雄壮。"其间诗人又特别注意以音乐化的语言来描绘音乐，这里有叠字"嘈嘈""切切""嘈嘈切切"，有重复"大珠小珠"，有双声叠韵如"幽咽"，有顶真如"幽咽泉流冰下难。冰泉冷涩弦凝绝，凝绝不通声暂歇"，有前分后总如"大弦嘈嘈、小弦切切、嘈嘈切切"，这些辞格的运用，使得此诗在音情的密合上达到极致。诗人又让乐声在高潮中结束余韵不绝，"东舟西舫悄无言，唯见江心秋月白"二句既写环境，又写音乐效果。"悄无言"，可见听众屏息凝神；江心月白，又见环境的寂静清澄，音乐感通自然与"曲终人不见，江上数峰青"同致。

从"沉吟放拨插弦中"到"梦啼妆泪红阑干"，由自述补叙琵琶女身世遭际。至此，女主人公才抬头亮相。原来她生在长安，"本是京城女"，家在下马陵（按《国史补》："旧说董仲舒墓，门人过皆下马，故谓之下马陵，后人语讹为虾蟆陵"，诗用坊中语，盖由琵琶女自述）下住，自幼学艺，名遍教坊。当年她是位色艺双绝的艺伎——"曲罢曾教善才伏，妆成每被秋娘妒"。（曹善才乃当时著名琵琶师，出于琵琶世家；秋娘为当时长安名倡）因此拥有众多的追星族，曾被子弟捧红，名噪 时，出场费很高："五陵年少争缠头，一曲红绡不知数"；过了一段灯红酒绿、豪华狂欢的生活，"钿头银篦击节碎，血色罗裙翻酒污"。然而，随着新的明星的升起，她的行情看跌。加上发生了一些变故，"弟走从军阿姨死"（或言"弟"是女弟，即烟花姐妹后随军；"阿姨"即鸨母），她无异从生活的巅峰跌进深谷，饱尝了世态炎凉的辛酸，终至"老大嫁作商人妇"。在抑商的古代，商人富而不贵，生活是流动的，琵琶女从此也告别了长安。据《元和郡县图志》，江西饶州浮梁县产茶，虽非名贵而产量极丰，价必便宜。故此商人有采购之事，作为外室的琵琶女便被抛在江州船上。故在江口空船之夜，"忽梦少年事"。梦，不过是无意识思想的伪装，其根源还在于做梦之前潜在的情结。即"日有所思，夜有所梦"。岁月本可使人麻木，少年之事似已淡忘，然中夜梦回，仍不免历历在目，而百端交集，有不能自已者。此其所以当夜对月，一奏琵琶，以鸣不平。不料于无意之中，遇此知音之人，礼下延请，其感慨又何待言。诗中虽仅写到"梦啼妆泪红阑干"为

落月摇情满江树

止，以下情事，已与篇首环合，为此诗中最简妙之笔。

从"我闻琵琶已叹息"到"为君翻作琵琶行"，写琵琶女的陈词引起诗人隐痛和同情，"是夕始觉有迁谪意"。诗人先已为其掩抑幽咽的乐声感染，既而又为其浮沉的身世嗟伤，从琵琶女身上，更照见了自己的影子。本怀兼济之志，出世之才，人过中年，却被投闲置散，远离帝京。在浔阳这样一个缺少高雅音乐的偏僻之地，忽闻此铮铮京都之声，给他带来旧梦重温的片刻陶醉，和物伤其类的持久的感触。一个人倾诉的不幸，成了两个人的共同不幸，致使诗人忘却了身份的差异，对此产生了同病相怜的认同感。写出了"同是天涯沦落人，相逢何必曾相识"的至理名言，也就是全诗的主题句。紧接着诗人进一步提出要与琵琶女来一次艺术上的合作，请对方再弹一曲，而自己作一诗歌。

最末六句，写琵琶女感诗人厚意，作即兴发挥，弹出更为激越的音乐，使满座为之动容，而其间最动情者，便是身为江州司马的诗人自己。按白居易时为将仕郎守江州司马，将仕郎为从九品下，服色浅青。"青衫"则象征诗人贬谪的身份。

《琵琶行》并不以故事情节曲折见长，但它深刻写出了旧时代人才被摧残压抑的悲剧。高明的演奏艺术家沦为商妇，锐意革新的志士成为"乐天"居士，无论是琵琶女还是诗人自己，均无力左右个人命运，而有"时易失，心徒壮，岁将零"（张孝祥《六州歌头·长淮望断》）的失路的悲哀。其间还夹有郢人失质或世乏知音的悲哀。这一主题具有相当的普遍性与典型性。全诗笔力集中，笔无旁骛。陈寅恪先生曾将其与元稹《琵琶歌》相比较，认为乐天此诗专为长安故倡感今伤昔而作，又连绾己身迁谪失路之怀，直是混合作者与被咏者二者为一体，可谓人我双亡、宾主俱化，专一而更专一，感慨复加感慨。相形之下，元诗一题二旨，反失之浮泛。此外，诗中有关琵琶声乐的描摹，历来为人称道。

致酒行

李 贺

零落栖迟一杯酒，主人奉觞客长寿。
主父西游困不归，家人折断门前柳。
吾闻马周昔作新丰客，天荒地老无人识。
空将笺上两行书，直犯龙颜请恩泽。
我有迷魂招不得，雄鸡一声天下白。
少年心事当拏云，谁念幽寒坐呜呃。

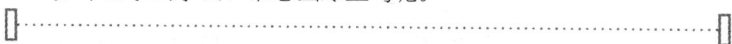

元和（806）初，李贺带着刚刚踏进社会的少年热情，满怀希望打算迎接进士科考试。不料竟因避父名"晋肃"当讳，被剥夺了考试资格。从此"怀才不遇"成了他作品中的重要主题，他的诗也因而带有一种哀愤的特色。但这首困居异乡感遇的《致酒行》，音情高亢，别具一格。

"致酒行"即劝酒致辞之歌。诗分三层，每层四句。

从开篇到"家人折断门前柳"四句一韵，为第一层，写劝酒场面。先总说一句，"零落栖迟"（潦倒游息）与"一杯酒"连缀，略示以酒解愁之意。在写主人祝酒前，先从客方（即诗人自己）对酒兴怀落笔，突出了客方悲苦愤激的情怀，使诗一开篇就具"浩荡感激"（刘辰翁）的特色。接着，从"一杯酒"而转入主人持酒相劝的场面。他首先祝客人身体健康。"客长寿"三字有丰富潜台词：忧能伤人，折人之寿，而"留得青山在，不怕没柴烧"啊！七字画出两人的形象，一个是穷途落魄的客人，一个是心地善良的主人。紧接着，似乎应继续写主人的致辞了。但诗笔就此带住，以下两句作穿插，再申"零落栖迟"之意，命意婉曲。"主父西游困不归"，是说汉武帝时主父偃的故事。"主父偃西入关，郁郁不得志，资用匮乏，屡遭白眼。"（《汉书·主父偃传》）作者以之自比，"困不归"中寓无限辛酸之情。古人多因柳树而念别。"家人折断门前柳"，通过家人的望眼欲穿，写出自己的久羁异乡之苦，这是从对面落墨。引古自喻与对面落墨同时运用，都使诗情曲折生动有味。经此二句顿宕，再继续写主人致辞，诗情就更为摇曳多姿了。

"吾闻马周昔作新丰客"到"直犯龙颜请恩泽"是第二层，为主人致酒之词。"吾闻"二字领起，是对话的标志。这几句主人的开导写得很有意味，他抓住上进心切的少年心理，甚至似乎看穿诗人引古自伤的心事，有针对性地讲了另一位古人一度受厄但终于否极泰来的奇遇：唐初名臣马周，年轻时受地方官吏侮辱，在去长安途中投宿新丰，逆旅主人待他比商贩还不如。其处境狼狈岂不比主父偃更甚？为了强调这一点，诗中用了"天荒地老无人识"的生奇夸张造语，那种抱荆山之玉而"无人识"的悲苦，以"天荒地老"四字来表达，可谓无理而极能尽情。马周一度困厄如此，以后却时来运转，因替他寄寓的主人、中郎将常何代笔写条陈，太宗大悦，予以破格提拔。"空将笺上两行书，直犯龙颜请恩泽"即言其事。主人的话到此为止，只称引古事，不加任何发挥。但这番语言很富于启发性。他说马周只凭"两行书"即得皇帝赏识，言外之意似是：政治出路不特一途，囊锥终有出头之日，科场受阻岂足悲观！事实上马周只是为太宗偶然发现，这里却说成"直犯龙颜请恩泽"，主动自荐，似乎又怂恿少年要敢于进取，创造成功的条件。这四句真是以古事对古事，话中有话，极尽循循善诱之意。

"我有迷魂招不得"至篇终为第三层，直抒胸臆作结。"听君一席话，胜读十年书"，主人的开导使"我"这个"有迷魂招不得"者，茅塞顿开。作者运用擅长的象征手法，以"雄鸡一声天下白"与主人的开导生出奇效，使自己心胸豁然开朗。这"雄鸡一声"是一鸣惊人，"天下白"的景象是多么光明璀璨！这一景象激起了诗人的豪情，于是末二句写道：少年正该壮志凌云，怎能一蹶不振，老是唉声叹气，"幽寒坐呜呃"五字，语亦独造，形象地画出诗人自己"咽咽学楚吟，病骨伤幽素"（《伤心行》）的苦态。"谁念"句，同时也就是一种对旧我的批判。末二句音情激越，颇具兴发感动的力量，使全诗具有积极的思想色彩。

《致酒行》以抒情为主，却运用主客对白的方式，不作平直叙写。《李长吉歌诗汇解》引毛稚黄说："主父、马周作两层叙，本俱引证，更作宾主详略，谁谓长吉不深于长篇之法耶？"本篇富于情节性，饶有兴味。在铸辞造句、辟境创调上往往避熟就生，如"零落栖迟""天荒地老""幽寒坐呜呃"，尤其"雄鸡一声天下白"句，或意新，或境奇，都属李长吉式的"锦心绣口"。

李凭箜篌引

李 贺

吴丝蜀桐张高秋，空山凝云颓不流。

湘娥啼竹素女愁，李凭中国弹箜篌。

昆山玉碎凤凰叫，芙蓉泣露香兰笑。

十二门前融冷光，二十三弦动紫皇。

女娲炼石补天处，石破天惊逗秋雨。

梦入神山教神妪，老鱼跳波瘦蛟舞。

吴质不眠倚桂树，露脚斜飞湿寒兔。

此诗作于元和五六年（810—811）间，时李贺在长安官奉礼郎，有缘接触宫廷乐师李凭。箜篌本为胡乐，约于东晋武帝时由西域传入，在唐十部乐中，多数皆用二十三弦之竖箜篌。此诗即写听李凭弹箜篌的感受。

前四是全诗的引子，三句写音乐的开始，第四句才点出何人、何时、何地、何事。首句不说破箜篌，而以"吴丝蜀桐"作感性显现，是李贺一种典型的表现手法，暗示乐器选材之精，制造之美；"张"是诗人选择的最恰当的动词，嵌在丝桐与高秋之间，不仅指张设乐器，而且兼关秋气高涨；二、三句在大段描写音乐前先营造一下气氛，于是演奏者出台亮相。

以下八句描写李凭的箜篌演奏。五六换仄韵，玉碎凤叫，写乐声之清和；花谢花开，写乐声效果，而以"泣""笑"代谢、开，化无声为有声矣。七八换平韵，言长安十二门前的冷光（月光）也为之融化了，箜篌声甚至感动了天帝。以下四句换仄韵，由乐声联想到淅沥秋雨，由秋雨联想到天漏，由天漏而联想到女娲补天处之石破，翻空作奇，出人意表。神山之神妪指成夫人——传说为晋代兖州弹箜篌的好手。有人说这里的"教"是受动用法，即就教于神妪，如江淹受五色笔于神人、王羲之学书于卫夫人，似较合于常情；然作主动用法，则违乎常理，而李贺诗正以违乎常理为特色，故不妨照字面解会。

末二句暗示曲终人去，音乐效果还在。连月中仙人（吴刚）、神物（玉兔）都还沉浸在乐声余韵中，没有睡意，也感觉不到露气的清寒。诗写奏乐，伴随着景的推移，所以王琦玩味道："当是初弹之时，凝云满空；继之而秋雨骤作；泊乎曲终声歇，则露气已下，朗月在天。皆一时实景也。而自诗人言之，则以为凝云满空者，乃箜篌之声遏之而不流；秋雨骤至者，乃箜篌之声感之而旋应。"这种理解是富于启发性的。

全诗大量运用了神话材料如江娥（湘妃）、素女（嫦娥）、紫皇、女娲、神妪、香兰、桂树、老鱼、瘦蛟、寒兔等，妙于组织，所谓虚荒荒诞、出神入幽，无一字落常人蹊径（《唐宋诗举要》）。清方世举曰："白香山江上琵琶，韩退之颖师琴，李长吉李凭箜篌，皆摹写声音至文。韩足以惊天，李足以泣鬼，白足以移人。"（方世举《李长吉诗集批注》）

雁门太守行

李 贺

黑云压城城欲摧，甲光向日金鳞开。
角声满天秋色里，塞上燕脂凝夜紫。
半卷红旗临易水，霜重鼓寒声不起。
报君黄金台上意，提携玉龙为君死。

此诗作于元和（806）初，张固《幽闲鼓吹》谓韩愈为国子博士分司东都，李贺以歌诗干谒，韩极困欲睡，门人呈卷，旋解带，旋观首篇——即此诗，才读前二句，却援带命邀之，一时传为佳话。雁门在今山西北部，是古时交兵之地。诗题是汉乐府《相和歌·瑟调曲》旧题，六朝及唐人拟作多以咏叹征戍之苦，而李贺此篇则显得新异。

诗中战争虽属虚拟性质，其中提到的地名如雁门、塞上、易水、黄金台，均在河东、河北，参之李贺其他作品，论者一般将它与唐代藩镇作乱的历史背景相联系，言之成理。

开篇写对阵，着力气氛烘托，有先声夺人的效果：黄昏时分，地下大军压境，天上黑云压城，而四角亮得出奇（是暴风雨即将到来的征兆），落日惨淡的光辉照得城头城下金甲如鱼鳞般闪闪发光——两军对垒，整个空气是凝滞的，处于爆发前的寂静。其实敌人兵临城下未必同时乌云密布，这完全是诗人的艺术构思，是象征、描述意象的叠加，效果是加倍的。三、四句于战斗非正面描写，偏致力于角声、秋色、夜色的描写，仍有惊心动魄的效果。那胭脂凝夜紫的着色，是晚霞还是战血？毋宁是隐喻、描写双重意象的叠加，是场面的感性显现，不是解说而是呈示一场战争，诉诸读者的视听感官。五、六句写驰援，"临易水"的字面暗示"壮士一去兮不复还"的意念。至于接下来的遭遇战，仍只侧面描写，"霜重鼓寒声不起"暗示目前的战势不是势如破竹，而是困难重重——只把战争的困难在明面上限于气候，却能收到侧面微挑的效果。

诗不讳言敌强，不讳言牺牲和困难，甚至不讳言死，其所突出的只在"雁门太守"的一片忠诚。黄金台是战国时燕昭王建于易水东南，以招揽天下士的处所，诗用这故事，写出将士以身许国的赤胆忠心。故清人萧馆评此诗"颇类睢阳（张巡）激励将士诗"。

这首诗写得十分凝重。它是一首七古，篇幅却相当一篇七律，但读之不觉其短。首先在于诗人着重侧面的烘托，他没有采用正面叙写的语言，却专重烘托气氛和展示意象，启发读者的想象和联想，自能以一当十。其次是有很大的意象密度，诗中常将描述的、比喻的、象征的意象叠加，颠扑不破，耐人反复吟味。三是着色浓重，几乎每一句都色彩鲜明，其中金黄、胭脂、紫红等艳丽的彩色，与黑、白（玉）等非彩色交织运用，构成色彩斑斓的画面效果，也是令人读不厌的。这种情况在杜、韩诗中只偶尔一见（杜如《秋兴八首》中"香稻啄余鹦鹉粒"一联），并不形成特色，而在李贺诗则是擅长的绝活，旁人任学难到的。

梦　天

李　贺

老兔寒蟾泣天色，云楼半开壁斜白。
玉轮轧露湿团光，鸾佩相逢桂香陌。
黄尘清水三山下，更变千年如走马。
遥望齐州九点烟，一泓海水杯中泻。

此诗写梦天游月之幻境。前四句写天阶月色：这是白露为霜时节，空中一阵微雨，好像是月中蟾兔因清寒而悲泣；雨霁云开，琼楼玉宇露出一角粉壁——是梦的感觉，境界清凉、湿润、朦胧、虚幻。

紧接写车轮辗着清露穿行天街，团光微湿；"玉轮"的意象可能从月亮的形象得来，但不必指月，因为下句中乘车人便和素娥在月中桂树下相逢——而这乘车人，可以假定为诗人之梦魂。说假定，是因为谁与鸾佩相逢？相逢后又怎样？诗中都未明确交代。

后四句话头忽转，写从天际俯瞰下界。"黄尘""清水"各指陆地、海洋，"三山"即传说中海上仙山蓬莱、方丈、瀛洲，说它们"更变千年如走马"，是活用《神仙传》"沧海桑田"的典故。"齐州"即中州、九州，从天上看去不过是九个点儿而已，诗人杜撰了"点烟"一词，表明它不但小，而且缥缈；陆地是这样，大海呢，也不大，一杯水而已——江河赴海就像是往杯中注水而已。

梦天不奇，古已有之，奇在梦天所见所闻，如幻如真。梦从天上看人间渺小，还在人意中；梦从天上看到人世间变化的迅速，就出人意表。所谓"洞中方数日，世上已千年"——李贺诗妙在他能形象地表现天上人间的这种速度差，以天上的眼光看人间，从而给人以新奇感和惊异感："黄尘清水三山下，更变千年如走马""南风吹山作平地，帝遣天吴移海水。王母桃花千树红，彭祖巫咸几回死"（《浩歌》）、"晓声隆隆催转日，暮声隆隆催月出。汉城黄柳映新帘，柏陵飞燕埋香骨。捶碎千年日长白，孝武秦皇听不得"（《官街鼓》）写瞬息沧桑；"海沙变成石，鱼沫吹秦桥。空光流远浪，铜柱从年消"（《古悠悠行》）写风化过程；"况是青春日将暮，桃花乱落如红雨"（《将进酒》）写花落之快。这些画面语言，只能用电影中的低速镜头（快镜头）来处理（如在几分钟内呈示种子的发芽、开花；鸡子的孵育过程），令人感到奇乎其技。李贺的想象力确实是异常活跃的。

金铜仙人辞汉歌

李 贺

茂陵刘郎秋风客，夜闻马嘶晓无迹。

画栏桂树悬秋香，三十六宫土花碧。

魏官牵车指千里，东关酸风射眸子。

空将汉月出宫门，忆君清泪如铅水。

衰兰送客咸阳道，天若有情天亦老。

携盘独出月荒凉，渭城已远波声小。

本篇据朱自清推测大约是元和八年（813），李贺因病辞去奉礼郎之职，由京赴洛，为探寻前事、感慨古今兴亡而作。魏明帝曹睿拆徙长安汉宫铜人欲运洛阳置于前殿，为景初元年（237）事，见《三国志·魏书·明帝纪》裴松之注引；习凿齿《汉晋春秋》说："盘拆，声闻数十里，金狄（铜人）或泣，（以重不可致），因留霸城。"这个汉宫故物易主的故事中，铜人下泪的传说，投合李贺的艺术趣味，遂有此作。

全诗分前后两部分。前四句写汉宫的寂寥。仙人承露的铜塑乃是汉武帝刘彻生前所造，故诗一开始就从"茂陵（汉武帝陵寝）刘郎"说起。刘彻生前作过一首《秋风辞》，云："欢乐极兮哀情多，少壮几时兮奈老何"，称他为"秋风客"也就熔铸了这诗意。"夜闻马嘶"，一说为汉武魂游故宫，着意只在"晓无迹"三字，渲染出汉宫森森鬼气；一说指魏官夜间拆迁铜人的车马声，惊动了汉武亡灵。

汉代宫室，班固《西都赋》有"离宫别馆，三十六所"之说。"画栏"二句，写汉代亡国后故宫的荒凉，可用李煜《虞美人》"雕栏玉砌应犹在""春花秋月何时了"为之注。以"土花"写苔藓，为李贺诗常用意象，感觉是寂寞与荒凉。

后八句写金铜仙人夜别汉宫的凄苦。魏官取得铜人，赶车出东门向魏都洛阳而去，在写铜人潸然泪下之前，诗人巧妙地先写一句"东关酸风射眸子"，酸风就成了铜人下泪的表面原因，而更深层的原因下句补出——"忆君（汉武）清泪如铅水"。铜人下泪是一奇，铜人眸子怕风又是一奇，催人泪下的风是"酸风"，铜人流下的清泪是"铅水"，俱见李贺构思措语之妙。

写铜人一路独行，除了用"汉月"相送来衬托其孤单，还写到路边的草色，与刘长卿"草色青青送马蹄"（《送李判官之润州行营》）之句的不同之处，是李贺生造"衰兰"一词，更觉凄凉；说兰草衰老意犹未足，诗人又补一句"天若有情天亦老"，更令人觉天地为之色变。末二句描写，在荒凉的月色中，铜仙越去越远，渭水的波声也越来越小，画面与声响配合，饶有余味。

这首诗写易代沧桑，盛衰荣枯之变，与唐室中衰有关，盖安史乱后，唐故行宫亦有衰落如诗中汉宫者，诗人以没落王孙，借铜仙辞汉之泪，表达宗国之痛，非泛泛咏古，故读之令人情移。全诗只对金铜仙人辞汉宫事再造情景，不着一字议论，而意在言外，这是李贺形象思维的重要特点。诗中造意措语，奇谲异常，如秋风客、土花碧、铜仙铅泪、衰兰送客、天亦老，多为"古今未尝经道者"（杜牧《李贺集》），这是李贺诗吸引人的所在之一。后来铜仙清泪竟成改朝换代、天地翻覆的典故："父老犹记宣和事。抱铜仙，清泪如水"（刘辰翁《宝鼎现·春月》）、"铜仙铅泪似洗，叹携盘去远，难贮零露"（王沂孙《齐天乐·蝉》）、"铜雀春情，金人秋泪，此恨凭谁雪"（文天祥《念奴娇·驿中别友人》）；"天若有情天亦老"曾被认为奇绝无对，宋石曼卿对以"月如无恨月长圆"，一时传为佳话，此句亦被广为引用，如"莫讶安仁头白早。天若有情，天也终须老"（张先《苏幕遮》）、"朱弦悄。知音少。天若有情应老"（晏殊《喜迁莺》）、"天若有情天亦老，人间正道是沧桑"（毛泽东《七律·人民解放军占领南京》）。

将进酒

李 贺

琉璃锺，琥珀浓，小槽酒滴真珠红。

烹龙炮凤玉脂泣，罗帏绣幕围香风。

吹龙笛，击鼍鼓；皓齿歌，细腰舞。

况是青春日将暮，桃花乱落如红雨。

劝君终日酩酊醉，酒不到刘伶坟上土！

李贺这首诗以精湛的艺术技巧表现了诗人对人生的深切体验。

此诗用大量篇幅烘托及时行乐的情景，作者似乎不遗余力地搬出华艳辞藻、精美名物。前五句写筵宴之华贵丰盛：杯是"琉璃锺"，酒是"琥珀浓""真珠红"，厨中肴馔是"烹龙炮凤"，宴庭陈设为"罗帏绣幕"。其物象之华美，色泽之瑰丽，令人心醉，无以复加。它们分别属于形容（"琉璃锺"形容杯之名贵）、夸张（"烹龙炮凤"是对厨肴珍异的夸张说法）、借喻（"琥珀浓""真珠红"借喻酒色）等修辞手法，对渲染宴席上欢乐沉醉气氛的效

落月摇情满江树

一九〇

果极强。炒菜油爆的声音气息本难入诗，也被"玉脂泣""香风"等华艳辞藻诗化了。运用这么多辞藻，却又令人不觉堆砌、累赘，只觉五彩缤纷，兴会淋漓，奥妙何在？乃是因诗人怀着对人生的深深眷恋，诗中声、色、香、味无不出自"真的神往的心"（鲁迅），故辞藻能为作者所使而不觉繁复了。

以下四个三字句写宴上歌舞音乐，在遣词造境上更加奇妙。吹笛就吹笛，偏作"吹龙笛"，形象地状出笛声之悠扬有如瑞龙长吟——乃非人世间的音乐；击鼓就击鼓，偏作"击鼍鼓"，盖鼍皮坚厚可蒙鼓，着一"鼍"字，则鼓声洪亮如闻。继而，将歌女唱歌写作"皓齿歌"，也许受到"谁为发皓齿"（曹植《杂诗七首》其四）句的启发，但效果大不同，曹诗"皓齿"只是"皓齿"，而此句"皓齿"借代佳人，又使人由形体美见歌声美，或者说将听觉美通感转为视觉美。将舞女起舞写作"细腰舞"，"细腰"同样代美人，又能具体生动显示出人体的曲线美，一举两得。"皓齿""细腰"各与歌唱、舞蹈特征相关，用来均有形象暗示功用，能化陈辞为新语。仅十二字，就将音乐歌舞之美妙写得尽态极妍。

"行乐须及春"（李白《月下独酌四首》其一），如果说前面写的是行乐，下两句则意味"须及春"，其铸词造境愈出愈奇："桃花乱落如红雨"，这是用形象的语言说明"青春将暮"，生命没有给人们多少欢乐的日子，须要及时行乐。在桃花之落与雨落这两种很不相同的景象中达成联想，从而创出红雨乱落这样一种比任何写风雨送春之句更新奇、更为惊心动魄的境界，这是需要多么活跃的想象力和多么敏捷的表现力，想象与联想活跃到匪夷所思的程度，正是李贺形象思维的一个最大特色。他如"黑云压城城欲摧"（《雁门太守行》）、"银浦流云学水声"（《天上谣》）、"羲和敲日玻璃声"（《秦王饮酒》）等例子不胜枚举。真是"时花美女，不足为其色也；牛鬼蛇神，不足为其虚荒诞幻也"（杜牧《李长吉歌诗叙》）。

由于诗人称引精美名物，运用华艳辞藻，同时又综合运用多种修辞手法，使诗歌具有了色彩、线条等绘画形式美。

诗中写宴席的诗句，也许使人想到前人名句如"葡萄美酒夜光杯，欲饮琵琶马上催"（王翰《凉州词》），"兰陵美酒郁金香，玉碗盛来琥珀光"（李白《客中作》），"紫驼之峰出翠釜，水精之盘行素鳞。犀箸厌饫久未下，鸾刀缕切空纷纶"（杜甫《丽人行》），相互比较一下，能更好认识李贺的特点。它们虽然都在称引精美名物，但李贺"不屑作经人道过语"（王琦《李长吉歌诗汇解序》），他不用"琥珀光"形容"兰陵美酒"——如李白所作那样，而用"琥珀浓"取代"美酒"一词，自有独到面目。更重要的区别还在于，名物与名物间，绝少"欲饮""盛来""厌饫久未下"等叙写语言，只是在空间内把物象一一感性呈现（即不作理性说明）。然而，"琉璃锺，琥珀浓，小槽酒滴真珠红"，诸物象并不给人脱节的感觉，而自有"盛来""欲饮""厌饫"之意，即能形成一个宴乐的场面。

这手法与电影"蒙太奇"（镜头剪辑）语言相类。电影不能仅靠话语叙述，而是通过一些基本视像、具体画面、镜头的衔接来"造句谋篇"。虽纯是感性显现，而画面与画面间又有内在逻辑联系。如前举诗句，杯、酒、滴酒的槽床相继出现，就给人酒宴进行着的意念。

省略叙写语言，不但大大增加形象的密度，同时也能启迪读者活跃的联想，使之能主动地去填补、丰富那物象之间的空白。

　　此诗前一部分是大段关于人间乐事的瑰丽夸大的描写，结尾二句猛作翻转，出现了死的意念和"坟上土"的惨淡形象。前后似不协调而正具有机联系。前段以人间乐事极力反衬死的可悲，后段以终日醉酒和暮春之愁思又回过来表露了生的无聊，这样，就十分生动而真实地将诗人内心深处所隐藏的死既可悲而生亦无聊的最大的矛盾和苦闷揭示出来了。总之，这个乐极生悲、龙身蛇尾式的奇突结构，有力表现了诗歌的主题。这又表现了李贺艺术构思上不落窠臼的特点。

卷三　五言律诗

春夜别友人二首之一

陈子昂

银烛吐青烟，金樽对绮筵。

离堂思琴瑟，别路绕山川。

明月隐高树，长河没晓天。

悠悠洛阳道，此会在何年。

陈子昂《春夜别友人二首》约作于武则天光宅元年（684）春天。于时诗人将告别家乡射洪，远赴东都洛阳，友人为之饯别，诗人感而为诗二首。这里选的是第一首。

"银烛吐青烟"二句从饯宴写起，用了许多华美的词藻"银烛""青烟""金樽""绮筵"，极言饯宴档次之高。"吐""对"两字，一动一静，暗示时光流逝，让人不免思绪万千。"离堂思琴瑟"二句，从饯宴写到送别，表现出诗意的跳跃性，而过渡相当自然。"离堂"为饯别的处所，"琴瑟"指朋友宴会之乐。语出《小雅·鹿鸣》"我有嘉宾，鼓琴鼓瑟"。诗人面对饯宴，想到明日长路漫漫，依依不舍之情跃然纸上。

"明月隐高树"二句，描写早行景色。晓风残月，银河渐淡，与今夜的欢聚一堂，别是一番滋味。有人批评说，佳句倒是佳句，然"明月""长河"是秋景，不是春景。有人反驳道：不然，"隐"字内已有春在。其实，柳宗元便有"春半如秋意转迷"（《柳州二月榕叶落尽偶题》）之句，不可执泥而论。"悠悠洛阳道"二句，用"此会"二字绾住起处，言后会遥遥无期，表现出对家乡对友人的深切留恋。不胜黯然神伤，凄其欲绝。

从结构上看，可以认为全诗立足饯宴，以思写别；也可以认为全诗以"别路绕山川"为关捩，以前写饯宴话别，以后写别后相思。从声律上看，三句"琴"字当仄，七句"阳"字当仄。还有人指出，此诗"八腰字（每一句中间那个字）皆仄"，若不经意。作者并非不懂，而是不屑以辞害意。作者崇尚汉魏风骨，而此诗不废陈隋余习，唐人清旷一派，俱本乎此。

望月怀远

张九龄

海上生明月，天涯共此时。

情人怨遥夜，竟夕起相思。

灭烛怜光满，披衣觉露滋。

不堪盈手赠，还寝梦佳期。

在最能代表盛唐气象的唐诗中，张九龄的《望月怀远》在屈指可数之列。

"海上生明月，天涯共此时"，这样的诗句是把天下人一网打尽的。就连诗中的月亮，可以是中秋的月，也可以是春月。这样的诗句属于任何时代，对今天海峡两岸的中国人，是家喻户晓的。"天涯共此时"写出了一种空间的距离和心理的认同——这是一个国家的认同、一个民族的认同。它还使人想起另一个天才的诗句："别时容易见时难"（李煜《浪淘沙》）。当我们念起"天涯共此时"的时候，想到的正是"别时容易见时难"。这正是"望月怀远"的题中之意。张九龄本人一定没有想到，他的这两句诗会如此这般地穿过了一千年的时空，成为联结海峡两岸的中国人的感情纽带，具有化干戈为玉帛的魅力。

"情人怨遥夜，竟夕起相思"，接着写月夜中人无尽的怀想。由十首联的关系，这一联消息甚大。"情人"不限于男女，可以推广到一切关系——亲子也可以、兄弟也可以、同志也可以、朋友也可以、祖孙也可以，凡是相互思念的人，都可以被一网打尽。而"相思"也不限于男女，而是形形色色的相互思念。连"怨"也不必是幽怨，也可以是"相思"的强化表达。在月下，"相思"被拉得很长很长、放得很大很大，"遥夜""竟夕"的字面，"起"字的勾勒，状出绵绵不断的感觉。四句的音情是非常饱满的，与读王维《相思》"愿君多采撷，此物最相思"的感觉，并无二致。

"灭烛怜光满，披衣觉露滋"，烛光下的环境是温馨的，适宜于亲密关系的。而月光，则是烛光的放大。诗中人吹灭蜡烛，在月光中徜徉。皎洁如银的月光让人低回不已，流连忘返，直到感到寒意、感到夜露的冷湿，才想起应该披件衣裳。

"不堪盈手赠，还寝梦佳期"，最后两句表达对远方人的祝愿，诗人并没有直白地说："愿天下有情人终成眷属"，但诗句中一定包含着这样的意思，及其可以类推的意思。诗人突发奇想，用了一个超前的，或者说后现代的诗歌话语——"不堪盈手赠"，翻译过来说是"恨不得捧一把月光送你"——这是何等的浪漫！最后写到憧憬写到梦，当一个人失去一切，但只要有梦，就不可悲。如果连梦也没有，那才真的可悲了。

这首诗的意境朦胧，表达委婉深曲，极有情致。余恕诚先生形容《春江花月夜》道："人们面对无限的春江、海潮，面对无边的月色、广阔的宇宙，萦绕着绵长不尽的情思，荡漾着对未来生活的柔情召唤。"这也就像在说《望月怀远》。由于它是一首五律，在篇幅上比《春江花月夜》小得多，意象和语言也更单纯更简洁，却同样耐人寻味。

送杜少府之任蜀川

王 勃

城阙辅三秦，风烟望五津。
与君离别意，同是宦游人。
海内存知己，天涯若比邻。
无为在歧路，儿女共沾巾。

诗人从长安送姓杜的朋友到蜀中任职，写下了这首送别诗。"少府"是唐人对县尉的称谓，这表明了杜某出任的官职。题中"蜀川"或作"蜀州"（四川崇州市），按唐置蜀州在王勃去世十年后（686），故不当作"蜀州"。"蜀川"，泛指蜀地。

有人说首句的"城阙"指成都，而《文苑英华》这句一作

"城阙俯西秦"，据此可知"城阙"实指长安。"城阙辅三秦"在句法上属倒装，意即长安以三秦（项羽灭秦曾三分关中之地而治之，代指关中）为辅。"风烟望五津"亦属倒装，意即望五津（蜀地从都江堰至犍为一段岷江的五个渡口）风烟。一句点送行地点，一句点杜少府之去向。两句虽未及送别，但通过对举两地风光，以"望"字一点，便写出了行者踯躅上路，前路风烟迷茫的状况，道出了送者一片依依惜别之情。

"宦游"指离乡仕外做官。在唐时人们心目中，在京供职和外任有很大差别。从长安到边远的蜀地，杜少府不免感到悲凉。诗人王勃非常体谅朋友的心情，他轻轻抹去那"不同"，而强调彼此的"同"——"与君离别意，同是宦游人"。强调自己对朋友心情的理解，这一点很重要，由于富于人情味，因而富于感染力。

动之以情，会使人感到慰藉，却不免低调；喻之以理，更能使人为之振作，所以诗人讲了两句豪言壮语："海内存知己，天涯若比邻。"这里点化曹植《赠白马王彪》"丈夫志四海，万里犹比邻"诗意。曹诗偏于大丈夫应以四海为家这一层意思；此诗强调志同道合的朋友在心理上的亲近，在道义上的互相支持和鼓舞，是其创意所在。所谓"德不孤，必有邻"（《论语》）。因而这两句诗句也成为对风义相期的、崇高的友谊的赞颂。这两句曾因为毛泽东在给霍查的一封电报的开头加以引用，而成为全中国家喻户晓的唐诗名句，这封电报许多人都背得出来："海内存知己，天涯若比邻。中阿两国远隔千山万水，我们的心是连在一起的……"

在高调之后，复出以款语叮咛："无为在歧路，儿女共沾巾。"诗人与杜少府皆仕宦中人，虽是惜别，又何至于像少年男女分手时那样儿女情多，哭哭啼啼。两句略寓戏谑的口吻，振动一下空气，舒缓一下气氛，使诗意不至于太严肃太凝重——它像乐章中一个舒缓的尾声，情味深长。今人诗云："说好不为儿女态，我回头见你回头。"翻过一层，亦妙。

"悲莫悲兮生别离。"南朝文人江淹在《别赋》中历叙各种离别情事后，蛮有把握地结论道："是以别方不定，别理千名，有别必怨，有怨必盈。"唐代诗人往往和前人唱反调："青山一道同云雨，明月何曾是两乡"（王昌龄《送柴侍御》）、"莫愁前路无知己，天下谁人不识君"（高适《别董大二首》其一），等等，与"海内存知己，天涯若比邻"是同一基调，读后使人胸怀宽广，态度乐观。这显然是那个长期繁荣统一的大时代所赐。而在送别诗中首先举首高歌、指出一路向上的，却不得不推这首《送杜少府之任蜀川》。

咏　蝉

骆宾王

西陆蝉声唱，南冠客思深。

不堪玄鬓影，来对白头吟。

露重飞难进，风多响易沉。

无人信高洁，谁为表予心？

本篇是蒙冤受屈者的歌吟。武则天时代扩大化的政治清洗，造成了数不清的冤狱。骆宾王就曾是一个受害者。调露元年（679），他在侍御史任上因屡次上书讽谏政事，触犯当权的武后，被诬在长安主簿任上犯贪赃罪，于当年秋天下御史台狱，尝到了铁窗滋味，也种下了仇恨的种子。后来武则天读他那篇著名檄文至"一抔之土未干，六尺之孤何托"，竟失声道"丞相安得失此人"。《咏蝉》这首诗托物言志，抒发受迫害者沉冤莫白的忧愤心情，在当时和后世都具有典型性。

御史台监狱西面有古槐数株，其上秋蝉长鸣，引起诗人悲怀。《左传》成公九年载有楚囚钟仪南冠而系事，后世遂以"南冠"代囚徒。"客思"本指故国之思。但诗中这个"客"字与李后主"梦里不知身是客"（《浪淘沙》）的"客"字，特指在囚之身，含义凄楚。"深"一作"侵"，有渐进深至，被痛苦咬啮之感。秋蝉之声自苦，但比起囚犯来，它至少没有失去自由。"客思深"与"蝉声唱"对举，便有人不如蝉之意，遂启三四两句。"日行西方白道曰西陆"（《太平御览》卷二十四《易通统图》）。以"西陆"代秋天，是为了与"南冠"对仗工稳，今人不免感到晦涩，如果要说缺点，这也可以说是这首诗的一个缺点。不过，在普遍借助类书进行律诗创作的初唐时期，却是习以为常的事。

蝉翼之薄，有如女子云鬓。而古代女子的发式亦有"蝉鬓"的名目。相传蝉为齐后怨魂所化，故又名"齐女"。因而，蝉声能引起关于幽怨女子的形象联想。"玄鬓影"三字正是如此。《白头吟》据传为卓文君作，抒写将被遗弃的女子的凄苦，这对于在政治上被抛弃的诗人，是一个恰切的譬喻。同时，"不堪玄鬓影，来对白头吟"十字一气贯注，"吟"字属"玄鬓"，而"白头"又可别解作诗人自谓。虽然当年他不过四十岁，但忧愤使其产生了未老先衰的感觉。诗人说：蝉啊，你这秀发的婵娟精灵，何苦来对着我这白头缧绁之身哀吟呢？你叫我怎么受得了呢？

诗人开始了与秋蝉的对话。"露重飞难进，风多响易沉"二句似乎就是蝉的哀诉。秋来露重风多，蝉的末日将临，快要飞不动，叫不成了。这于诗人的处境又构成了象征。"露重""风多"，借喻社会环境恶劣、世路艰险，诬枉构陷、罗织罪名成风，令人望而生畏。"飞难进""响易沉"则象征"跳进黄河洗不清"的困境。在酷吏横行，"请君入瓮"成为竞相推广的发明的时代，"露重飞难进，风多响易沉"不知概括了几多含冤负屈者的心境。

我国古来执法的传统是"有罪推定"，即除非证明无罪，否则有罪。下狱就证明有罪，否则何以下狱？在鼓励告密者的武则天时代，冤假错案之多一度登峰造极。怀着"无人信高洁，谁为表予心"的无可告诉之悲苦者，又何止一个骆宾王！"高洁"一词，双关鸣蝉。蝉栖高树，古人认为它餐风饮露，食性清洁，故视为高洁之士的化身。寂寞难忍时，诗人也只好对它去诉说积郁了。

作为咏物诗，《咏蝉》达到了物我浑然的境地。它深切表现了被迫害受压制者的"人为刀俎，我为鱼肉"的悲愤心情，是对黑暗政治的有力控诉，具有较高的认识价值和审美价值。

和晋陵陆丞早春游望

杜审言

独有宦游人，偏惊物候新。

云霞出海曙，梅柳渡江春。

淑气催黄鸟，晴光转绿苹。

忽闻歌古调，归思欲沾襟。

这首诗作于武则天永昌元年（689）前后诗人任职江阴时，陆丞乃其同郡邻县晋陵（江苏常州）的僚友，原唱《早春游望》已佚。杜甫有两句很出名的诗句，一句是"诗是吾家事"（《宗武生日》），一句是"吾祖诗冠古"（《赠蜀僧闾丘师兄》），说的是一个意思：他是杜审言的嫡孙。过了若干年，人们介绍杜审言，反而说他是杜甫的祖父了。读这首诗，可知杜甫不是大言欺人——杜审言就写得这么好。

　　"早春游望"关键词在"早春"。因为是早春，关于物候的细微变化，只有特别敏感的人能够察觉。诗人说独有离乡宦游者最容易接收新春信息，而且为之惊心动魄。"独有宦游人，偏惊物候新。""独有"字、"偏"字，都有表情的作用。使得这个开篇富有创意，可圈可点。清人纪昀评："起句警拔，入手即撇过一层（指撇过写景而直接抒情），擒题乃紧。知此自无通套之病，不但取调之响也。"（《瀛奎律髓汇评》）

　　"云霞出海曙，梅柳渡江春。"两句承上紧接着写"物候"如何之"新"，是唐诗中最精彩的写景诗句——是让人想不到的好。盖太阳出现于东方之前，即有朝霞满天的景象，故云"云霞出海曙"，一个"出"字，写出了朝霞变幻的过程，暗示出一个"早"字。梅、柳是早春相互接替的两种物候，"渡江春"三字不大好懂，需要多说两句：原来气候是由江南向江北逐渐转暖，物候的变化也是由江南往江北逐步发生，江南的梅花先开先谢，江北的梅花后开后谢，江南的杨柳先发芽，江北的杨柳后发芽，有这样一个过渡（渡江）的情形，因此，"梅柳渡江春"五字，不但写出了早春美丽的景色，简直让人听到了春天的脚步声——这就是让人想不到的好了。

"淑气催黄鸟，晴光转绿苹。"这两句继续写早春景物的变化。天气逐渐转暖，使得黄莺的叫声一天比一天多，一天比一天悦耳，好像无形中有什么在催促它似的；阳光照在池面，使得萍草一天比一天绿，一天比一天悦目，"转"就是变，也可以作闪烁不定讲。总之，以上四句的写景，用了"出""渡""催""转"四个动词，对景物作动态描绘，较之静态的写景生动得多。对景物作动态描写的成功，是本篇在艺术上最为独到之处。

"忽闻歌古调，归思欲沾襟。"这里，诗人说的"古调"指什么呢？粗心的读者以为是有人唱起了古典歌曲，那就错了。其实，这里的"古调"不是别的什么歌曲，乃是题中提到的晋陵陆丞所写的那一首《早春游望》。只因"贵古贱今"是一种普遍的心理，所以诗人用"古调"来表达可以与古诗比美的意思。他明明只是看到陆丞所写的那首诗，却说"忽闻歌古调"，仿佛有人唱了这首诗似的——这是诗歌表达的灵活，不一定非要那样讲不可。"归思欲沾襟"，是对陆丞原作的感染力的夸张，诗人读后曾大受感动。

全诗一气贯注，"独""偏""惊""忽""欲"等勾勒字，用得极好。陆丞的原作今天已经看不到了，也许，它并不像杜审言夸的那么好。然而它抛砖引玉，引出了杜审言的这一唐诗名篇——单凭这一点，就值得读者心存感激。

杂诗三首之一

沈佺期

闻道黄龙戍，频年不解兵。

可怜闺里月，长在汉家营。

少妇今春意，良人昨夜情。

谁能将旗鼓，一为取龙城？

[..]

　　这首诗与杨炯《从军行》俱属边塞题材，但所取角度与思想感情不同。它写边防战士与家属的两地相思，诗中少妇乃是一位年轻的"军嫂"。流行歌曲中有一首《十五的月亮》，它的构思和这首唐诗非常合拍。可能是借鉴，也可能是巧合。

　　这首诗用"闻道"二字开篇，即是站在诗中"少妇"的立场上说话。仿佛她一直在打听征夫的消息，得到了一种说法，就是征夫久戍不归，是因为"黄龙"战事绵延不断。"黄龙"城故址在今辽宁省朝阳市，诗中泛指东北边塞。"解兵"，犹卸兵（兵器），即结束战事。

　　"可怜闺里月，长在汉家营。"这是一个十字句，就像冲口而出的一句白话，却又是对仗，而且对仗巧妙。它的意思相当于"十五的月亮，照在家乡照在边关"，是流水对。也可以是互文（"闺里"和"汉营"可互换）——身在闺中，心在汉营；身在汉营，心在闺中。此意直起以下两句，又是一组对仗——"少妇今春意，良人昨夜情"，这两句的意思则相当于"宁静的夜晚，你也思念我也思念"。这也是互文，"少妇"和"良人"也可以互换。互文的作用，就是用较少的字，表达较多的含义。最后两句是水到渠成，祈愿和平生活的到来。

　　这首诗概括力极强，后世写征夫与闺中的两地相思，很难翻出它的手心。《十五的月亮》不用说了，就连李白著名的《子夜吴歌》"长安一片月，万户捣衣声。秋风吹不尽，总是玉关情。何日平胡虏，良人罢远征？"也还留在它的手心里。

度大庾岭

宋之问

度岭方辞国，停轺一望家。

魂随南翥鸟，泪尽北枝花。

山雨初含霁，江云欲变霞。

但令归有日，不敢恨长沙。

此诗作于作者流放钦州（今属广西）过大庾岭时。大庾岭在今江西大余县，以岭多梅花，又称梅岭，古人以此岭为南北分界线。

"度岭方辞国，停轺一望家。"首联这个"方"字耐人寻味，本来离开长安就是"辞国"，不需要等到翻越梅岭。然而，只是到了翻越梅岭这一特定时刻，却更让人产生去国还乡之悲。所以这个"方"字，表明以前的离愁都算不得什么离愁，正见得在"度岭"这一特定时刻，诗人心中的怅惘。因为一旦过岭，还望京国的视线将被隔断，所以得停下车来，好好地望它一望。"度岭""辞国""停轺""望家"，都不过是叙写事实，本身并不产生诗味；而"方""一"两字的勾勒，及其所传达的语气，使客观的事实具有了主观的色彩，这才产生出很浓的诗味。

"魂随南翥鸟，泪尽北枝花。"这是写望家时的心情。这两句写得非常凄美，古人说"诗缘情而绮靡"（陆机《文赋》），莫此为甚了。"魂"字用得好，古人认为，生病或死亡，会导致魂不附体。流放介乎二者之间，所以流人感到他的魂魄已随着南飞之鸟，远离故国。据说由于南北气候的差异，大庾岭上梅花，南枝落时，北枝犹开，而流人家在北方，所以思乡的泪，竟打湿了北枝的花。诗以花、鸟作点缀，以南、北作唱叹，"南翥鸟""北枝花"的巧妙对仗，将前两句中所抒发的思乡之情，以曲折的方式作了推进。

"山雨初含霁，江云欲变霞。"这是一转，来写雨散云收，气候转晴。这是写景，又不仅仅是写景，这里的景是所谓"有意味的情景"。这里的"雨霁"巧妙地映带了上文的"泪尽"。阴雨天气，本使人情绪低沉；而雨过天晴，又出现彩霞，则使人心情好转。其深层的意蕴是：天气的雨转晴，对应着人事的否去泰来，这是流人从景物中得到的心理暗示，一种积极的心理暗示，一种阳光的心态。这种心理暗示和心态，表明诗人在努力拒绝负面情绪，寄希望于未来。这是一种健康的思想感情，特别值得肯定。

诗的结束水到渠成，借汉代贾谊被贬长沙王太傅的典故，进一步表达盼望北归的心愿。"但令""不敢"的勾勒，形成一个条件复句：明明有恨，却说"不敢恨"，而"不敢恨"，又是以"归有日"为条件的。这个条件不高，容易达到，所以读起来很轻快。全诗在明快的抒情之中，复有曲折含蓄之致，颇合于温柔敦厚之旨；加上技法圆熟，音韵谐婉，起承转合，流畅自然，使这首诗达到了古典美的极致。

次北固山下

王 湾

客路青山外，行舟绿水前。
潮平两岸失，风正一帆悬。
海日生残夜，江春入旧年。
乡书何处达，归雁洛阳边。

唐代是一个大时代，国土幅员辽阔，国力强盛。翻开任何一本唐诗，读者都会得到一个印象：唐代诗人大多行走在路上。高度的物质文明、稳定的社会秩序，为唐代人提供了读万卷书、行万里路的前提条件。今人谈论盛唐气象时最常举到的一首诗，就是王湾的《次北固山下》。南宋严羽说："唐人好诗，多是征戍、迁谪、行旅、离别之作，往往能感动激发人意。"（《沧浪诗话·诗评》）在开放空间中作诗，气象也是开阔的。

　　"客路青山外"二句，写舟次北固山下的感觉，开篇就是对仗。这是长江中下游，镇江一带，诗人穿行于青山绿水之间，心情非常愉快，这种感觉是承平的时代、安定的社会提供的。鲁迅说："汉唐虽然也有边患，但魄力毕竟雄大，人民有不至于沦为异族奴隶的自信心。"（《看镜有感》）此诗中就包含这种自信心。

　　"潮平两岸失"二句，写江面开阔，波澜不惊，有前途无量、一帆风顺的感觉。这是一种充满了希望的感觉，概括了唐帝国蒸蒸日上的、朝气蓬勃的、一往无前的、青春万岁的、正在走上坡路的、世界是你们的也是我们的那样的时代精神。"两岸失"一作"两岸阔"，清人沈德潜评："'两岸失'言潮平而不见两岸也，别本作'两岸阔'，少味。"

　　"海日生残夜"二句，是一副上上等的春联，充满除旧布新的感觉，比后蜀主孟昶的"新年纳馀庆，嘉节号长春"，不知高明多少倍。辛文房评："诗人以来，罕有此作，张燕公（时相张说）手题于政事堂，每示能文，令为楷式。"（《唐才子传》）所谓"楷式"，用今天的话说，就是主旋律。同时它也来自江上行船的实感，沈德潜评："江中日早，客冬立春，本寻常意，一经锤炼，便成奇境。与少陵'无风云出塞，不夜月临关'（《秦州杂诗二十首》），一种笔墨。"（《唐诗别裁》）其所以成为奇境，还因为句中包含丰富的哲理意味，写出了对立面（"海日"与"残夜"、"江春"与"旧年"）的相互转化，残夜为海日之母，含有不破不立（通过"生""入"两个动词）的意思。

"乡书何处达"二句，抒写旅途中思念家乡的情绪。而爱国主义正是基于人们对家乡的热爱，与崔颢《黄鹤楼》结尾"日暮乡关何处是，烟波江上使人愁"，是一种笔墨。这一笔与全诗所表现的时代精神高度契合，而且不可或缺。

这首诗在唐代有两个不同版本，较早的版本见殷璠《河岳英灵集》，题为《江南意》，有不少异文："南国多新意，东行伺早天。潮平两岸失，风正数帆悬。海日生残夜，江春入旧年。从来观气象，惟向此中偏。"对照通行的文本，你会发现，虽然大致不差，但通行本更是一个成熟的、无可挑剔的文本，它肯定是一个新文本。旧文本的首联显得散缓，改为"客路青山外，行舟绿水前"，则紧凑清新。"数帆悬"削为"一帆悬"，更是点铁成金。与郑谷改齐己《早梅》"数枝开"为"一枝开"，以见其早，有异曲同工之妙。尾联"从来观气象，惟向此中偏"，在诗中直接出现"气象"一语。通行本不直说气象，气象已存乎其中。

题破山寺后禅院

常 建

清晨入古寺，初日照高林。

竹径通幽处，禅房花木深。

山光悦鸟性，潭影空人心。

万籁此俱寂，但馀钟磬音。

- -

破山在今江苏常熟，山有兴福寺，南齐时建。这首诗写清晨游寺后禅院的观感，完全遵循自然顺叙的写法。"清晨入古寺，初日照高林"，写诗人到寺的这个清晨天气晴朗，旭日初升，光照山林的景象，引起人对佛寺的礼赞之情。"高林"二字，直解就是山上的森林，而佛家又称僧徒聚集之所为"丛林"，因此，这两个字也有这样的含义。

"竹径通幽处，禅房花木深"，这两句承上写上山的观感。诗人穿过丛丛竹林，沿着弯弯曲曲的山道朝上走，只觉环境越来越幽深，最后通到禅院，这里有很多的花木，使人感到特爽。这一联对仗非常散缓，"通幽处"和"花木深"甚至完全不对。然而，欧阳修却十分爱重，认为不可及（见《欧阳文忠公集》外集卷二三），这是为什么呢？原来它的好处不在对仗，而在意境。细玩其妙，又不在它最后通到的境界——"禅房花木深"，而在于通到这个境界的过程——"竹径通幽处"。这句诗，曾被后人改易一字为"曲径通幽处"，见《红楼梦》第十七回"大观园试才题对额"，非常好，算得上唐人的一字之师——因为更准确，所以更高明。它写出了登山临水的妙趣，也写出了中国园林的构造秘诀。而且颇有象征意蕴，可以用来指称别的事物，如参禅——"踏破铁鞋无觅处，得来全不费工夫"，又如写诗——宋诗就往往得曲径通幽之趣。然而率先揭示出这一诗美的，却是这一句唐诗。

"山光悦鸟性，潭影空人心"，这两句是继"禅房花木深"后，对"幽处"二字的进一步刻画。举目四望，寺后的青山浴着日光，鸟儿们欢唱自娱着。在清潭中照见自己的影子，顿时忘怀世间的得失。山水山水，山为载体，而水为灵魂。"潭影空人心"五字，写出面对清澈的潭水，人所得到的宁静和彻悟，自是妙语。而"山光悦鸟性"更是推我及物，写出物我间的通感，更是禅的境界。使人想起《庄子》里那一段著名的对话："庄子与惠施游于壕梁之上。庄子曰：'鯈鱼出游从容，是鱼之乐也。'惠子曰：'子非鱼，安知鱼之乐？'庄子曰：'子非我，安知我不知鱼之乐？'"禅是不涉理路、不落言诠的，一切都在自己的觉悟。所以"知鱼之乐"无可争辩，"山光悦鸟性"也无可争辩。

"万籁此俱寂，但馀钟磬音"，诗的结尾从声音作想，写禅院的玄寂。万籁俱寂与钟磬之声是矛盾的，有钟磬之声即不得谓之万籁俱寂；然而二者又是相反相成的，正因为有钟磬之声，才显得禅院四周的山林的寂静。在唐诗中，写古刹钟声，往往是带有象征性的，就是自然的召唤，让人觉悟，让人放下，从而使一刹那成为永恒。这也就是佛教的智慧，禅的智慧，或谓之般若。美国诗人佛罗斯特说"诗始于喜悦，而止于智慧"，这首诗便是如此，诗人以禅悦的态度静观物理，故兴象深微，渐入佳境，令人觉悟，故能成为唐诗中最为人传诵的名篇之一。

岁暮归南山

孟浩然

北阙休上书，南山归敝庐。

不才明主弃，多病故人疏。

白发催年老，青阳逼岁除。

永怀愁不寐，松月夜窗虚。

　　这首诗大约作于玄宗开元十六年（728），作者应举落第之后。《新唐书·文艺传下》载本事，谓王维私邀入内署，而玄宗至，诏浩然出。帝问其诗，浩然再拜，自诵所为，至"不才明主弃"之句，帝曰："卿不求仕，而朕未尝弃卿，奈何诬我？"因放还。故此诗被称为作者"一生失意之诗，千古得意之作"（冯舒）。

　　"北阙休上书"两句，一开始就对仗。首句是下第的委婉说法，明明是未考取，却说是不求官。"北阙"是皇宫北面的门楼，代指朝廷。下句自言有归隐之意。"南山"即终南山，唐人常用以指隐居之地。作者真实的隐居地，其实是家乡的岘山。

　　"不才明主弃"两句，是诗中可圈可点之句。出句本是牢骚话，表现得却很谦虚，但从他对玄宗吟诵的效果看，还是掩盖不了牢骚之意，所谓"听话听反话"，所以玄宗不高兴道"奈何诬我"。对句"多病故人疏"，可谓至理名言，"真投天地劫火中，亦可历劫不变"（周珽），因为它写出一种世相，俗话说"久病床前无孝子"，何况故人。事虽不能一概而论，却也是人之常情。所以人生健康为重，卧床可悲。

　　"白发催年老"两句，是痛感时间过得太快，年岁不饶人。其实这年作者不过四十，但古人医疗条件不能与今人相比，所以四十岁也会自伤老大。今人四十有白发，只能叫少年白。"青阳"是个辞藻，指的是春天，"岁除"是年终。这句的意思是，一年过去了，新的一年又开始了。言外之意是人生无着。

　　"永怀愁不寐"两句，写作者放不下，所以经常失眠。最妙的是下句"松月夜窗虚"，这是失眠时，在山居深夜经常看到的情景，这个"虚"字韵押得很好。深夜月光从窗洞照进来，把松影投到地上，本来是宁静闲适之景，只因为人没有看破，所以转成空寂，如助人之愁怀。所以前人认为"结句意境深妙"（高步瀛）。

前人说"此作字字真性情，当是浩然极得手之作"（徐增），"绝不怒张，浑成如铁铸"（张谦宜）。只是玄宗非其知音，只看到他的牢骚。当时的小青年李白，写了一首诗恭维道："吾爱孟夫子，风流天下闻。红颜弃轩冕，白首卧松云。"李白的情尚确实高得多，但不知道孟浩然看了这首诗，当时的表情如何。

过故人庄

孟浩然

故人具鸡黍，邀我至田家。
绿树村边合，青山郭外斜。
开轩面场圃，把酒话桑麻。
待到重阳日，还来就菊花。

这是一首记述乡下作客的诗。请吃，是中国人建立感情的一种方式；杀鸡炊黍，是田家待客的习俗，"鸡黍"二字很家常，但也有出处，《论语·微子》："子路从而后，遇丈人……止子路宿，杀鸡为黍而食之。"后来元杂剧有一出《范张鸡黍》写的是后汉太学生范式，约定九月十五日到朋友张劭家探望，到期张杀鸡炊以待，张母疑心范相隔千里，未必能到，话音才落，范就到了。此诗一、二句写故人相邀而"我"即至，不推辞，不误期，既随和，又讲信用，这正是一种最普通的人情，是人际交往中最常有的现象。诗人随手拈出，富于生活气息，多么亲切。

继二句写赴会沿途所见景色。这村庄坐落在城外，傍着一带青山，为绿树所环绕，使人想起一首有趣的数字诗："一去二三里，烟村四五家。亭台六七座，八九十枝花。"（邵雍《山村咏怀》）真能在写景中表现出郊游的情趣来。元人马致远《双调•夜行船》："红尘不向门前惹，绿树偏宜屋角遮，青山正补墙头缺，竹篱茅舍。"这鼎足对的写景更鲜丽，也更尖新，然而却没有这里的自然朴素。马曲写的是茅舍一角，取景较窄，孟诗写的却是整个农村，眼界自宽；马曲流露的是孤高的情怀，此诗表现的却是平常心，具有更多的生活气息。所以这两句的好处，远在修辞之外，是全诗的灵魂，是感情与形象交融的结晶。这两句重点表现的是青山、绿树、村落，它们水乳交融地打成一片，而城郭相形之下就显得是个陪衬了，这里包含着一颗农家的心。

接下来写打开轩窗，宾主引怀细酌，谈笑风生，而谈的无非是庄稼话，家常话，所谓"相见无杂言，但道桑麻长"。城里终日忙忙碌碌的人，是很少能领略这种闲侃的乐趣的，它的前提是闲，有闲才有侃的心情，可人相对，清茶一杯，聊天聊上一天都不觉累。什么谋职求官之类的事，连想都不去想它了。诗人忘情于田园风光与友情之中了。

喝罢，谈了，最后是告辞。诗人的谈兴和酒兴未消，他说还要再来，那就在重阳节罢。这照应了开篇，这次是应邀而来，下次是不请也要来。在这种坦诚到忘形的话中，田庄的美好、故人的热情、做客的愉快，全都有了。

诗写一次普普通通的作客，在一个普普通通的农家，这儿既没有引人注目的名胜，也没有令人兴奋的事件，不过是一片场圃，遍地桑麻，一些村人来往的道路，然而诗人却成功地创造了一个和平的、理想的天地，一个没有传奇色彩的人间桃源，写出了诗人忘怀得失于友情与大自然的喜悦。全诗平平叙起，娓娓道来，没有一个夸张的句子，没有一个华丽的辞藻，"语淡而味终不薄"（沈德潜《唐诗别裁》），这就是孟浩然的诗。

与诸子登岘山

孟浩然

人事有代谢，往来成古今。
江山留胜迹，我辈复登临。
水落鱼梁浅，天寒梦泽深。
羊公碑尚在，读罢泪沾襟。

岘山是孟浩然故乡靠近汉水的一座小山，山的大小与其名声的大小颇不相称。岘山出名出在晋代遗爱在民的地方官羊祜。羊祜死后，当地人无不为之悲痛，因树碑于山，杜预称之为"堕泪碑"。羊祜生前游山，曾抒发过以下广为人知的感慨："自有宇宙，便有此山。由来贤达胜士登此远望如我与卿者多矣，皆湮灭无闻，使人悲伤。"

孟浩然登岘山，首先就想到这个故事，并感受到与羊祜同样的心情。诗就从他的感慨说起："人事有代谢，往来成古今。"人事的"代谢"是绝对的，而"古今"的概念是相对的——大至朝代更替，小至个人的生老病死，人事永远处于不停的新陈代谢之中；古人曾经是"今人"，而今人亦有作古的一天，"后之视今，亦犹今之视昔"，登临者做着古人做过的事，感受着古人感受过的心情，故"每览昔人兴感之由，若合一契"（王羲之《兰亭集序》），四句的"复"字，是个关键性字眼。

前四句寓深刻的道理于浅斟低唱之中。反过来说也成立，即前四句讲的是一个平常的道理，似乎每个人都能感觉到它，然而感觉到的不一定是深刻理解了的，经诗人一语道破，读者一面感到"甚合我意"，一面又感到他是发人所未发，实在深刻。这也可见孟诗"语淡而味终不薄"（沈德潜《唐诗别裁》）。

三句所谓"胜迹"，即名胜古迹，即打上了历史烙印的自然风光。它是风景，又不只是风景，面对它，你不能不缅怀与它相关的古人，这就是所谓怀古之思。然而怀古又不仅仅是一种幽情，其本质却在人对自身命运的凝注和关心。换句话说，人的生命有限，却偏偏向往于无限，渴望不朽。然而真正能够不朽的，后世之名而已，而且只有杰出者能活在后人心中。这既是怀古诗的感伤所在，也是其意义之所在。

五、六句呈现的是初冬景色——"水落鱼梁浅，天寒梦泽深"，两句不但再现了岘山四周的风景，还使人联想到一些古人的名字，将人带向往古的回忆："鱼梁"使人想起汉末居住在岘山之南的隐士庞德公，"梦泽"让我们想到流放的大诗人屈原——放眼望去，举目都是胜迹，这样一再烘托，突出了怀古的主题。最后读羊公碑而为之出涕，感伤之余，有没有深思，这一点却是因读者而不同了。

这首律诗，其对仗在一、二句和五、六句，与常格不同，是五律一种早期的形式。这首诗也为诗人本人树起了一座纪念碑——后来的诗人登上岘山，就不会仅仅记起羊祜的那一段名言，还要加上孟浩然的这一首诗。

望洞庭湖赠张丞相

孟浩然

八月湖水平，涵虚混太清。

气蒸云梦泽，波撼岳阳城。

欲济无舟楫，端居耻圣明。

坐观垂钓者，徒有羡鱼情。

这是一首干谒之作。所干之人，一说为张九龄，一说为张说。就关系而言，浩然于九龄较深，但九龄并未做过岳州一带地方官；张说开元中曾罢相，四年（716）坐事贬为岳州刺史，所以就事迹言，则投献张说的可能性为大。

洞庭本是长江中游巨泽，所谓"巴陵胜状，在洞庭一湖，含远山，吞长江，浩浩荡荡，横无际涯，朝晖夕阴，气象万千"，诗人来在八月，正值秋水盛涨，只一个"平"字，便形容出湖水的更加浩渺。湖水给人的强烈感受，除了广，还有深，"涵虚混太清"一句就专写洞庭的孕大含深。"虚"与"太清"俱指天空，不过"涵虚"的"虚"乃指水中的天空，"太清"则是指头上的天空，诚所谓"上下天光，一碧万顷"。这两句是大处落墨，静态的描写；接下来的两句则取动态，写洞庭的气势和声威。

据宋人范致明《岳阳风土记》云："（岳阳）城据湖东北，（不仅如此，古代的云梦大泽也在洞庭的东北，具体而言，云泽在江北、梦泽在江南，相当于今湖北东南与湖南北部一带低洼地区，方圆八九百里）湖面百里，常多西南风。夏秋水涨，涛声喧如万鼓，昼夜不息。"而"气蒸云梦泽，波撼岳阳城"二句，就写出西南风至，湖之声气东行所具有的威力和影响，"蒸""撼"二字，就写出了一处力度、一种震撼。这也就是孟诗"冲淡中有壮逸之气"（蔡传《历代吟谱》，胡震亨《唐音癸签》卷五引）的范例了。

湖水呈现的这种活力、这种气象，就使人联想到时代脉搏，盛唐气象。这触动了深藏在诗人潜意识里的不安——怎么能在这样千载难逢的大时代里无所作为呢？晚唐杜牧有一句诗："清时有味是无能"（《将赴吴兴登乐游原一绝》），可作"端居耻圣明"的注脚。"欲济无舟楫，端居耻圣明"两句，完成了此诗从写景到陈情间的过渡。

诗中已经表现出希望援引的意思了，不过只说"欲济无舟楫"，就不那么露骨，反过来说也就是委婉。想到湖的彼岸，可惜没船；"鱼，我所欲也"，可惜没有钓竿。《淮南子·说林训》云："临河而羡鱼，不若归家织网"，一种蠢蠢欲动之情，跃然纸上。这是在陈情，在干人，然而运用的却是比兴手法，"欲济"呀、"舟楫"呀、"垂钓"呀、"羡鱼"呀，这些喻象都紧紧扣住观湖感兴而来。因此，全诗浑然一体，决无前后割裂、勉强凑合之感。诗中三、四两句意境雄阔，后人经常把它与杜甫"吴楚东南坼，乾坤日夜浮"（《登岳阳楼》）相提并论，认为很难超越。

观 猎

王 维

风劲角弓鸣，将军猎渭城。
草枯鹰眼疾，雪尽马蹄轻。
忽过新丰市，还归细柳营。
回看射雕处，千里暮云平。

这首诗的诗题一作《猎骑》。一次普普通通的狩猎活动，被诗人写得如此激情洋溢、豪兴遄飞，而在手法上堪称唐人五律之范式，清人沈德潜叹为观止："章法、句法、字法俱臻绝顶。盛唐诗中亦不多见。"

"风劲角弓鸣，将军猎渭城。"开篇未及写人，先全力写其影响——风呼、弦鸣，风之劲由弦的震响衬出，弦之鸣则因风而越发嘹亮。用"角弓鸣"三字带出猎意，耐人寻想——劲风中的射猎，该具备何等手眼呀！唤起读者对猎手的悬念。声势俱足之后，才推出射猎的主角——"将军猎渭城"。这仿佛是人物的亮相。这发端的一笔，胜人处全在突兀，"如高山坠石，不知其来，令人惊绝"（方东树）。同时也是一种倒折的写法，恰如沈德潜所说："若倒转便是凡笔。"

渭城为秦时咸阳故城，在长安西边、渭水北岸，冬末春初，积雪已消。"草枯鹰眼疾，雪尽马蹄轻。"承上写射猎的快意。"草枯""雪尽"四字如素描一般简洁，形象鲜明，具有画意。"鹰眼"因"草枯"而特别锐利，暗示猎物被发现；"马蹄"因"雪尽"而绝无滞碍，意味猎骑的追踪而至。"疾""轻"下字，俱有快感。这两句可以使人联想到南朝诗人鲍照写猎的名句：

"兽肥春草短，飞鞚越平陆"（《拟古》其一），但追踪猎物的意思表现得不像这样的明显。这两句初读对仗精切，似各表一意，细味意脉连属，属流水对，所以为妙。以上写出猎，只通过"角弓鸣""鹰眼疾""马蹄轻"等细节点染，不写猎获，而猎获之意见于言外。

"忽过新丰市，还归细柳营。"两句接"马蹄轻"而来，意思却发生转折，写到猎归。"新丰市"故址在今陕西临潼，是西汉建国后，刘邦为满足老父思乡的需求而建造的。"细柳营"在今陕西长安县，是西汉名将周亚夫屯军之处，此处用来多一重意味，使读者觉得诗中主人公颇有名将之风度。此外，这两个地名出于《汉书》，诗人兴之所至，一时凑泊，读来有典、有据、有味。"忽过""还归"的勾勒，表现将军归途驰骋的快速，有瞬息千里之感。

"回看射雕处，千里暮云平。"全诗以写景结束，所写非营地景色，而是回看向来行猎之处，已被暮云笼罩。这样的写景很放松，与开篇的紧张，在节奏上形成一种内在韵律，和猎归后踌躇满志的心境相称。凡写景处，俱是表情，通过景的变化，表现情绪的消长，最是妙笔。《北史·斛律光传》载，北齐斛律光校猎时，见一鸟飞翔云际，射之、中其颈，形如车轮盘旋而下，视之、乃大雕。斛律光因此被人称为"射雕手"。此诗"射雕处"三字即用此典，有暗示将军膂力非凡、箭法高强的意思。

全诗半写出猎，半写猎归，起得突兀，结得意远，中两联一起流走，承转自如，有格律中束缚不住的气势，又能首尾映带，是章法之妙。诗中藏三地名而使人不觉，用典浑融无迹，写景俱能表情，至如三四句穷极物理、意在言外，是句法之妙。"枯"

"尽""疾""轻""忽过""还归"等，遣词用字准确锤炼，咸能照应，是字法之妙。统此三妙，故为范本，足称杰作。

辋川闲居赠裴秀才迪

王　维

寒山转苍翠，秋水日潺湲。
倚杖柴门外，临风听暮蝉。
渡头馀落日，墟里上孤烟。
复值接舆醉，狂歌五柳前。

　　这首诗表现了王维在他的辋川别墅悠闲散读的田园生活。秋日傍晚，诗人倚杖家门，就其视听所及，将"寒山""秋水""柴门""暮蝉"和"渡头落日""墟里孤烟"这些具有乡村地理标识的景物，随意点染，远近上下，俯仰顾盼，构成一幅鲜活明丽的画图，一种超然物外的闲情逸致即从诗中自然流露出来。而结尾处醉后狂歌的"接舆"的出现，又使全诗在宁静中增加了灵动的感觉，动静相映成趣。诗中"渡头"二句是历来传诵的名句，原从陶渊明"暖暖远人村，依依墟里烟"（《归园田居》其一）二句化出，但前句用一个"馀"字，就写出了夕阳正在冉冉消逝的动感，加之水波荡漾，景象万千；后句用一个"上"字，也写出炊烟在村落中浮动上升的动态，衬托出一片宁静。公此两句，即可单独构成一幅乡村渡头落日图，非常生动形象。

山居秋暝

王 维

空山新雨后，天气晚来秋。

明月松间照，清泉石上流。

竹喧归浣女，莲动下渔舟。

随意春芳歇，王孙自可留。

　　这是王维一首著名的山水诗，描写秋天傍晚山居之景。前四句写新雨之后，秋山的空旷、静寂。一、二句点明时间，在一个雨后的秋晚。"明月松间照，清泉石上流。"二句侧重写自然景物，写月光下照，松林格外清新，衬托出静；而清泉从石上流淌，汩汩而去，又表现出动。动静相生，明净超脱的意境跳脱而出。这两句也因此被后人广为传诵。五、六句写浣女、渔舟的活动，竹林外浣女的笑声，和渔舟的顺水下行，在一片幽静中显现了生机，将环境映衬得更加幽静和动人。以上四句展现并列空间的物体，明月、青松、清泉、白石、浣女、渔舟，是诗中有画。最后的直抒情怀，说春天虽然早已过去，秋天的景色依旧宜人，又补足了景中之意。全诗浑然一体，着墨淡雅，不事工巧，天然入妙，自有一种空明澄澈的意境，代表着王维五律诗歌特有的风格。

终南山

王 维

太乙近天都，连山接海隅。

白云回望合，青霭入看无。

分野中峰变，阴晴众壑殊。

欲投人处宿，隔水问樵夫。

描绘终南山景象的诗自古以来很多，王维这首非常著名。它取景宏大，一开始就从大处落墨，写山的高峻和广阔，以夸张的手法突出了终南山的雄伟气势。第二、三联笔触较为细致，写白云青霭、中峰众壑，由点而面，铺展开去，从侧面烘染终南山的高大和宽广连绵。最后以人少显出山的遥远。全诗有尺幅千里之势，云烟满纸，雄伟壮阔，真是一幅大气磅礴的泼墨山水图，让人叹为观止。

送梓州李使君

王　维

万壑树参天，千山响杜鹃。

山中一夜雨，树杪百重泉。

汉女输橦布，巴人讼芋田。

文翁翻教授，不敢倚先贤。

这是一首送别之作，送友人从京城长安到蜀地梓州赴任。全诗紧扣蜀中景物和人事来写，表现出对友人的深情和期望。前四句描绘蜀中景色：万壑千山，杜鹃的叫声在深林中回响，互文见义，境界阔大而颇具特色。"山中"二句，写夜雨过后幽谷深林的瀑布飞泻，景色奇美，而且极具立体感，景物鲜明如画，是王维"诗中有画"的代表，向来被称为名句。前四句于景物叙写中暗寓李的行程，送别之意自在其中。后四句通过描写蜀地的风物民情，勉励友人以文翁为榜样，恪尽职守，有所作为，寄托相期相许之意，委婉曲折，而又情深意切。全诗两部分有机结合，情景交融，浑然成为整体，显得气韵生动而又格调高昂。

汉江临泛

王　维

楚塞三湘接，荆门九派通。
江流天地外，山色有无中。
郡邑浮前浦，波澜动远空。
襄阳好风日，留醉与山翁。

这是王维写汉江景色的名篇，大约作于玄宗朝开元末（741）到襄阳主持"南选"之时。诗人在江中船上俯仰顾盼，看见江流浩渺、山原阔远的宏大景象，心胸为之开阔而豪迈。开始二句，"三湘""九派"，给人以浩瀚雄阔的整体印象，真有尺幅千里之势。特别是"江流天地外，山色有无中"二句，前句极尽夸张之能事，写江流的浩荡空阔；后句轻轻点染，写眺望山色似隐似现、若有若无，把那种在水光映照中变幻不定、朦胧迷离的感觉传神地写了出来。这两句诗传诵千古，后来欧阳修、苏轼都曾经化用过。而第三联中"浮"字、"动"字，下得极为生动精警，让人感到船在水中的波荡，一切景物都活动起来——这些地方，表现出诗人高妙的艺术技巧。

终南别业

王 维

中岁颇好道，晚家南山陲。

兴来每独往，胜事空自知。

行到水穷处，坐看云起时。

偶然值林叟，谈笑无还期。

这是王维晚年之作，写自己在辋川别墅的悠闲生活。"兴来"二句，独往独来，自娱自适，神与物游，心境何其超旷！第三联"行到水穷处，坐看云起时"，最为后人称道：它以简练的笔墨写出诗人悠然自得的行踪，而水流云起又极富画意，并且，诗句中还蕴含着深刻的人生哲理，真是言简意深、包蕴无穷！俞陛云在《诗境浅说》中评论道："行到水穷，若已至尽头，而又看云起，见妙境之无穷。可悟处世事变无穷，求学之义理无穷。此二句有一个化机之妙。""偶然值林叟，谈笑无还期"，又见出诗人待人接物平和亲切的态度，一片蔼然和气，表现出闲适悠雅的心情。全诗清淡自然，字字句句好像都是信手拈来，毫不经意，其实正如前人所说"此诗之妙，由绚烂之极归于平淡"（纪昀），是经过了一番匠心的，因而诗味、理趣兼备，读来兴味盎然。

渡荆门送别

李 白

渡远荆门外，来从楚国游。

山随平野尽，江入大荒流。

月下飞天镜，云生结海楼。

仍怜故乡水，万里送行舟。

荆门山在今湖北宜都市西北的长江南岸，与北岸的虎牙山对峙，形同荆州门户，在到达荆门之前，李白应该在四川境内水流湍急的三峡中颠簸了好些天。峡的两岸有如削成，摩天的群山环绕四方，后面不见来程，前面不知去向，就像幽闭在一个峭壁环绕的水乡，纵然没有猿声，也觉凄凉。船到荆门，景观便豁然开朗，前面是一望无际的荆楚平野，出峡后的江面顿时开阔，汹涌的激流变成一片浩浩荡荡的大水，真是两岸渚崖之间不辨牛马。甭说诗人，就是一般旅客到此也会胸怀一敞而逸兴遄飞。本篇是李白仗剑去国，辞亲远游，出峡时的作品，清人沈德潜认为题中"送别"二字可删。

"渡远荆门外，来从楚国游。"首二句虽平叙事实，却怎么也按捺遮掩不住诗人内心隐隐的激动，其语气是十分兴奋爽朗的。荆门以外便是春秋战国时楚国故地，在三国时又曾是蜀主刘备起家的地方。诗人提到"楚国"这个历史地理的概念，自然能引起有关历史文化的一些联想。"屈平辞赋悬日月，楚王台榭空山丘。"（《江上吟》）这里是李白景仰的大诗人屈原和灿烂荆楚文化的故乡。荆州首府江陵（今属湖北），及当地楚国故地楚章华台、郢城遗址，都是诗人此行应游之地。后来他在《庐山谣》中还自称"我本楚狂人"，可见其初来游楚时应有一种何等陶醉的心情。

"山随平野尽，江入大荒流"，接下来十个字写尽了荆门的地理形势和壮阔景观。这里的写景，角度是移动着的，而不是定点观察。这从"随尽""入流"四字体现出来。因此这两句诗不仅由于写进"平野""大荒"意象，而气势开阔；而且还由于动态的描写，变得十分生动。大江固然流动，而山脉本来是凝固的，"随尽"的动觉，完全是得自舟行的实感。这两句的壮阔写景，也须放置到诗人多日峡行后一旦到豁然开朗的特定情景下玩味，才能对其中含蓄的说不尽的愉快新鲜感有所领会。

三峡之中，两岸连山，略无阙处，崇崖叠嶂，遮天蔽日，"非亭午夜分，不见曦月"（郦道元《水经注》）。当然更看不到地平线和水天相接处云霞幻化的奇观。"月下飞天镜，云生结海楼"，则是出峡以后看到的江上奇观。李白曾说："小时不识月，呼作白玉盘。又疑瑶台镜，飞在青云端。"（《古朗月行》）在此次出蜀的水程中，他也曾为见不着月亮而感到遗憾——"夜发清溪向三峡，思君不见下渝州。"（《峨眉山月歌》）然而一到荆门，就容易和明月见面，真有重见故人似的高兴了。由于江面开阔，水势平缓，月的倒影也能清楚地看到了。而水天之际的云霞变幻，又使诗人如睹海市蜃楼的奇观。总之，中间两联着眼于初到荆门的观感，充满对生活新天地的礼赞和陶醉。对照杜甫《旅夜抒怀》中写同样景观的两句："星垂平野阔，月涌大江流"，相当于李诗的四句，在风格上实有潇洒和凝练的不同。

离开故乡热土，对于李白来说意味着鹏程初展，他自然是喜悦之情占了上风的。但这又并不意味着诗人和故乡割断了感情联系。蜀中是他的父母之邦，是哺育他成长的地方。当他羽翼丰满后，她又无私地将这个值得骄傲的儿子奉献给整个大唐。而李白以赤子之心，永怀着对故乡母亲的热爱。他感到即使身已出蜀，故乡的爱仍和这江水一样与他同在，伴随他走到更远的地方。"仍怜故乡水，万里送行舟"十个字，是充满了由衷感激之情的——"仍怜"云云,语气极轻柔婉转,而分量厚重。

塞下曲六首之一

李 白

五月天山雪,无花只有寒。

笛中闻折柳,春色未曾看。

晓战随金鼓,宵眠抱玉鞍。

愿将腰下剑,直为斩楼兰。

《塞下曲》出于汉乐府《出塞》《入塞》等曲(属《横吹
曲》),为唐代新乐府题,歌辞多写边塞军旅生活。作者天才豪
纵,创作律诗亦逸气凌云,像这首诗几乎完全突破律诗通常以联
为单位作起承转合的常式。大致讲来,前四句起,五、六句为
承,末二句作转合,直是别开生面。

起从"天山雪"开始,点明"塞下",极写边地苦寒。"五
月"在内地属盛暑,而天山尚有"雪"。但这里的雪不是飞雪,
而是积雪。虽然没有满空飘舞的雪花("无花"),却只觉寒气逼
人。仲夏五月"无花"尚且如此,其余三时(尤其冬季)寒之如
何就可以想见了。所以,这两句是举轻而见重,举隅而反三,语
淡意浑。同时,"无花"二字双关不见花开之意,这层意思紧启
三句"笛中闻折柳"。"折柳"即《折杨柳》曲的省称。表面看是
写边地闻笛,实话外有音,意谓眼前无柳可折,"折柳"之事只
能于"笛中闻"。花明柳暗乃春色的表征,"无花"兼无柳,也就
是"春色未曾看"了。这四句一脉贯通,"一气直下,不就羁缚"

（沈德潜《说诗晬语》），措语天然，结意深婉，不拘格律，如古诗之开篇，前人未具此格。

五、六句紧承前意，极写军旅生活的紧张。古代行军鸣金击鼓，以整齐步伐，节止进退。写出"金鼓"，则烘托出紧张气氛，军纪严肃可知。只言"晓战"，则整日之行军、战斗俱在不言之中。晚上只能抱着马鞍打盹儿，更见军中生活之紧张。本来，宵眠枕玉鞍也许更合军中习惯，不言"枕"而言"抱"，一字之易，紧张状态尤为突出，似乎一当报警，"抱鞍"者便能翻身上马，奋勇出击。起四句写"五月"以概四时；此二句则只就一"晓"一"宵"写来，并不铺叙全日生活，概括性亦强。全篇只此二句作对仗，严整的形式适与严肃的内容配合，增强了表达效果。

以上六句全写边塞生活之艰苦，若有怨思，末二句却急作转语，音情突变。这里用了西汉的故事。由于楼兰（西域国名）王贪财，屡遮杀前往西域的汉使，傅介子受霍光派遣出使西域，计斩楼兰王，为国立功。诗末二句借此表达了边塞将士的爱国激情："愿将腰下剑，直为斩楼兰。""愿"字与"直为"，语气砍截，慨当以慷，足以振起全篇。这是本诗点睛结穴之处。

这结尾的雄快有力，与前六句的反面烘托之功是分不开的。没有那样一个艰苦的背景，则不足以显如此卓绝之精神。"总为末二语作前六句"（王夫之），此诗所以极苍凉而极雄壮，意境浑成。如开口便作豪语，转觉无力。这写法与"黄沙百战穿金甲，不破楼兰终不还"（王昌龄《从军行七首》其四）二语有异曲同工之妙。此诗不但篇法独造，对仗亦不拘常格，"于律体中以飞动票姚之势，运旷远奇逸之思"（姚鼐），自是五律别调佳作。

送友人

李　白

青山横北郭，白水绕东城。

此地一为别，孤蓬万里征。

浮云游子意，落日故人情。

挥手自兹去，萧萧班马鸣。

- -

公元八世纪中叶的宣城是一座兼有优美自然风光和悠久历史文化的名城，以南齐大诗人谢朓做过太守而久为李白向往。城北是树木葱茏的敬亭山，城东有宛溪河，北行与桐汭水汇合，流入丹阳湖。经过长达十年的漫游，李白终于来到这里，并深深爱上了它，一直住到安史之乱的发生。

"青山横北郭，白水绕东城。"诗的首二句就不仅仅是对宣城地理环境的客观写照，而其中应该含有诗人对寓居之地的深厚的感情，在送友人的特定时刻提起，还应该含有对在这座山清水秀的名城共处过一段难忘时光的留恋。从全诗看，诗人是与友人骑马偕行，出城来到郊外，青山白水也是极目所见的景色。但诗人将这番景色铸成工致的联语（青山——白水，北郭——东城），又产生了一种深长的意味。山傍着郭，水恋着城；水毕竟要流去，山却依然留驻，这难道不是一种依依惜别之情的象征？

这种惜别的意念恰当地出现在第二联："此地一为别，孤蓬万里征。"此地作别，是直叙眼前正在发生的事，而"一"字的嵌入，起到了语气助词的作用，加强了感慨唱叹之情，使诗句顿生神采。"孤蓬"是一个积淀了离情别绪的特定诗歌语汇，出自古诗"孤蓬卷霜根"（王僧达《和琅琊王依古诗》）。它与"转蓬"

一词，在诗歌中都是漂泊游子的象征，但"孤"字更强调分离、离群的意义。加之友人此行前路迢远（"万里征"），怎不叫诗人为之心系。此一去啊，蓬飘万里，友人何时可得安定？彼此何年才能重聚？复杂的离绪，包含在唱叹的声情和蕴藉的意象中。

"浮云游子意，落日故人情。"——仿佛前两句嗟叹未足，诗人又推出一组惜别的意象。"浮云""落日"和"孤蓬"一样，都是送别诗习用的诗歌语汇。汉诗有"浮云蔽白日，游子不顾反"（《古诗十九首》），"仰视浮云弛，奄忽互相逾。风波一失所，各在天一隅"（两汉佚名《李少卿与苏武诗三首》其一），更可作此诗注脚。李白的创造，是将"浮云""落日"分配给"游子意""故人情"，实际上运用了互文的修辞法。浮云出岫，日落西山，也许就是分手时的光景，但诗人已经将情移入景色，成为无往而非依依难舍，而又无可奈何的象征。不必明言："游子意"竟是何意，"故人情"竟是何情，已足使人为之魂销肠断。

送君千里，终须一别。"挥手自兹去，萧萧班马鸣。"上句是对分别的旧话重提。但"此地一为别"是未来式，"挥手自兹去"则成了进行式，抒情便有递进的感觉。诗人只写送别双方挥手致意，却通过临歧相对长嘶，因为曾相厮伴，亦不忍分离的两匹马，尽收无言之美。马尚如此有情，何况人呢？"萧萧马鸣"本是诗经《车攻》的成句，而加入一个"班"（马相别称"班"，语出《左传·襄公十八拿》）字，则翻新了诗意，可说是融汇古语而自出心裁。

从六朝以来，五言律诗在结构上已形成一定惯例，即大体遵循由破题到写景，最后抒情的程式。而李白《送友人》则不同，它基本上是写景——抒情——再写景（象喻式）——再抒情，从

"此地一为别"到"挥手自兹去",构成一个螺旋式推进的结构,饶有回肠荡气之致。诗人尽量避免情绪直抒,反复运用山、水、云等自然意象,及现成诗歌语汇,来隐喻烘托别情,最后用班马长嘶作结,浓厚的别情由此得到尽兴的抒发。

房兵曹胡马

杜　甫

胡马大宛名,锋棱瘦骨成。

竹批双耳峻,风入四蹄轻。

所向无空阔,真堪托死生。

骁腾有如此,万里可横行。

此诗约作于开元二十八、九年(740、741)间。唐诸卫府州设有兵曹参军之职,以参佐军事。

在所有的动物中,马,有着极其高贵的地位。不同时代、不同地域的人,尤其是艺术家和战士,常常将骏马与美人相提并论。项羽不惜死,所惜者虞姬与乌骓马耳;欧洲的骑士祝酒词常常是"为骏马与美人——干杯";骏马和美人,无论在西方还是中国都是绘画的专题。在车尔尼雪夫斯基《生活与美学》、布封《动物素描》这样的大师的名著中,给人印象最深刻的就是其笔下的马,例如布封就曾写道:在所有的动物中间,马是身材高大而身体各部分又都配合得最匀称,最优美的;因为,如果我们拿它和它高一级或低一级的动物相比,就发现驴子长得太丑,狮子头太大,牛腿太细太短,和它那粗大的身躯不相称,骆驼是畸形的,而最大的动物，如犀牛，如象，都可以说只是些未成型的肉团……

杜甫写马和写到马的诗篇很多，颇有脍炙人口的名句，本篇是写作最早的一篇。汉唐时代的西域，水草丰茂、原野辽阔，是马群生活的天然牧场，大宛（读 yuān）国产的天马（汗血马）最为名贵，曾是汉武帝发动战争的主要动机。所以首句说"胡马大宛名"。

在古代，相马是专门的学问。《列子·说符》中有一个九方皋相马的故事，说的是九方皋这人为秦穆公物色到 匹好马，奇放在沙丘，复命时穆公问他马的性别和颜色，九方皋记不准，说是黄色的母马，牵回来才知是匹纯黑的公马，使得秦穆公大不高兴，怀疑九方皋是个骗子，并责怪推荐九方皋的伯乐。伯乐回答说，马的颜色和性别并不重要，九方皋是得其精而忘其粗。后来证明这匹马果然是上乘的骏马。由此产生了一个成语叫"牝牡骊黄"。而杜甫此诗亦不着意于胡马之雄雌毛色，专注于其骁腾，亦可谓诗中之九方皋也。

盖诗人早年浪迹，少不了与马打交道，所以他也多少有点相马的经验。首先，善于驰突的良马，骨骼较大，筋肉结实，看上去不肥，所谓"此马非凡马，房星本是星（《晋书·天文志》载房星四，又称天驷）。向前敲瘦骨，犹自带铜声"（李贺《马诗二十三首》）。所以杜甫夸胡马"锋棱瘦骨成"，是很内行的话。一个"成"字，须要重读——这是杜甫论诗、品物、衡人偏爱的概念，往往与"老"字连文曰"老成"，用来指一种无可挑剔的境界。

古代相马忌头大耳缓，《齐民要术》载相马法说"马耳欲小而锐，状如斩竹筒"，眼前胡马就符合这条标准，所以杜甫要夸它"竹批双耳峻"。古今有骑马经验的人都说，好马驰骋的时候，马背上人是只觉耳边风声呼呼，而感觉不到马足点地，所谓"马似流星人似箭"，就像骑着神鹰在飞，全不似骑驴那样的颠簸。而"风入四蹄轻"正好写出了这种感受。

布封还不无夸张地说，驾驭了马是人类所能做到的最高征服。从此马和人分担着疆场的劳苦，同享战斗的光荣，所谓"此马临阵久无敌，与人一心成大功"（杜甫《高都护骢马行》）。马天生具有一种舍己从人的无畏精神，越是危险当前越来劲。《三国演义》写刘备在刘表的部将追杀时，所乘的卢马失足陷入檀溪，不是在关键时刻一跃而突围吗？"所向无空阔"就是想象这匹胡马跑起来，没有飞越不了的空阔之地，所谓"关山度若飞"是也。所以房兵曹可以放心地将生命安全托付给它。

与《望岳》一诗相同的是，这里所有的咏马，都是为了通向篇末的抒情："骁腾有如此，万里可横行。"这不仅是在赞美胡马，简直是在祝愿马主人早日建立功名于马上了。当然，这也是杜甫本人的心情。元人赵汸评："前言胡马骨相之异，后言其骁腾无比，而词语矫健豪纵，飞行万里之势如在目中，所谓索之于骊黄牝牡之外者，区区模写体贴以为咏物者，何足语此。"

月 夜

杜 甫

今夜鄜州月，闺中只独看。

可怜小儿女，未解忆长安。

香雾云鬟湿，清辉玉臂寒。

何日倚虚幌，双照泪痕干。

此诗是肃宗至德元载（756）八月陷贼中作。是年五月杜甫携家避难鄜州（陕西富县）寄家羌村，然后只身投奔行在，中途被叛军捕获，带到长安。

诗写日夜思家，一起即由"长安一片月"联想到"今夜鄜州月"，悬想妻子今夜对月的情景，强调的是一个"独"字，所谓"心已神驰到彼，诗从对面飞来"（浦起龙《杜诗心解》），通篇亦不从正面抒写，然已是彼此彼此，令读者心领神会。表现手法独具匠心。

次联忽从妻子说到小女儿，寓意特深。盖人处苦难，如果能从身边找到共同语言，也不失为一种安慰，然而妻的身边虽有儿女，可惜"儿女尚小，虽与言父在长安，全然不解"（王嗣奭《杜臆》），所以还是等于零，进一步证实了上句的"独"字。同时，天真的孩子不解忆长安，而在长安的父亲又怎能不忆及孩子呢？正因为孩子太小，才更招人惦记呀。正是"养儿才知父母情"呀。

"香雾云鬟湿，清辉玉臂寒"二句描画闺中望月人的形象，是诗中最为旖旎的笔墨，妙在无一字不从月下照出，朦朦胧胧的，也是妻子在诗人记忆中的模样。以寒、湿写秋月夜极切，而在诗人想象中，这月下的人还和自己一样默默垂泪。

于是诗人看着团栾的明月，萌生出强烈的与家人团聚的愿望。所谓"双照泪痕干"，不仅是想象妻子今夜垂泪，而且实写出自己此时垂泪。这里抒写的不是一般夫妻两地相思，据杜甫半年后在《述怀》一诗中追叙说"去年潼关破，妻子隔绝久""寄书与三川（羌村所在），不知家在否""几人全性命，尽室岂相偶"，读此便知此诗所写，实为天下乱离的悲哀，同时也就流露出对四海清平的期望。

春　望

杜　甫

国破山河在，城春草木深。

感时花溅泪，恨别鸟惊心。

烽火连三月，家书抵万金。

白头搔更短，浑欲不胜簪。

这首诗写在唐肃宗至德二年（757）春天，安史之乱中。杜甫先曾逃难，将家小安顿在鄜州羌村后，投奔行在途中被叛军捉住，带到长安。因官职卑小，未被囚禁，故有此作。

"国破山河在"一联，交代形势，一开始就对仗。五律讲究对仗，一般在中间两联。但韩信点兵，多多益善。两句中各有转折：国破是说长安沦陷了，"山河在"是说山河依旧，这话就耐人寻味了。"在"字表现一种信念（山河可以光复），也可以是表现感慨，"风景不殊，正自有山河之异"（刘义庆《世说新语》）。"城春"就是风景不殊，而"草木深"就不同了，表明风景也有变化。偌大一个长安，一旦没有城市管理，草木乱长，看上去就荒凉了。由于语未了便转，诗句就非常耐人寻味。

"感时花溅泪"一联，抒情带写景，是唐诗名句。"感时溅泪""恨别惊心"，本是公共之言，就是大家都想得到的话，但嵌入"花""鸟"二字，就不同寻常了，是想不到的好。这不但是移情于物，使诗人感情得以推广，即"以我观物，则物皆著我之色彩"（王国维《人间词话》），而且与上文的"草木深"紧密联系在一起。胡震亨曾赞此诗"对偶未尝不精，而纵横变幻，尽越成规，浓淡浅深，动夺天巧"，极是。

"烽火连三月"一联，是叙事，对仗亦妙。"烽火"指战争，"连三月"不是说一连三个月，而是说自安史之乱爆发（755冬）到757年，诗人在战乱中度过了两个春天、两个三月，这个"三"字是个序数词，与"万金"的"万"对仗，即有别趣。"家书抵万金"，说家书成为最珍贵的东西，可见诗人很久没有得到羌村的消息。此联同时写出了乱离人生共有的情态，故能打动历代读者，引起共鸣。这两句文义连贯，成流水对。律诗有一联为流水对，则整伤中见流畅，全诗皆活。

"白头搔更短"一联，是自画像，表现诗人的神伤。"白头搔更短"一是说头发白得厉害，二是说头发断得厉害，三是说头发掉得厉害，何以见得："浑欲不胜簪"，连簪子都快插不稳了。前三联大处落墨，这一联是细节收拾；前三联语言千锤百炼，这一联语言则口语化、通俗化、生活化，反差虽大而能统一，表现出作者语汇的丰富和驾驭语言能力的高超。加之主题重大，内涵深厚，所以一向被推为五言律诗的登峰造极之作。

月夜忆舍弟

杜 甫

戍鼓断人行，边秋一雁声。
露从今夜白，月是故乡明。
有弟皆分散，无家问死生。
寄书长不达，况乃未休兵。

此诗乃乾元二年（759）秋作于秦州。按作者有弟四人曰颖、观、丰、占，唯占相随。据《资治通鉴·唐纪》，是年九月，史思明率部自范阳南下，攻下汴州、洛阳，郑、滑等州皆陷没。颍、观、丰等弟均在战乱地区，久无消息，本年十月在同谷有诗可参："有弟有弟在远方，三人各瘦何人强！生别辗转不相见，胡尘暗天道路长。"（《乾元中寓居同谷县作歌七首》）

首联从"夜"字入题。戍楼禁夜的鼓声，是纪实，也是对战乱时世在气氛上的一种烘托。而"边秋一雁声"则更多象征成分，孤雁使人联想到离群，直启"忆弟"之思。

颔联点出"月夜"。按诗或作于白露节当晚，白露这个节气的名称根据乃在物候。"露从今夜白"直接是说今夜乃白露，进而是说今夜果然露凝而白，秋气从此更凉，特别是在秦州这样的边地。"月是故乡明"，妙在一"是"字：明明是主观感觉，却说得如此肯定；联系上句，是"觉露增其白，但月不如故乡之明"（王嗣奭《杜臆》），间接而有力地表达出对故乡的怀思。此联字句的捯腾，丰富了诗的意蕴。

颈联写"忆舍弟"，为全诗主意，两句作流水对，可一气读下：诸弟流离失所，无法打听消息。然而，作者从"无家"的"无"字，找出一个反义的"有"字，就生出曲折，饶有感慨："有弟"，本是幸事，"皆分散"，却不幸，"无家问死生"，更痛苦。"问死生"本是问生死消息，按照当对和用韵的规律，诗中以"死生"代"消息"，尤觉惊心动魄。

尾联收住，说平时寄书尚且很难收到回音，何况处在战争年月，言下感慨更深。

王得臣说："子美善于用事及常语，多离析或倒句，则语健而体峻，语而深稳。"（《麈史》）这首诗不用事，而用常语，保证了语言的清新，中间两联，作者按照当对律的要求捣腾字句，在音情和意义上生出顿挫，铸句精警，表现出他在律诗上的造诣，已达到随心所欲不逾矩的境界。

春夜喜雨

杜　甫

好雨知时节，当春乃发生。
随风潜入夜，润物细无声。
野径云俱黑，江船火独明。
晓看红湿处，花重锦官城。

⌈⌉ ·· ⌈⌉

这首诗是上元二年（761）春杜甫在成都草堂写的，是一首咏雨的诗，是春雨、是夜雨、是喜雨，也是好雨。

"好雨知时节"二句，说春雨好在及时。一起"好雨"二字，先声夺人，为春雨定性。春雨好在哪里呢？好在及时。众所周知，《水浒传》里的宋江为众英雄所景仰，原因就是他的绰号"及时雨"。春天是万物复苏的季节，正需要雨露的滋润，春雨贵如油，在需要的时候到来。常言道，要雪中送炭，不要雨后送伞。雪中送炭，当然是好。

"随风潜入夜"二句，是流水对，紧扣题面"夜"字，说春雨性格低调。它在无人知道的夜里随风悄然而来，"滋物细无声"，滋润着万物，却一点声音都听不到。《老子》第二章有段话，说："是以圣人处无为之事，行不言之教；万物作而弗始，生而弗有，为而弗恃，功成而弗居。夫唯不居，是以不去。"有

落月摇情满江树

一句"万物作而弗始",一作"万物作焉而不为始",正是"功成不居"的意思。夏季暴风骤雨,秋季淫雨绵绵,冬季雪花飘飘,都不是这个性格。这两句把春雨人格化了,成为至理名言。

"野径云俱黑"二句,转而描写锦江春雨之夜的美景。一句暗,一句明,反差很大。雨夜的天空布满乌云,野外漆黑到伸手不见五指,连小路都看不见;而在这个极暗的背景上,江船上的两三星火,显得非常明亮,那船中的渔民大概还没有休息。这就是草堂附近的锦江了。"俱黑""独明",对仗工整,对比鲜明,极富画意。此联有别于上一联的饶有理趣,是作者笔墨的变化。

"晓看红湿处"二句,写清晨雨霁锦江上绽放的春花。"花重"字妙,"红湿"字尤妙,"重"是一种感觉、"红"是一种感觉、"湿"又是一种感觉,写出了雨后春花的质感和视觉印象。与上一联的画意不同,这完全是一个特写镜头。"锦官城"本是汉代成都的一个区域,代指成都,"锦"字与"花"字映带,诗意盎然。以"花重锦官城"镇住全诗,又是一则现成的城市广告语。

诗中并无一个"喜"字,诚如浦起龙说:"喜意都从隙缝里迸出。"(《读杜心解》)

水槛 jiàn 遣心二首之一

杜甫

去郭轩楹敞,无村眺望赊。

澄江平少岸,幽树晚多花。

细雨鱼儿出,微风燕子斜。

城中十万户，此地两三家。

[]··[]

这首诗作于肃宗上元二年（761）。此时草堂初具规模，面积扩展，树木种植渐多。杜甫在水亭边添设了栏杆，供垂钓、眺望之用，谓之水槛。面对旖旎风光，诗人心情舒畅，写下了若干歌咏自然景物的小诗。《水槛遣心二首》是其中的一组，这是组诗第一首。作诗当日，天气阴有小雨。

"去郭轩楹敞"二句，交代水槛的环境，每一句中都有个停顿。草堂建在西郊，离城有一段距离；"轩楹敞"指廊柱间有足够的空间，这空间与"去郭"的关系，若有若无。"无村"指没有村庄挡住视线，所以视野开阔；"眺望赊"与"无村"，有因果关系。五律的首联，本来不要求对仗，而这两句出以整饬的对仗，是作者习以为常，偶然触着。正是难者不会，会者不难。

"澄江平少岸"二句，写小雨之前，在水槛望到的景色。"澄江"语出谢朓诗（《晚登三山还望京邑》"澄江静如练"），"平少岸"指因春天水量充沛，江面开阔，所以看到的江岸显得狭窄，这和"潮平两岸失"（王湾《次北固山下》）是一个道理。"幽树""多花"是春天的景象，嵌入一个"晚"字，表明眺望的时间接近黄昏，正因为如此，花树的种类不大能分辨，笼统地谓之"幽树"，有种岁月静好的感觉。

"细雨鱼儿出"二句，是下小雨时，江上景物的细节描写，也是诗中最为人传诵的名句。宋人叶梦得云："诗语忌过巧。然缘情体物，自有天然之妙，如老杜'细雨鱼儿出，微风燕子斜'，此十字，殆无一字虚设。细雨着水面为沤，鱼常上浮而淰。若大雨，则伏而不出矣。燕体轻弱，风猛则不胜，惟微风乃受以为势。故又有'轻燕受风斜'之句。"（《石林诗话》）说这两句深得物理，大体不错。只是阴雨天气中燕子低飞，是因为觅食低空中昆虫的缘故，这一点应予补充。

"城中十万户"二句，写水槛所处的西郊，以人口密度较小而格外幽静。盖成都自秦朝建都会以来，已多历朝代，曾为蜀汉政权首都，到唐时已非常繁华，史称"扬一益二"。杜甫《成都府》一诗写成都最初给他的印象是："喧然名都会，吹箫间笙簧。"虽然不及长安的"楼前相望不相知，陌上相逢讵相识"（卢照邻《长安古意》），但总归是有十万户人家，大街人头攒动的一个闹市，怎及得西郊草堂，远离尘嚣，只有两三家的清静呢？这许多的意思，诗人都没明说。只将"城中十万户"与"此地两三家"，轻松地作成一个对仗，就把诗人心中的愉悦感全部表达出来了。惜乎向来读者，只知"细雨鱼儿出，微风燕子斜"之妙，而不知此二句之尤妙也。

这首诗全诗四联都是对仗，句句写景，而无一不是"遣心"。描写中远近交错，天然工巧，而不见其刻画之痕，字里行间表现出诗人对和平生活和大自然的热爱，是杜甫写景诗中的头等名篇。

不　见

杜　甫

不见李生久，佯狂真可哀。

世人皆欲杀，吾意独怜才。

敏捷诗千首，飘零酒一杯。

匡山读书处，头白好归来。

这首诗作于肃宗上元二年（761），时杜甫客居成都，题下自注："近无李白消息。"天宝四载（745）秋，杜甫与李白曾共游齐鲁，相别于兖州，其后未尝谋面。安史之乱中，李白因附永王璘而系狱浔阳，乾元元年（758）长流夜郎，后遇赦东归，漂泊于浔阳、金陵等地。杜甫得知消息，每每写诗惦记，不断打探消息。因为消息中断，所以写下此诗。

"不见李生久"二句，突兀而起，写对李白的想念和同情。李杜分手已十五、六年了，不能说不久。在平均寿命不长的古代，这种感觉会尤其强烈。需要说一下"李生"这个称呼，其实是"李先生"的意思，古人有这种省称法。与称年轻人为"生"，不能混为一谈。金圣叹以为杜甫长于李白，这是天大误会。"佯狂"，揭示出李白性格的最大特点。"戏万乘若僚友，视同列为草芥"（苏轼），这还不算狂么？连李白自己也不讳言："我本楚狂人"（《庐山谣寄卢侍御虚舟》），以狂自命，自然有"佯狂"的成分。凡属"佯狂"，必有遭遇不幸不公，对现实不满之意。而李白因统治者上层斗争，以爱国获罪，不就是一大悲剧么。诗人无能为力，只能叹息："真可哀！"措语沉痛，极具张力。

"世人皆欲杀"二句，承上"佯狂"，写李白在案发后遭遇的舆论压力，和作者的态度。社会舆论尤其是民粹的声音，向来具有裹胁性，一边倒的现象是不可避免的，李白此时遭遇的民情居然是"世人皆欲杀"。作者虽不了解详细案情，以其社会经验和对李白为人的认知，坚持自己的判断，"吾意独怜才"五字表明了其与众不同的态度。"世人"句初读似自作语，其实语出《孟子》："左右皆曰可杀，勿听；诸大夫皆曰可杀，勿听；国人皆曰可杀，然后察之；见可杀焉，然后杀之。故曰，国人杀之也。"（《梁惠王下》）想不到，李白竟落到"国人皆曰可杀"的地步。由此可见，李白当时处境的凶险，和作者内心的担忧。《文心雕龙·丽辞》提出："反对为优，正对为劣。"这两句，以"独怜才"对"皆欲杀"，表现对同一事件两种态度的对立。即属反对，所以为优。

"敏捷诗千首"二句，承上"怜才"，写作者对诗人李白的认知和推崇。读者可能还记得，杜甫《饮中八仙歌》对李白的评价："李白一斗诗百篇，长安市上酒家眠。天子呼来不上船，自称臣是酒中仙。"李白是个天才诗人，最大的优势是"敏捷"，自称"日试万言，倚马可待"（《与韩荆州书》），斗酒"诗千首"也好、"诗百篇"也好，都是敏捷的写照。当然，他也曾三拟《文选》，是底气足加天分高，才登上唐诗巅峰的。李白又不仅仅是个诗人，他有政治抱负，自我设计为"申管晏之谈，谋帝王之术，奋其智能，愿为辅弼"（《代寿山答孟少府移文书》），然而他遭遇坎坷，"飘零"便是其写照。"酒一杯"承"诗千首"，便是"一斗诗百篇"之意；此诗拆在两处，相对游离，更偏重于举杯销愁之意。

"匡山读书处"二句，总结全诗，是对李白的祝愿。"匡山"指蜀中彰明县（今四川江油市）境内的大匡山，宋人杜田曰："白厥先避仇，客居蜀之彰明，太白生焉。彰明有大小匡山，白读书于大匡山，有读书台存焉。"（《杜诗补遗》）杜甫定居成都，算来李白年过花甲，如遇赦出狱，回到蜀中，李杜就可以再度相见。于是诗人发出深情的呼唤："头白好归来！"读者见此会情不自禁想起陶渊明的话："归去来兮，田园将芜胡不归！既自以心为形役，奚惆怅而独悲？悟已往之不谏，知来者之可追。实迷途其未远，觉今是而昨非。"（《归去来兮辞》）清人杨伦点赞："结语抵一篇《大招》。"

明人胡应麟说："作诗不过情景二端。如五言律体，前起后结，中四句，二言景，二言情，此通例也。"（《诗薮》）此诗却脱弃窠臼，基本上不写景。清人浦起龙曰："'不见''可哀'四字，八句之骨。只五六着李说，馀俱就自心上写出'不见'之哀，笔笔凌空。上四泛言其概，下乃从放逐后招之。然放逐之由，已含'欲杀'内；招之之神，已含'怜才'内。公忆李诗，首首着痛痒。"（《读杜心解》）后世有联语曰："狂到世人皆欲杀，醉来天子不能呼。"以概括李白风貌，便是橐栝此诗及《饮中八仙歌》而成。

旅夜书怀

杜　甫

细草微风岸，危樯独夜舟。
星垂平野阔，月涌大江流。
名岂文章著，官应老病休。
飘飘何所似，天地一沙鸥。

此诗旧注多编在永泰元年（765），以为杜甫东下经渝州、忠州时作，然景物描写不类；一说为大历三年（768）春寓湖北荆门作，似较旧说为妥。

首联写月色下舟中所见，细草在微风中摇动，桅杆高耸夜空，从诗人对景物的感知中，也表现出他夜愁不寐的孤寂和危难之感。次联写江景极为开阔，由于江在平原，故可以看到地平线，闪烁的星星在远处与地接近，是谓之"垂"；月色又使水天浑一，所不同者，天上月色宁静，水中月色动荡，是谓之"涌"。非"垂"字不足以见平野之阔，非"涌"字无以知大江在流也，是谓之炼字。

三联自慨平生。盖唐代士人意识，读书着意在功名与文章之间，两句系倒装，即"文章岂著名耶，老病应休官矣"。盖杜甫在当时虽有诗名，但远没有得到应有的推崇，其有诗道："百年歌自苦，未见有知音。"（《南征》）直到死去二十三年后，经过元稹、白居易等人的宣传，才为世所重。至于老、病，当然是事实，但并非休官的真正原因——真正的原因是朝廷忘记了他。言下有无尽感慨。

末联说到眼前，以迟暮之年，携着老妻和一群儿女，居然以舟为家，而且不知道归宿究竟在何处，诗人的内心深处仿佛永远盘旋着水上白鸥的影子，甚至感到自己也就是天地间的一只沙鸥，荒寂、孤独、栖身无所。诗是随笔，但诗人的诗艺已臻炉火纯青，写景时又完全把自己放进去，故成杰作。

登岳阳楼

杜 甫

昔闻洞庭水，今上岳阳楼。

吴楚东南坼，乾坤日夜浮。

亲朋无一字，老病有孤舟。

戎马关山北，凭轩涕泗流。

此诗为杜甫于大历三年（768）登岳阳楼望洞庭所作。

"今""昔"二字相起，意味非一，既有百闻不如一见之欣喜，又有"江山留胜迹，我辈复登临"（孟浩然《与诸子登岘山》）的感触，还隐含一种不胜今昔盛衰的感伤。

写洞庭景观，纯系入处落墨。湖在春秋时属楚国，与吴国无关，但三国时孙吴已奄有洞庭，故"吴楚"并提，也是有依据的，但讲为吴楚以湖分界就不妥了。按"坼"是裂陷的意思，所谓"东南坼"即《淮南子·天文训》所讲"地不满东南，故水潦尘埃归焉"的意思。所以下句就写其孕大涵深，"乾坤日夜浮"是说天上地下（如君山）的景象一齐纳入湖中，即"涵虚混太清"（孟浩然《望洞庭湖赠张丞相》）、"上下天光，一碧万顷"（范仲淹《岳阳楼记》），"浮"字写得动荡如见。这里的东南，当然是个相对方位。诗句也反映出诗人胸次的豁达，能使读者受到同样的感染。故《苕溪渔隐丛话》（胡仔）引《西清诗话》（蔡绦）云："不知少陵胸中吞几云梦也。"

三联直抒胸臆——多年的战乱和漂泊，亲朋的书信往来是完全断绝，用"无一字"来表达，尤见沉痛。诗人时年五十七，而已一身是病（肺病、疟疾、风痹），而终日生活在水上、船中，除了孤舟一叶，便一无所有，而诗人自己也就好比是一叶孤舟。查慎行说："于开阔处俯仰一身，凄然欲绝。"极是，盖境界的空阔，往往能加强人的孤独之感。如陈子昂登幽州台然。

最后提到国事，并为之涕泗纵横，是已超越一己之困顿，与

"归棹洛阳人"二句，写彼此分手时的情景。据诗题，离别的地点当在扬子津，津（渡口）在长江北岸，地近瓜州。"归棹"指归去的船，指作者自己从扬子津出发乘船北归洛阳，他的任所（今称单位）在那里。船离岸不久，他听到广陵寺庙的钟声隐隐传来，回头看时，只见一派平林漠漠："残钟广陵树"，不言而喻的是，友人元大就在那里。"亲爱"的，你在哪里？作者在写景中加入钟声的元素，钟声响起来的时候，总会让人产生超越现实的遐想。无限的离情别绪，从字里行间溢出。

　　"今朝此为别"二句，写别易会难的感伤。表达同等感情的，有李白的"此地一为别，孤蓬万里征"（《送友人》），更有沈约的"勿言一尊酒，明日难重持"（《别范安成》）。生活在靠马车、客舟为交通工具的时代，分手的人想再见，有多么困难。重逢成了一种奢望。"何处还相遇"，只就重逢的空间发问，而时间呢，也是一个问题。话虽如此，言外所表达的，还是对重逢的渴望。

　　"世事波上舟"二句，补充别易会难的原因。以行船喻人生，自是妙喻。汉代贾谊说："其生兮若浮，其死兮若休；澹乎若深渊之静，泛乎若不系之舟。"（《鵩鸟赋》）人生天地间，有许许多多的不自由。就像水上的船，或向上行，或向下行，总之得行，只在一个点上停靠，是不可能的。"沿"指顺流而下，"洄"指逆而上。语云："逆水行舟，不进则退。"顺流而下，更停不住。总之，"沿洄安得住"，既有时光匆匆不停息之意，又有不得自由之意。

　　清人陆次云说："韦诗醇古，之内又复坚深，用笔甚微。如此诗，令选者似可舍却，终不可舍却，细咏之，自得其味。"（《唐诗善鸣集》）这首诗的诗情沉郁，与作者的仕途不顺应有一定关系。但作者有意遮掩了一些特殊的、具体的现实内容，只淡淡地倾诉离情，自我疏导，做到了至浓至淡的统一。全诗前后散行，中二联对仗，看似五律，却用仄韵，句子亦多不就声律，在古近体之间，正是韦诗的特色之一。

送李端

卢纶

故关衰草遍，离别正堪悲。

路出寒云外，人归暮雪时。

少孤为客早，多难识君迟。

掩泣空相向，风尘何所期。

这首诗是作者于乱离中送别友人之作，全诗情调凄怆，动人心弦，是唐人五律之杰作。《全唐诗》题作《李端公》，当有误。一作严维诗。

"故关衰草遍"二句，写严冬送别，别情更苦。一个"悲"字力透纸背，贯穿全篇。"故关""衰草"两个意象，都是衰飒、萧条的象征，而一个"遍"字，与"悲"字同具张力。首句可谓高屋建瓴，次句"离别正堪悲"则势如破竹矣。在这样的环境中送别，大大加重了离愁别绪。开篇得势，即为全诗定下了沉郁的基调。

"路出寒云外"二句，写送别情景，是话分两头。上句写友人离去、念征途之迢递，下句写自己归来、值暮雪之纷飞。在送别诗中，寒云、暮雪作为一种催化剂，是常见的意象。如"前日风雪中，故人从此去"（古诗《步出城东门》）、"天山三丈雪，岂

落月摇情满江树

是远行时"(李白《独不见》)、"千里黄云白日曛,北风吹雁雪纷纷"(高适《别董大二首》其一)、"纷纷暮雪下辕门,风掣红旗冻不翻"(岑参《白雪歌送武判官归京》),等等。如单说他离去、我归来,便属常语。嵌入"寒云""暮雪"两个意象,不啻为离情别绪加码,又紧扣一个"悲"字。若依诗作画,定格在"山中相送罢,日暮掩柴扉"(王维《山中送别》),外加漫天飞雪,远山小路就可以了。

"少孤为客早"二句,是在写分手之景后,回过头去写彼此的交心,是这首诗可圈可点的名句。"少孤"是说自己少年丧父,这是伤心事;"为客早"是离家很早,也是伤心事;"多难"是说平生遭遇坎坷,还是伤心事。而伤心事,是不可以随便对人讲的。正所谓"君非知己莫与谈"。而"识君迟"三字,读者更须痛下眼看。大凡成功的人生,在关键时刻必有贵人相助。而"识君迟"所表达的,则是相见恨晚的遗憾。换言之,如果对方早一点出现,很可能是改变他命运的贵人。可惜时乎不再,一切都无从谈起。言念及此,彼此必有一番叹息。不过话说回来,虽然木已成舟,"识君迟"到底比不识君好。这可不是一般意义上的谈心,而是说掏心话。故清人潘德舆说:"字字从肺肝中流露,写情到此,乃为入骨。"(《养一斋诗话》)在唐诗中,掏心话说到这个程度,真是不可多得。两句以"早""迟"二字相起,读来回肠荡气,更是唱叹有情。

"掩泣空相向"二句,写时局动荡,后会难期的悲哀。"掩泣"二字,直接由上文的掏心话引出。回想彼此交心的一幕,不禁泪流满面,而友人已不在眼前,一个"空"字,写出内心的失落。"风尘"指社会动乱,语出汉代班固:"设后北虏稍强,能为风尘，方复求为交通，将何所及。"（《后汉书·班固传》）"何所期"即后会难期。话虽如此，言外流露的也有对未来的期待，作为结束，可谓饶有余韵。

刘勰云："音实难知，知实难逢。"（《文心雕龙·知音》）人生在世，知己是一种精神支柱。知心朋友的离去，难免使人难过。此诗所以能引起广泛共鸣，就是因为这个缘故。虽是律诗，风格浑厚朴质，沉郁激昂，实风雅、汉魏之苗裔，为作者之特色。

喜见外弟又言别

李　益

十年离乱后，长大一相逢。
问姓惊初见，称名忆旧容。
别来沧海事，语罢暮天钟。
明日巴陵道，秋山又几重。

这首诗写乱离时代中亲友乍然相见、悲喜交加的人生况味，写出了普遍的人情，成为最为传诵的唐诗名篇之一。诗中所写，当是表弟突然来访。只因二人幼遭乱离，一别多年，所以见面的刹那微微表现惊讶，不得不问对方贵姓，首联中的"一"字与"十年"呼应着，表现出这次相逢的偶然性和戏剧性。诗中人一面称着表弟的名字，一面还在端详对方的容貌，回忆儿时印象，加以确认。然后再是深谈。"别来沧海事，语罢暮天钟"二句容量极大，沧桑世事，冷暖人生，是一整夜的长谈。这种情况，每个人都会有自己的体会的。好不容易见面，明天表弟却一定要走，是多么令人难以割舍呀。表弟这一去，几时才得再见呀。诗人通过一次亲戚的邂逅，写出了荒乱年代一种最为普遍的世相。

范晞文《对床夜语》评："'马上相逢久，人中欲认难'（郎士元《长安逢故人》）'问姓惊初见，称名忆旧容''乍见翻疑梦，相悲各问年'（司空曙《云阳馆与韩绅宿别》），皆唐人会故人之诗也。久别倏逢之意，宛然在目，想而味之，情融神会，殆如直述。前辈唐人行旅聚散之作最能感动人意，信非虚语。"

这首诗在写作上，如行云流水，极为自然。中间两联都是流水对，一副不经意的样子，这是诗艺炉火纯青的表现。这是诗人要用一生去追求的境界。

喜外弟卢纶见宿

司空曙

静夜四无邻，荒居旧业贫。

雨中黄叶树，灯下白头人。

以我独沉久，愧君相见频。

平生自有分，况是蔡家亲。

此诗写在穷愁潦倒中可贵的亲情和友情。诗最有名的是第二联："雨中黄叶树，灯下白头人。"诗人为自己的诗思找到了最好的意象。谢榛《四溟诗话》说："韦苏州曰'窗里人将老，门前树已秋'（《淮上遇洛阳李主簿》），白乐天曰'树初黄叶日，人欲白头时'（《途中感秋》），司空曙曰'雨中黄叶树，灯下白头人'，三诗同一机杼，司空为优，善状目前之景，无限凄凉，见乎言表。"

盖自然界中，树木与人关系密切，生长规律相似而寿命较长，树木的枯黄自会引起人的衰老的联想，故桓温"木犹如此，人何以堪"（《世说新语·言语》）能成千古名言，故诗人用枯树黄叶作为衰老的象征意象。同一机杼，司空曙句所以为优，一是因为他使用了名词句，舍去了描写陈述的语法部分，由于静态的呈示而突出了"黄叶""白头"的视觉印象，比较耐味，二是多了雨景和昏灯作为背景，大大加强了悲凉的气氛。

按，"蔡家亲"谓表亲，用羊祜为蔡邕外孙故事。

云阳馆与韩绅宿别

司空曙

故人江海别，几度隔山川。

乍见翻疑梦，相悲各问年。

孤灯寒照雨，湿竹暗浮烟。

更有明朝恨，离杯惜共传。

这首诗是作者与友人在云阳（今陕西泾阳县北云阳镇）旅舍对饮话别之作。题中韩绅《瀛奎律髓》卷二四作韩升卿，据李端诗题有《送韩绅卿》，当即此人。此诗与李益《喜见外弟又言别》，以五律形式写久别重逢，娓娓道来，俱成绝唱，并为中唐诗千里挑一的杰作，足与杜甫古风《赠卫八处士》比美。

"故人江海别"二句，从前一次离别说起，是自然的开篇。

明人唐汝询说:"此诗本中唐绝唱,然'江海''山川'未免重叠。"(《唐诗解》)乃是隔膜的批评。这里的"江海"不但是指江湖,指天南海北,而且特指上次分别的场所,即江海中的某个地方,所以为妙,与"山川"何来重复?倒是前后照应,写出阔别的感觉。"几度隔山川"的"度",作为量词,不是"次"的意思,而是"载"的意思。此句不是说有多次离别,而是说有多少年不见。措词活络,所以耐味。坐实了了,反而乏味。

"乍见翻疑梦"二句,承上久别写"乍见",与李益之"问姓初惊见,称名忆旧容"一样,是可圈可点、历代传诵的名句。但不同的是,此写熟识的老朋友骤然相会,彼此是不会记不起对方的姓名和容貌的,因此不必"问姓",也不必"忆旧容",倒是倏然间觉得对方老了一头,不免要叙叙年齿,发一通感慨的。同时,人生好梦成真之时,往往疑真如梦,疑梦如真,有飘浮感。"翻疑梦"三字,敏锐地把握特定情境下的感受,"相悲各问年"则是惊定的放松、乐极的生悲,短短两句,便将刹那间的细腻的心理波折,精确地描绘出来。所谓风尘阅历,有此苦语,与李诗有异曲同工之妙。

"孤灯寒照雨"二句,转写云阳馆之景况。曾律诗中两联,大体情景相间。或先情后景,如此诗是。或先景后情,如作者《喜外弟卢纶见宿》是。彼诗中四云:"雨中黄叶树,灯下白头人。以我独沉久,愧君相见频。""雨中"二句,以眼前景为象征意象,脍炙人口。此诗"孤灯寒照雨",其中就有"灯下白头人"在。"湿竹暗浮烟"则是交代雨夜的环境。"孤灯""寒雨""湿竹""浮烟",有借凄凉之景以渲染离别气氛的作用。不仅如此,雨夜似乎特别适合于晤谈,既安全又温馨。谚云:"偷风不偷雨"，就是安全感的表现。而室外寒雨，对室内对饮的温馨，则是一种给力。如白居易有"能来同宿否，听雨对床眠"（《雨中招张司业宿》）、李商隐有"何当共剪西窗烛，却话巴山夜雨时"（《夜雨寄北》）、苏轼有"中和堂后石楠树，与君对床听夜雨"（《送刘寺丞赴馀姚》），等等，大家不约而同地写，不是偶然的。清人沈德潜评："三四写别久忽遇之情，五六夜中共宿之景，通体一气，无恒钉习，尔时已为高格矣。"（《唐诗别裁》）

"更有明朝恨"一句，写乍见又别，劝饮离杯。著一"更"字，是为离恨加码。"离杯"指钱别之酒，著一"惜"字，与其说是表示惋惜，不如说是劝勉珍惜，即有"劝君今夜须沉醉"（韦庄《菩萨蛮》）的意思。直译即：明朝更有一种离愁别恨，难得今夜相对举杯共饮。明明是眼前对饮，却翻过一层，说到明朝别后，波澜曲折，富有情致。

宋人范晞文点赞道："唐人会故人之诗也。久别倏逢之意，宛然在目，想而味之，情融神会，殆如直述。前辈唐人行旅聚散之作最能感动人意，信非虚语。""'故人江海别，几度隔山川'，'暮蝉不可听，落叶岂堪闻'（《鳌屋县郑礒宅送钱大》），前一首司空曙，后一首郎士元，皆前虚后实之格，今之言唐诗者多尚此。"（《对床夜语》）诗家以抒情议论为虚，以写景纪事为实，贵在虚实相济，此诗得之。

春山夜月

于良史

春山多胜事，赏玩夜忘归。

掬水月在手，弄花香满衣。

兴来无远近，欲去惜芳菲。

南望鸣钟处，楼台深翠微。

这首诗写春夜山中赏月的乐趣。开篇提纲挈领，从"春山多胜事"说起，令人想起陶渊明的"春秋多佳日，登高赋新诗"（《移居》），笼罩得好。"胜事"指美好的事，难以空举，故以一"多"字囊括。于是流连忘返，不觉天色已晚，"赏玩夜忘归"。一、二句之间，有因果关系。既已入夜，下文自然说到月出。

"掬水月在手"二句，紧承"胜事"展开描写，堪称妙对。上句写水月，"掬水月在手"是神来之笔，如果不是在月下的溪边，断难得此兴到神会语。实际情况应是：月亮倒影在溪水中，似可以打捞，用手捧、以为捧到了；其实不然，到手的只是一捧水，月影还在溪中。做不到的事，作者偏说做到了："掬水月在手"。以一捧水反映出月亮的光辉，真是状难写之景，如在目前。下句写山花，是为了对仗找话说，《瀛奎律髓》道："'掬水''弄花'一联，恐是偶然道着。先得一句，又凑一句，乃成全篇。于六句缓慢之中，安顿此联，亦作家也。""先得一句，又凑一句"，乃是行家之言。然"弄花香满衣"，亦属妙想。"掬水""弄花"的动作，又表现出诗人兴致之高与童心未泯。

"兴来无远近"二句，更承"掬水""弄花"，写作者的流连忘返。王维诗云："兴来每独往，胜事空自知。"（《终南别业》）这首诗"兴来"一句，与上文"胜事"云云，均受王诗的影响。"欲去惜芳菲"的"芳菲"二字，紧承上文"弄花香满衣"，可见针线细密。相对于前两句写景，这两句是抒情，则是虚实相济。

清人纪昀说"五六颇有新味"（《瀛奎律髓》汇评）是对的，但他接着说"好于三四"，便说过了。"南望鸣钟处"二句，加入声音的元素作结正好。而"楼台"的闯入，系由声音着想，正是月夜的感觉。"翠微"谓青翠幽深，泛指青山。读之，有绿阴深处隐楼台之感。

　　清末许印芳批评："小家诗多如此，其弊至于有句无联，有联无篇。大家则运以精思，行以浩气，分之则句句精妙，合之则一气浑成，有篇有句，斯为上乘。学者当以大家为法，此等不可效尤也。"（《瀛奎律髓》汇评）不无道理，但就这首诗而言，还不能指为"有联无篇"。此外，契诃夫说得好："大狗有大狗的叫法，小狗有小狗的叫法。"一样的叫法，反而不妙了。

蜀先主庙

刘禹锡

天地英雄气，千秋尚凛然。
势分三足鼎，业复五铢钱。
得相能开国，生儿不象贤。
凄凉蜀故妓，来舞魏宫前。

　　这首诗作于穆宗长庆二年（822）至四年（824）间。时诗人任夔州刺史。"蜀先主"即刘备，死前托孤于坐落在白帝城（在夔州，今重庆奉节县）之永安宫，后人建庙于此。此诗抚今追昔，意在缅怀刘备，并对蜀汉的兴亡史寄予感慨。

　　"天地英雄气"二句，写先主庙堂之威严。首句前四字一作

"天下英雄"，语出《三国志·蜀志·先主传》："天下英雄，唯使君与操耳。"是曹操对刘备煮酒论英雄的话，是用典。改一字作"天地"，则有囊括宇宙、并吞八荒之心；加一个"气"字，则有庙堂气象。下句"千秋"，则从时间上囊括古今，"尚凛然"是就庙内偶像而言，看上去正气凛然，令人肃然起敬。其人生前之叱咤风云，亦可以想见。南宋刘克庄将此二句，与作者《金陵怀古》"山围故国周遭在，潮打空城寂寞回"等开篇并提，点赞道："雄浑老苍，沉着痛快，小家数不能及也。"（《后村诗话》）

"势分三足鼎"二句，概括刘备一生功业。一是造成了三国鼎立的局面，二是在一定程度上光复了汉业。鼎立本来是形容，而"三足鼎"则成为一个名物，一个重器，因而更加形象。措语的来历，则是孙楚《为石仲容与孙皓书》语："自谓三分鼎足之势，可与泰山共相终始。"为了与"三足鼎"对仗，诗人从能代表汉业的事物中，选择了一个"五铢钱"。五铢钱是汉武帝元狩五年（前118）铸造的钱币。王莽篡汉自立时，曾废五铢钱。当时民谣曰："黄牛白腹，五铢当复。"至东汉初，光武帝刘秀又依马援建议而重铸，天下称便。"业复五铢钱"，即以光武帝恢复五铢钱，比喻刘备志在光复汉室，而且语亦有来历，与"三足鼎"对得铢两悉称，所以为妙。

"得相能开国"二句，概括刘备一生之得失。刘备一生最英明事，莫过于三顾茅庐，请诸葛亮出山。杜甫《蜀相》诗云："三顾频烦天下计，两朝开济老臣心。"《三国志·蜀志·先主传》载，刘备与诸葛亮情好日密，"关羽、张飞等不悦，先主解之曰：'孤之有孔明，犹鱼之有水也。愿诸君勿复言。'羽、飞乃止"。得人是一方面，善任尤其重要，其所以"能开国"也。"生儿不象贤"，是批评后主刘禅，史称扶不起的阿斗。"不像"即不肖也。而刘禅最为不肖之处，就是《出师表》委婉道出的那句话："亲小人，远贤臣，此后汉所以倾颓也。"总之，中间两联可谓字字确凿，论断简切。

"凄凉蜀故妓"二句，紧扣"生儿"句，感叹后主亡国。《三国志》裴松之注引《汉晋春秋》云，刘禅降魏，被东迁到洛阳，封为安乐县公。司马昭在宴会中使蜀国的女乐表演歌舞，旁人见了都感慨唏嘘，独刘禅嬉笑自若，谓此间乐，不思蜀也。"来舞魏宫前"，即咏此事。历代一旦亡国，被掳掠的重要对象就有宫中女乐，杜牧《阿房宫赋》写道："妃嫔媵嫱……辇来于秦，朝歌夜弦，为秦宫人。"李后主词亦有："最是仓皇辞庙日，教坊犹奏别离歌，含泪对宫娥。"（《破阵子》）晚清王文濡评："前写先主英雄，何等气概！及后主昏闇，致堕先业，而蜀妓之舞，正其明证，足为殷鉴。"（《历代诗评注读本》）

诗人曾参与永贞革新，失败后贬官在外，至作此诗时已近二十年。宪宗末年信用奸佞，穆宗昏庸无能，诗人作此诗，实有借古讽今之意。清人许印芳认为此诗的特色乃在"全说先主，于庙宇无一语道及，而起结皆扣住'庙'字"（《瀛奎律髓》汇评）。结句以魏宫对照蜀庙，实有照应。

赋得古原草送别

白居易

离离原上草，一岁一枯荣。
野火烧不尽，春风吹又生。

远芳侵古道，晴翠接荒城。

又送王孙去，萋萋满别情。

此乃白居易少作。据五代王定保《唐摭言》、唐张固《幽闲鼓吹》等记载，白居易青年时代曾携此诗赴长安谒名士顾况，顾睹姓名打趣道："长安米贵，居大不易。"及读此诗，乃改口郑重道："有句如此，居亦何难。"并广为延誉。唐人于指定限题作诗，题目前加"赋得"二字。《古原草送别》即所拟诗题。

此诗重点放在咏"古原草"，最后带出送别之意。首联即破题面"古原草"三字，点明不是一块草地，而是大草原，"离离"叠字，状出草色之茂密，景象开阔；"一"字重出，形成咏叹，先道出一种生生不已的情味。

次联紧承上"枯荣"，歌咏野草所具有的顽强生命力。别致处在于不是一般地写草原的秋枯春荣，而是写野火燎原，把野草烧得精光——强调毁灭的力量、毁灭的痛苦，是为了强调再生的力量、再生的欢乐。草植根大地，具有顽强生命力，草灰化作肥料，来年春草长势更旺。两句一句写枯，一句写荣，"烧不尽"与"吹又生"，何等唱叹有味，对仗亦自然天成，写出了一种在烈火中再生的典型，寓于哲理意味。故为名句。

紧接"又生"，转写古原景色。"古道""荒城"紧扣"古原"字面。虽然道古城荒，青草又使古原恢复了青春。前四句写草是白描，此二句"远芳""晴翠"更以藻绘染色；"侵""接"二字继"又生"写出迅猛扩展之势。这两句又安排了一个送别的环境。末联巧用《楚辞·招隐士》名句"王孙游兮不归，春草生兮萋萋"，翻出新意——不是面对草色怀远，而是在草色中送别，用刘长卿的话说即"江春不肯留归客，草色青青送马蹄"（《送李判官之润州行营》），用李后主的话来说即"离恨恰如春草，更行更远还生"（《清平乐》），缴清"送别"的题意。

从命题作诗的角度看，全诗将"古原""草""送别"打成一片，神完意足；而且能融入深刻的生活感受，包含相当的哲理意味，故为佳作。

宿山寺

贾　岛

众岫耸寒色，精庐向此分。

流星透疏木，走月逆行云。

绝顶人来少，高松鹤不群。

一僧年八十，世事未曾闻。

这首诗写作者夜宿山寺所见所感，其造境大于写景抒情本身，是中唐五律中不可多得的超诣之作。

"众岫耸寒色"二句，以群山衬托佛寺所处之高。"众岫"即群峰，是以仄仄换平平。"耸"字极炼，作及物动词常见构词有耸肩、耸听、耸危冠等，宾词总以具象的为主，而"耸寒色"这样的说法，在全唐诗中仅此一例，其实是"耸翠壁"的更感性的说法，强调山色的温度很低，非常新颖。"精庐"即作者所投宿的佛寺，"向此分"是说坐落在这群山冷色之中，而"分"的意思是分得、占得一席之地，下字亦尖新。

"流星透疏木"二句，写作者仰望星空之所见。人们仰望星空，心中都不免会产生康德所说"愈是思考愈觉神奇，心中也愈充满敬畏"之感。何况作者看到的是流星，甚至是流星雨，从树枝的间隙中划过，情景异常生动。"走月逆行云"，诗中的月亮也在动，但动法与流星不同，一是速度缓慢，二是月与云的相对运动。一首歌唱道："月亮在白莲花般的云朵里穿行"，是说月的移动本来不易觉察，是云朵的飘浮，使月产生运动的感觉，此即相对运动。清人沈德潜点评道："顺行云、则月隐矣，妙处全在'逆'字。"（《唐诗别裁》）这两句写景可圈可点，已伏高出尘世之意。

"绝顶人来少"二句，写山顶与世隔绝之景，颇具理趣。上句说山寺远离市尘，或是说地势险绝，故人迹罕至。但这句话的意蕴却不止于此。用王安石的话说便是："非常之观，常在于险远，而人之所罕至焉，故非有志者不能至也。"（《游褒禅山记》）"高松鹤不群"，更耐人寻味。松、鹤的搭配，在传统文化中是吉祥物的叠加，是耐寒、脱俗和长寿的象征，此其一。汉语成语本有"鹤立鸡群"一说，意即卓尔不群，羞与鸡鹜为伍，此其二。而这里的"鹤不群"，更是与高山、高松联系在一起，意思是在此地，鹤亦不可多得，此其三。语本杜诗"王乔鹤不群"（《观李固清司马弟山水图三首》其二），而青出于蓝。本来这个句子更顺的造法是："松高鹤不群"，只是因为上句已作"绝顶人来少"，作者又觉得不可更改，遂造成略带拗峭的句子。其含意是一样的，近于广告语的"山高人为峰"，却更饶诗意。一旦读者接受了，也就不可更改了。

"一僧年八十"二句，写山寺中人（高僧），将诗意推向极致。在如此高山之上，有如此一个高僧——伴松养鹤之人，享如此之高龄（"年八十"），不是"山高人为峰"是什么。还有"一"字代表的"不群"——松不群，鹤不群，人亦不群，怎一个"高"字了得！末句一跌"世事未曾闻"，并不是孤陋寡闻的意思，而是与世无争，即"家住苍烟落照间，丝毫尘事不相关"（陆游《鹧鸪天》）的意思。如此山寺、如此人，若非作者来此一宿，则何能见之，又何能写之。诗人襟怀意趣之不俗，亦意在言外矣。

此诗炼字精妙，"高松鹤不群"为篇中最警策之句，"高"字、"不群"字，都有一种追求卓越的意识和通于推敲的精神。五律有此一联，就可以站住脚。何况此诗通体浑成，无可挑剔。《唐诗别裁》录此诗，尾批道："长江（指贾岛）有'秋风吹渭水，落叶满长安'句，风格颇高，惜通体不称，故不全录。"即是通过反例，对这首诗加以表扬。

雪晴晚望

贾 岛

倚杖望晴雪，溪云几万重。
樵人归白屋，寒日下危峰。
野火烧冈草，断烟生石松。
却回山寺路，闻打暮天钟。

这首诗约作于宪宗元和十二年（817），作者于上一年应举下第，本年与从弟释无可寄居长安西南圭峰草堂寺，诗当作于此时。

"倚杖望晴雪"二句，入手擒题，写远望雪晴的壮丽景色。

"倚杖"表明作者在出游之中，一个"望"字，表明"晴雪"是远景，也就是在夕阳照耀下山峰、积雪浮于空际，有惟余莽莽之势。而增添了雪峰之壮丽的，是横在山腰、罩在溪上的云烟（"溪云"），竟然多至"几万重"。皎然诗云："舒卷意何穷，萦流复带空。有形不累物，无迹去随风。"（《溪云》）如非深山巨壑，是很难看到这样壮观的雪霁晴景的。元人方回评："晚唐诗多先锻颈联、颔联，乃成首尾以足之。此作似乎一句唱起，直说至底者。"（《瀛奎律髓》一三）

"樵人归白屋"二句，写夕阳下山时的情景。"樵人"的出现，其作用相当于山水画中的人物点缀。他挑回的一担柴火，会给"白屋"增添些许温暖，则是画中的诗意。而"白屋"不仅是指白茅覆盖的寒舍，更是积雪压在屋顶上的感觉。"寒日下危峰"，是一个短暂停留的画面，也是一个时间节点。夜幕即将降临，樵子应该回家了。"归""下"二字给画面增添了生气和动态。古人说"夏日可畏，冬日可爱"，"寒日"却给人以更多惨淡的感觉，似乎发出的都是冷光，而在它靠近山峰时，积雪的反光会更加耀眼夺目。正是诗中有画。

"野火烧冈草"二句，写畲田的情景。句中的"野火""断烟"，不是森林大火，而是山民刀耕火种即畲田时，在人的控制下的放火烧山。这种景象，唐诗中多有描写，如"瓦卜传神语，畲田费火声"（杜甫《戏作俳谐体遣闷二首》其二）、"渔沪拥寒溜，畲田落远烧"（戴叔伦《留别道州李使君圻》）、"湿云和栈起，燋栿带畲余"（顾非熊《天河阁到啼猿阁即事》），等等。因点燃冈草而起的火光，和缭绕在石松之间的烟雾，给山中增添了人气和温度。这些是诗中的反衬元素，其作用是突出画面整体上的素静和清冷。所以清人李怀民认为"二句中有雪在"(《重订诗人主客图》)。

"却回山寺路"二句，写作者在钟声的召唤中归寺的情景。前六句所写，都是视觉的形象，最后两句加入听觉的元素，显得非常重要。夜幕渐渐降临，诗人兴尽而返，这时山寺也响起了钟声——"闻打暮天钟"，似对出游的人发出了归寺的召唤。唐诗中的古刹钟声，是个常见意象，在诗中的作用，一是刻画环境的宁静，二是象征大自然或宗教的召唤。此诗也不例外。

总之，此诗超然物外，描写在远离城市的山林中，晚望雪晴的孤独享受，流露出淡泊名利，亲近自然，渴望皈依的思想感情。晚唐司空图描述"疏野"诗品："惟性所宅，真取不羁。控物自富，与率为期。筑室松下，脱帽看诗。但知旦暮，不辨何时。倘然适意，岂必有为。若其天放，如是得之。"如是诗者，可谓得之。

秋寄从兄贾岛

无　可

暝虫喧暮色，默思坐西林。
听雨寒更彻，开门落叶深。
昔因京邑病，并起洞庭心。
亦是吾兄事，迟回共至今。

无可是唐代著名诗僧，为贾岛堂弟。幼时二人俱为僧，贾岛后来还俗。这首诗是无可居庐山西林寺时，以诗代柬寄贾岛的，题一作《秋夜宿西林寄贾岛》。

"暝虫喧暮色"二句，写作者黄昏独坐。首句写暮色苍茫、草虫喧叫，本属秋夕寻常情景，捣腾着"暝虫喧暮色"，诗句顿觉奇警。"默思坐西林"，即有挂念之意。"西林"为寺名，寺在庐山香炉峰西南，风景绝佳。两句一"喧"一"默"，互为映衬。

"听雨寒更彻"二句，写作者一夜的听觉感受。宋人魏庆之《诗人玉屑》释云："唐僧多佳句，其琢句法比物以意，而不指言一物，谓之象外句，如无可上人诗曰'听雨寒更彻，开门落叶深'，是落叶比雨声也。"奈何雨声与落叶声差别大，听觉能辨之。清人纪昀评："此说自通（应说颇巧），然作雨后叶落，亦未尝不佳。"（《瀛奎律髓汇评》）而"开门落叶深"，而正是夜来风雨的缘故。屈复评："虽不及乃兄'落叶满长安'，亦自精彩。"（《唐诗成法》）"更"字平声，即"深更"的"更"。

"昔因京邑病"二句，转忆旧日之约。出句说贾岛赴试京邑，屡度不第，一"病"字双关身体违和与遭遇不偶。对句"并起洞庭心"，说两人有约，泛舟洞庭，即归隐江湖也。贾岛《送无可上人》诗云："终有烟霞约，天台作近邻。"可以为证。清人李怀民评："只拈一事，寓感俱集。"（《重订中晚唐诗主客图》）

"亦是吾兄事"二句，言未能如愿，而心向往之。"亦是"二字，是对贾岛过去的提议表示肯定。不料后来贾岛干禄有了结果，得到一个长江主簿的微官，食之无味，弃之可惜。"迟回共至今"，是一种如嚼鸡肋的状态。作者只陈述事实，而盼望对象早日幡然省悟之意，亦跃然纸上。不是知根知底，何能说到这个分上。

全诗写景言情俱佳，与贾岛诗风也非常接近，真是难兄难弟。

闲　居

姚　合

不自识疏鄙，终年住在城。
过门无马迹，满宅是蝉声。
带病吟虽苦，休官梦已清。
何当学禅观，依止古先生？

　　这首诗当作于作者从秘书少监之职退下来之后，描写休官后清静、闲适的生活情趣，并流露出对吏治腐败、世俗依违的厌倦之情。

　　"不自识疏鄙"二句，入手擒题，写闲居即大隐于朝市。作者另有"县去帝城远，为官与隐齐"（《武功县诗》）可参读。大隐这个说法，出自白居易："大隐住朝市，小隐入丘樊。丘樊太冷落，朝市太嚣喧。"（《中隐》）然而陶渊明有个说法："结庐在人境，而无车马喧。问君何能尔，心远地自偏。"（《饮酒》）"疏鄙"即疏野、粗野，即不合于城市文明，也就是"心远"了。在"心远"的前提下，"终年住在城"，也就不觉得"朝市太嚣喧"，即"而无车马喧"了。虽然在语言上，作者没有用陶诗一字，但精神上却是相通的。

　　"过门无马迹"二句，写闲居之景。上句写无人来访，虽然是住在城中，却有陶诗"穷巷寡轮鞅""白日掩荆扉，虚室绝尘想"（《归园田居》）的意趣。而"满宅是蝉声"，更是可圈可点之句。它表明"闲居"是宅院，院内有梧桐，蝉声从那里传出。把本来弥漫的声音，说成关了"满宅"，这比用家徒四壁之类的话来表现清贫，要感性而形象得多。"蝉声"来自实景，又被虞世南"居高声自远"（《蝉》）之类的诗句，定义为一种文化符号，

落月摇情满江树

即清音。它的分贝之高，足以压倒市井的喧嚣。这个富于原创性的诗句，真是太妙了。

"带病吟虽苦"二句，写作者脱离官场，专心作诗。上句紧接"蝉声"而来，作者好友贾岛即有诗将苦吟诗人比作"病蝉"，诗云："拆翼犹能薄，酸吟尚极清。""黄雀并鸢鸟，俱怀害尔情。"（《病蝉》）这里作者也有暗将自己比作病蝉的意思。"休官梦已清"，表明其时作者已经休官，"梦已清"是反着说官场龌龊，脱离官场，连做梦都是清白的了。而一个"清"字，又是紧贴着蝉或蝉声的特点的，所以为妙。

"何当学禅观"二句，以表明修禅学佛之志，结束全诗。"禅观"即禅理、禅道。"依止古先生"，"古先生"是道家对佛的称呼。王维诗云："深洞长松何所有，俨然天竺古先生。"（《过乘如禅师萧居士嵩丘兰若》）"何当"云云，则表现出这种想法乃是作者的一种期待。按，作者的这种思想，在其他作品也有表现，如："闲来杖此向何处，过水缘山只访僧。"（《谢韬光上人赠百龄藤杖》）全诗兴到笔随，不事藻绘，一气呵成，畅晓自然，所以为佳。

观徐州李司空猎

张 祜

晓出郡城东，分围浅草中。

红旗开向日，白马骤迎风。

背手抽金镞，翻身控角弓。

万人齐指处，一雁落寒空。

诗题中的"李司空"未详何人，按李愿和李愬都曾出镇徐州，其中李愿于穆宗长庆元年（821）为检校司空。此诗或作于此时。然诗题一作"观魏博何相公猎"。其实诗题有"观猎"二字足矣。诗人着重塑造身手不凡的射手形象。

　　"晓出郡城东"二句，写射猎的时间、场所。"晓出"指旭日东升时，点明围猎时间，"郡城"指徐州（今属江苏）城，按一作则为魏州（今河北大名），"东"指东郊校猎场。"分围浅草中"，表明季节属于春初，写出壮阔场面。古时军中校猎，以初春、秋冬季为多。王维《观猎》"草枯鹰眼疾，雪尽马蹄轻"，亦是冬末春初。以气候适度，而视野开阔故也。

　　"红旗开向日"二句，写射猎队伍出场，人物亮相。上句写红旗招展引起"风"字，"开"字是展开，指红旗在阳光下因此格外鲜明抢眼。下句"白马骤迎风"，写射手跃马出场，"骤"字写出身手矫健。"向日""迎风"为互文，既属"红旗"又属"白马"。铸字造句，俱见推敲的匠心。

　　"背手抽金镞"二句，写射手敏捷的动作。上句写取箭，因为箭囊背在身后，所以有"背手"抽箭的动作，这个动作必是熟能生巧。"金镞"指金属制成的箭头，代指羽箭。下句"翻身控角弓"，是射箭的动作。因为骏马奔驰速度很快，而射手瞄准追踪空中的猎物，有一个自然的转身动作（"翻身"）。"角弓"是以兽角为饰的雕弓。能否命中目标，全靠骑术是否高明和持弓是否把稳，一个"控"字，下得极为准确。

　　"万人齐指处"二句，写命中目标的一刻和观猎场面。两句有一倒装，先以"万人齐指"写观众反应，写他们看到命中目标时指点相告的动作，表现出群情之兴奋和激动。作者没有绘声，而欢声雷动则不在话下。后说命中目标——"一雁落寒空"，于是把最关键的一笔，留着画龙点睛。一个"寒"字，照应早春季节，又有"高处不胜寒"（苏轼《水调歌头》），即高的意味。

这首诗写点精确，剪裁得当，环环相扣，用笔干净利落，节奏迅快，直令人目不暇接。据说白居易把这首诗与王维《观猎》相提并论："张三作猎诗，以较王右丞，予则未敢优劣也。"（《云溪友议》引）清人吴乔却说："张祜《观李司空猎》诗，精神不下右丞，而丰采迥不同。"（《围炉诗话》）施闰章也说："细读之，与右丞气象全别。"（《蠖斋诗话》）那么区别在哪里呢？比较可知，王诗从首（"风劲角弓鸣"）到尾（"千里暮云平"）多作气氛烘托，不及于身手，以气象胜。张诗则集中笔力写身手，以形容胜。正是各有千秋，未易优劣。

清人李怀民却说："无大好处，但取其写兴逼真。'开'字炼，'骤'字炼，声色俱到。"（《重订中晚唐诗主客图》）都已"写兴逼真""声色俱到"了，还说"无大好处"，真是太苛刻了。

赠　柳

李商隐

章台从掩映，郢路更参差。

见说风流极，来当婀娜时。

桥回行欲断，堤远意相随。

忍放花如雪，青楼扑酒旗。

这首诗作于宣宗大中元年（847）作者自长安赴桂林途中。

题为"赠柳",与"忆梅"一样，虽然可以看作咏柳，但有很强拟人意味，甚至就是隐射某女子的。冯浩认为系为洛阳歌妓柳枝作，不全属无稽之谈，因为诗中表现的是依依不舍的缱绻之情。

"章台从掩映"二句，是说从北到南，柳树的影子无处不在。"章台"是汉代长安的街名，街旁植柳，唐人称为章台柳，韩翃诗云："章台柳，章台柳！往日依依今在否？纵使长条似旧垂，也应攀折他人手。"（《章台柳》）"从掩映"，即任其垂拂遮掩，而与己无关。"郢路更参差"是一个对句，"郢"为战国时的楚都，即今湖北江陵；"参差"是柳条繁茂的样子。两句都在咏柳，却有"春风桃李花开日"（白居易《长恨歌》）那样的意味，有忆人的意思。

"见说风流极"二句，写柳枝的妩媚动人。首联可以不对仗，却是工稳的对仗；颔联应该对仗，却又似对非对了。俗话说"耳听为虚，眼见为实"，上句就是耳听为虚，是说未见柳之前，就听说过柳的"风流极"；下句是说见到柳的时候，才觉得更"婀娜"，比预计的更好。玩味这由衷欣赏的语气，不是隐射某人又是什么。

"桥回行欲断"二句，是与柳送迎的意绪。恰如"风雨送春归，飞雪迎春到"（毛泽东《卜算子·咏梅》），包含着悲欢离合之情。因为柳树生长在堤上，故以"桥""堤"为场景。上句是说行程之中，从桥上回首，"欲断"即望断，指向远处望直到望不见。"堤远意相随"，是说长堤虽长，柳却一路依依相送。清人袁枚说："'堤远意相随'，真写柳之魂魄。与唐人'山远始为容，江奔地欲随'，皆是呕心镂骨而成。"（《随园诗话》）纪昀亦说："五、六句空外传神，极为得髓。"（《李义山诗集辑评》）

说到"桥""堤",最容易落入折柳送别的套路。而如写折柳送别,柳将成了道具;而在此诗,柳是与诗中人对等的角色。这就是新意。

"忍放花如雪"二句,专咏柳絮。柳絮虽称杨花,然而恰如苏轼谓其"似花还似非花",也无人认真把它看作是花,更无人用"开放""怒放"来写杨花柳絮的,所以"忍放花如雪"这样的说法,令人耳目一新。它象征的是不可遏止("忍"是岂忍)的情思。"青楼扑酒旗",把收场的镜头留给酒家,自然有"何以解忧,唯有杜康"(曹操《短歌行》)的意思了。

题曰"赠柳",诗中却不着一个"柳"字,句句写柳,心不在柳而在人。作家王蒙说:"在中国古典诗人中,很少有像李商隐这样的现象。一生有许多爱情故事,又很婉丽,但又不是从一而终、矢志不渝,同时又不流于轻薄和玩弄。写出来的情诗是那么美,用美来节制自己的悲伤,用美来包装悲伤。这种节制和包装的唯美的过程,又使他不会一味地颓唐下去,所以他从不疯狂。"(《李商隐的挑战》)此诗就应该属于这一类诗作。

蝉

李商隐

本以高难饱,徒劳恨费声。

五更疏欲断,一树碧无情。

薄宦梗犹泛,故园芜已平。

烦君最相警,我亦举家清。

此诗咏蝉，实是托物寓怀，抒写诗人自己高洁的志向。前四句写蝉栖止高树，饮露悲鸣，却不为碧树所同情；后四句写诗人处境凄凉，漂泊无依，与蝉的情况极为相似，因而深深感叹，同时表示要坚守清贫，表现出可贵的品格。前后两部分相辅相成，咏蝉中有身世之感，抒发身世之慨中又与蝉紧扣，浑然融合，达到了很高的艺术境界。作者写蝉，不重蝉的外形的描绘，而是遗貌取神，抓住蝉的生活习性，着力于其给人的心理感受来写，这就突出特点，深入一层，而不浮泛。

落　花

李商隐

高阁客竟去，小园花乱飞。

参差连曲陌，迢递送斜晖。

肠断未忍扫，眼穿仍欲归。

芳心向春尽，所得是沾衣。

　　这首诗咏落花，也是以花自比，在一片伤春之情中，暗寓着自己不被理解的痛苦心情。高阁客去，见出诗中抒情主人公的孤独无告，而正当此时，小园花落，夕阳残照，又增几多凄凉！见花飘去，已然肠断，流露一片惜春之心，而芳心向尽，换来的却是泪下沾襟，包含着多少无可奈何的悲苦！诗歌在情景交融中，抒发了缠绵伤感而又凄迷怅惘的情怀，这也是诗人身世的写照，读来哀婉动人。

秋日赴阙题潼关驿楼

许　浑

红叶晚萧萧，长亭酒一瓢。
残云归太华，疏雨过中条。
树色随山迥，河声入海遥。
帝乡明日到，犹自梦渔樵。

诗题一作《行次潼关逢魏扶东归》，作于宪宗元和三年（808）前后。其时作者首次赴长安应举，过潼关（今属陕西）逢友人，登驿楼远眺，而有此诗。

"红叶晚萧萧"二句，写旅次潼关偶逢故人，长亭话别情景。一句画出雄关黄昏景色，满山红叶，在秋风中瑟瑟有声。而旅途邂逅的友人，适在长亭（古时道路上供行旅歇息的公共设施）酒家述旧话别。两句就勾勒出一幅秋日行旅图。按，首句一作"南北断蓬飘"，既有"长亭酒一瓢"矣，此意便不必明说。亦作"红叶晚萧萧"，既见景色之宜人，又见意绪之悲凉。"长亭"与"酒一瓢"，在一句之中形成反差，悲欣交集，唱叹有味，正是人生旅途之况味。

"残云归太华"二句，大笔驰骛勾画潼关四周景色。应是根据当时气候，而得江山之助，想象飞动的产物。"残云""疏雨"表明阵雨（"疏"字妙）刚过，而"归""过"二字，是来也匆匆，去也匆匆，云雨皆具动势，又恰似旅途况味，但道来却不着痕迹。"太华""中条"以山名相对，而对仗分解到单字——"太"与"中"对，"华（花）"与"条"借对，乃偶对缜密之范例，堪称字字珠玑。"太华"即华山，在今陕西东部，潼关以西，

"中条"山在今山西西南部。作者视通万里，笔下雄浑苍茫，有声有色，气象万千，此联堪比美于"气蒸云梦泽，波撼岳阳城"（孟浩然《望洞庭湖赠张丞相》）、"海日生残夜，江春入旧年"（王湾《次北固山下》）、"吴楚东南坼，乾坤日夜浮"（杜甫《登岳阳楼》），亦不知此老胸中吞几云梦也。律诗有此一联，足致不朽。

"树色随山迥"二句，以"树色"对"河声"，是上联写景的继续。"随山迥"接住上文之"太华"，只见满山树木，沿关城一路远去，随山脉西向延伸。《水经注》载："河在关内南流潼激关山，因谓之潼关。"潼关北临黄河，河从北面而来，至潼关转折，东向三门峡而去，最后入于渤海。故下句写"河声"，接住上文"疏雨"。此句意同于"黄河入海流"（王之涣《登鹳雀楼》），却是绘声绘色，虽加入了常识与想象，却使读者如身历其境。诗中二联，四句皆写景，毫无单调的感觉，只觉一气贯注，缺一不可。

"帝乡明日到"二句，写将到达目的地时突然产生的忐忑不安。作者初次晋京，又是应进士科举考试，虽然不是怯场，兴奋中未免夹有紧张的情绪。所以上句不仅是计程，说离京都只有一天的路了，而且有一种不够踏实的心情。末句"犹自梦渔樵"，也就毫不奇怪了。这当然不是打退堂鼓，却是在给应试的热衷降温。也就是说，作者提醒自己，不要对考试抱太大希望，就算是失利，退后一步自然宽。陶诗云："少无适俗韵，性本爱丘山。"（《归园田居》）应试自然有应试的道理，但也不是诗人唯一的出路。这样道来，读者感到悠游不迫，收束自然，极显文人的身份。

近人俞陛云对全诗有如下概括："开篇从秋日说起，若仙人跨鹤，翩然自空而降；首句即押韵，神味尤隽。三、四句皆潼关左右之名山：太华在关西，中条在关东，皆数百里而近；残云挟雨，自东而西，应过中条而归太华，地望固确，诗句弥工。五句以雍州为积高之壤，入关以后迤逦而登，故树色亦随关而迥。六句言大河横亘关前，浩浩黄流，遥通沧海，表里山河之险，涌现毫端。篇终始言赴阙、觚棱（宫阙）在望，而故乡回首、犹梦渔樵，知其荣利之淡也。"（《诗境浅说》）

灞上秋居

马　戴

灞原风雨定，晚见雁行频。
落叶他乡树，寒灯独夜人。
空园白露滴，孤壁野僧邻。
寄卧郊扉久，何门致此身？

这首诗写寒士秋居闭门寥落之感。"灞上"亦作"霸上"，地在今陕西省西安市东，唐代求功名的人多寄居于此。

"灞原风雨定"二句，写灞陵秋季物候。从灞陵原上一场秋雨之后，气温骤降，北雁南飞写起。一"频"字，见雁群之多。近人俞陛云析："首句即言灞原风雨，秋气可悲。迨雨过而见雁行不断，唯其无聊，久望长天，故雁飞频见，明人诗所谓'不是关山万里客，那识此声能断肠'也。"（俞陛云《诗境浅说》）

"落叶他乡树"二句，写秋居之人。用两层夹写，一是客居室外落叶之树，一是"寒灯独夜人"即作者自己，象喻之意，力透纸背。语本中唐司空曙的"雨中黄叶树，灯下白头人"（《喜外弟卢纶见宿》）。不同的是，彼诗是二"白头人"相对；而此诗是一人独对寒灯，愈见凄寂之况，与崔涂"乱山残雪夜，孤烛异乡人"（《除夜有怀》）更为相近。

"空园白露滴"二句，极写秋居之荒僻。"五句言露滴似闻微响，以见其园之空寂；六句言为邻仅有野僧，以见其壁之孤峙。"（俞陛云《诗境浅说》）句中妙用衬托："空园"言园中更无人，又有寂静之意，而露滴是以声衬静，愈见其静；"孤壁"犹言徒壁，虽有一邻，却又是好静的野僧，进一步突出了孤独的心境。

"寄卧郊扉久"二句，写不遇且无望。七句言居此时间已久，"末句言士不遇本意，叹期望之虚悬，岂诗人例合穷耶"（同上）。"何门"一作"何年"，则意味略有差异，"何门"是无所依傍，而"何年"则犹有期冀也。此诗反映寒士心境，风格亦属"郊寒岛瘦"之列，有一定感染力。

董岭水

周　朴

湖州安吉县，门与白云齐。
禹力不到处，河声流向西。
去衢山色远，近水月光低。
中有高人在，沙中曳杖藜。

周朴是唐末吴兴（今湖州）人（一说为桐庐人），隐居不仕，以刻苦作诗取重当时。《董岭水》是他的得意之作。董岭为湖州安吉县（今浙江安吉县北）众山之一，因山势围合，其下河水向西奔流。全诗紧扣题面，首联点出董岭水所在地望，次联写水势流向的特点，转而于颈联淡淡描写山水景色，尾联则以岸边隐者作挽结。语言浅显，若不经意。然而它又经得起反复咀嚼，有味外味。

"湖州安吉县，门与白云齐。"未写董岭水前，先交代州县。在律诗中这是一种最朴质无华的起法，却博得读者的好感。"安吉"这县名，先给人几分和平如意的感觉。而紧接其后的这个"门"，应当是指城门（县城依山傍水），这一点联及五句的"去衙"两字，就更明确无疑。然而，"门与白云齐"，又让人感到像是隐者或寺庙的山门。自从梁代陶弘景写出"山中何所有，岭上多白云"（《诏问山中何所有赋诗以答》）的名句，"白云"一向与"青云"（《史记·范雎蔡泽列传》："不意卿能自致于青云之上。"）对举，成为隐居不仕者的象征。城门而"与白云齐"，则读来十分新鲜，乃未经人道过语。言下意味着县政的廉洁清静，县令的亦仕亦隐，民间则没有争端，达到百姓"不见县门身即乐"（王建《田家行》）的境界。诗人就这样轻灵地表达了对当地行政风俗的由衷赞美。

"禹力不到处，河声流向西。"二句正写董岭水，同时又紧承上意，对水文作了有意味的描绘和解释。水东流是神州大地普遍的水文现象，而西流水则是这里山势环绕所致的特殊水文现象。诗人联系现实，赋予这一现象以象征的意义。古有大禹治水的传说，"丰水东注，维禹之绩"（《大雅·文王有声》），意思是水东流乃禹之力。诗即反用其事，言董岭水的西流是"禹力不到"的结果。而禹是夏朝第一个帝王，联系前二句中安吉县那种淳朴和平的境况，这二句又似言皇帝老子管不到的地方，连河水也往西边流。这也就是《击壤歌》所谓"帝力于我何有哉"那个意思，意味于是倍加深厚。诗人在造句上也有推敲。无论是写江流有声，还是河水西流，分开来就平淡无奇，合成"河声流向西"的句子，则顿时精彩，有了一种"河水唱着歌儿奔向远方"的意趣。这里有自然美，也有对人事不落言诠的赞美。

"去衙山色远，近水月光低。"二句分承前两联，"去衙"就"安吉县"而言，"近水"就"董岭水"而言，在更广的范围内写景。县门与岭水仍是中心，又阑入月光和山色。着色非常简淡，与风俗的简朴适相调和。月夜，近水处清光更多（月影在水故"低"），这种说法，似有寄意。"字人无异术，至论不如清"（杜荀鹤《送人宰吴县》），县政廉洁如水，则县民沐恩必多。这种寄意在诗中，如盐之在水，无迹可求，品味自知。

"中有高人在，沙中曳杖藜。"诗的结尾处出现了人，"高人"即幽人，本指隐者，这里也可活解为禀性淳朴如"羲皇上人"的人民。他可以是诗人自己，也可以是安吉县人；可以是单数，也可以是复数。一个"曳"字多少自在，与《庄子·秋水》"曳尾于途中"的"曳"字，具有同样的意趣。

据传周朴"自爱'禹力不到处'二语。有一士跨驴而行，遇朴，佯诵'河声流向东'，促驴行。朴直追数里，告之以'流向西'，非'东'也。当时传以为笑"（沈德潜《唐诗别裁》）。而故事的传播者在取笑的同时，就带有激赏，这也是显而易见的。

登单于台

张　蠙

边兵春尽回，独上单于台。
白日地中出，黄河天外来。
沙翻痕似浪，风急响疑雷。
欲向阴关度，阴关晓不开。

[｝···{｝]

这首诗是作者的成名作，宋晁公武《郡斋读书志》载："蠙生而颖秀，幼能诗，作《登单于台》，有'白日地中出，黄河天外来'之句，为世所称。"元辛文房《唐才子传》照引不误。可见此诗并非亲登单于台（故址在呼和浩特），而是命题作诗。诗中情景是想象、是造景，所以有盛唐气象。

"边兵春尽回"二句，写独上高台。首句写春日回军，边塞平安无事；次句"独上单于台"，人独上高台，对天地茫茫，自然百感交集，何况是登单于台呢。"单于台"是五胡十六国时期，北方少数民族政权在胡汉分治政策下，创立的用于专管其他少数民族的中央机构，其长官称大单于，地位仅次于皇帝，大都由宗室担任。所以"单于台"三字，能唤起历史的记忆，且有异域情调。

"白日地中出"二句，写北国风光。造句好的学生，就是作文好的学生。这两句是作者读书受用的结果，至少"白日""黄河"对举，就出自王之涣的《登鹳雀楼》。习作不怕模仿，但要模仿得好。首句中"地"指当地，这是不可能的，作者偏要这样说。正如曹操说"日月之行""星汉灿烂"，是从大海里出来的一样。诗中的事，说是就是，不是也是。"黄河天外来"是夸张，语出李白"君不见黄河之水天上来"（《将进酒》），明代胡应麟赞

道:"唐诗之壮浑者终于此。"(《诗薮》)

"沙翻痕似浪"二句,写沙塞景色。出句抓住了沙漠景色的一大特点,就是在风力的作用下,流沙呈现出有规律的、波浪起伏的形状;对句"风急响疑雷",这个是丰富想象力的结果,作者一定读过岑参的"轮台九月风夜吼,一川碎石大如斗,随风满地石乱走"(《走马川行奉送出师西征》)一类诗句,然后想象出风的声音,也许他曾听到过像雷一般的风声,这里就用上了。

"欲向阴关度"二句,写北眺阴关。阴山在单于台北面,敕勒川在焉。"阴关"即阴山的雄关。上句说欲度,是"官知止而神欲行"(《庄子·养生主》),即身未动意先度。读者正在想他如何度关,殊不知结尾转折,而且一转即收:"阴关晓不开"——但见雄关如铁、紧闭不开,是养兵千日、戒备森严景象。

李白写《蜀道难》,并未穿越过蜀道(他是从长江三峡出川的);写《梦游天姥吟留别》,只是梦游;艾青写《火把》,从未见过火把游行。清人黄周星说:"此地几人能到?读此诗,仿佛如目睹矣。"(《唐诗快》)由此可见想象力对于作诗的重要性。

春宫怨

杜荀鹤

早被婵娟误,欲妆临镜慵。

承恩不在貌,教妾若为容。

风暖鸟声碎,日高花影重。

年年越溪女,相忆采芙蓉。

这是一首写宫怨的诗，表现一位年轻美丽的女子很早就被选入宫中，但并没有得到君王的宠爱，误了自己的终生。而之所以被"误"是因自恃美丽，没有参与争宠献媚的斗争，去拉关系、走后门，讨得君王的喜欢，因此心里怨恨。诗歌围绕"怨"字，首联开宗明义，推出一个怨女的形象，面对妆台而懒于打扮，非常生动；次联说明"怨"的原因，"教妾若为容"一句以问句出之，怨愤之情见于辞色；三联以春光的美好，反衬这位宫女内心的寂寞，"碎"字、"重"字下得准确新警，景物鲜明形象，这两句历来受到诗评家的激赏；末联宕开一层，是宫女回忆入宫前的美好生活，表达对自由的向往，不说怨而愈觉可怨。全诗意境浑成而寓意深刻。一方面作者以宫女自比，隐含怀才不遇的愤慨；另一方面也揭露了专制社会中压制和扼杀人才的现实，具有更为普遍而典型的社会意义。

卷四　七言律诗

古意呈补阙乔知之

沈佺期

卢家少妇郁金堂，海燕双栖玳瑁梁。

九月寒砧催木叶，十年征戍忆辽阳。

白狼河北音书断，丹凤城南秋夜长。

谁谓含愁独不见，更教明月照流黄！

　　这首诗的诗题一作《独不见》。《独不见》是乐府旧题，属杂曲歌辞，是诗的曲调名。《乐府解题》云："独不见，伤思而不见也。"这种情况，恰如《送元二使安西》（王维）一作《渭城曲》一样。作诗读，还当以《古意呈补阙乔知之》为正题。乔知之在武则天万岁通天元年（696），以左补阙随武攸宜北征契丹，次年得胜还朝，因爱姜碧玉事，为武承嗣所杀。而这首诗以思妇口吻赠乔知之，当为乔出征时所为，或即拟碧玉代赠也未可知。唐人多有其例，杜审言《赠苏绾书记》有"红粉楼中应计日，燕支山下莫经年"就是这样的代赠之作。"古意"云云，是就配合乐府古曲（《独不见》）而言，故七句点题："谁谓含愁独不见。"

落月摇情满江树

诗的首联以女性为本位，以海燕双栖起兴，对于身处郁金香料涂抹之堂（玳瑁是一种海龟，古人用其壳为装饰）中少妇，这是以双形独。而"卢家"云云，乃是一种借代、一种藻绘，指贵族之家，语出梁武帝萧衍《河中之水歌》，歌云："河中之水向东流，洛阳女儿名莫愁。""十五嫁为卢家妇，十六生儿字阿侯。卢家兰室桂为梁，中有郁金苏合香。"

颔、颈两联则由思妇而及征人，由征人而及思妇，闺中与边塞，空间屡换，作反复咏叹。"九月寒砧催木叶，十年征戍忆辽阳。"一句闺中一句边塞（辽阳泛指辽东地区），时间定在征人戍边大约十年后的一个秋天。"九""十"都是数字，却也有细微区别，盖前者为序数词，后者为数词，是下字的亮点。"白狼河北音书断，丹凤城南秋夜长。"一句边塞一句闺中，"白狼河"即今辽宁省境内之大凌河，"丹凤城"则指长安（长安有丹凤门），相对异常工整，是属对的亮点。

尾联回到女性本位，言其含愁独处，空对明月孤帏："谁谓含愁独不见，更教明月照流黄！"诗意是：谁说少妇之心没人知道？明月知道。"流黄"也是辞藻，指黄紫色相间的丝织品，此指帷帐。全诗藻饰秾丽，然笔意流动，诗思在时空中自由穿梭，在稳顺声势上，这已是标准的七律。

这首七律出现较早，在唐代诗史上有相当的地位，然因初变齐梁，习气未除，还不是纯粹的唐音。偏爱六朝诗者，每盛称此诗，明人何景明等甚至推此诗为唐人七律第一（见杨慎《升庵诗话》），显然是奖许太过。高棅《唐诗品汇》列此诗于"正始"，而独以杜甫为"大家"，才是不刊之论。

黄鹤楼

崔　颢

昔人已乘黄鹤去，此地空馀黄鹤楼。

黄鹤一去不复返，白云千载空悠悠。

晴川历历汉阳树，芳草萋萋鹦鹉洲。

日暮乡关何处是，烟波江上使人愁。

　　这是一首千古流传的名作。前四句借用神话传说故事，写仙人乘鹤飞去，以高度抽象概括的笔法，写尽人事沧桑和世态浑茫。这四句以七律极为少见的古体句法，三用"黄鹤"二字，信笔挥洒，一气呵成，挟古歌入律，造成奔腾苍莽的气势，动人心魄。后四句写登楼所见的眼前景象，表现绵绵乡愁，笔力如勒奔马归信于正路，转为具体而细腻，格律上也严守法度。整首诗流畅圆转，一气浑成，了无滞碍，具有很高的艺术价值。据《唐才子传》载，后来李白登黄鹤楼见到崔颢这首诗，慨叹说："眼前有景道不得，崔颢题诗在上头。"遂"无作而去。为哲匠敛手云"。严羽在《沧浪诗话》中推此诗为唐人七律压卷之作，历来评价非常之高。

行经华阴

崔　颢

岩峣太华俯咸京，天外三峰削不成。

武帝祠前云欲散，仙人掌上雨初晴。

河山北枕秦关险，驿树西连汉畤平。

借问路傍名利客，无如此处学长生。

· ·

　　这首诗是作者于玄宗天宝年间（742—756）入长安，途经华阴时所作。诗人以劲健的笔力，描写华山的雄伟险峻。此诗前六句写景，由总而分，远近结合，气势极为雄浑恢宏，并且包含着历史的沧桑之感，景中含情，耐人寻味。末二句即景抒情，表现出对名利之徒的哀悯，想在此处求仙学道，获得长生，字句中蕴含着深深的感慨。前人评此诗"句如风飘""气象高明"，意境深远雄阔，气势豪壮，是写景诗中的佳作。

望蓟门

祖　咏

燕台一去客心惊，箫鼓喧喧汉将营。
万里寒光生积雪，三边曙色动危旌。
沙场烽火侵胡月，海畔云山拥蓟城。
少小虽非投笔吏，论功还欲请长缨。

· ·

　　这是一首边塞诗，在祖咏集中不多见，抒发了作者在眺望蓟门军营时产生的忧心边事，从而希望从军报国的雄心壮志。诗人从眺望中的所闻所感几个方面下笔，多角度地展开描写，画出了一幅辽阔、壮丽雄浑的边关图景，有声有色。中间两联写蓟门形势，"万里""三边"，境界极其阔大，"沙场烽火"和"海畔云山"，又惊心动魄，两联用笔十分奇警，渲染出边地特有的肃杀紧张气氛。末联二句一擒一纵，其报国之心，也显得豪气干云。

全诗雄健峻拔，格调高昂，气势酣畅，纯乎"盛唐之音"。

送魏万之京

李 颀

朝闻游子唱离歌，昨夜微霜初渡河。

鸿雁不堪愁里听，云山况是客中过。

关城曙色催寒近，御苑砧声向晚多。

莫见长安行乐处，空令岁月易蹉跎。

魏万一名颢，是比李颀晚一辈的诗人，曾是李白的崇拜者和追随者。此诗送其上京，当在其未得第前。

首二句中"离歌"即"骊歌"，亦即古逸诗《骊驹》，辞曰："骊驹在门，仆夫具存；骊驹在路，仆夫整驾"，抒写的是离人踌躇上路、依依惜别之情。诗只说"朝闻游子唱离歌"，唤起的正是对这首古逸诗歌词的记忆。次句"初渡河"主语模糊，到底是游子呢，还是微霜，看来是微霜，这种拟人的写法本于杜审言"梅柳渡江春"（《和晋陵陆丞早春游望》）。先说今朝之别，再回忆昨夜之霜，饱含对游子冲寒上路的关切。

次二句想象途中情景，注意这两句是互文修辞，本来长空雁叫、云山迢遥都易使人生愁，更何况游子刚刚离开了热土和亲人！"不堪"与"况"字勾勒好极。秋雁是一个积淀了惜别思乡意蕴的传统意象（曹丕《燕歌行二首》其一"群燕辞归雁南翔，念君客游思断肠"），云山则含有羁旅况味（韩愈《左迁至蓝关示侄孙湘》"云横秦岭家何在"），两者引起的定向联想都是思家恋旧。诗人体贴道：离别嘛，感伤情绪都是免不了的。体贴，往往也就是安慰了。

五、六句就说到目的地——长安，意思却与上文承接：等你到达长安，天气当会更冷，城中居民怕都在捣练制作寒衣了吧。"关城曙色催寒近，御苑砧声向晚多"二句，杨升庵谓出自杜审言"使出凤凰池（中书省），京师阳春晚"（《送和西蕃使》），云"盖言繁华之地，流景易迈"，极有见地。于是末二句从而勉励之，"轻轻赴题，不作豪情重语"（方东树），而拳拳长者之心，溢于言表。

全诗在诗歌意象的使用上视、听兼收，"离歌""鸿雁""砧声"是听觉形象，"微霜""云山""曙色"是视觉形象，按照闻——见，闻——见，见——闻的次第反复交叉写来，形成节奏，给人以丰富的美感。其次是朝——夜、曙——晚四字的重复出现，自有妙用，强调暗示岁月不居、时节如流，为末句"空令岁月易蹉跎"张本。

此诗内容和平娴雅，声律响亮，而且多勾勒、照应字面，"朝闻"——"昨夜"、"不堪"——"况是"、"曙色"——"向晚"、"莫见"——"空令"，使人感到一气贯注，乃行古诗章法于近体，所以其风格不是凝重，而是流丽，和崔颢《黄鹤楼》诗同致。

江　村

杜　甫

清江一曲抱村流，长夏江村事事幽。

自去自来梁上燕，相亲相近水中鸥。

老妻画纸为棋局，稚子敲针作钓钩。

多病所需唯药物，微躯此外更何求？

肃宗乾元二年（759）七月，杜甫弃官华州，远游秦州（今甘肃天水），那里有他的侄儿和故人。漂泊生活使他感到厌倦，从而萌生了构筑草堂定居的念头。然而，秦州不能养家。于是，由于同谷（今甘肃成县）县宰的一封信，杜甫去了。同谷依然不能养家。于是，杜甫做出他一生中最为重要的决定之一，穿越蜀道，来到成都。上元元年（760）夏天，在朋友的资助下，在成都郊外浣花溪畔盖成了草堂，妻子儿女同聚一处，终于得到安宁。诗人有了幸福的感觉，写下了不少心态阳光的律诗，《江村》即其一焉。草堂本无村，只因邻近有两三户人家，勉称"江村"。

"清江一曲抱村流"二句，从描写草堂环境开始，进入叙事。诗中的清江，指岷江的支流锦江流经成都西郊的一段，人称浣花溪。临近水源，最宜人居。溪水绕着杜甫新建的草堂，诗人用了一个"抱"字，表达出自然亲和的感觉。"长夏江村事事幽"概括一整个夏天的情事。夏季的白天本来就长，而"长夏"还有一重意味，就是时间好像停了下来，诗人终于可以好好享受一下生活，享受一下天伦之乐。总之，那个夏天发生在江村的事，没有令人不愉快的，从"事事幽"三字便会出。而没有哪个字，比一个"幽"字，更适合表现夏天给人感觉愉快的一面。而叙"事"，也就成为这首七律的一大特色。

"自去自来梁上燕"二句，写草堂和浣花溪鸟类的活动，呈现出一派和平景象。经历过乱离的人，最知道珍惜和平，绝不忍心打扰小燕子，很高兴看到它们成双成对，飞进飞出，衔泥筑巢于草堂。同样，看到浣花溪上的鸥鸟，成群结队，和谐相处，也

蓉月摇情满江树

二九四

会感动莫名。"自去自来"对"相亲相近","堂上燕"对"水中鸥",多么简单多么质朴多么率意,就像村童的对课。然而,用来表达近乎天真的、快乐阳光的心情,却是再适合不过的。

"老妻画纸为棋局"二句,写诗人家庭生活中的细节。瞧这一家子,这个"长夏"的生活,过得多么闲适多么写意。夫妻间有时下棋,他们下的是围棋,棋子有现成的,棋盘却是老妻自己画的。这里提到了"纸",可见成都坊间有纸供应。而在唐代人们抄书,一般是用绢质的卷子。"稚子敲针作钓钩",作者的两个儿子,宗文当年十岁、宗武七岁,都是"稚子",他们喜欢上了钓鱼,而所用钓钩是孩子自己做的,"敲针"这个主意一定是宗文出的,虽然他比弟弟木讷,毕竟大了三岁。而宗武背诗较多,把哥哥比了下去,这是从杜甫别的诗中知道的。不管是"画纸为棋局",还是"敲针作钓钩",有一个共同之处就是自己动手——不仅是为了生活,而且是为了快乐。在唐宋及后代的七律中,如此生活化、人性化、故事化的属对,真是不可多得。

"多病所需唯药物"二句,写诗人的满足感。杜甫对物质生活的要求,其实并不高。世道和平,衣食无忧,还要怎样呢?对,还要健康。而杜甫挈妇将雏,多年奔波,已落下了一身病,这是需要面对的,所以说"多病所需唯药物"。这首诗的另外一个版本,这一句作"但有故人供禄米"。这两个版本应该都出于作者之手。因为杜甫在成都,的确有赖朋友和地方官的接济,这一时期的诗往往兼有陈情之语。不过,"微躯此外更何求"一句,所表现的幸福感还是满满的。

昔人点赞:"杜律不难于老健,而难于轻松。此诗见潇洒流逸之致。"(黄生《杜诗说》)"最爱其不琢不磨,自由自在,随景

布词，遂成《江村》一幅妙画。"（周敬《唐诗选脉会通评林》）
"似浅而实不浅，似淡而实不淡，似粗而实不粗，似易而实不易。
此境最难，然其秘只在'深入浅出'四字耳。"（王寿昌《晓斋遗
稿》）正因为深入浅出，被选入《千家诗》，遂为传世名篇。

堂　成

杜　甫

背郭堂成荫白茅，缘江路熟俯青郊。
桤林碍日吟风叶，笼竹和烟滴露梢。
暂止飞乌将数子，频来语燕定新巢。
旁人错比扬雄宅，懒惰无心作解嘲。

这首诗作于肃宗上元元年（760）暮春，草堂初成时。清人
浦起龙说："诗云'桤林碍日''笼竹和烟'，则是竹木成林矣。
初筑时，方各处乞栽种，未必速成如此也。"（《杜诗心解》）殊不
知宋人赵次公早有解释："桤林、笼竹，正川中之物。二物必于
公卜居处，先有之矣。"（郭知达《九家集注》引）"堂成"二字
实已表明写作时间矣。

"背郭堂成荫白茅"二句，写草堂落成及所处地势与方位。
"背郭"指背负城郭，因草堂在成都西郊三里许故云，二字下得
别致而极确。如遮去，他人填写不出。"堂成荫白茅"，是草堂写
照。这时茅屋的屋顶还没有加盖过，所以只有一重茅，但因为是
新盖的，所以冬暖夏凉，住起来感觉舒服。"缘江路熟"四字下
得也好，不仅写出草堂临江，而且表明为了盖草堂，作者在这条

路不知道走了多少个来回，简直走出了一条杜甫小道。所以"路熟"，熟得不能再熟。"俯青郊"表明草堂地势高于四周的郊野。总之，读这两句，一切明白。

中四句皆写景，略有分工。"桤林碍日吟风叶"二句，写草堂绿化的环境。桤木、大竹，确是川中旧物。杜甫入川，从广元、绵竹到成都，一路上都有看到，有诗为证："饱闻桤木三年大，与致溪边十亩阴。"（《凭何十一少府邕觅桤木栽》）"华轩蔼蔼他年到，绵竹亭亭出县高。"（《从韦二明府续处觅绵竹》）不妨卜居处先有，只是需要扩栽。明明是阴凉，却用"碍日"来写，辞若有憾，实深喜之。"笼竹和烟"，说明此地不但绿化好，空气湿度也是宜人的。"吟风叶""滴露梢"是"叶吟风""梢滴露"的倒文，连细微声音，亦即天籁，都一并写出来了。

"暂止飞鸟将数子"二句，写草堂内外鸟类活动。中国诗歌有写鸟的传统，孔子举读诗的益处之一是："多识于鸟兽草木之名。"而陶渊明说："众鸟欣有托，吾亦爱吾庐。"（《读山海经》）写众鸟欣托，就是写人的安居，杜甫深知这个道理。汉乐府有"乌生八九子"之说，而《邶风·燕燕》有"燕燕于飞，差池其羽"之句，这些积淀都会与诗人眼前的景物发生关系，写景的同时，也托物言志。宋人罗大经说这两句："盖因乌飞、燕语，而类己之携雏卜居，其乐与之相似。此比也，亦兴也。"（《鹤林玉露》）不但在这首诗是如此，《江村》的"自去自来梁上燕，相亲相近水中鸥"不也是如此么？

"旁人错比扬雄宅"二句，写居住草堂的闲适及自嘲。扬雄宅又名草玄堂，故址在成都少城西南角。谁把诗人比作扬雄呢？高适是一个。杜甫刚到成都，身为彭州刺史的高适，就赠他一诗，结云："草玄今已毕，此后更何言？"（《赠杜二拾遗》）《太玄经》是扬雄阐释老子哲学的著作，"草玄"即草写《太玄经》的意思。杜甫那时就表示过不敢当："草玄吾岂敢，赋或似相如。"（《酬高使君相赠》）此诗结尾二句，也有"草玄吾岂敢"的意思，但句中提到的是扬雄另一篇作品，题为《解嘲》的赋。赋中对历史上的人物和事件进行审视，展开纵横捭阖的评说，从中抒发了作者的愤懑之情与落拓之志。此诗结以"解嘲"，一是韵脚的考虑，二是本有自嘲之意（"懒惰"即闲适的转语），三是诗人确有现实愤懑，只是无意发表，所以是一石三鸟，不只是翻案得妙。

杜甫是"语不惊人死不休"（《江上值水如海势聊短述》）的人，铸造句颇有推敲。关于此诗的句法，清人仇兆鳌道："'背郭成堂''缘江熟路'，四字本相对，将'堂成''路熟'倒转，则上半句法变化矣。'林碍日''叶吟风''竹和烟''露滴梢'，六字本相对，将'风叶''露梢'倒转，则下半句法变化矣。""五、六著'暂止''频来'字，即景为比，意中尚有彷徨在。……言外有神。"（《杜诗详注》）可供读者参考。

蜀　相

杜甫

丞相祠堂何处寻，锦官城外柏森森。
映阶碧草自春色，隔叶黄鹂空好音。
三顾频烦天下计，两朝开济老臣心。
出师未捷身先死，长使英雄泪满襟。

乾元二年（759）七月杜甫辞官西行，岁暮抵成都；上元元年（760）春卜居浣花草堂。此期杜甫曾多次拜谒诸葛亮祠，以表示崇敬之意。盖诗人本有"致君尧舜"的政治抱负，又逢安史之乱，虽一事无成，而不能不忧念国事，故对"鞠躬尽瘁，死而后已"的诸葛亮深表同情。

首联开门见山，点出祠堂在成都城南。成都在汉代织锦业发达，曾专设锦官管理，锦官城本织锦区，亦作为成都美称。丞相祠即今武侯祠，晋代李雄所建，祠内原多植柏树，诗人《古柏行》有云"君臣已与时际会，树木犹为人爱惜"，这一片"柏森森"的景象，就令人联想到《召南·甘棠》"蔽芾甘棠，勿剪勿伐，召伯所茇（bá）"，无形中见出蜀人对丞相的敬爱。

次联写祠内景色，而"自""空"两字逗漏抒情——祠庙草绿叶密，鸟啭好音，本饶春意，著此二字则一概抹倒，睹物思人之意，已见于言外。

三联概括诸葛亮一生出处大节，"三顾频烦"即"频烦三顾"，"天下计"即《隆中对》中所讲的诸如东和孙权、北拒曹操、西取刘璋的基本国策；"两朝"是先主后主两朝，"开"是开创帝业，"济"是济美守成，"老臣心"指诸葛亮无私、不矜与死而后已的一片忠心。两句语极密致，说尽诸葛亮一生聪明才智、功业德操，流露出无限景仰。

诸葛亮六出祁山，九伐中原，终因操劳过度而死，留下了《出师》两表，成为天地间至情至文，不可不特别表出。此之谓"不以成败论英雄"也。诗云"长使英雄泪满襟"，这"英雄"句容的范围就很宽，代表了千古未能成功的志士仁人的共同心声。唐永贞革新（805）被挫败后，王叔文但吟此二句，因嘘唏泪下；

南宋爱国名将宗泽，因国事忧愤成疾，临终即诵此二句，"但呼过河者三而薨"，就证明杜甫之言的确凿不移。当然，这不仅表明了《出师表》和诸葛亮的魅力，而且也表明了《蜀相》和杜甫本人的魅力。

客　至

杜甫

舍南舍北皆春水，但见群鸥日日来。
花径不曾缘客扫，蓬门今始为君开。
盘飧市远无兼味，樽酒家贫只旧醅。
肯与邻翁相对饮，隔篱呼取尽馀杯。

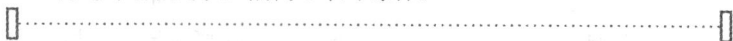

作于上元二年（761）春，时居成都浣花草堂，据原注来客是一位姓崔的县令。

首联写草堂户外景色，《江村》诗曰："清江一曲抱村流，长夏江村事事幽。自去自来梁上燕，相亲相近水中鸥。"可见初建草堂的当日，环境较为清幽，诗人心境较为闲静。据《列子》寓言讲，鸥鸟极灵性，只肯与绝无算计的素心之人来往，这里一方面有满意，另一方面也有不满，这从"但见"二字略可会意，可见交游冷淡。如此写来，自然也就含有客人将至的欣喜。次联为名句，以对话口气道"花径不曾缘客扫，蓬门今始为君开"，二句于流水作对中有互文映带，于殷勤中见深情。

三联写请吃请喝，讲的虽然是家居太偏远、酒菜欠丰盛一类表示歉仄的话，其实客人要忙说"哪里哪里"。这原是生活中常有的客套，洋溢着普遍的人情，它当然包含着几分坦诚，却又不必过分认真。有人情味自足动人。酒过几巡，主人才想起邻居的老头能喝，不妨请他也来陪客喝两杯。这在生活中也是常有的事，随便的关系，往往意味着亲密，"肯与"云云是问的口气，先征求一下客人的意见，客人自然客随主便；邻翁既能喝酒，想必也是个豪爽的人，杜二先生这样赏脸，他有什么不肯来的？

黄生说此诗"前半见空谷足音之喜，后半见村家真率之趣"（《杜诗说》），单看最后的两句，太接近于口语，简直不像律诗的句子；又说"杜律不难于老健，而难于轻松"。这首诗与《江村》《狂夫》等一样，妙于潇洒流逸之致。于此可见老杜包容之大。

狂　夫

杜　甫

万里桥西一草堂，百花潭水即沧浪。

风含翠篠娟娟净，雨裛红蕖冉冉香。

厚禄故人书断绝，恒饥稚子色凄凉。

欲填沟壑惟疏放，自笑狂夫老更狂。

这首七律作于杜甫客居成都时。诗题为"狂夫"，当以写人为主，诗却先从居住环境写来。

成都南门外有座小石桥，相传为诸葛亮送费祎处，名"万里桥"。过桥向东，就来到"百花潭"（即浣花溪），这一带地处水乡，景致幽美。当年杜甫就在这里营建草堂。饱经丧乱之后有了一个安身立命之地，他的心情舒展乃至旷放了。首联"即沧浪"

三字，暗寓《孟子》"沧浪之水清兮，可以濯我缨"句意，逗起下文疏狂之意。"即"字表示出知足的意味，"岂其食鱼，必河之鲂"（《诗经·陈风·衡门》），有此清潭，又何必"沧浪"呢。"万里桥"与"百花潭"，"草堂"与"沧浪"，略相映带，似对非对，有形式天成之美；而一联之中含四专名，由于它们展现极有次第，使读者目接一路风光，而境中又略有表意（"即沧浪"），便令人不觉痕迹。"万里""百花"这类字面，使诗篇一开头就不落寒俭之态，为下文写"狂"顶作铺垫。

这是一个斜风细雨天气，光景别饶情趣：翠竹轻摇，带着水光的枝枝叶叶明净悦目；细雨中的荷花格外娇艳，而微风吹送，清香可闻。颔联结撰极为精心，写微风细雨全从境界见出。"含""裛"两个动词运用极细腻生动。"含"比通常写微风的"拂"字感情色彩更浓，有小心爱护意味，则风之微不言而喻。"裛"比洗、洒一类字更轻柔，有"润物细无声"（《春夜喜雨》）的意味，则雨之细也不言而喻。两句分咏风雨，而第三句风中有雨，这从"净"字可以体味（雨后翠筿如洗，方"净"）；第四句雨中有风，这从"香"字可以会心（没有微风，是嗅不到细香的）。这也就是通常使诗句更为凝练精警的"互文"之妙了。两句中各有三个形容词：翠、娟娟（美好貌）、净；红、冉冉（娇柔貌）、香，即安置妥帖，无堆砌之感；而"冉冉""娟娟"的叠词，又平添音韵之美。要之，此联意蕴丰富，形式清工，充分体现作者的"晚节渐于诗律细"（《遣闷戏呈路十九曹长》）。

前四句写草堂及浣花溪的美丽景色，令人陶然。然而与此并不那么和谐的是诗人现实的生活处境。初到成都时，他曾靠故人严武接济，分赠禄米，而一旦这故人音书断绝，他一家子就免不了挨饿。"厚禄故人书断绝"即写此事，这就导致"恒饥稚子色凄凉"。"饥而日恒，亏及幼子，至形于颜色，则全家可知"（萧涤非《杜甫诗选》），这是举一反三、举重就轻的手法。颈联句法是"上二下五"，"厚禄""恒饥"前置句首显著地位，从声律要求说是为了粘对，从诗意看，则强调"恒饥"的贫困处境，使接下去"欲填沟壑"的夸张说法不致有失实之感。

"填沟壑"，即倒毙路旁无人收葬，意犹饿死。这是何等严酷的生活现实呢！要在凡夫俗子，早从精神上被摧垮了。然而杜甫却不如此，他是"欲填沟壑惟疏放"，饱经患难，从没有被生活的磨难压倒，始终用一种倔强的态度来对待生活打击，这就是所谓"疏放"。诗人的这种人生态度，不但没有随同岁月流逝而衰退，反而越来越增强了。你看，在几乎快饿死的境况下，他还兴致勃勃地在那里赞美"翠篠""红蕖"，美丽的自然风光哩！联系眼前的迷醉与现实的处境，诗人都不禁哑然"自笑"了：你是怎样一个越来越狂放的老头儿啊！（"自笑狂夫老更狂"）

在杜诗中，原不乏歌咏优美自然风光的佳作，也不乏抒写潦倒穷愁中开愁遣闷的名篇。而《狂夫》值得玩味之处，在于它将两种看似无法调和的情景成功地调和起来，形成一个完整的意境。一面是"风含翠篠""雨裛红蕖"的赏心悦目之景，一面是"凄凉""恒饥""欲填沟壑"的可悲可叹之事，全都由"狂夫"这一形象而统一起来。没有前半部分优美景致的描写，不足以表现"狂夫"的贫困不能移的精神；没有后半部分潦倒生计的描述，"狂夫"就会失其所以为"狂夫"的铺垫。两种成分，真是缺一不可。因而，这种处理在艺术上是服从内容需要的，是十分成功的。

闻官军收河南河北

杜 甫

剑外忽传收蓟北，初闻涕泪满衣裳。

却看妻子愁何在，漫卷诗书喜欲狂。

白日放歌须纵酒，青春作伴好还乡。

即从巴峡穿巫峡，便下襄阳向洛阳。

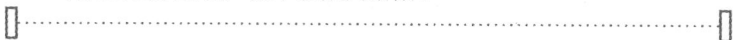

此诗于代宗广德元年（763）春作于梓州（今四川绵阳三台）。上一年（宝应元年，762）四月太子李适为天下兵马大元帅，朔方节度使仆固怀恩为副帅，统率各节度使和回纥联军进讨史朝义，十月大捷，歼敌八万，叛将张忠志等献地归降，官军一气收复河南、河北十几个州；当年正月，史朝义自杀，叛将李怀仙等又献首请降，至此河南河北诸地尽行收复，延续八年之久的安史之乱宣告平息。本篇即写诗人避地梓州、彷徨无依中，乍闻捷报狂喜不置，平素所想出川还乡之念一发不可收拾的心情。

此诗乃一时兴会神到之作。读者可以连想一下二战结束时世人狂喜的心情——当时的新闻图片反映，大街上的人都激动得抱住身边的陌生人狂吻，即使是年轻姑娘也不以为忤。却说那一天，杜甫展卷读书之际，忽然有人奔走相告八年平叛战争结束的胜利消息。这是诗人盼望已久而且坚信必将到来的喜讯，然而当它突然成为事实，诗人又激动得难以承受，神态失常，因喜心到极而呜呜地哭了起来，绝不因自己的失态而感到难乎为情——想必当时像杜甫这样闻讯流泪的人为数不少。

紧接着就写了"却（回头）看妻子""漫卷诗书"两个潜意识的动作，来表现狂喜的心情。盖人在极度高兴时，都有一种希望与他人分享的愿望，回头看妻子（妻儿）的这个动作，就是潜意识的，极富意蕴。同时展开的书卷也就看不进去了，于是手忙脚乱地卷了起来，这个动作表明诗人在梓州待不长了，立刻就会想到回乡。

三联即承"喜欲狂"写还乡的愿望。"白日""青春"即写季候，也暗示政治上的冬去春来、雨过天晴；杜甫本来就好酒工诗，在这大快人心的喜讯传来之时，他更不禁要昂首高歌、开怀痛饮，为之庆贺；成都草堂回不了，梓州乃暂居之地，而现在大乱已定，诗人不只是想回成都，而是想结束流寓异乡的生活，踏上回故乡洛阳之路；望着窗外明媚春光，想到一路上风和景明可助行色，喜极之情，手舞足蹈之状跃然纸上。

进一步，诗人连路线图都想好，并不假思索脱口而出。出川以水路方便，无非是从梓州沿涪江下渝州，沿长江出巴峡、巫峡，直到武昌，再溯汉水北上襄阳，然后改行陆路，最后回到洛阳（作者自注说"余田园在东京"，"东京"就是洛阳）。萧涤非释："即是即刻。峡险而狭，故曰穿。出峡水顺而易，故曰下。由襄阳往洛阳，又要换陆路，故曰向。"这是说用字的精练。所谓巴峡，指渝州以下从云安到夔州之川东峡江地带。此诗以想象还乡路线作结，而且自然形成当句对〔他例如"桃花细逐杨花落，黄鸟时兼白鸟飞"（《曲江对酒》）、"戎马不如归马逸，千家今有百家存"（《白帝》）〕，同时又是流水对，自然工整，妙手偶得，唐诗结句很少有能与其媲美的。

前人谓杜诗强半言愁（黄生），本篇一句叙事，余俱写情，句句有喜悦意，一气流注，其疾如飞，浦起龙甚至认为是老杜"生平第一首快诗"（《读杜心解》）。像这样情调欢快、热情奔放之作，在李白一定是施之于歌行，而杜甫却用了七律。作为律诗，讲究工整最为重要，而工整的讲究，又不免以丧失自然流畅为代价。杜甫的高明处，就在于他能调和这一矛盾：他不堆砌排比辞藻，而注意从活的语言中发掘天然对偶的因素，在安放对仗时注意到语气的疏落和保持流动的风致，如本篇中的"青春"对"白日"，"放歌""纵酒"对"作伴""还乡"，以及末联的地名当句对，都是信手拈来自成对偶，甚至还对得很工，其他诗例如"秋水才深四五尺，野航恰受两二人"（《南邻》）、"戎马不如归马逸，千家今有百家存"（《白帝》）等。申涵光曰："读杜诸律，可悟不整为整之妙。"（《说杜》）这"不整为整"四字，便是杜甫在七律艺术上的创造，为七律创作提供了有益借鉴。本篇读起来只感到挥洒自如、一片神行，即是放歌，初未觉有律的存在，这正表现了诗人对律诗的掌握，已超越必然而进入自由王国。

登　楼

杜　甫

花近高楼伤客心，万方多难此登临。
锦江春色来天地，玉垒浮云变古今。
北极朝廷终不改，西山盗寇莫相侵。
可怜后主还祠庙，日暮聊为梁甫吟。

闻官军收河南河北后，由于成都军阀之乱未定，杜甫并未立即踏上还乡之路（而且以后再也没能回到洛阳）。这时唐王朝内忧外患仍相当严重，当年（广德元年，763）十月，发生了吐蕃

入侵长安，代宗出奔陕州的事件；不久郭子仪收复京师，代宗得以还朝。十二月，吐蕃又陷松、维、保三州，西川节度使高适不能救，于是剑南西山诸州遂为吐蕃所有。翌年即广德二年（764）初，杜甫携家由梓州赴阆州，正准备出陕谋生，二月即得严武再次镇蜀后的邀函，诗人于是重返成都。

此诗系有感于吐蕃入侵而作，诗题取王粲《登楼赋》感时念乱之意。首联点明题意、笼罩全篇，"花近高楼"是即目春色，"万方多难"是时事政局——此四字内涵极为丰富，概括了大乱虽平，然藩镇割据、战祸未息、宦官蠹政、吐蕃内侵，乾坤仍是满目疮痍。正因为处在万方多难之时，所以花近高楼亦不成乐事，适足引发伤心耳，此即所谓"感时花溅泪"（《春望》）也。

次联紧扣"登临"，写登楼纵目远眺春色。锦江源出都江堰，自郫县流经成都入岷江；"春色来天地"承首句"花近高楼"，犹言春色满天地——"来"字拟人、化静为动，与下句"变"字对仗工稳。玉垒在今都江堰西北，为吐蕃侵蜀必经之地。盖自武后朝以来，唐与吐蕃和战不定，蜀西即是两间风云变幻的重要区域，而在去年，吐蕃就攻陷了川西三州，所谓"浮云变古今"自是就政局而言，这就与上句"春色来天地"写自然景物不同，织入了复杂的世事沧桑的感受。两句意境宏阔，也可以推广到整个国家局势。

然而爱国热忱使诗人绝不愿散布悲观论调，而对国家政权的巩固寄予信心。"北极"即北辰，居北方天宇正中，其位置一定不改，此喻朝廷。所以诗人对入侵者发出义正词严的警告，"西山"指连绵于理县、汶川一带的岷山峰岭，为成都天然屏障，而吐蕃入侵首先也就要攻占这一带地方，故诗以"西山盗寇"呼之。"莫相侵"者，即"人不犯我，我不犯人"也。杜甫写此诗后数月，严武即率兵西征，拿下了当狗城（在今四川理番县）、盐川城（在今甘肃漳县），同时遣将在西山追击吐蕃（严武《军城早秋》"昨夜秋风入汉关，朔云边月满西山。更催飞将追骄虏，莫遣沙场匹马还"即写此事），拓地数百里，与郭子仪在秦陇一带的主力相配合，终于击退吐蕃的大举入侵。这是后话，而在写诗的当时，时局还较为严重，所以末联就本地古迹抒发感慨作结。

后主即三国蜀汉后主刘禅，作为一个昏庸亡国之君，本来不配享受祠祀，但沾了先帝和诸葛亮的光，也附列于先主祠旁。诗人说这个的言下之意是，当今皇上即代宗毕竟强于后主，后主尚能享受祠祀，大唐基业更不会就此灭亡。但这种比法，本身就是对皇帝的一种不敬，盖代宗庸懦、宠信宦官，与刘禅有相似之处，使诗人感到十分痛切。《梁甫吟》是诸葛亮躬耕时爱唱的歌，这里借指登楼咏诗，也抒发了对诸葛亮的深切怀念，一个"聊"字，反映了诗人空有忧国之心，而不能有实际作为的无奈。

此诗表现诗人在流寓中对国事的忧念，情思沉郁，而境象壮阔，气势雄健，故忧而不伤；格律严谨而有流动之致（三联为流水对），历来评价甚高。浦起龙说："声宏势阔，自然杰作"（《读杜心解》），沈德潜说："气象雄伟，笼盖宇宙，此杜诗之最上者。"（《唐诗别裁》）

秋兴八首之一

杜　甫

玉露凋伤枫树林，<u>巫山巫峡</u>气萧森。

江间波浪兼天涌，塞上风云接地阴。

丛菊两开他日泪，孤舟一系故园心。

寒衣处处催刀尺，白帝城高急暮砧。

··

本诗作于大历元年（766）秋，时杜甫寓居夔州（今重庆奉节）之西阁。这八首七律是完整的组诗，中心思想是平居故国之思（即身在江湖心系朝廷），在写作上跨越时空局限，各章或互发，或遥应，章法缜密。其结构大致为——由悲秋兴起故国之思，故国之思逐首增浓，四章以后便全忆长安。本首乃秋兴之发端，全组之序曲。

首联以白露点出时令，"巫山巫峡"点出地点，只"玉露"（叠韵）、"萧森"（双声）数字，就摹状出秋气乃至秋声满纸。次联承"萧森"展开描写巫峡气象。波浪在下，却云兼天涌；风云在上，却云接地阴，说得从地到天、从天到地，都是秋色一片。同时这些形象，又象征着时局的动荡不宁，融入了诗人身世浮沉之感，即创造了一种意境。集中了秋天与大江、急峡的形象，同时赋予景物以主观的色彩，反映出时代特征和诗人襟怀，最能代表杜诗的艺术功力和风格特点〔同类诗句有"高江急峡雷霆斗，古木苍藤日月昏"（《白帝》）、"无边落木萧萧下，不尽长江滚滚来"（《登高》）〕。三联触景感怀，盖诗人从去年（永泰元年，765）夏离开成都东下，是秋卧病云安，今秋羁留夔门，故见"丛菊两开"；"他日泪"犹言昔日泪，而今日泪则在不言中。本来诗人把返回长安故园的希望寄托在船上，而这条船却牢系江边，又是一年。注意诗句的多义，盖"开"谓花，亦可兼属泪眼；"系"谓船，亦可兼谓归心。多义，故耐咏味。末联落到深

三〇九

秋夔府一片砧声，暗示家家都在捣练帛制寒衣，客子将顿生无衣之感，更生羁旅愁怀矣。

秋兴八首之二

杜 甫

夔府孤城落日斜，每依北斗望京华。
听猿实下三声泪，奉使虚随八月槎。
画省香炉违伏枕，山楼粉堞隐悲笳。
请看石上藤萝月，已映洲前芦荻花。

　　这首诗承前一首之"白帝城高急暮砧"句，因夔府暮景而忆长安，是一望京华。

　　长安在夔州正北，即北斗所指方向，北斗可见而长安不见，故只好循北斗方向而望之，"每"字说明夜夜如此。"每依北斗望京华"是诗中一大关纽，提挈三章（包括本首和以下两首），重在想象今日长安；到"故国平居有所思"（《秋兴八首》其四）方改换角度，重在回忆昔日长安。由于思念殷切，心情也就十分惨苦。巴东渔歌云"巴东三峡巫峡长，猿鸣三声泪沾裳"，过去是书上的几句话，而眼前则是自己的写照，故著一"实"字（句系"听猿三声实下泪"的倒腾）。《博物志》记载了一个海客乘槎到天河的故事，《荆楚岁时记》把它安到张骞头上，说其奉使穷河源，乘槎经月到天河，见牛郎、织女，杜甫曾多次反用此典，自伤漂泊。他曾入严武幕参谋，任检校工部员外郎，原本希望有随严武回朝的机会，但严武的病故，使这一愿望落空，故著一

"虚"字。"奉使"是以严武入蜀比张骞使西。三联即承上"虚"字，写希望成为画饼的悲哀。唐代中央机构有尚书、门下、中书三省，省署皆以胡粉涂壁，绘有壁画，有专职女侍执炉熏香。杜甫任左拾遗时属门下省，工部员外郎则属尚书省，他不能入朝，本是因为"朝廷记忆疏"（《酬韦韶州见寄》）的缘故，但此处只说画省暌违，皆因卧病而已，是含蓄。故薄暮闻笳，弥增愁思（"粉堞"是刷白的女墙）。末二句写深夜不寐，盖巫峡之中，"非亭午夜分，不见曦月"（《水经注·江水》），故月光下彻，可见夜深，二句大是从沉思中清醒的情景。

秋兴八首之三

杜　甫

千家山郭静朝晖，日日江楼坐翠微。

信宿渔人还泛泛，清秋燕子故飞飞。

匡衡抗疏功名薄，刘向传经心事违。

同学少年多不贱，五陵衣马自轻肥。

这首诗从夔府清晨写起，是二望京华。

夔府清晨一片恬静，诗人早起坐在临江西阁之上，沉浸在四围山色之中，这种意境本是闲适优美的。只因著了"日日"二字，才发生了质的变化，顿生无聊之感。次联写西阁晨眺江景：渔人泛泛，燕子飞飞，亦是怡然自得图画。但著"信宿"（隔夜）以承"日日"，并以"还""故"点睛，便有习见生厌之感。三联感怀。匡衡、刘向皆汉儒。元帝时匡衡上疏言事，迁光禄大夫、太子少傅；宣帝时刘向擢谏议大夫，曾于石渠讲五经。这两个人的际遇都不错。而杜甫的情况则完全不同，他曾因上疏言事被贬，而且一贬不复用；亦致力于经学儒术，却无受诏传经的幸运。如正面用典，不妨援屈原、贾生自譬，此处偏举出际遇相反的两个例子，却更深刻地反映了自己遭际的不平。末联遥想长安故人。说同学（同应试者、同宦游者及同朝为官者）不贱，何以知之？必有所闻也，下章以"闻道"起已逗漏此意。杜甫昔年大志汗阔，曾"取笑同学翁"，而今此辈钻营得志，谁还记得起他来呢？此处暗用《古诗十九首》"昔我同门友，高举振六翮。不念携手好，弃我如遗迹"意，只于一"自"字见之。

秋兴八首之四

杜 甫

闻道长安似弈棋，百年世事不胜悲。
王侯第宅皆新主，文武衣冠异昔时。
直北关山金鼓振，征西车马羽书驰。
鱼龙寂寞秋江冷，故国平居有所思。

这首诗继前章末写所闻，是三望京华。

首联言听说长安政局变幻一如棋局，今非昔比，即以"我"生平（"百年"）亲见亲闻而言，已有无尽的悲哀。次联承"似弈棋"，抒世事沧桑之感。盖古代宅第形制，衣冠色饰，都体现着一定的身份等级，不容僭越。而"天宝中，贵戚勋家已务奢靡，而垣屋犹存制度；然卫公李靖家庙，已为嬖臣杨氏马厩矣。及安史大乱后，法度隳弛，内臣戎帅，竞务奢豪，亭馆第舍，力穷乃止，时谓木妖”（《旧唐书·马璘传》）。诗言王侯第宅易主，冠服色饰改制，言下有世事沧桑、纲纪紊乱之慨。三联写唐王室不徒内忧，且多外患，北（直北，正北）有回纥，西患吐蕃。吐蕃的入侵，曾使长安一度陷落，陇右关辅备遭蹂躏。较之开元、天宝间“河陇降王款圣朝”（《赠田九判官》）的盛况，自然使人感到是不胜悲了。古人认为鱼龙以秋为夜，蛰伏于渊（《水经注》），像诗人之长困秋江，备极寂寞，回首往昔三在长安（困守、陷贼、收京后），亲眼所见故国之盛衰，不能不旧梦重温矣。“故国平居有所思”是诗中第二关纽，提挈以下四章。

秋兴八首之五

杜 甫

昆吾御宿自逶迤，紫阁峰阴入渼陂。
香稻啄馀鹦鹉粒，碧梧栖老凤凰枝。
佳人拾翠春相问，仙侣同舟晚更移。
彩笔昔曾干气象，白头今望苦低垂。

这首诗是《秋兴八首》的最后一首，内容为忆旧游渼陂之事，是故国之思四。

渼陂在陕西户县西五里，集终南山诸谷之水，合胡公泉而为陂，以鱼美得名。陂南为终南主峰——紫阁峰，陂中可见其倒影（陂在元末因游兵决水取鱼而涸）。杜甫偕岑参兄弟游渼陂在天宝十三载（754），有《渼陂行》纪其事。昆吾、御宿（樊川）皆地名，在长安南，是从长安往渼陂的必由之路，一路行来，道路弯弯曲曲，故曰"逶迤"。此与《闻官军收河南河北》末联相同，二句入地名者四，令人不觉。次联是千古名句，但历来在解释上分歧很大。顾宸曰："旧注以香稻一联为倒装句法，今观诗意，本谓香稻乃鹦鹉啄馀之粒，碧梧则凤凰栖老之枝。盖举鹦鹉、凤凰以形容二物之美，非实事也。若云'鹦鹉啄馀香稻粒，凤凰栖老碧梧枝'，则实有鹦鹉、凤凰矣。少陵倒装句固不少，唯此一联不宜牵合。"也就是说，这两句是形容渼陂风物的美盛，以香稻、碧梧为主，"啄馀鹦鹉""栖老凤凰"不过为形容句子而已。据《后汉书》，郭泰、李膺同舟而济，宾客望之，以为神仙。三联即用此典，写与友人岑参等移棹夜游，带写京畿仕女游赏之盛，皆诗人亲历亲见。末联结兼总收四章，二句或作"彩笔昔曾干气象，白头吟望苦低垂"，然以时代较早之各本作"昔游"，概括昔游大明宫、曲江池、昆明池及渼陂而言，相应下句当作"今望"，与"昔游"遥遥相对，言下有不胜今昔之慨。"干气象"谓干预即领略过当日之气象，小而言之，固指以上胜地风景气象；大而言之，即指盛唐气象亦无不可。如是这两句，对杜甫生平也是极为有力的一个概括。

要之，《秋兴八首》在内容上怀乡恋阙，吊古伤今，诗人生平思想得到集中的表现；在艺术上声韵沉雄，词采高华，气象森罗，风格沉郁。而它在杜甫七律中具有特殊地位的，更因为其缜密的组诗体制——以序诗、三望、四忆的结构组成，在风格上也有变化，大体前四章即景抒怀，但章法、内容并不一样，风格则皆沉郁顿挫，一如《登楼》《登高》《白帝》等独立成篇的七律，它们合看有序性很强，分开则可以独立成章；后四章则不然，它们的章法、内容极为相似，像是一个个五彩缤纷的梦境；每章前六句大抵都用浓丽的色彩、斑斓的笔触、华丽的辞藻绘成，是一幅幅行乐图，风格类似初唐标格和诗人在宫廷中所写《奉和贾至舍人早朝大明宫》一类作品，所不同者，唯以末二句扫空前数句的繁华，好一似"七尺珊瑚只自残"（郑燮《道情十首》其九），它们在组诗中起到了以对比手法表达今昔盛衰的压轴戏的作用，更应放到组诗中去欣赏。

诸将五首之一

杜 甫

韩公本意筑三城，拟绝天骄拔汉旌。
岂谓尽烦回纥马，翻然远救朔方兵。
胡来不觉潼关隘，龙起犹闻晋水清。
独使至尊忧社稷，诸君何以答升平？

《诸将五首》是一组政治抒情诗，唐代宗大历元年（766）作于夔州，本篇原列第二。当时安史之乱虽已平定，但边患却未根除，诗人痛感朝廷将帅平庸无能，故作诗以讽。正是由于这样的命意，五首都以议论为诗。在律诗中发绝大议论，是杜甫之所长，而《诸将》表现尤为突出。施议论于律体，有两重困难，一是议论费词，容易破坏诗的凝练；二是议论主理，容易破坏诗的抒情性。而这两点都被作者解决得十分妥善。

题意在"诸将"，诗却并不从这里说起，而先引述前贤事迹。"韩公"，即历事则天、中宗朝以功封韩国公的名将张仁愿。最初，朔方军与突厥以黄河为界，神龙三年（707），朔方军总管沙吒忠义为突厥所败，中宗诏张仁愿摄御史大夫代之。仁愿乘突厥之虚夺漠南之地，于河北筑三"受降城"，首尾相应，以绝突厥南侵之路。自此突厥不敢逾山牧马，朔方遂安。首联揭出"筑三城"这一壮举及意图，别有用意。将制止外族入侵写成"拟绝天骄（匈奴自称天之骄子，见《汉书》）拔汉旌"，就把冷冰冰的叙述化作激奋人心的图画，赞美之情洋溢纸上。一个"拟"字颇有意味，这犹如说韩公此举非一时应急，乃百年大计，有待来者继承。明说韩公而暗着意于"诸将"。

颔联笔锋一转，落到"诸将"方面来。肃宗时朔方军收京，败吐蕃，皆借助回纥骑兵，所以说"尽烦回纥马"。而回纥出兵，本另有企图，至永泰元年（765），便毁盟联合吐蕃入寇。这里追述肃宗朝借兵事，意在指出祸患的缘由在于诸将当年无远见，因循求助，为下句斥其而今庸懦无能、不能制外患张本。专提朔方兵，则照应韩公事，通过两联今昔对照，不著议论而褒贬自明。这里，一方面是化议论为叙事，具体形象；一方面以"岂谓""翻然"等字勾勒，带着强烈不满的感情色彩，胜过许多议论，达到了含蓄、凝练的要求。

"尽烦回纥马"的失计，养痈遗患，五句申此意。安禄山叛乱，潼关曾失守；后来回纥、吐蕃为仆固怀恩所诱连兵入寇。"胡来不觉潼关隘"实兼而言之。潼关非不险隘，说不觉其险隘，正是讥诮诸将无人，亦是以叙代议，言少意多。

六句突然又从"诸将"宕开一笔，写到代宗。"龙起""晋水"云云，是以唐高祖起兵晋阳譬喻，赞扬代宗复兴唐室。传说高祖师次龙门，代水清；而至德二载（757）七月，岚州合关河清，九月广平王（即后来的代宗）收西京。事有相类，所以引譬。初收京师时，广平王曾亲拜回纥马前，祈免剽掠。下句"忧社稷"三字，着落在此。六句引入代宗，七句又言"独使至尊忧社稷"，这是又一次运用对照手法，暴露"诸将"的无用。一个"独"字，意味尤长。盖收京之后，国家危机远未消除，诸将居然坐享"升平"，而"至尊"则独自食不甘味，言下之意实深，如发出来便是堂堂正正一篇忠愤填膺的文章。然而诗人不正面下字，只冷冷反诘道："诸君何以答升平？"戛然而止，却"含蓄可思"。这里"诸君"一喝，语意冷峭，简劲有力。

对于七律这种抒情诗体，"总贵不烦而至"（陆时雍《诗镜总论》）。而作者能融议论于叙事，两次运用对照手法，耐人玩味，正做到"不烦而至"。又通过惊叹（"岂谓"二句）、反诘（"独使"二句）语气，为全篇增添感情色彩。议论叙事夹情韵以行，便绝无"伤体（抒情诗之体）"之嫌。在遣词造句上，"本意""拟绝""岂谓""翻然""不觉""犹闻""独使""何以"等字前后勾勒，使全篇意脉流贯，流畅中又具转折顿宕，所谓"纵横出没中，复含蕴藉微远之致"（沈德潜《说诗晬语》），加强了作品的艺术感染力。

咏怀古迹五首之一

杜　甫

支离东北风尘际，飘泊西南天地间。

三峡楼台淹日月，五溪衣服共云山。

羯胡事主终无赖，词客哀时且未还。

庾信平生最萧瑟，暮年诗赋动江关。

《咏怀古迹五首》于大历元年（766）作于夔州，本篇原列第一，咏庾信而感怀身世。盖庾信因侯景之乱流寓江陵，尝居宋玉之宅，其生平与诗人尤多相似之处。陈寅恪说"杜公此诗实一《哀江南赋》缩本，其中以自己比庾信，以玄宗比梁武，以安禄山比侯景。今以无赖之语属之羯胡，则知杜公之意，庾信赋中'无赖子弟'一语乃指侯景而言"（《金明馆丛稿》二）。

首联概述自安史始乱至今十二年漂泊流离的生涯，兼关庾信。上句言流离始于安史之乱（"东北风尘"），下句言至今尚淹留西南也。仇引顾注："东北纯是风尘，西南尚留天地"（《杜诗详注》），理解大体准确，今人或两句互文者不切实际。二句涵盖时空，各有偏重，始耐读。

次联落到目前流寓夔州的处境，亦关庾信。上句言淹滞三峡，徒送日月；下句言地处边鄙，风俗自殊。"三峡楼台""五溪衣服"字面刷色好看，但按之实际，前者指西阁——实傍崖筑室，非华丽之楼台也；后者以衣服代指峡区土著人，"五溪（蛮）"本湖广间土著，史（《后汉书》）载其好五彩衣服，故借用也。铺彩属文，无非虚幻着色；字里行间，尽是恋阙之意。

三联遥承首联痛恨祸首，感伤遭际，诗人自身与庾信合一。《哀江南赋》云：用无赖之子弟，举江东而全弃。"无赖"本谓侯景，"羯胡"则指安禄山。梁武因信用侯景而亡，玄宗则以信用禄山致乱，而庾信和诗人自己则"藐是流离，至于暮齿"（《哀江南赋·序》）。既"哀时"不幸，又自伤"未还"，故著"且"字，而概括了双方的情形，备极顿挫沉郁。

末联感慨作结，明言庾信，兼及自身。盖庾信仕梁，以侯景之乱，遂奔江陵，梁元帝即位江陵，遣信使西魏，适值西魏攻梁，陷江陵，信遂留北朝达二十七年之久，所以说他"平生最萧瑟"。信在梁时与徐陵齐名，文并绮艳，号"徐庾体"；及入北朝，风格大变，常有乡关之思，《哀江南赋》即代表作，所以说是"暮年诗赋动江关"，此即论诗绝句所谓"庾信文章老更成"（《戏为六绝句》）。而杜甫晚年在蜀的情况也差不多，他自谓"老去诗篇浑漫与"（《江上值水如海势聊短述》）、"晚节渐于诗律细"（《遣闷戏呈路十九曹长》）。这两句无意道出一个极其深刻的道理，即作家的创作与其经历有密切关系，所谓"暮年诗赋动江关"，实在是艰难玉成，不白萧瑟，幸乎不幸，诗人似乎重在言"平生萧瑟"之不幸，而后世端重其"暮年诗赋动江关"之大幸。使人想起白居易说"可怜荒陇穷泉骨，曾有惊天动地文"（《李白墓》），"天意君须会，人间要好诗"（《读李杜诗集因题卷后》）。此诗的最大价值，也就在于它传神地塑造出庾信与杜甫两大作家的双人像。

咏怀古迹五首之二

杜 甫

群山万壑赴荆门，生长明妃尚有村。

一去紫台连朔漠，独留青冢向黄昏。

画图省识春风面，环珮空归月夜魂。

千载琵琶作胡语，分明怨恨曲中论。

此诗原列第三，咏王昭君悲剧身世，兼寄一己之同情。据《大清一统志》，昭君村在荆州府归州（今湖北秭归）东北四十里，即香溪。而据宋代做过夔州太守的王十朋说，按当时图经，昭君村归州有，巫山亦有，在神女庙下，故杜甫诗云："若言巫山女粗丑，安得此有昭君村?"（说见《梅溪集·昭君村》自注）诗中"荆门"当指唐代荆州荆门县（今湖北荆门市），而非湖北宜都的荆门山。

　　首联从地灵说入，前人谓"发端突兀，是七律中第一等起句。谓山水逶迤，钟灵毓秀，始产一明妃，说得窈窕红颜惊天动地"（吴瞻泰《杜诗提要》）。这种郑重的写法，也增加了全诗的悲剧气氛。

　　次联概括昭君出塞，死葬青冢之始末，从江淹《恨赋》中来——"若夫明妃去时，仰天叹息，紫台（指汉宫）稍远，关山无极……望君王兮何期，终芜绝兮异域。"青冢在今内蒙古呼和浩特市南，蔡邕《琴操》说"胡中多白草而此冢独青"，这一传说饱含人民对昭君的同情。此二句用流水对，"一去"明不返矣；"连"字明关山无极矣；"独留"明其孤单；"向黄昏"连文，则将时间概念转为空间意象，在读者眼前展开一片胡地黄昏的天幕，独有那小小孤冢以其特有的青青之色，引人注目。

　　三联写昭君之恨。昭君之恨一在不得相知，而汉元帝也就成为从来昏聩之主的一面镜子。昭君之恨又并不仅在不得于君，其恨之二是去国怀乡之恨。所以下句有"环珮空归月夜魂"之想，写出更深一层的悲哀，充满故国之思，爱国之情。日本电影《望乡》片末，有一个令人难忘的镜头，当女记者终于找到南洋姐们的坟墓，旁白是刺人心肠的——"她们背向着天朝长眠地下了"——"独留青冢向黄昏"啊。她们背对天朝，是有怨恨的，但这怨恨不正来自一种最难割断的情根？又焉知她们的怨魂不在月光如水的夜晚漂洋过海，"冥冥归去无人管"（姜夔《踏莎行》）呢？

末联感慨道，自今从仍作胡语的琵琶声中，分明还听得出曲中的怨情。这表明诗人堪称昭君千古知音，同时也传达出昭君寂寞千载之感。因为昭君泪中也有杜甫的泪，昭君的寂寞也是杜甫的寂寞。此诗的最大价值就在于成功地塑造了昭君之魂。

登 高

杜 甫

风急天高猿啸哀，渚清沙白鸟飞回。

无边落木萧萧下，不尽长江滚滚来。

万里悲秋常作客，百年多病独登台。

艰难苦恨繁霜鬓，潦倒新亭浊酒杯。

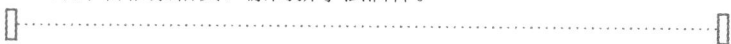

杜甫此诗于大历二年（767）夔州重阳节登高作。大致上为前四主景，后四主情。

首联两句各以三景连缀属对，上句曰"风急－天高－猿啸"，笔墨浓重，使人顿生秋气肃杀之感，故落笔在一个"哀"字，是猿声给人的感觉。下句曰"渚清－沙白－鸟飞"，着色转淡，只一"回"字便与"风急"呼应，有不胜风力之感。两句密集许多意象，写得秋声秋色俱足，而猿鸟惊秋，亦足兴起人的秋思。

次联笔势突变，不再一句三景，而作一句一景，落木萧萧、长江滚滚，已觉气势雄浑；而"无边"与"不尽"，则在空间和时间上广远延伸，境界更见阔大；音情上"萧萧下"以舌齿音传风声，"滚滚来"以开口呼传涛声，出神入化；象征上则包容十余年间人事代谢与历史变迁。

三联入情叙事，以"万里悲秋""百年多病"高度概括了老杜毕生经历及现实处境。其间熔铸了八九层意思：滞留客中、家山万里、常年如此、逢秋兴悲、登高又悲、独登更悲、百年过半、晚年多病，等等，可谓百感交集于十四字中。

末联谓多年国恨家仇、白发日多、排解唯酒，最后一句本作"新亭"仇注曰"亭通停"（《杜诗详注》），今人多据此释为近来（因病）断酒。裴斐引"新亭举目风景切"（《十二月一日三首》），谓新亭乃登高所在，即修成不久的亭子，谓末句非但不是说断饮，恰恰说的是痛饮，"潦倒"云云，即沉滞于酒也，与李白"与尔同销万古愁"（《将进酒》）同情。不同者，老杜所饮非"美酒"而是"浊酒"也。

本篇不但在内容上极为凝练，境界上极为阔大，感情上极为深沉，就形式而言也是令人叹为观止的。造次一看，首尾似"未尝有对"，中幅似"无意于对"，细按则一篇之中句句皆对、字字皆律，乃自然工稳，为杜诗中大气盘旋、沉郁悲壮风格之代表作。明代胡应麟推其为古今七律第一。

长沙过贾谊宅

刘长卿

三年谪宦此栖迟，万古惟留楚客悲。

秋草独寻人去后，寒林空见日斜时。

汉文有道恩犹薄，湘水无情吊岂知？

寂寂江山摇落处，怜君何事到天涯！

刘长卿一生两遭贬谪。第二次贬谪，由淮西鄂岳转运留后被贬为睦州司马，在代宗大历八年（773）到十二年（777）间的一个深秋，与此诗所写季候相合。诗或作于此时。

贾谊是汉文帝时代著名政论家，因年少才高受汉文帝青睐，遭到朝廷公卿的排斥，而被贬为长沙王太傅，史称贾生。司马迁将其与屈原合传，表达了无限的同情。此后，凡过长沙之诗人，没有不想到贾生的，以至发于歌咏。毛泽东都有两首诗作，一首七绝《贾谊》、一首七律《咏贾谊》。而在所有咏贾生的诗词中，刘长卿这一首最为著名，因为它做到了"思接千载，视通万里"（刘勰《文心雕龙·神思》）。

"三年谪宦此栖迟"二句，从贾谊宅（"此"）说起。贾谊为权贵所中伤，被贬长沙王太傅历时"三年"，后虽被召回京城，却不得大用，赍志以殁。"栖迟"即淹留，形容像鸟儿栖息枝头却飞不起来，暗喻贾谊之侘傺失意。长沙属楚地，故称其"楚客"，然而这个称谓也指向屈原。贾谊《吊屈原赋》自序道："谊为长沙王太傅，既以谪去，意不自得；及度湘水，为赋以吊屈原。屈原，楚贤臣也。被谗放逐，作《离骚》赋，其终篇曰：'已矣哉！国无人兮，莫我知也。'遂自投汨罗而死。谊追伤之，因自喻。"这段话，正是"万古惟留楚客悲"的最好注脚。"三年""万古"在时间上构成巨大反差，意味着谓贾生被贬虽只"三年"，却影响"万古"。因为这一事件是具有典型性的。

"秋草独寻人去后"二句，承上写作者"过贾谊宅"。初看似自作语，"秋草""寒林""人去""日斜"，渲染出即目所见贾谊宅的荒凉。细玩则无一字无来历，来历在贾谊《鵩鸟赋》，赋云："四月孟夏，庚子日斜兮，鵩集予舍。……野鸟入室兮，主人将去。"诗中"人去"来自赋中"主人将去"，"日斜"来自赋中"庚子日斜"。咏贾生，用贾生赋语，而不露痕迹，自然妙合，是作者读书受用及运思之妙。也是作者设身处地，揣想贾生当日逡巡宅畔的情景。明人徐兴公点赞："初读似诲语，不知其最确切也。"（《唐音癸签》二三引）清人施补华点赞："可悟运典之妙，水中著盐，如是如是。"（《岘佣说诗》）"独""空"二字，传达出怅然若失的神情。

　　"汉文有道恩犹薄"二句，抒发议论，不仅对仗工整，而且话中有话，意蕴深厚。表面上好像是说汉文有道，尚且如此，实际上是引人思考：若逢无道之君则又当如何？譬如屈原，遭遇了楚怀王，岂不更冤？又譬如作者自己，这一层不便明言，只能托贾生言之。所以"有道"二字，下得极有意味。"湘水无情吊岂知"，直接是说贾生之写《吊屈原赋》，屈子在九泉之下可否知道；间接是说自个儿过长沙作吊贾生诗，贾生在九泉之下可否知道。"无情"则就天地造化而言。语语双关，思接千载，所以诗句含蕴深厚，耐人寻味。

　　"寂寂江山摇落处"二句，虽是就贾谊宅发问，却语语打到自家身上。"摇落"出自《楚辞》，是写秋风落叶的。"怜君"的"君"直接指贾谊，沈德潜说："谊之迁谪，本因被谗，今云何事而来，含情不尽。"（《唐诗别裁》）所谓"含情不尽"，指打并入作者身世之感。清人方东树解此诗云："首二句叙贾谊宅；三四

'过'字；五六入议；收以自己托意，亦全是言外有作诗人在，过宅人在。"(《昭昧詹言》一八) 大是解人。

全诗以贾谊宅为中心，上接屈原，下及作者自己，言外有无穷感慨，深悲极怨，却以澹缓语出之，风格妍秀温和，余味曲包。有别于杜甫七律之沉郁顿挫。《古诗十九首》云："一弹再三叹，慷慨有馀哀"(《西北有高楼》)，此诗足以当之。

赠阙下裴舍人

钱 起

二月黄莺飞上林，春城紫禁晓阴阴。

长乐钟声花外尽，龙池柳色雨中深。

阳和不散穷途恨，霄汉长怀捧日心。

献赋十年犹未遇，羞将白发对华簪。

这是作者落第期间的投献之作，作于玄宗天宝十载（751）作者进士及第以前。裴舍人生平不详，舍人是职官名，即中书舍人，职责为草拟诏书，是皇帝的近臣，实权范围很大。"阙下"即宫阙之下，指帝王宸居之地，阙是宫门前的望楼。作者献诗的目的，当然是希望得到对方的青睐和援引。

"二月黄莺飞上林"四句，写紫禁城即宫中早春二月的景象。"上林"即上林苑，本为汉武帝时据旧苑扩充修建的御苑，此处借指唐朝宫苑。首句"黄莺"一作"黄鹂"，是一种尽人皆知的鸟类，在诗中出现很早，《诗经》中谓之"黄鸟"（《秦风》"交交黄鸟止于桑"）、"仓庚"（《豳风》"春日载阳，有鸣仓庚"），黄莺飞入上林，是因为宫中有更好的环境，而它艳丽的羽毛和婉转的歌声，只给宫苑以美的点缀，有诗人甚至直呼为"宫莺"。"春城"指长安，"紫禁"指宫廷，"晓阴阴"则是感性化的写景，虽然没有直写树名，但给人以枝叶茂密的感觉，那正是吸引黄莺的去处。

"长乐钟声花外尽"一联，承"上林""紫禁"写宫苑气象，又做入宫中两地名，"长乐"是汉宫名，代指唐宫，"龙池"是唐玄宗时兴庆宫的湖名，"钟声花外尽"本写花蹊深远，而借钟声形容，"柳色雨中深"则是"晓阴阴"的具体交代。两句天然富丽，气象宏远，诚为诗中警句。这四句写景切题中"阙下"二字，意在恭维裴舍人是叨陪宸游之人。"宸游"是唐诗中出现频率较高的词语，指帝王的巡游。写宸游气象的诗如："暖谷春光至，宸游近甸荣。云随天仗转，风入御帘轻。"（顾况《乐府》）、"青门路接凤凰台，素浐宸游龙骑来。"（宋之问《奉和春初幸太平公主南庄应制》）、"今朝扈跸平阳馆，不羡乘槎云汉边"（沈佺期《陪幸太平公主南庄诗》）、"宸游对此欢无极，鸟哢声声入管弦。"（苏颋《奉和春日幸望春宫应制》）作者不直接说出这层意思，只写"阙下"早春的春光，"'花外尽'者，不闻于外也；'雨中深'者，独蒙其泽也。"（黄生《增订唐诗摘钞》）措意可谓含蓄蕴藉之至。

"阳和不散穷途恨"四句，是作者对裴舍人的陈情。"阳和"指仲春，与篇首"二月"照应，"不散穷途恨"是说自个儿有落第的遗憾，是一转。"霄汉长怀捧日心"是转折回来，说并不因此而影响自个儿葵花向日般的忠心。一作"捧日新"，误（出韵）。汉武帝时司马相如向朝廷献赋，而获大用，而唐代进士科试诗赋，故此以"献赋"喻参加科举考试。"犹未遇"，是多次落第的委婉表达。"华簪"即有装饰的簪，指达官贵人的冠饰，按，古人戴帽用簪子固定于发髻，故有此借代。末句以"白发"自指，"华簪"指裴舍人。清人屈复评："前半羡舍人之得志，后半伤己之不遇。"（《唐诗成法》）虽只说自个儿的处境不顺，已接近赤裸裸的陈情了。"向达官而叹老嗟卑，此岂无意耶？"（屈复《唐诗成法》）

唐代科举考试重视推荐，所以向达官贵人投卷、陈情是一种风气。所以属于这种性质的诗作数量不在少数，颇有名篇，如孟浩然《临洞庭湖赠张丞相》、杜甫《奉赠韦左丞丈二十二韵》等。此诗丝缕细密，词采华赡，妙于点缀，工致流丽，为中唐七律名篇，宜当时之脍炙人口。

寄李儋元锡

韦应物

去年花里逢君别，今日花开已一年。
世事茫茫难自料，春愁黯黯独成眠。
身多疾病思田里，邑有流亡愧俸钱。
闻道欲来相问讯，西楼望月几回圆。

此诗作于兴元元年（784）春滁州任所，诗中西楼当在滁州。上一年朱泚叛军盘踞长安，德宗一直流亡奉天（陕西乾县）。李儋为作者诗友，时官殿中侍御史，此诗叙离别及感时之思，谢榛《四溟诗话》谓律诗八句皆淡者，孟浩然、韦应物有之，本篇即是。

首联从前一年分别时说起，将花里话别的往事重提，出语淡雅，只于"已"字见情，足以引起对方同样地念旧。次联感时自伤。诗人离开长安，出守滁州这一年，政局发生了自安史之乱以来又一次动乱，事态严重；加之年近半百，又兼多病，国家和个人都看不到前途，看不到希望——"世事茫茫""春愁黯黯"，危苦孤寂之中，对故人也就特别思念。

由于政局不安，民生凋敝，在官者亦不能有大作为，看到邑有流亡的事实，自己不能不受良心谴责，感到惭愧，这就加强了本来就有的归田隐居的想法。两句语挚意切，向来为人传诵。宋人黄彻《碧溪诗话》说："余谓有官君子，当切切作此语。彼有一意供租、专事土木而视民如仇者，得无愧此诗乎。"

末联点明作意：听说你要来，故一直向人打听，可是看看西楼的月亮都圆了几回，还没有盼到。言下之意是盼对方快来，为什么不直说？因为这是写诗，寄情思于月缺月圆，与首联同归淡雅。因为诗写在那样一个特定的年头，调子不免低沉，又都是肺腑之言，所以笔笔实在，声声入耳。五、六两句表现从政者的良心发现，为全诗增价。

登柳州城楼寄漳、汀、封、连四州刺史

柳宗元

城上高楼接大荒，海天愁思正茫茫。
惊风乱飐芙蓉水，密雨斜侵薜荔墙。
岭树重遮千里目，江流曲似九回肠。
共来百越文身地，犹自音书滞一乡！

此诗作于元和十年（815）夏初至柳州贬所时。同年被召还京改贬漳（今属福建）、汀（今福建长汀）、封（今广东封开）、连（今广东连州）州刺史的四个人，是韩泰、韩晔、陈谏、刘禹锡，俱属"八司马"之列。诗即寄赠他们四个人的。

"城上高楼接大荒，海天愁思正茫茫"，首写登高望远，兴起愁思。大荒指辽阔的原野或边远之地，"高楼"与"大荒"互形，则高益高、远益远，境界尤为莽苍，尤能兴起心事之浩茫；柳州下临潭水（即今柳江），"海天"实是江天，乃夸张愁思之漫无边际。两句境界宏大阔远，工于发端。

"惊风乱飐芙蓉水，密雨斜侵薜荔墙"，进而点明作者是风雨登楼，一倍增其愁情。"芙蓉""薜荔"，撷芳于楚辞（《离骚》"制芰荷以为衣兮，集芙蓉以为裳""揽木根以结茝兮，贯薜荔之落蕊"），以譬君子；"惊风""密雨"以譬小人；"飐"而曰"乱"，"侵"而曰"斜"，以譬政治迫害，显有主观感情色彩；而取象尽出眼前景，故喻义如水中著盐，不见痕迹。就写景言，这两句是近景。

"岭树重遮千里目，江流曲似九回肠"，三联写远景，仍具比义。《唐诗成法》吴乔云："'岭树'句喻君门之远，'江流'句喻臣心之苦"，乃就系心君国立言；从寄赠角度看，则心驰神往，而重岭密林遮断千里之目，漳、汀、封、连四州殆不可见，相思愁肠遂有如九曲之江水。

"共来百越文身地，犹自音书滞一乡"，结尾抒发感慨。言南中交通不便，不要说互访不易，连互通音信也很困难。诗人的高明之处，在于先下"共来"二字，然后再以"犹自"反跌，以启各散五方之意，由此收到了沉郁和唱叹的效果，形象地表现了他的九曲回肠。

柳州城西北隅种柑树

柳宗元

手种黄柑二百株，春来新叶遍城隅。

方同楚客怜皇树，不学荆州利木奴。

几岁开花闻喷雪，何人摘实见垂珠？

若教坐待成林日，滋味还堪养老夫。

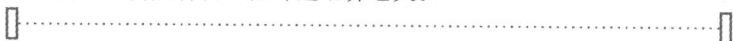

··

这首诗作于宪宗元和十年（815）至十四年（819）作者被贬柳州（今属广西）刺史任上。通过种柑树一事，反映了作者不偷合取容的坚贞品质，使人想到屈原的《橘颂》，与此同时，也流露了久谪僻壤的哀怨。

"手种黄柑二百株"二句，写作者亲植果树，俱得成活的喜悦。诗题已点明植树地点，是"柳州城西北隅"，上句交代树种（"黄柑"）及数量（"二百株"）。"手种"二字，表明躬亲其事，充满亲切的感觉。黄柑，今人谓之脐橙。下句"春来新叶遍城隅"，是柑树苗俱已成活的形象写照，虽无一字及于抒情，而字里行间充满喜悦之情。"新叶"二字，下得尤好，使人如睹柑树欣欣向荣的景象。

"方同楚客怜皇树"二句，用典以写植树动机，可圈可点。上句的"楚客怜皇树"，指屈原写《橘颂》，颂曰："后皇嘉树，橘徕服兮。受命不迁，生南国兮。""嗟尔幼志，有以异兮。独立不迁，岂不可喜兮。""苏世独立，横而不流兮。""秉德无私，参天地兮。"对橘树的美德作了热情洋溢的赞美。下句"荆州利木奴"，指三国时荆州人李衡做吴丹阳太守，曾派人于武陵（今湖南常德）龙阳汜洲上作宅，种柑橘千株。临死嘱其子曰"吾州里有千头木奴"，可以足用。其妻曾不以为然，道："人患无德义，不患不富。"事见《三国志》卷四十八《孙休传》裴松之注。此事亦可以褒，而作者以"不学"对上句"方同"，属于对仗中的"反对"。刘勰论属对曰："反对为优，正对为劣。……反对者，理殊趣合者也。"（《文心雕龙·丽辞》）此处即妙在"反对"，借题发挥，赋诗以明志，用八个字概括，就是：独言不迁，不患不富。"后皇嘉树"本屈赋语，摘出二字以对"木奴"，前人谓之"奇甚"（《瀛奎律髓》）。

"几岁开花闻喷雪"二句，想象黄柑开花、结果的景象，希望早日看到那一天。"几岁"即何年，是计算时间，"何人"则不必是自己，都表现出一种殷切期盼之情。以"喷雪"形容白花怒放，以"垂珠"形容硕果累累，皆属愿景，而巧比妙喻、生动形象，倾注了作者对柑树的深情。言外之意是：自己能等到那一天吗？也可以是：自己真的要在此地待到那一天吗？有一点不是滋味。

"若教坐待成林日"二句，意思是：把话说回来，假如真能等到那一天也不错。"成林日"指黄柑挂果之日。"滋味还堪养老夫"，字面意思是说，能亲口品尝到手种黄柑的滋味，补一补身体，未尝不是一桩美事。作者实足年龄不过四十来岁，自称"老夫"，这既是古人的习惯，也不免有迟暮之感。清人姚鼐评："结句自伤迁谪之久，恐见柑之成林也，而托词反平缓，故佳。"（《五七言今体诗钞》）何焯评："结句正见北归无复望矣，悲咽以谐传之。"（《义门读书记》）皆知人论世之语，不为无见。出以旷达语，则是作者对负面情绪的拒绝，退后一步自然宽，这叫会想。

苏东坡赞赏柳宗元诗"外枯而中膏，似淡而实美"（《东坡题跋》二）。几乎等于对陶渊明诗的评价了。而这首诗对苏诗的影响真的很大，东坡诗云："自笑平生为口忙，老来事业转荒唐。长江绕郭知鱼美，好竹连山觉笋香。"（《初到黄州》）与柳宗元此诗的风味，就极其相似。

西塞山怀古

刘禹锡

王濬楼船下益州，金陵王气黯然收。

千寻铁锁沉江底，一片降幡出石头。

人世几回伤往事，山形依旧枕寒流。

今逢四海为家日，故垒萧萧芦荻秋。

〔︺┄┄┄┄┄┄┄┄┄┄┄┄┄┄┄┄┄┄┄┄┄┄┄〔︺

此诗于长庆四年（824）由夔州调任和州（今河北邢台）刺史途中作。西塞山在今湖北大冶东（一说在今湖北黄石）长江边，山势竦峭，为六朝著名军事要塞。公元 280 年，西晋大将王濬率水师从益州（今四川成都）出发，沿江东下，向东吴发起凌厉攻势。东吴曾在西塞山所在江中以铁锁横截，又暗置丈余铁锥于江心，以为江防。晋军探知此情，以筏先行扫除铁锥，以油船烧融铁锁，建业即金陵（今江苏南京）随即失守，吴主孙皓肉袒请降，三国由是归晋。诗即咏其事。

"王濬楼船下益州，金陵王气黯然收"，诗以咏史开篇，"下"字、"黯然收"三字，皆具张力。"下益州"既符合地理态势，晋国水军乃从上游（益州）往下游（金陵）进军；又符合历史事实，这次战争之顺利，给人居高临下、势如破竹之感，于是引出下句"金陵王气黯然收"。"黯然收"的"金陵王气"指东吴，细想来又不局限于东吴，自东吴开始，以后建都金陵的几个王朝，东晋、宋、齐、梁、陈，哪一个当初又不以"虎踞龙盘"之地为可恃？哪一个不是以丢失江山为结局？由此可见，长江天堑不足恃，"金陵王气"不足恃。这里的咏史中已包含着价值判断。

"千寻铁锁沉江底，一片降幡出石头"，上句写东吴江防的突破，下句写吴主孙皓的求降，两句将晋军灭吴的经过，巧妙地用"铁锁"与"降幡"两个意象来概括，一重一轻，一沉一出，一下一上，对仗工整，形象生动。

"人世几回伤往事，山形依旧枕寒流"，这两句将咏史的范围扩大，不仅局限于孙吴。"人世几回"句可有两解，一是将"人世"解为人生在世，则意味诗人不止一次思考过六朝亡国之殷鉴，而为之黯然神伤；二是将"人世"解为世上，则意味着相同的历史悲剧曾多次发生，即杜牧在《阿房宫赋》中所说的"后人哀之而不鉴之，而使后人复哀后人也"。司马迁说："物盛而衰，固其变也。"黄炎培在延安时与毛泽东有过一段关于历史周期的著名谈话，大意是："其兴也勃焉，其亡也忽焉"，一部历史存在着一个周期率。大凡初时聚精会神，没有一事不用心，没有一人不卖力，只因艰难困苦，只有从万死中觅取一生。继而环境渐渐好转了，精神也渐渐放下了。有的因为历时长久，自然地惰性发作，由少数演为多数，到风气养成，虽有大力，无法扭转，并且无法补救，而至人亡政息。总之，很难跳出这个周期率——这段话有助于对诗意的理解。"山形依旧枕寒流"，一是说自然变化的缓慢，更反衬出朝代兴亡的迅速。二是说"兴废由人事，山川空地形"（《金陵怀古》），即不可倚恃险要，而懈怠了人事。

"今逢四海为家日，故垒萧萧芦荻秋"，结尾两句表面上是说当时国家太平无事，西塞山江防久已废弃不用。然而，作者通过这片景象，却像是想要告诉人们什么，又像是欲说还休。这就需要联系写作的历史背景。远的安史之乱不说，安史之乱后藩镇割据愈演愈烈，唐朝就多次发生过叛乱与平叛的战争，国家真的会长治久安吗？西塞山会不会再度变为阵地前沿呢？诗人借古鉴今，但表达含蓄深沉。清人薛雪称赞道："似议非议，有论无论，笔着纸上，神来天际，气魄法律，无不精到，洵是此老一生杰作。"（《一瓢诗话》）

酬乐天扬州初逢席上见赠

刘禹锡

巴山楚水凄凉地，二十三年弃置身。
怀旧空吟闻笛赋，到乡翻似烂柯人。
沉舟侧畔千帆过，病树前头万木春。
今日听君歌一曲，暂凭杯酒长精神。

此诗作于敬宗宝历二年（826），其时刘禹锡罢和州刺史返洛阳，于扬州席上遇自苏州返洛之白居易。白居易先有《醉赠刘二十八使君》云："为我引杯添酒饮，与君把箸击盘歌。诗称国手徒为尔，命压人头不奈何。举眼风光长寂寞，满朝官职独蹉跎。亦知合被才名折，二十三年折太多。"按白于元和十年（815）贬江州司马，后屡求外任，与刘经历有相似处，但无论就时间和贬所而言都较好于刘，故诗中对刘寄予很深同情，刘禹锡遂作此诗相答。按刘从元和初年（805）被贬，至宝历二年，实二十二年，说"二十三年"，是平仄思维的结果。恰如黄巢"待到秋来九月八"（《不第后赋菊》），实是"九月九"一样。

"巴山楚水凄凉地，二十三年弃置身"，开篇以沉郁之笔墨，概括二十三年贬谪之经历。永贞革新失败后，诗人先贬朗州（今湖南常德）司马，历连州、夔州刺史。朗州在战国属楚地，夔州在秦汉属巴郡，楚地多水、巴地多山，"巴山楚水"泛指所经贬地，与白居易赠诗表示的同情相呼应。这里既未对重返故乡暨东都表示庆幸，也未对多年受到的政治迫害表示愤怒，而是用一种平静的、倾诉的语气叙述二十三年蹉跎岁月，"凄凉地""弃置身"六字自慨，极富感情色彩，使人为诗人长久遭遇的压抑和姗姗来迟的转机无限感慨。

"怀旧空吟闻笛赋，到乡翻似烂柯人"，此联连用两个典故，写此次还洛的沧桑之感。"闻笛赋"指魏晋之际向秀所作的《思旧赋》，向秀与嵇康、吕安为友，嵇吕二人被司马氏所杀，向秀经过嵇康山阳（今河南修武）旧居，听到邻人吹笛，遂写了这篇赋以表对故人的怀念。而刘用此典"怀旧"，也就是沉痛悼念千古文章未尽才的柳宗元及其他死于贬所的战友。"烂柯人"典出《述异记》，谓晋人王质入山砍柴，因观仙童下棋，弈终始觉斧柄已朽，回到乡里发现同时代人都死光了。诗人二十余年始还洛阳，人事的变迁也必恍若隔世，自己倒像是个出土文物！两句措意工稳贴切，隽永含蓄。

"沉舟侧畔千帆过，病树前头万木春"，这一联是自感不遇，因白诗有"举眼风光长寂寞，满朝官职独蹉跎"（《醉赠刘二十八使君》）句，意思近于杜甫赠郑虔的"诸公衮衮登台省，广文先生官独冷；甲第纷纷厌粱肉，广文先生饭不足"（《醉时歌》）和李白自形的"大道如青天，我独不得出"（《行路难》），故刘禹锡亦以"沉舟""病树"自喻弃置之身。然而，"千帆过""万木春"二语，却把读者带到一个生生不息、充满希望的境界，其象征意蕴远远超出了感伤的本意。这种情形也发生在杜甫的诗中，如"锦江春色来天地，玉垒浮云变古今"（《登楼》）、"无边落木萧萧下，不尽长江滚滚来"（《登高》），其象征意蕴远远超出了伤春悲秋的本意，这是非常耐人寻味的现象。刘禹锡、杜甫为什么能做到这一点呢？没有别的原因，只是因为诗人的不自我、不唯我。写个人题材能从自己跳出来，写社会题材能把自己放进去，所以诗心广大。

"今日听君歌一曲，暂凭杯酒长精神"，最后两句是表达酬谢之意，一点即收。语虽平淡，但拒绝负面情绪，积极面对生活的意思，已溢于言表。

遣悲怀三首

元　稹

谢公最小偏怜女，嫁与黔娄百事乖。
顾我无衣搜荩箧，泥他沽酒拔金钗。
野蔬充膳甘长藿，落叶添薪仰古槐。
今日俸钱过十万，与君营奠复营斋。

昔日戏言身后意，今朝都到眼前来。
衣裳已施行看尽，针线犹存未忍开。

尚想旧情怜婢仆，也曾因梦送钱财。

诚知此恨人人有，贫贱夫妻百事哀。

闲坐悲君亦自悲，百年都是几多时！

邓攸无子寻知命，潘岳悼亡犹费词。

同穴窅冥何所望？他生缘会更难期！

惟将终夜长开眼，报答平生未展眉。

———————————————————————————————

元稹在后世往往有无行之讥，或谓其巧宦巧婚，自私自利。其实问题的关键，并不在他比一般士大夫更为无行，而在于他写了脍炙人口的艳诗和悼亡诗，表明他曾爱了一个女人，娶了另一个女人。李太白写"千金骏马换小妾"却不写情诗，人们不说他无行；白居易多的是赠酬歌妓之作，而不写情诗，人们不说他无行；刘禹锡写民间情歌，人们更不会说他无行；李商隐比较危险，写情诗然而本事朦胧，无从索隐，所以也不好说他无行。唯独元稹的情诗写得太明白，人们很容易就考证出他的恋爱史，而无法容忍写情诗的诗人同时是个负心的人，再加上把这个与他后半生的官场钻营联系起来，也就更易上纲上线。

然而就诗论诗，元稹情诗称得上佳作。原因有以下四点：

一是情感内容的真挚。元稹情诗大都是回忆往事的产物，即在回忆中咀嚼过往的情绪，所以其内容多为伤逝、怀旧、悼亡，其中不乏忏悔之情，这些情感内容本来就不同于生活真实，是经过升华、提炼的纯情，极易引起美感与共鸣。

二是写出了女性的可爱。元稹情诗所怀二人，属于不同类型的两种女性——艳诗所怀之双文女士，是一位才貌双全、情有独钟而命运不幸的女性，固然有值得读者深切同情和倾慕之处。悼亡诗所怀之韦丛夫人，虽文化水平不高，却是一位善良的主妇和一位贤惠的妻子，"所以特为佳作者，直以韦氏之不好虚荣，微之之尚未富贵，贫贱夫妻，关系纯洁，因能措意遣词，悉为真实之故。"（陈寅恪《元白诗笺证稿》）

三是素朴而自然的描写。元稹情诗的好处是工于白描，长于生活细节的描写——如"顾我无衣搜荩箧，泥他沽酒拔金钗。野蔬充膳甘长藿，落叶添薪仰古槐""衣裳已施行看尽，针线犹存未忍开。尚想旧情怜婢仆，也曾因梦送钱财"（见其人之乐善好施），全篇于关怀体贴中见夫妇相濡以沫的关系，另有"昔日戏言身后意，今朝都到眼前来"（戏言容易，经过方知滋味之难受也）、"闲读道书慵未起（心不在焉也），水晶帘下看梳头"（《离思五首》）等，是可以从诗想见诗中人的。

四是言出于衷，颇有警句，如"今日俸钱过十万，与君营奠复营斋"（宋欧阳修《泷冈阡表》云："祭而丰，不如养之薄也"，事异而情同）、"诚知此恨人人有，贫贱夫妻百事哀"（回首患难夫妻寻常细事，但觉事事可哀，而当时不觉也）、"惟将终夜长开眼，报答平生未展眉"（"长开眼"对"未展眉"，造语寻常本色中见奇崛匠心，意谓彻夜失眠，为伊憔悴，终不悔也），等等。情语而有警句，更易流传。

钱塘湖春行

白居易

孤山寺北贾亭西，水面初平云脚低。

几处早莺争暖树，谁家新燕啄春泥。

乱花渐欲迷人眼，浅草才能没马蹄。

最爱湖东行不足，绿杨阴里白沙堤。

此诗作于长庆三年（823）杭州刺史任上。"钱塘湖"乃西湖别名，诗写湖上看到的早春景色。

首联点"钱塘湖"。孤山在后湖与外湖之间，其上有寺，是湖中登览胜地；贾亭即贾公亭，为贞元时杭州刺史贾全所建，亦为当时名胜。"孤山寺北贾亭西"，即以湖上景点点出西湖，亦暗示春游路线是由湖西北向湖东行进。"初平"谓春水新涨，在水色天光的混茫中，地平线上的白云与湖中倒影连成一片，是谓"云脚低"。

中间两联赋写湖上早春景色。三、四句通过莺歌燕舞的描写，表现早春大自然刚从沉睡中苏醒过来时的活力，"早""新"是句中之眼，"争树"栖息、"啄泥"构巢，是鸟儿在早春、新春的活动。说"几处"，不是处处，说"谁家"，不是家家；然而也非一处一家，无不是表现早、新的诗意，可与谢灵运"池塘生春草，园柳变鸣禽"（《登池上楼》）之句比美。

五、六句通过花草的生发，表现方兴未艾的盎然春意。"乱花""浅草""渐欲""才能"，下字极有分寸，虽然草生未密，花未开繁，但都保持着旺盛的长势，显示出蓬蓬勃勃的春意，正在急剧发展之中，十分喜人。与韩愈"天街小雨润如酥，草色遥看近却无"（《早春呈水部张十八员外》）同属写早春景色的名句，不过白诗中春色更深一些。

末联点出湖东春色最好处，即烟柳笼罩下的白堤（又称沙堤、白沙堤或断桥堤，后世误传为白氏所筑）。盖西湖三面环山，白堤中贯，总揽全湖之胜，故云。

诗用白描手法叙写景物，多用勾勒字面，"初平""几处""谁家""渐欲""才能"意脉相贯，紧扣湖面早春气象，观察细致，描写准确；全诗笔触舒展流畅，风格清新明快，在唐人七律中创出平易近人一格。

中　年

郑　谷

漠漠秦云淡淡天，新年景象入中年。
情多最恨花无语，愁破方知酒有权。
苔色满墙寻故第，雨声一夜忆春田。
衰迟自喜添诗学，更把前题改数联。

这首诗约作于僖宗广明元年（880）春初，作者时年三十，在长安应试。而诗题使人想起《增广贤文》中的两句话："月过中秋清辉减，人到中年万事休。"

"漠漠秦云淡淡天"二句，写作者在长安迎来新年。首句写茫茫秦云（长安旧属秦地），淡淡天色，是西北春天的典型景象。次句"新年景象入中年"，是说在新年的光景中迎接来人生的中年，孔子曰："吾十有五而志于学，三十而立。"（《论语·为政》）晚清易顺鼎《买醉津门雪中三首》有句云："古人五十盖棺多。"三十岁也可以勉强说"人到中年"了吧。句中有意让"新年""中年"这两个似不沾边的"年"字重复，形成低回唱叹之致。

"情多最恨花无语"二句，写中年的人生感悟。出句是重笔写中年恨事，"情多"二字首先是想留住青春，其次还可以指一切的贪嗔痴。"花无语"象征诉求得不到回应。"花"字代表诉求对象。后来陆放翁有句云："花若解语还多事"（《闲居自述》），意思是即使诉求得到回应，但新的诉求还会产生，欲壑难填，回应就多事了。对句是一笔带过，"愁破方知酒有权"意思是只好借酒浇愁，作者把一句常言，陌生化得如此有盐有味，"酒有权"是说酒有威力；要是"举杯销愁愁更愁"（李白《宣州谢朓楼饯别校书叔云》），那就应该怪酒无"权"了。

"苔色满墙寻故第"二句，写中年的恋旧怀乡。出句写中年怀旧，喜欢旧地重游（"寻故第"），找到的却是满满的伤逝（"苔色满墙"），可不是多事？对句写中年的乡愁，"春田"指春耕季节故乡田园，"雨声一夜"是说特别想念的时刻往往在雨夜，然而，若把"春田"还给你，你还会像过去一样地栽种吗？虽说往事并不如烟，但人生的根本处境，就是回不去了。这两句把这些人生况味，表达得多么浅显而深刻。"满墙""一夜"，以准数词对数词，尤觉灵动。

"衰迟自喜添诗学"二句，写中年找到的乐趣。那就是写诗，有人把写传统诗词的人群称为"八七六五部队"，意思是五六十岁的人、七八十岁的人，换言之，"衰迟"之人居多。因为他们有很多人生况味可以慢慢咀嚼了。但写诗容易写好难，原因是语言跟不上，不容易写到位，所以加工是必需的。"更把前题改数联"，就是写不断地修改旧作。清代袁枚诗云："爱好由来下笔难，一诗千改始心安。"（《遣兴》）这可好了，中年的人有事可干了。这一结尾是信手拈来，即成妙谛，包含着几分自我调侃，所以为优。

这首律诗将人生况味咀嚼得很透，而且在语言运用上，有种种陌生化法子，非常到位，也非常耐味。只是由三十岁的人写出，未免有些少年老成的感觉。在今天看来，三十岁的人生，还早得很呢。

润州二首之一

杜 牧

向吴亭东千里秋，放歌曾作昔年游。
青苔寺里无马迹，绿水桥边多酒楼。
大抵南朝皆旷达，可怜东晋最风流。
月明更想桓伊在，一笛闻吹出塞愁。

此诗玩诗意当是重游润州（今江苏镇江）之作，润州在六朝为京都近辅，人文荟萃，杜牧时已今非昔比。首联点明故地重游，向吴亭在今江苏丹阳市东面，"放歌"是昔游情态，略约表过。

次联用倒腾句法，谓先朝遗寺冷落，长满青苔；桥边临水出现了许多的酒楼。一衰一盛，形象地反映了润州一带风物人情的沧桑变化。

三联怀古为诗中可圈可点之名句，盖魏晋名士好清谈，崇尚老庄，行为旷达，这种风气一直贯彻东晋南朝。曾几何时，这些名士们便成历史上匆匆过客，令人抚事感伤。

末联由月下闻笛（吹奏《出塞》），而念及东晋江左第一笛手桓伊，上承东晋风流而作结。全诗抒发因不得意而产生的人生无

常的悲慨，特托意于怀古耳。然全诗语言清新，意象疏朗，洗空
藻饰，在艺术上具有俊爽的特色。

题宣州开元寺水阁

杜 牧

六朝文物草连空，天淡云闲今古同。

鸟去鸟来山色里，人歌人哭水声中。

深秋帘幕千家雨，落日楼台一笛风。

惆怅无因见范蠡，参差烟树五湖东。

此诗作于文宗开成三年（838），时在宣歙观察使崔郸幕任宣
州团练判官。《大清一统志》载宣城陵阳三峰上有景德寺，晋名
永安，唐名开元，兰若中之最盛者。本篇题咏，满怀惆怅，驰骋
古今，与前诗略同。原题下有注："阁下宛溪，夹溪居人。"

宣州为六朝京都近辅，寺亦六朝文物，故前四从六朝说入，
设想超脱，落笔高远，"今古同"直贯以下三、四句所写开元寺
水阁附近山光水色、风土人情。"歌哭"语出《礼记·檀弓》：
"晋文子成室，张老曰'美哉轮焉，美哉奂焉，歌于斯，哭于斯，
聚国族于斯'"，即生聚（庆婚吊丧）之意。这里明说的是"古今
同"，然同中即有异矣。吴汝纶谓前四句琢制奇语，以其概括凝
练而一气贯下也。

五、六句写宛溪雨晴景色，为传诵之名句，"千"与"一"
对，乃多少之相映成趣；"雨"与"风"对，乃自然现象之别具
情韵，是诗人对宛溪风光的综合印象。

末二即因山水风光的感召，而产生了对抛弃禄位而乘扁舟隐于五湖的范蠡的企慕。五湖指太湖及周围的四个卫星湖。

本篇与前诗皆一时登览引起的感兴，客观风物描写极美，其中织入了江南明丽的景象，节奏明快而语调流走。诗中明朗健爽的因素与低回惆怅交互作用，体现出杜牧诗歌拗峭不平的特色。

九日齐山登高

杜 牧

江涵秋影雁初飞，与客携壶上翠微。

尘世难逢开口笑，菊花须插满头归。

但将酩酊酬佳节，不用登临恨落晖。

古往今来只如此，牛山何必独沾衣？

此诗作于武宗会昌五年（845）重阳，时任池州刺史。齐山（一作齐安即黄州郡名误）在州城南三里许。时张祜来池州相探，诗中"客"即指张，后张亦有《和杜牧之齐山登高》之作。

首联即点题，据宋周必大《九华山录》云，池州齐山山脚插入清溪，清溪直接大江，山巅有翠微亭（按翠微即山之借代语）。"江涵秋影"四字妙传江水之清，"秋影"包容甚广，不独指雁影也。"与客携壶"是置酒会友，兼之有山有水，是人生乐事矣。按诗人由黄州调任池州，以地僻人稀，心境并不愉快。张祜较杜牧年长而诗名早著，由于受到元稹的排抑未能见用于时。张对杜牧神交既久，杜对张祜复怀同情，张祜的到来便给杜牧不少慰藉。

中间两联写当日登山之乐，捎带出随缘自适之生活哲学。三、四为唐诗名句，谓人生难得开心，不妨开怀大笑，也不妨潇洒一回——休问你我年纪如何，今日须插满头菊花而归；五、六进一步发挥"难逢""须插"之意，谓应把握当前及时行乐，不要无益地痛惜流光。要之，数句既是当日登山情事的记录，又不局限当日情事，而融入了诗人的生活经历，表现了一种通达的生活态度，故能传诵人口。

末联承上"登临恨落晖"意，举出齐景公的反例作结，《晏子春秋》载：景公游于牛山（在今山东淄博临淄南），北临其国城而流涕曰"若何滂滂去此而死乎？"诗人对齐景公在死亡面前表现出来的畏惧心理不以为然，他实际上已意识到生命之流是一个自然的过程，既然"古往今来只如此"，那还有什么理由不抓住当前的生活，而为将来的物化惴惴其栗，可怜虫般作向隅泣呢？联系到诗人《送隐者》"无媒径路草萧萧，自古云林远市朝。公道世间惟白发，贵人头上不曾饶"，我们不难体味这种旷怀中包含着一种苦涩的潜意识，即因痛恨世间的不公道而转而平和地看待死亡，认为它是一种自然公道的结局。这就是所谓抑塞之怀，出以旷达。

以上三诗大体反映了杜牧的文采风流及其七律的特色，句子成分较为完整，习用"大抵""更想""难逢""须插""但将""不用""何必"等勾勒字面，即使不用，也能做到诗意显豁而不乏警句，俊爽的特色也就表现在这里。

早 雁

杜 牧

金河秋半虏弦开，云外惊飞四散哀。

仙掌月明孤影过，长门灯暗数声来。

须知胡骑纷纷在，岂逐春风一一回。

莫厌潇湘少人处，水多菰米岸莓苔。

此诗作于武宗会昌二年（842），时杜牧为黄州刺史。当年八月，回鹘一部在乌介可汗率领下侵扰天德、振武一带，并深入云州（今山西大同），大肆掳掠。诗咏其事，以北雁提早南飞，暗示北方发生战事，并有以雁之"惊飞四散"喻人民流离失所的用意，通体比兴，不似它作，是杜牧七律别调。

首联想象鸿雁遭射四散的情景，金河为唐单于都护府治所，今内蒙古和林格尔，此泛指北方边地。

次联续写"惊飞四散"的征雁飞经都城长安上空情景。用笔爽健，以"仙掌"（见《三辅故事》中铜仙掌承露金盘事）、"长门"代表的帝王宫殿之壮丽高华以反衬南飞秋雁之"孤影""数声"的凄凉可悯，尤为警策。

三联由北雁南飞关心到它们的归期。句中"春风"似兼有比兴象征意义，据《资治通鉴》载，当时唐朝廷曾诏发陈、许、徐、汝、襄阳等兵屯太原及振武、天德，俟来春驱逐回鹘。但诗人对此似乎还有些怀疑和担心。

末联乃是对大雁的寄语。相传雁飞不过衡阳，以其地气暖和故也。故诗人想象它们在潇湘一带停歇下来，并以江南主人的口气对它们表示慰问，"莫厌"云云，口气温馨，充满体贴同情。

全诗笔笔写雁，但不著一雁字；句句咏雁，句句写人；言近旨远，意切情深，表现了诗人对国计民生的关切。

按会昌年间李德裕为相，是晚唐政治经济上有所作为的时期。面对这次入侵，李德裕采取了坚决回击的措施，在次年春夏之交，便一举击败了乌介可汗一部，使之逃往天山，最后遭到覆灭。此诗五、六句表示的担忧和讽刺，原是不必要的。

锦 瑟

李商隐

锦瑟无端五十弦，一弦一柱思华年。

庄生晓梦迷蝴蝶，望帝春心托杜鹃。

沧海月明珠有泪，蓝田日暖玉生烟。

此情可待成追忆，只是当时已惘然。

"望帝春心托杜鹃，佳人锦瑟怨华年。诗家总爱西昆好，独恨无人作郑笺。"（元好问《论诗三十首》）说的是李商隐诗爱家很多，然无达诂，《锦瑟》就是这样。关于诗的主旨，历来有咏瑟（苏轼）、悼亡（朱鹤龄）、自伤身世（元好问、何焯）、自序其诗（程湘衡）诸说。说是中四句表现瑟声适、怨、清、和四种境界，这个太玄。说相当于序诗，是因为作者置之诗集开头，说它是五十自序，具有序诗或题词的性质，这个比较靠谱，因为"五十""一弦一柱""思华年"这些字面在诗中是不会虚设的。撇开此诗中四句，只看首尾"思华年""成追忆""已惘然"三语，主题为伤逝，应该是肯定的。

全诗以"锦瑟"起兴，瑟是古代的弦乐器，锦是它的包装。而以首二字命名诗篇，是源于《诗经》的老办法。"无端"是全诗关键词，王蒙先生有专文论李商隐诗美学特征（抒情的弥漫性，语言的活性，负面情绪的审美价值，等等）即以"论无端"为题。按，古人说诗"缘事而发"（班固），即有端。读者只要找到这个端，诗就读懂了。古人又说"诗缘情而绮靡"（陆机《文赋》），即不缘一事，不止一端，即多端，多之又多，竟至百端，竟至"无端"。读者找不到这个端，故称难懂。据载古瑟为五十弦，弦各有柱，以为支架，移动位置可以调音，故云"一弦一柱思华年"。何谓"华年"，即汤显祖所谓"如花美眷，逝水流年"（《牡丹亭》）。"一弦一柱"，等于说把从前的事逐年细想一遍，人生要打总结时，往往如此。但常识告诉我们，空间关系易厘清，时间关系不易厘清。想着想着就乱了，这是"惘然"的一个方面。当然还有别的方面。

中间四句全部用典，各自影射的是什么，读者自由发挥的空间太大，确解也难。只要不胶柱鼓瑟，大概的意思，还是清楚的。"庄生晓梦迷蝴蝶"，典出《庄子》，是对人生的总体感受。年过半百，经过太多送往迎来，感受尤深。例如人在梦中走投无路，解脱是忽然醒来；现实中走投无路，解脱是一死了之。这就叫人生如梦。"望帝春心托杜鹃"，典出《华阳国志》，说杜鹃鸟是望帝杜宇的魂魄所化。"春心"二字是李商隐为与"晓梦"对仗用的一个辞藻，同时赋予典故以新意，它代表的是人生美好的憧憬。"托杜鹃"也就意味着憧憬的幻灭。李商隐的一生是不顺的，不顺的人，幻灭感很强，所以他能体会到杜鹃啼血的哀苦。

"沧海月明珠有泪"，包含着一系列与珠玉有关的典故，古代认为海中蚌珠的圆缺和月亮的盈亏相应，所以此处将明珠置于沧海月明的背景之上；由"珠"牵涉到"泪"，是因为相传有南海鲛人泣泪化珠（见《博物志》）；另，《新唐书·狄仁杰传》载仁杰微时为吏诬诉，阎立本尝谓之"沧海遗珠"。而李商隐一生怀才不遇，自可以"沧海遗珠"自喻，也可以含有这样的意思：一生追求功名、追求爱情，收获的却是眼泪。"泪"在李诗中是一个重要意象，另一个名句是"蜡炬成灰泪始干"（《无题》）。"蓝田日暖玉生烟"，典出唐诗人戴叔伦诗话："诗家之景，如蓝田日暖，良玉生烟，可望而不可置于眉睫之前。"古人又有"石韫玉而山辉，水怀珠而川媚"（陆机《文赋》）之说。比喻许多人生希望（采玉），皆可望而不可即，无奈终成渺茫。考虑到这个说法来自一则诗话，当然也可以包含如下意思：诗人在抒发上述情感内容时，也采用了相应的朦胧的表现手法。

最后两句上承"一弦一柱思华年"收束全诗："此情可待成追忆，只是当时已惘然。""此情"指伤逝之情；"当时"指事件发生的瞬间，瞬间趋近于零，转瞬即逝；"惘然"是不能自拔，不但当时不能自拔，直到现在也没有放下。两句以"可待""只是"作勾勒，尤觉曲折深至，令人低回不已。

总之，这首诗是诗人在知天命之年，追忆悲剧性华年时，所奏出的一曲人生哀歌。这首诗和无题诗性质是相似的，诗中没有采取历叙平生的方式，而是将自己的悲剧性身世境遇和悲剧心理幻化为一系列象征性图景。这些图景既有形象的鲜明性、丰富性，又具有内涵的朦胧性和抽象性。这就使得它们没有通常抒情方式所具有的明确性，又具有较之通常抒情方式更为丰富的暗示性。加之伤逝是一种普遍人情，所以能引起读者的共鸣和多方面的联想。所以它最能代表义山诗意境朦胧、情调感伤、富于象征暗示色彩的特点。

安定城楼

李商隐

迢递高城百尺楼，绿杨枝外尽汀洲。
贾生年少虚垂涕，王粲春来更远游。
永忆江湖归白发，欲回天地入扁舟。
不知腐鼠成滋味，猜意鹓雏竟未休。

此诗作于开成三年（838）春，时李商隐试博学宏词科，以朋党中人排斥而落选，回到泾原节度使王茂元幕，愤而为此。安定即泾州（今甘肃泾川北）郡名。

"迢递高城百尺楼，绿杨枝外尽汀洲"，开篇以登高望远为发端，"迢递"以状城墙之长，"百尺"以状城楼之高，杨柳是望中近景，杨柳尽头是水上沙洲。开阔的景色引起的联想和情感也是开阔的。紧接着，"贾生年少虚垂涕，王粲春来更远游"借古人自陈困厄的处境，西汉的贾谊年轻时曾给汉文帝上过《陈政事疏》，指陈朝政之失曰"可为痛哭者一，可为流涕者二，可为长太息者六"，并提出巩固中央政权的建议，却遭到公卿们的反对，落得个"虚垂涕"的结果；建安七子之一的王粲，曾远游依附刘表，也是个怀才不遇的人物，有《登楼赋》云"悲旧乡之壅隔兮，涕横坠而弗禁"。两事分喻诗人之忧怀国事和远幕依人，有"气交愤于胸臆"之感。

"永忆江湖归白发，欲回天地入扁舟"二句自述凌云之志，乃在功成身退。《史记·货殖列传》载范蠡亡吴功成后，"乃乘扁舟，浮于江湖"，为二句所本。出句先点明最终目的是归隐江湖，紧接补叙出一个重要条件即"欲回天地"——也就是要扭转乾坤，澄清政治，看到唐王朝的中兴，而绝不贪图禄位。据说王安石十分激赏此二句，经常吟诵，以为"虽老杜无以过"（《苕溪渔隐丛话》引）。二句使全诗在思想上升华到很高的境界。"不知腐鼠成滋味，猜意鹓雏竟未休"，最后诗人对朝廷中啄腐吞腥、争权夺势的小人投以讽刺，用《庄子·秋水》中鸱鸦争腐鼠以吓鹓雏（凤凰）的典故，意言我不贪求禄位，尔何苦以此吓我耶！

全诗将抒写怀抱、忧念国事、感喟身世、抨击腐朽融为一体，展示出诗人阔远的胸襟与在逆境中仍峻拔坚挺之精神风貌，风格博大深沉，洵杰作也。张采田笺此诗曰："义山一生躁于功名，盖偶经失志，姑作不屑语以自慰也。"（《玉溪生年谱会笺》）虽然能探诗人心事，但由于没能"永忆"一联所表现的理想抱负，就显得不够全面，降低了此诗的思想意义。

无题二首之一

李商隐

凤尾香罗薄几重，碧文圆顶夜深缝。

扇裁月魄羞难掩，车走雷声语未通。

曾是寂寥金烬暗，断无消息石榴红。

斑骓只系垂杨岸，何处西南任好风。

这首诗写女主人公待嫁的心理（或以为有遇合不谐之寓意），表面内容与《古诗十九首》之《冉冉孤生竹》相类，手法却有很大的不同。这是七律，那是古诗。古诗的写法基本上用内心独白，叙事大体为顺叙，手法基本上属现实主义，意境清晰。而李商隐七律则植入情景，感性显现，跳跃性强，裁词有象征主义、唯美主义倾向（如此诗之凤尾香罗、碧文圆顶、扇裁月魄、车走雷声、金烬暗、石榴红、斑骓、垂杨，等等），语词搭配具有活性，意境朦胧。"凤尾香罗"一诗，就从女子深夜缝制罗帐写起。

"凤尾香罗薄几重"二句，被省略的主语是女主人公。她深夜缝制罗帐，是期待与意中人相会。"凤尾香罗"是织成凤尾纹（"几重"）的薄罗，"碧文圆顶"是有青碧花纹的圆顶百折罗帐。宋人程大昌说："唐人婚礼多用百子帐……桊柳为圈，以相连锁，可张可阖。"（《演繁露》）这顶罗帐是重要的床上用品，"百子帐"的喻义是多子多福，诗中人在夜深人静之时，挑灯自缝罗帐，与普天下所有自制嫁衣的女子一样，其兴奋、期待、喜悦的心情，俱于无字处流出。

"扇裁月魄羞难掩"二句，写诗中人追忆昔日邂逅，甜蜜、羞涩、忐忑的心情交织。出句写初次见面的羞涩，"月魄"指缺月阴影部分，代指月亮，而此处是形容团扇。有道是"团扇、团扇，美人并来遮面"（王建《宫中调笑》）。"羞难掩"写女子初见对方，以团扇半遮面的样子，语出乐府"憔悴无复理，羞与郎相见"（《团扇郎歌》）。对句"车走雷声语未通"写意中人来去匆匆。"车走雷声"写女子听觉敏感，能辨识对方的车声，与"新妇识马声"（《焦仲卿妻》）、"我已辨其音矣"（《李娃传》）同致；"语未通"，是说见过面，却不曾交换言语。而心许目成之意，亦见于言外。"车走雷声"一语，亦含"轩车来何迟"(《冉冉孤生竹》)意，直启下联的焦灼感。

"曾是寂寥金烬暗"二句，写别后长期隔绝与悠长思念，既含心理期待，又有内心焦灼。出句写诗中人孤独的情态，场景乃是中夜之香闺，"金烬(灯花或烛花)暗"含孤灯挑尽之意，兼寓相思无望。"烬"字同"灰"，是作者常用意象，如"蜡炬成灰泪始干""一寸相思一寸灰"(《无题》)，是诗中人心绪的象征。对句"断无消息"指男方信息中断，导致不祥预感。反过来说，要是能得到对方不变心的消息呢，她的心中就会踏实："君亮执高节，贱妾亦何为!"(《冉冉孤生竹》)"石榴红"，表明季节是春去夏来，暗示青春已逝，"过时而不采，将随秋草萎。"(同前)

"斑骓只系垂杨岸"二句，言所思系马垂杨，愿逐好风相随，是女主人公一往情深的愿景。上句"斑骓"指毛色苍黑相杂的马，语出古乐府："陆郎乘斑骓……望门不欲归。"(《神弦歌·明下童曲》)暗示意中人离诗中人的空间距离其实并不遥远。末句"何处西南任好风"，语出曹植诗："愿为西南风，长逝入君怀。君怀良不开，贱妾当何依。"(《七哀》)总之，诗中人已做好心理上和物质上的准备，正是万事俱备，只欠"好风"。诗中人企盼佳期而不得之情，与寂寥中之相思期待、青春易逝之感，与作者的人生际遇相通。故诗中贯串着执着追求的意念，希望在寂寞中燃烧的情态，是作者的爱情诗与缺乏深挚感情的艳体诗的一个重要区别。

李商隐无题诗具有很强的原创性，"对文艺理论，对意识形态，对封建社会的主流意识，对教条主义，对至今仍然存在的文学的狭隘性，对我们的诗学、文学、美学的一些框架，一些概念，一些符号系统，也是一种挑战"（王蒙《李商隐的挑战》）。读者的接受有一个从不理解到逐渐理解的过程。如明人许学夷云："语虽秾丽而中多诡僻，如'狂飙不惜萝阴薄，清露偏知桂叶浓'（《深宫》）、'落日渚宫供观阁，来年云梦送烟花'（《宋玉》）、'曾是寂寥金烬暗，断无消息石榴红'等句，最为诡僻。《冷斋夜话》云：'诗至义山为文章一厄'是也。论诗有理障、事障，予窃谓此为意障耳。"（《诗源辨体》）就是隔膜的批评。批评者不知道，他所认为的"障"，正是李商隐的优点。

无题二首之二

李商隐

重帏深下莫愁堂，卧后清宵细细长。
神女生涯原是梦，小姑居处本无郎。
风波不信菱枝弱，月露谁教桂叶香。
直道相思了无益，未妨惆怅是清狂。

这首诗写孤独的女性心理，与前一诗在内容上略有差距。诗中女子被称为"莫愁"，出处为隋朝乐府《莫愁乐》（诗二首："莫愁在何处？莫愁石城西。艇子打两桨，催送莫愁来。""闻欢下扬州，相送楚山头。探手抱腰看，江水断不流。"）《唐书·乐志》云："石城有女子名莫愁，善歌谣。"可知其身份为歌女。

"重帏深下莫愁堂"二句，从诗中人孤眠写起，从环境氛围写到内心体验。上句写层帏（包含罗帐）深锁，是女子卧室的景象，"莫愁"二字，反形出室中弥漫着莫名的幽怨。下句"卧后"

犹言躺下，"清宵细细长"是孤眠人对夜的感觉，她要么是失眠，要么是一直醒着，所以觉得夜长，盼着天亮，语云"愁人知夜长"，果然不假。遥起下文**本无郎**三字。本句之"细细"二字用得别致，因为在感觉上，"细"和"长"是相联系的，正如粗和短是相联系的一样。

"神女生涯原是梦"二句，写诗中人对爱情的深刻憧憬。"神女"典出宋玉《高唐赋》，序称楚王游高唐梦见神女，神女自称"旦为朝云，暮为行雨"。出句的意思是，女子的爱情遇合只存在于梦中。对句即写女子的现实处境，句下原注："古诗有'小姑无郎'之句"，"古诗"指南朝乐府《神弦歌·青溪小姑曲》，诗云："开门白水，侧近桥梁。小姑所居，独处无郎。"（青溪在今南京钟山，汉秣陵尉蒋子文之妹未嫁而死，后人为蒋立庙，以小姑配祀，称"青溪小姑"）强调"本无郎"，恰是说有思郎之意。

"风波不信菱枝弱"二句，写诗中人在生活中备受摧残，而得不到沾溉。出句说自己本像"菱枝"一般柔弱，偏偏遭遇"风波"的摧折；对句"月露谁教桂叶香"说自己虽有"桂叶"般的美质，却不能蒙受"月露"的滋润。此二句与作者显有寓托的"狂飙不惜萝阴薄，清露偏知桂叶浓"（《深宫》）近似，"两者参较，益见'内无强近，外乏因依'（李商隐《祭徐氏姊文》）之诗人托寓身世之痕迹"（刘学锴）。"不信""谁教"为对仗中的勾勒语，前者意谓明知故为，后者意谓能而不为，以见"风波"之横暴，"月露"之无情也。

"直道相思了无益"二句，写诗中人备受煎熬，依然不放弃对爱情的信心。"直道"意为即使说，张相释云："'直'与'就使''即使'之'就'字、'即'字相当，假定之辞。"（《诗词曲语辞汇释》）有退一步讲的意思。"未妨惆怅是清狂"，语意近于宋词之"衣带渐宽终不悔，为伊消得人憔悴"（柳永《蝶恋花》），含有不悔、自怜，甚至自赏等多重含义。"未妨惆怅"和"难得糊涂"可以作成一个对子，都是违乎常情、独持选项的姿态。"清狂"语出《汉书·昌邑王传》之"清狂不惠"，有似狂非狂、痴情执着、放任自我等多种义项，是贬词褒用。屈赋有"世溷浊而莫余知兮，吾方高驰而不顾"（《涉江》），语意近之。清人黄周星云："义山最工为情语。所谓'情之所钟，止在我辈'（《世说新语·伤逝》），非义山其谁归？"（《唐诗快》）此即透骨情语也。

李商隐的爱情诗不重叙事性、情节性，而借助比喻、象征、联想等多种手法，增强暗示性和跳跃性，故意境较为朦胧，前人多以为有寓意，唯难确指。清人姚培谦说："此义山自言其作诗之旨也。"（《李义山诗集笺注》）何焯说："义山《无题》数诗，不过自伤不逢，无聊怨题，此篇乃直露本意。"（《李义山诗集辑评》）张采田说："通篇反复自伤，不作一决绝语，真一字一泪之诗也。"（《李义山诗辨正》）均可参考。

无题四首之一

李商隐

相见时难别亦难，东风无力百花残。
春蚕到死丝方尽，蜡炬成灰泪始干。
晓镜但愁云鬓改，夜吟应觉月光寒。
蓬山此去无多路，青鸟殷勤为探看。

在唐诗中，李商隐的无题诗是作者独创的品牌，其诗多写悲剧性爱情心理，"与诗人之悲剧身世及由追求而幻灭的人生感受自不妨有某种潜在联系"（刘学锴）。作者在《有感》诗中自道："一自高唐赋成后，楚天云雨尽堪疑。"也说明这类诗具有上述特点。

这首诗写暮春伤别。"相见时难别亦难，东风无力百花残"，开篇记别或忆别，起句就常语"别易会难"翻出新意——相见困难，离别为难，句中重复"难"字，一属客观处境，一属主观感受，意味自有不同。次句宕开一笔，写暮春之景，有主观色彩。"无力"二字是他人想不到的，一般会想到东风劲吹，然而"强弩之末，势不能穿鲁缟"（语出《史记》）。"东风无力"即强弩之末。这是说分别在落花时节，东风也显得无力，则人的黯然伤魂之状如在目前。

"春蚕到死丝方尽，蜡炬成灰泪始干"，次联接着写后别相思。以到死丝方尽之春蚕与成灰泪始干的蜡炬，象喻至死不渝的深情和明知无望仍愿继续荷担终生痛苦作执着追求之殉情精神。感情炽热缠绵，深挚沉着，带有浓郁悲剧色彩。"丝""泪"是关键字，"丝"是"思"的谐音双关；"泪"是鲛人泣珠——曹雪芹为宝黛式有缘无分而又生死不渝之爱，发明"还泪"之说，其源头可以上溯到这首诗。这两句的象征意蕴远远大于作者的思想，在后世，往往被用作奉献精神的化身，有一句话叫"鞠躬尽瘁，死而后已"，还有一句话叫"毁灭了自己，照亮了别人"。诗人写出这两句，这首诗就完全站住了。流行歌曲《别亦难》，只唱前四句，得唐人乐府截诗人律诗而唱之遗风，是完全有道理的。

后四句则表明，在李商隐的感情生活中，也有一个"林妹妹"。不过连面也不能见，比贾宝玉还惨。"晓镜但愁云鬓改，夜吟应觉月光寒",三联出现了人物,作者的心中人。一句写清晨,她面对妆镜,感伤青春不再;一句写夜深,她在月下吟诗,想必不胜清寒。这是十分体贴的话,表现出作者的一往情深。"蓬山此去无多路,青鸟殷勤为探看",结尾是故作宽解,谓对方所居不远,希望能得到她的信息。"蓬山"是传说中的海上仙山,诗中指那个"妹妹"(也许是姐姐)的居处。"青鸟"是传说中为西王母传书的使者,诗中代指能为作者传递信息之人。

这首诗融比兴与象征、写实与象征为一体,脉络清晰而回环递进,在无题诸诗中最为精纯。四联各有侧重,将相思与离别,希望与失望,现实与梦想,自慰与慰人等相对相关的情绪交织写出,情感内容极为丰富。"相见时难别亦难,东风无力百花残""春蚕到死丝方尽,蜡炬成灰泪始干"等,是千古传诵的名句。

无题四首之二

李商隐

昨夜星辰昨夜风,画楼西畔桂堂东。
身无彩凤双飞翼,心有灵犀一点通。
隔座送钩春酒暖,分曹射覆蜡灯红。
嗟余听鼓应官去,走马兰台类转蓬。

这首诗写单恋之苦,当作于会昌六年(846)任职秘书省期间。诗中写了一场宴会和两个人——作者和他的意中人。

"昨夜星辰昨夜风,画楼西畔桂堂东",首句交代宴会的时间是"昨夜",似乎很具体,却由于"今天"的定位并不明确,这一时间概念到底模糊。从次句看，宴会的地点是在一处豪宅的楼堂馆所中，但是"画楼"，还是"桂堂"，抑或是两间，也有模糊性。作者是否参与了这个宴会呢？从首句看，似乎没有，因为"星辰"和"风"暗示着有一个人被"凉办"（四川方言，指被"晾"在一边）起来。而这个被凉办的人，就是作者本人。清诗人黄仲则有句云："如此星辰非昨夜，为谁风露立中宵。"（《绮怀》）表明他就是这样理解的。

"身无彩凤双飞翼，心有灵犀一点通"，这显然是写男女关系——作者和意中人关系的。这两句使人想起宋人柳永有一个直白的说法："空有相怜意，未有相怜计。"（《婆罗门令》）"身无彩凤双飞翼"正是说"未有相怜计"，而"心有灵犀一点通"则是说"空有相怜意"。彩凤之喻尽人皆知，而灵犀之说则不大好懂。原来，犀牛角心有白纹如线直贯两端，称"通天犀"，古人以为灵异之物。所以"心有灵犀"的喻义是虽不能同在，但却心心相印、息息相通。这两句与柳词两句意思相似，但在语言包装上，却要华丽得多，也要脍炙人口得多。许多没有读过这首诗的人，都诵得这两句诗。

"隔座送钩春酒暖，分曹射覆蜡灯红"，是宴会的情景，这两句本来可以直接"画楼西畔桂堂东"的。但被"身无彩凤"两句打断了一下，这也好，便形成了时间推移的感觉。夜深了，酒宴由敬酒转为罚酒，渐渐热闹起来。"隔座送钩"是一种游戏——类似后世的击鼓传花，视鼓停时钩落谁手而定输家；"分曹射覆"也是一种游戏——藏物于巾盂下让人去猜，视猜中与否而定输赢。输家就是罚酒的对象。"春酒暖""蜡灯红"，烘托出宴会灯红酒绿、温馨热烈的氛围。在这个氛围之外，有一个星光风露下的孤独者，还有一个在宴会上心不在焉的人。虽然诗中没有交代他和她被隔开的原因，但多半来自社会的礼防，应该是没有什么问题的。

"嗟余听鼓应官去，走马兰台类转蓬"，是讲那一夜（"昨夜"）像梦一样消失了，结尾回到现实。经过一夜相思无益，晨鼓响起，上班应卯的时辰又到了（兰台是秘书省别称），作者又开始忙碌，奔波于形势之途。在这首诗的姊妹篇中，有"岂知一夜秦楼客，偷看吴王苑内花"之句，可知这首诗写的是一场单恋，所怀者似为贵家姬妾。"画楼西畔桂堂东"或是其心与目成之所，两人实无接于风流。在那漫长的没有手机的时代，有情人间的交流曾经是那么的困难。然而，却因此产生了许多的诗意。今天，手机虽然给人们的交往带来许多的便利，然而，有些诗意也从现实生活中消失了——当然，仍在唐诗中得到永生。

无题四首之三

李商隐

来是空言去绝踪，月斜楼上五更钟。
梦为远别啼难唤，书被催成墨未浓。
蜡照半笼金翡翠，麝熏微度绣芙蓉。
刘郎已恨蓬山远，更隔蓬山一万重！

这首诗写梦绕魂牵的相思苦情，"梦为远别"是一篇眼目。

"来是空言去绝踪，月斜楼上五更钟"，开篇用逆挽的手法，写醒来后梦中人踪迹杳无之怅惘，眼前斜月晓钟的实景反形出梦境的虚无缥缈，"来""去"二字相起唱叹，更增感慨。

"梦为远别啼难唤，书被催成墨未浓"两句补叙梦里别情及醒后相思。出句谓梦中伤别，悲啼不禁，"啼难唤"者，任眼泪系留不住也；对句写醒后修书，匆匆急就，"墨未浓"者，催成之书，言不尽意也。均妙于含蓄。用"墨未浓"来形容"书被催成"，尤其耐人寻味，是成功的细节描写。

"蜡照半笼金翡翠，麝熏微度绣芙蓉"，写中夜室内光景。烛光之下，"金翡翠"（代灯罩）、"绣芙蓉"（代被褥）这些通常意味情爱的实物，和刚刚消逝的梦境打成一片，似乎还可以闻到伊人梦魂的余香，造境朦胧，如幻如真。"半笼""微度"的轻描浅写，有浅斟低唱之致。"刘郎已恨蓬山远，更隔蓬山一万重"，结尾是彻底的清醒，写幻梦消失、会合无缘的怅恨。二句用刘晨天台遇仙故事，直抒蓬山（海上仙山）重隔之恨，而以"已恨""更隔"虚字勾勒为递进语，似言彼此交往本有不便，加之对方又复远走，好合的希望就更加渺茫了，递进中加复迭，尤具回肠荡气之致。与同类作品一样，此诗于叙事成分损之又损，而抒情成分浓上加浓。这样纯粹抒情的爱情诗和元白叙事成分很浓的爱情诗相比，可能比较费解，但就其精纯程度而言，却为元白所不及。

无题四首之四

李商隐

飒飒东风细雨来，芙蓉塘外有轻雷。
金蟾啮锁烧香入，玉虎牵丝汲井回。

贾氏窥帘韩掾少，宓妃留枕魏王才。
春心莫共花争发，一寸相思一寸灰！

这首诗写闺中对爱情的向往与幻灭之苦，"相思"为全诗之眼。

"飒飒东风细雨来，芙蓉塘外有轻雷"，开篇以兴语发端，写细雨、轻雷之春景，烘托闺中不可断绝而有所期待之春心，兴象华妙，"芙蓉"在古诗中双关夫容，冀郎之见怜也。

"金蟾啮锁烧香入，玉虎牵丝汲井回"，接下来两句纯属物象描写，其意比较隐晦。按，金蟾啮锁状香炉，玉虎牵丝谓辘轳，分别为室内用器和室外设施，本是闺情诗的意象材料（南朝乐府《杨叛儿》"欢作沉水香，侬作博山炉"，牛峤《菩萨蛮》"帘外辘轳声，敛眉含笑惊"），状出闺中锁闭深藏之环境，复以"烧香""汲井"暗透情思的潜炽和相牵，句中"香""丝"乃拆字双关"相思"。这种写法，搞不好如自家脚指头动——只有自己知道，而在李商隐笔下则意味无穷。

"贾氏窥帘韩掾少，宓妃留枕魏王才"，这两句用典剖白内心，比前两句要好懂。贾充女窥帘爱慕韩寿而与之私通，且赠之异香，事见《世说新语》；甄氏死后托梦留枕曹植于洛水，事见《昭明文选》李善注。两事各由上文"烧香""牵丝"引出，或为女子热烈主动地求爱，或为女子对心上人的藕断丝连，总是炽热的爱情表白。这两句对仗考究，本来曹植应称"陈王"，曹丕才是"魏王"，诗中以"魏王"称曹植，是因为"魏王"双声，与"韩掾"叠韵形成的对仗，比较美听。同时，因为故事情节的规定性，读者并不会发生误会。"宓妃留枕魏王才"的"才"字，是为了押韵和对仗而用的凑字，却正因为用得特别而给读者留下很深的印象。后世戚继光有一联"但使雕戈销杀气，未妨白发老边才"（《登盘山绝顶》），"边才"本是"边人"，为押韵而生造，生造得好，与此有异曲同工之妙。

"春心莫共花争发，一寸相思一寸灰"，结尾陡转反接，由向往追求转为否决，否决之中复透难泯之春心。"春心"习语耳，而与"花争发"连文，则赋予它美好的形象，且显示了它的自然合理性；"相思"本抽象概念，由香销成灰生出联想，创造出"一寸相（香）思一寸灰"的奇句，不仅化抽象为形象，而且与前句形成强烈对照，通过美好事物被毁灭显示出强烈的感伤美或悲剧美。

此诗实写悲剧性的爱情心理，而与诗人之悲剧性身世及由追求而幻灭的人生感受亦有潜在联系，广义而言，也可以说是寓托。前人多有指实为托寓陈情令狐者，则不免狭隘而近乎穿凿也。

隋　宫

李商隐

紫泉宫殿锁烟霞，欲取芜城作帝家。
玉玺不缘归日角，锦帆应是到天涯。
于今腐草无萤火，终古垂杨有暮鸦。
地下若逢陈后主，岂宜重问后庭花！

这首诗约作于大中十一年（857）游江东时。隋宫指隋炀帝在江都营建的行宫。诗写隋炀帝肆意淫游，昏顽拒谏，贪欲无穷，至死不悟，足为覆亡之殷鉴。

"紫泉宫殿锁烟霞，欲取芜城作帝家"，开篇点题，"紫泉"即紫渊（长安水名），出司马相如《上林赋》，此借指长安；"芜城"乃广陵之别名，语本鲍照《芜城赋》，指隋之江都。这两句隐含转折关系，即尽管长安高入烟霞，炀帝之心仍然不足，还想以江都作为"帝家"。以"芜城"代江都，是大有深意的，就像"汉皇重色思倾国"（《长恨歌》）一样，思倾国者果倾国，欲以芜城为帝家者终以帝家为芜城。此所谓皮里阳秋。

"玉玺不缘归日角，锦帆应是到天涯"，这两句撇开一笔，未承上写游幸江都事，而以虚拟语气推想道：若不是皇帝的玉玺归了李渊（日角龙庭面相大贵），炀帝的锦帆还怕不到天边？意谓他是不会以游江都为餍足的。这就揭示了炀帝昏淫成性，至死不悟。用今人的话说，就是不见棺材不落泪，带着花岗岩脑袋去见上帝。

"于今腐草无萤火，终古垂杨有暮鸦"，这两句写景中寓隋宫故实：一是炀帝曾在洛阳景华宫征求萤火虫数斛，夜出游山放之，光遍岩谷，在江都还修了"放萤院"；一是沿运河栽柳，所谓"西至黄河东至淮，绿影一千三百里"（白居易《隋堤柳——悯亡国也》）。诗人巧妙地做入"腐草"——传说萤乃腐草所化，"暮鸦"——黄昏中集于树梢的乌鸦，在一无一有的对比中感慨今昔，寓无限沧桑之感，冷峻之讽刺与深沉之感喟融合无迹。

"地下若逢陈后主，岂宜重问后庭花"，结尾活用故实：据《隋遗录》载陈后主叔宝亡国后入隋，与当时为太子的杨广相熟，杨广做了皇帝后游江都时，梦中与死去的陈叔宝相遇，还请张丽华舞了一曲《玉树后庭花》。两句意谓隋炀帝过去不能接受陈后主亡国殷鉴，终于重蹈前车覆辙。这番与陈后主地下重逢，还有心情再向他请教《玉树后庭花》的表演么？诗对隋炀帝固然是冷嘲，对当时统治者却含热讽，何焯云："前半展拓得开，后半发挥得足，真大手笔。"（《义门读书记》）

重过圣女祠

李商隐

白石岩扉碧藓滋，上清沦谪得归迟。
一春梦雨常飘瓦，尽日灵风不满旗。
萼绿华来无定所，杜兰香去未移时。
玉郎会此通仙籍，忆向天阶问紫芝。

"圣女祠"指陈仓（今陕西宝鸡东）与大散关之间的圣女神祠。文宗开成二年（837）冬，兴元军节度使令狐楚病卒，作者随丧回长安，途经这里，曾作《圣女祠》诗。宣宗大中九年（855）末至大中十年（856）初，东川节度使柳仲郢奉调还朝，作者又随自梓州返回长安，再次经过这里并作此诗，故曰"重过"。作者把祠中所供圣女，看作天上贬谪到凡间的仙女，同时又把在朝在野视同天上人间，故寄予深厚同情。

"白石岩扉碧藓滋"二句，就岩上壁画感圣女之沦谪。据《水经注·漾水》载："武都（郡名，治所在宝鸡）秦冈山，悬崖之侧，列壁之上，有神像，若图指状妇人之容，其形上赤下白，世名之曰'圣女神'。"首句即写"悬崖之侧，列壁之上"长满苔藓，而圣女画像在焉。次句"上清沦谪得归迟"，直叙圣女沦谪，迟迟未归。"上清"是道教传说中最高之天界。

"一春梦雨常飘瓦"二句，写圣女灵风雨露应有的沾溉。味其超妙，全在"梦雨""灵风"的措辞，尤其是定语"梦""灵"字的精选上，如果写成"细雨""微风"岂不省事，又岂不太随便，太平平无奇。而"梦""灵"字面，又是紧紧和圣女祠这个对象关联着的，"常飘瓦"是说晴不起来，"不满旗"是说招展不起来。两字之易，即化板为活，超常得奇，造成了一种神秘的气氛。"荒山废祠，细雨如梦似幻，灵风似有似无……既带朦胧希望，又显得虚无缥缈的情思意蕴，又引人遐想，似乎还暗示着什么，朦胧难以确认。"（余恕诚，引自《中国文学史》）诚含不尽之意见于言外。

"萼绿华来无定所"二句，用关于别的两位仙女的传说，来反衬圣女久谪不归之苦。道书《真诰》载，"萼绿华"为云南山人，年约二十，着青衣，一月之内六过羊权（晋穆帝时人）家，后授羊权以仙药引其登仙。《墉城集仙录》载，"杜兰香"是渔父在江边收养的弃婴，长大后有青童自天而降，引其升仙而去，临行谓养父曰："我仙女杜兰香也，有过谪人间，今去矣。"清人何焯以"'无定所'则非'沦谪'，'未移时'则异'归迟'"（《义门读书记》）释此二句含义，可以参考。

"玉郎会此通仙籍"二句，同情圣女之久谪，希望她能重归天界。"玉郎"是道家所称天上掌管神仙名册的仙官。"通仙籍"即取得重登仙界的资格。"忆向天阶问紫芝"，"忆"在这里是期盼之词，"向天阶问紫芝"，是重返天界的委婉说法。"紫芝"本为真菌，道教以为仙草。这样的诗句，是"獭祭"即翻书裁词的结果，所以读来费解一些。或以为柳仲郢奉调，将为吏部侍郎，执掌官吏铨选，恰似仙班之有"玉郎"。而作者对圣女的同情，也含蓄地反映了对自个儿仕途不顺的感慨和希望入朝为官的心理诉求。

此诗之所以成为传世名篇，全赖颔联之警策，算得上唐诗最出彩的对仗之一。由此可知，对仗好坏是决定律诗成败的重要因素。

苏武庙

温庭筠

苏武魂销汉使前，古祠高树两茫然。

云边雁断胡天月，陇上羊归塞草烟。

回日楼台非甲帐，去时冠剑是丁年。

茂陵不见封侯印，空向秋波哭逝川。

这是诗人瞻仰苏武庙之后的追思凭吊之作，抒写了对苏武的怀念与崇敬，其中也隐含着自己不被朝廷理解的身世之感。首联一句写苏武生前见到接他回国的汉使的激动情形，下句写苏武死后，古祠高树犹存，渲染出浓厚的历史氛围，引起对苏武的追思。中二联紧接承首联意思，用高度概括的笔法，写苏武身陷匈奴而牧羊，与故国断绝音信，以及壮年出使、皓首而归的历史事实，字句间充满赞叹崇敬之意。末联喟苏武虽品节高尚但却并未受到应得的嘉赏，徒使岁月白白流逝，字句中流露出无限感慨。全诗风格苍劲雄浑，而且在伤今怀古中有一分自伤之情在内，故情感真挚。第三联用逆挽法，先说"回日"，后说"去时"，跌宕生姿。诗中对仗到单字的"甲""丁"（俱属天干），特别出彩。

咸阳城东楼

许浑

一上高城万里愁，蒹葭杨柳似汀洲。

溪云初起日沉阁，山雨欲来风满楼。

鸟下绿芜秦苑夕，蝉鸣黄叶汉宫秋。

行人莫问当年事，故国东来渭水流。

这首诗作于唐宣宗大中三年（849），作者时任监察御史。在一个秋天傍晚，登上咸阳古城楼观赏风景，其间天气骤然变化，诗人突然触着，竟写成这首不朽之作。咸阳为秦朝故都，汉代仍为都城称长安，唐时称渭城，故城在今西安市西北。据宋岳珂所编《宝真斋法书赞》卷六所收许浑手编之《乌丝栏诗》残卷，题一作"咸阳城西楼晚眺"。

开篇"一上高城万里愁"，这是普遍人情，也是公共之言。"囊括古来众作，团词以蔽，不外乎登高望远，每使有愁者添愁而无愁者生愁。"（钱锺书《管锥编》）次句"蒹葭杨柳似汀洲"，有独到之处，"似汀洲"三字表明并无汀洲，只是情景相似。或谓"汀洲"代指诗人在江南的故乡，是有乡愁油然而生。

颔联"溪云初起日沉阁，山雨欲来风满楼"是全诗警策之所在。上句因云起而日沉，还比较容易想到，容易写出。不过"溪"是磻溪，相传为姜太公钓鱼处，可以生出些许联想。下句状骤雨欲来、风先雨至之景，不识字人，亦知是绝妙好词。这一句之厉害，一是境界苍凉，气韵沉雄，象征意蕴之大，关乎国运兴衰。按其时大唐王朝已经处于风雨飘摇之际，政治极度腐败，党争遗风尤烈，农民起义此起彼伏，诗人忧心忡忡，俱包含在这写景的七字句中。消息之大，只有李商隐"夕阳无限好，只是近黄昏"可相仿佛。二是整句作为成语，引用频率之高，在古诗词名句中堪称一流。前人或纠缠"楼""阁"相犯，是所谓察察之明，无关紧要了。何况作者自注"阁"指"慈福寺阁"，与"楼"不是一回事。

颈联承"山雨欲来"写景，虚实相生。"鸟下绿芜""蝉鸣黄叶"是山雨欲来前，鸟虫发生的反应，或捉虫于草间，或悲鸣于叶下，属于实景。"秦苑夕""汉宫秋"则将眼前景物，与历史联系起来，唤起沧桑之感，属于虚景。虚景更多地与象征意蕴相关。

尾联作结。上句"行人莫问当年事"是呼告句，与曹松《己亥岁二首》"凭君莫话封侯事"语气相同。"行人"同"君"，皆为第二人称，和读者融为一体，所以容易唤起共鸣。"莫问当年事"，有往者不可谏之意。在当下，则有大势已去之意。很悲观，很无奈，而且引起一个悬念，那就是"为什么"。末句可以作明确回答，如"一将功成万骨枯"（曹松《己亥岁二首》）。也可以不了了之，如此诗"故国东来渭水流"，即以景结情，把话题岔开，给读者留下足够的想象空间。

汴河亭

许浑

广陵花盛帝东游，先劈昆仑一派流。

百二禁兵辞象阙，三千宫女下龙舟。

凝云鼓震星辰动，拂浪旗开日月浮。

四海义师归有道，迷楼还似景阳楼。

这是一首咏怀古迹之作，当作于作者南游途经汴河时。隋炀帝时，发河南淮北诸郡民众，开掘了通济渠，即后来大运河的首期工程，因其主干在汴水一段，后世习惯上称其为汴河。隋炀帝时河滨筑行宫，"汴河亭"当为隋宫附近之驿亭。

"广陵花盛帝东游"二句，写隋炀帝开大运河之事。大运河日后当然是有利于漕运的伟大工程，可惜隋炀帝开掘运河的目的是为了下扬州（古称广陵）赏花。"先劈昆仑一派流"，是说开掘运河工程非同寻常，须截流黄河，耗资巨大。"昆仑一派流"指黄河，因为旧说黄河发源于昆仑山。一"劈"字极具张力，使黄河分流，有人定胜天的气概。但依据传统风水观念，这种胆大包天的做法，极可能挖断龙脉，事关王朝的兴衰。所以两句看似夸赞，实是微词。

"白二禁兵辞象阙"二句，写运河竣工后，隋炀帝随行队伍规模之大。"百二"指山河险要，守兵以二当百，因地利也。语出《史记·高祖本纪》："秦形胜之国，带河山之险，县隔千里，持戟百万，秦得百二焉。""百二禁兵"，谓禁兵本是虎旅；"辞象阙（象阙为宫门外成对的石阙）"，却调出京城，扈驾随行。京城不要人看守吗？"三千宫女下龙舟"，据《隋书·炀帝纪》：大业

落月摇情满江树

三七六

元年（605）三月"庚申，遣黄门侍郎王弘、上仪同、于士澄往江南采木造龙舟、凤帽、黄龙、赤舰、楼船等数万艘"。打造这样多的豪船，耗资多少？随行这样多的宫人，用度多少？隋炀帝想过吗？大概是皇帝身边围绕着众多佞臣，整日灌输天下太平、及时行乐的迷魂汤，完全没有居安思危的观念，才会有如此昏庸之举。

"凝云鼓震星辰动"二句，接着写隋炀帝出巡声势浩大，惊天动地。上句写鼓声震天，云为之不流，星辰为之动摇；下句"拂浪旗开日月浮"，写运河上彩旗招展，夜以继日，日影、月影在浪涛中涌动。清初金圣叹评："此诗三四五六，言彼隋炀帝者。只因小小题目，做起大大文章。如何小小题目？不过止为'广陵花盛'是也。如何大大文章？此河一开之后，且举全隋所有百二禁兵、三千宫女，一夜启行，空国尽下。真乃天摇地动，不但鬼哭神号也。"（《贯华堂选批唐才子诗》）从次句"先劈昆仑一派流"到此，诗句都写得非常气派，越是显得气派，越是反衬得隋亡结局的可悲。正是：其兴也勃焉，其亡也忽焉。

"四海义师归有道"二句，总结隋亡的历史教训，乃是未吸取前朝兴亡的教训。两句在全诗有画龙点睛的作用。"四海义师"指隋末农民起义和天下反隋的义军，"归有道"指归顺于李渊、李世民父子。此句之妙，在于"四海义师"与上文"百二禁兵"相照应，上文说倾巢出动，下文则说乘虚而入，使隋文帝所创立的一统天下，迅速易帜于李唐王朝。"迷楼还似景阳楼"，句中迭字妙。"迷楼"为隋炀帝所造，建构之复杂有似迷宫，杨广亲自命名："虽真仙游其中，亦当自迷也，可目之曰'迷楼'。""景阳楼"为陈后主所建，在今南京玄武湖畔，殿下有胭脂井。陈朝灭于隋朝，陈后主与宠妃张丽华投井中未死，为隋兵所执，后世称"辱井"。"还似"二字的意味是，想不到隋朝又步了陈朝的后尘。唐太宗李世民记住了历史的教训，他有句名言即"水能载舟，亦能覆舟"，并经常与大臣讨论隋亡的历史教训，最后开创了贞观之治。作者称之"有道"，也是实事求是。

旅泊遇郡中叛乱示同志

杜荀鹤

握手相看谁敢言，军家刀剑在腰边。
遍搜宝货无藏处，乱杀平人不怕天。
古寺拆为修寨木，荒坟开作甃城砖。
郡侯逐出浑闲事，正是銮舆幸蜀年。

"乱世英雄起四方，有枪就是草头王"（罗贯中《三国演义》），其辞虽鄙，却是中国封建社会动乱年代的生动写照。唐僖宗中和元年（881），黄巢起义军占领长安，銮舆西迁。各地地方军阀、地主武装拥兵自重并趁乱抢掠财物，虐害人民，到处发生着流血恐怖事件。在这些"乱世英雄"心目中，什么天理，什么王法，什么朝廷命官，全都不算回事。韦庄《秦妇吟》就写过官军的纵暴："自从洛下屯师旅，日夜巡兵入村坞。匣中秋水拔青蛇，旗上高风吹白虎。入门下马若旋风，罄室倾囊如卷土。"而当年杜荀鹤旅途停舟于池州（安徽贵池），遇郡中发生兵乱，郡守被乱军逐出，恐怖笼罩秋浦。诗人目睹这一切，忧心如焚而回天乏术。"诗可以怨"，或者说"愤怒出诗人"。他写了这篇《旅泊遇郡中叛乱示同志》，留下了宝贵的历史见证。

"握手相看谁敢言，军家刀剑在腰边。"诗人不兜任何圈子，落笔就写郡中叛乱后的恐怖世相。人们握手相看，道路以目，敢怒而不敢言，这是一种极不正常、极为压抑的情况。对于它的原因，只轻轻一点："军家刀剑在腰边"，就像一个特写镜头，意味深长。"在腰边"三字极妙，暴力镇压的威慑，不待刀剑出鞘，已足以使人侧目。所谓"秀才遇到兵，有理说不清"，乱军的跋扈，百姓的恐惧，诗人的不安，俱在不言之中。这种开门见山的做法，使人感到这诗不是写出来的，而是按捺不住的喷发。

"遍搜宝货无藏处，乱杀平人不怕天。"二句承上"军家刀剑"，直书乱兵暴行。他们杀人越货，全是强盗的行径。其实强盗还畏惧王法，还不敢如此明火执仗，肆无忌惮。"平人"即平民（避太宗名讳改），良民，岂能杀？更岂能乱杀？"杀"字前著一"乱"字，则突出行凶者面目的狰狞，罪行的令人发指。"不怕天"三字亦妙，它深刻地写出随着封建秩序的破坏，人的思想、伦常观念也混乱了。正常时期不怕王法的，还怕天诛呢。但天子威风扫地的末世，天的权威也动摇了，恶人更成"和尚打伞"，为所欲为。

更有甚者："古寺拆为修寨木，荒坟开作甃城砖"，拆寺敞坟，在古代被视为极大的罪孽，恶不可赦，此时却在青天白日下发生着。战争造成大破坏，于此也可见一斑，参阅韦庄《秦妇吟》"采樵斫尽杏园花，修寨诛残御沟柳"，尤觉真切。诗人通过搜宝货、杀平人、拆古寺、开荒坟等时事，生动地展示了满目疮痍的社会状况，同时也表现了对乱军暴行的切齿痛恨。

怎么办？这是现实必然要逼出的问题。然而诗人不知道。他也老老实实承认了这一点："郡侯逐出浑闲事，正值銮舆幸蜀年。"这像是无可奈何的叹息，带着九分伤心和一分幽默：你看，这种局面，连一方"诸侯"的刺史都没办法。岂但没有办法，他还自身难保，让"刀剑在腰边"的乱军轻易地撵了，全不当回事儿。岂但郡守如此，皇帝老倌也自身难保，不是被黄巢、尚让们撵出长安，全不算回事么？"銮舆幸蜀"，不过是好听一点的说法而已。诗末的潜台词是：如今皇帝蒙尘，郡守被逐，四海滔滔，国无宁日，你我"同志"，空怀忧国忧民之诚，奈何无力可去补苍天，只有记下这一页痛史，留与后人平章去罢。

　　本诗不仅深刻真实地反映了唐末动乱的社会现实，而且出以满腔激情。仔细玩索，前六句刻意暴露，固然有力，然而，倘无后两句以感慨无端，不了了之相补救，就不免失之剑拔弩张，哪得如此火色俱融之妙！

贫女

秦韬玉

蓬门未识绮罗香，拟托良媒益自伤。
谁爱风流高格调，共怜时世俭梳妆。
敢将十指夸针巧，不把双眉斗画长。
苦恨年年压金线，为他人作嫁衣裳。

　　这首诗是作者未第时所作。《唐语林》七载："（秦韬玉）应进士举，出身单素，屡为有司所斥。"故托"贫女"言志。

　　"蓬门未识绮罗香"二句，写贫女自伤。首句从住所衣着说起，"蓬门"即用蓬草编的门，代指贫寒人家；"绮罗"指绫罗绸缎之类华丽的衣料，"香"指香泽、化妆品，整句说贫女住在蓬门陋巷，从小穿粗布衣裳。"拟托良媒"指到待嫁之年，"益自伤"指越发为自己出身贫寒而感伤。一是苦无嫁妆，二是难托良媒。

"谁爱风流高格调"二句，自叹不合流俗。这一联是流水对，十四字句，大意是：有谁欣赏高尚的品格和情调呢，却都喜欢追逐时下标新立异的梳妆。"风流"指风姿高雅，"高格调"指高尚人格和优雅品味，皆属自指。"时世"犹时尚，"俭梳妆"有两说：一说"俭"通"险"，"高髻险妆"，是当时的奇装异服，见《唐书·车服志》；一说读如本字，则二句大意为"自抱高世之格，甘弃铅华，不知者翻怜我梳妆之俭陋也"（俞陛云《诗境浅说》）。

"敢将十指夸针巧"二句，自负才貌双全而无竞胜之心。旧时女子才艺以女红第一，"十指""针巧"指贫女针线超群，"双眉""画长"暗示贫女容貌出众。这一联是呼应对，"敢"是岂敢，"敢将""不把"是互文，是对"夸""斗"即竞胜的敬谢之词。两句大意是：虽然有足够的自信，也不向女伴夸绝艺而竞新妆。

"苦恨年年压金线"二句，写贫女为人作嫁衣的辛酸。"苦恨"表明怨意，孔子说诗"可以怨"也。"压金线"指做刺绣活，即在嫁衣上绣花，是技术性要求很高的针线活。"为他人作嫁衣裳"，是说贫女自己良媒难托，却是替别人赶制嫁衣。其所指远远超出本指，有《淮南子·说林训》"为者不得用，用者不肯为"之意，是对封建社会种种不平现象之高度概括，故传诵尤广，以至于演化为"为人作嫁"的成语。有此一条，即可不朽。

明人廖文炳说："此韬玉伤时未遇，托贫女以自况也。"(《唐诗鼓吹注解大全》)清人沈德潜评："语语为贫士写照。"(《唐诗别裁》)极是。元人方回说："此诗世人盛传诵之。"(《瀛奎律髓》)遂为唐诗名篇。

卷五　五言绝句

蝉

虞世南

垂緌饮清露，流响出疏桐。
居高声自远，非是藉秋风。

蝉，一名知了，其幼虫在地下吸食大树根汁长达数年至十余年之久，始于夏夜出土上树，蜕变成身体丰满而翅膀透明的蝉。雄蝉求偶时，能发出亢奋的嘶鸣，成为蝉的一大特征。虞世南这首咏蝉之作，除首句刻画蝉的形象和习性外，其余三句就都是从蝉声上作想的。

一首咏物诗大体有两个层面：一个是表示的层面，是诗的本指，须贴切；一个是暗示的层面，是诗的能指，须浑成。只有第一个层面的咏物诗不能算好的咏物诗，同时具有这两个层面的咏物诗才算好的咏物诗。

先看表示的层面，即咏蝉的层面。首句，"垂緌"二字写蝉的形象，是拟人法。"緌"是什么呢？是古代绅士结在颔下的帽带下垂部分，又叫冠缨。一说："蝉首有触须，如人之冠缨。"

（刘永济）读者多信而不疑。然而端详蝉的标本，便觉其说不妥——蝉的触须在头顶，而且是短短的两根，像角，也像眉，怎样也不像冠缨。一说："蝉喙长在口下，似冠之也。"（孔颖达）按，蝉喙细长如带，部位又在颔下，所以说法成立。接着，"饮清露"三字写蝉的习性。古人不知道蝉吸食树汁以存活，以为它餐风饮露。诗非科学，无妨出以想象。次句，始说蝉声"流响出疏桐"，蝉栖高树，梧桐是其中的一种。"流"字状出一种声声不息的感觉，暗逗下文的"秋风"。"疏桐"则暗逗下文的"居高"。

　　三、四句就蝉声发议论——"居高声自远，非是藉秋风"。这两句耐人寻味，通向暗示的层面，即借蝉喻人的层面。

　　《荀子》"劝学篇"有这样两句话："登高而招，臂非加长也，而见者远；顺风而呼，声非加疾也，而闻者彰。"说的是君子"善假于物"。什么是"善假于物"呢？用今天的话说，就是借助媒介来达到人体的延伸。"登高""顺风"在这里是并列的，不分轩轻的。而虞世南却别出心裁地将"居高"和"藉秋风"加以轩轻，将蝉声之所以远达的原因，归结于"居高"，而不归结于"藉秋风"。显然，"居高"和"藉秋风"，被人为地赋予了文化的意义。那么，"藉秋风"指什么呢？指外力，指运作，指广告，曹丕论文学说："不假良史之辞，不托飞驰之势，而声名自传于后。"（《典论·论文》）其所"不假""不托"与"藉秋风"是一类范畴。"居高"呢？正好相反，照应首句的"饮清露"，可知不是指高位，而是指品格，指修养，指造诣，孔子论君子说："其身正，不令而行。"（《论语·子路》）俗谚云："酒香不怕巷子深。""身正""酒好"和"居高"是另一类范畴。接受理论告诉我们，同一句话出自不同人之口，其效果也不同。一方面是人微言轻，一方面则相反——说话者越有权威，话的分量就越重。"居高声自远，非是藉秋风"就有这个意思，所以令人神远。一联之中，"自""非"二字对举，一正一反，很有力度。有人说，诗人在这里是隐然自况。"诗者，志之所之也"（《毛诗序》），谁又能说不是呢？

这首诗运用了拟人手法，从"垂"伊始，贯彻到底。它又是托物言志，同时具备两个层面——明示的层面做到了贴切，暗示的层面做到了浑成，所以全诗充满了神韵。以蝉喻人，南朝陈诗人刘删《咏蝉诗》云："声流上林苑，影入侍臣冠。得饮玄天露，何辞高柳寒。"这首诗对虞世南诗当有影响。不过，虞世南之作的后来居上，却是显而易见的。

秋夜喜遇王处士

王　绩

北场芸藿罢，东皋刈黍归。

相逢秋月满，更值夜萤飞。

这是一首田园诗，题中提到的王处士，应和诗人一样是隐居农村的素心人。秋天是收获的季节，因为新酿初成，多收了三五斗，所以，也是农家待客的季节。诗中就写秋夜待客的喜悦，"喜遇"犹言喜逢（诗云"相逢"），是友人相聚的一种婉转的说辞。全诗于质朴平淡中蕴含着丰富隽永的诗情，不失为诗人的一首代表作。

"北场芸藿罢，东皋刈黍归。"这两句写秋收季节的劳动和收工的喜悦。"芸藋"是锄豆，"刈黍"即割黍。"北场""东皋"，不过泛说屋北的场圃，家东的田野，并非实指的地名——"东皋"来自陶诗，隐含归隐的志趣。两句只平平叙述，没有任何刻画渲染，却透露出诗人对田园生活的喜爱和当时萧散自得、悠闲自如的心境。诗人的归隐与陶渊明相似，他参加芸藋、刈黍之类田间劳动，和乡下的农民并不一样，没有十分沉重的生活压力，而有较多的审美情趣。然而，这又并不妨碍他对农民劳作的辛勤，尤其是对农民在得到休息时的愉快心情，有切身的体会。而这种体会，是从"芸藋罢"的"罢"和"刈黍归"的"归"字上流露出来的。

而诗人待客的愉快，正是建立在这种辛勤劳动后得到休息的愉快的基础之上的。所谓"农务各自归，闲暇辄相思"（陶渊明《移居》其二），有了新麦，又有新酿，与友人的相逢是愉快的，当晚的小酌也应该更加惬意。然而，诗人却撇开抒情，一味写景，并且撇开小酌的场面不说，只写主客双方在乡间小路上的碰头。

"相逢秋月满，更值夜萤飞。"满月之夜，整个村庄和田野笼罩在一片明月的清辉之中，月明星稀，天上看不到太多的星星。然而在田间，却流动着星星点点的秋萤。这些小小的精灵，有的飞在空中，有的栖息在田边的野草上，如果有水田，还会有与物象分不清的倒影。"夜萤"出现诗中，为乡间月夜增添了流动的意致和欣然的生意。诗人只写"相逢"的景色，不写相逢的心情。但是，友人相逢的欢悦之情，却通过"秋月满"的"满"字，得到自然之流露。古人习惯在诗中通过月圆月缺象征人间的离合。"更值"二字，是表示递进的，表明看到"夜萤飞"美景，

落月摇情满江树

对于主客双方，都是一个意外的惊喜。

这首诗景美情美，诗中故人喜遇的情景，用陶渊明的话说便是"相思则披衣，言笑无厌时"（陶渊明《移居》其二）。但诗人不再写"言笑"，也没有篇幅让他写"言笑"——即便写了，也是蛇足。还是让读者通过自己的生活经验去想象吧！侧面微挑，以景结情，点到为止，这正是绝句得体的写法。

渡汉江

宋之问

岭外音书断，经冬复历春。

近乡情更怯，不敢问来人。

有一种普遍人情，叫作：怕听到坏消息。愚人节最恶搞的短信之一是："有空请给我一个电话，有个坏消息，关于你的"，然后再发一条："哪有这回事，只是祝你节日快乐。"这条短信，越是来自熟人，越是令人惴惴不安，足以诱发心脏病。而表现这种普遍人情的诗，似乎没有超过宋之问这一首的。

宋之问在中宗朝被贬泷州（今广东罗定），这首诗是他从贬所获准归来，途经汉江时所作。诗中表现一个长期客居异乡、久无家中音信的人，在行近家乡时所产生的那种心态，正是曲尽人情。郁达夫咏沈宋有"行太卑微诗太俊"（《钱牧斋》）之句，这首诗就是"太俊"。

古代中国是个宗法社会，尤重血缘关系。一个人离乡背井，最渴望之事，就是知道亲人的消息。然而，对于古人来说，音信消息的沟通远不是那么容易的事，何况是被贬在岭外那样偏远、交通不便的地方。"岭外音书断"，这是一个令人苦恼的现实。"经冬复历春"，是说隔岁无书。冬与春在季节上是连续的，实际不算太长，却因为消息断绝，在心理上感觉很长。一个"复"字，表达的是度日如年、难以忍受的感觉，作者在与世隔绝的处境中，失去精神慰藉的生活情景以及精神痛苦，通过这个并列式的句子，得到充分的表现。

上两句与下两句中间有一个在绝句是很常见的跳跃，对这首诗来说，就是获得恩准从贬所启程回家，在"近乡"前的一段跋涉辛劳，全都省略了。因为那是不言而喻的。作者选择了回归过程中最具生发性的即"近乡"的时刻，抓住当事人的一种特殊的心态，加以刻画。那就是"近乡情更怯，不敢问来人"。一个"怯"字，用得极妙。照理说，对于饱受"音书断"煎熬的人，越是早知道亲人的消息，越能早一点解除心里的焦虑。应该是近乡情更"切"才对。然而，人们对消息的等待是有选择性的，质言之，他永远盼望好消息，而害怕听到坏消息。当其对消息的焦虑发展到极致，则会变成对消息本身的回避。本该上前问来人，就变成了"不敢问来人"。这叫反常合道。比如说参加高考的人害怕看榜，就是出于同样的心理。因此，不用"切"字，而用"怯"字，真是极练，说透了人情之的。后来，杜甫《述怀》也有同样的写法："自寄一封书，今已十月后。反畏消息来，寸心亦何有。"完全来自生活体验。"畏"字等同"怯"字。

所以，写人之常情，不如写反常之情。而反常，也是一种人之常情。黄周星在《唐诗快》中评此诗："真切之极，人人有此情，不能为此语。"按，"人人有此情"，就是指反常。"不能为此语"，是说在宋之问之前，没有人写出这个反常。

蜀道后期

张　说

客心争日月，来往预期程。

秋风不相待，先至洛阳城。

⌐ ⌐⌐⌐⌐⌐⌐⌐⌐⌐⌐⌐⌐⌐⌐⌐⌐⌐⌐⌐⌐⌐⌐⌐⌐⌐⌐⌐⌐⌐⌐⌐⌐⌐⌐⌐⌐ ⌐

武则天天授年间（690—692），诗人任校书郎，曾两度奉使入蜀。此次本已计划归京（武则天时以洛阳为首都）的日程，却因故推迟，写下这首名篇。"后期"是落后于原计划归期的意思。

"客心争日月"两句是背景交代，是说作者在蜀中的公事已抓紧办完，正打算如期返回洛阳。"客心"指客居异地之心。"争日月"指同时间竞争，指抓紧办好公事，以免推迟归期。"来往预期程"是说入蜀与返洛的日期和行程，是早就安排好了的。十个字非常简洁，把诗人当时面临的客观情况，心里的筹划掂量，都写进去了，而且字字入律。"争"字，"预"字，照应题面，是唯恐"后期"也。按，诗人返回洛阳的时间，原定在当年秋前。有诗为证："归途千里外，秋月定相逢。"（张说《被使在蜀》）

常言道："计划快不如变化快。"不料突然情况发生变化，使作者秋前回到洛阳的希望落空了。然而诗人并不这样直说，而换了一种说法，也就是变了个形，或做了一个包装。"秋风不相待"二句，凭空设计出一个同伴"秋风"，埋怨"他"不肯等"我"一等，竟自丢下同路的伙伴，自个儿先回洛阳去了。这就把本来无情的秋风加以人格化，借怨秋风，间接抒发了因回京计划落空而生的惆怅。"后"字从对面托出,一句不正说,所以为妙。又,秋风本按时而起,无所谓"先""后",只为诗人"后期",方见秋风"先至",可见肌理之细。

本来"蜀道后期",不干秋风的事,诗人偏偏扯上"秋风",按捺"日月",甚是无理。然"诗有别趣,非关理也"(严羽《沧浪诗话》),换言之,诗有无理而妙者,如此诗是。沈德潜于《唐诗别裁》点赞道:"以秋风先到,形出己之后期,巧心浚发。"

怨词二首之一

崔国辅

妾有罗衣裳,秦王在时作。

为舞春风多,秋来不堪著。

封建宫廷的宫女因歌舞博得君王一晌欢心,常获赐衣物。女主人公刚刚翻检过衣箱,发现一件敝旧的罗衣,牵惹起对往事的回忆,不禁黯然神伤。第一句中的"罗衣裳",既暗示了主人公宫女的身份,又寓有她青春岁月的一段经历。第二句说衣裳是"秦王在时"所作,这意味着"秦王"已故,又可见衣物非新。第三句说罗衣曾伴随过宫女的青春时光和几多歌舞。第四句语意陡然一转,说眼前秋凉,罗衣再不能穿,久被冷落。两句对比鲜明,构成唱叹语调。"不堪"二字,语意沉痛。表面看来是叹"衣不如新",但对于宫中舞女,一件春衣又算得了什么呢?不向来是"汗沾粉污不再着,曳土踏泥无惜心"(白居易《缭绫》)么?这里有许多潜台词。

刘禹锡的《秋扇词》云："莫道恩情无重来，人间荣谢递相催。当时初入君怀袖，岂念寒炉有死灰!"《怨词》中对罗衣的悼惜，句句是宫女的自伤。"春""秋"不只指季候，又分明暗示年华的变换。"为舞春风多"包含着宫女对青春岁月的回忆；"秋来不堪著"，则暗示其后来的凄凉。"为"字下得十分巧妙，意谓正因为有昨日宠召的频繁，久而生厌，才有今朝的冷遇。初看这二者并无因果关系，细味其中却含有"以色事他人，能得几时好"（李白《妾薄命》）之意，"为"字便写出宫女如此遭遇的必然性。

此诗句句惜衣，而旨在惜人。衣和人之间是"隐喻"关系。罗衣与人，本是不相同的两种事物，作者却抓住罗衣"秋来不堪著"，与宫女见弃这种好景不长、朝不保夕的遭遇的类似之处，构成确切的比喻。以物喻人，揭示了封建制度下宫女丧失了做人权利这一极不合理的现象，这就触及问题的本质。

唐人作宫怨诗，固然以直接反映宫女的不幸这一社会现实为多，但有时诗人也借写宫怨以寄托讽刺，或感叹个人身世。清刘大樾说此诗是"刺先朝旧臣见弃"。按崔国辅系开元进士，官至礼部员外郎，天宝间被贬，此可备一说。

登鹳雀楼

王之涣

白日依山尽，黄河入海流。
欲穷千里目，更上一层楼。

此诗是登楼题咏之作。一作朱斌（芮挺章《国秀集》）诗。

唐代河中府的一处高阜上，有一座三层的高楼，正对中条山，俯瞰黄河水，因为楼高，时有鹳雀来栖，故名鹳雀楼。这里历来是登临胜地。唐人题咏甚多，而这首五绝当推第一。

诗的前半写登览中苍茫壮阔的景象。诗句排空而起——"白日"，写傍山的太阳，圆而益大，明朗璀璨，映衬它的是恢恢天宇，显得气势磅礴。用一个声调永长的"依"字，更状出了太阳靠山缓缓沉下的壮丽情景，这是只有登高远望才可能得到的生动感受。天地悠悠，气象恢廓，读者的胸怀为之大升。

在鹳雀楼上，事实上看不见大海，诗人却用丰富的联想加长了目力，写出了"黄河入海流"这样声势赫赫的句子。而声调短促的"入"字与舒缓永长的"流"字配合，一仄一平，一张一弛，音情摇曳，成功地表现了黄河一泻千里、东到大海的雄伟气势。诗句的韵律与所表现的情感水乳交融，完美地统一着。

短短十字，日、海、山、河，并吞万有，气象开张。写落日，写河流，却绝无"夕阳无限好，只是近黄昏"（李商隐《乐游原》）、"恰似一江春水向东流"（李煜《虞美人》）的感伤。相反，这景象的豪迈壮阔，激起的是让人不能自己的豪情。于是后二句把诗的意境提到一个新的高度。它不仅歌颂了大好河山，表现了诗人的襟怀抱负，同时包含有"站得高，看得远""登高一小步，展望一大步"之深意。在诗中，这样的哲理寓于形象，饱含着丰富情感，所以激动人心。

春　晓

孟浩然

春眠不觉晓，处处闻啼鸟。

夜来风雨声，花落知多少?

谚语"一年之计在于春，一日之计在于晨"，是从励志的角度说"春晓"。这首诗不同，它是从审美的角度说"春晓"，短短二十字，包含了春花、春鸟、春风、春雨等元素，给人以春意盎然的印象。

"春眠不觉晓，处处闻啼鸟。"这两句写春晓的感受。谚云："三月三，桃花天，婆娘口子要人牵。"什么意思呢？这是说天气转暖，使人犯困。首句从春困写起，就写出了春暖的感觉，语极通俗而易于传播。"春日载阳，有鸣仓庚。"（《豳风·七月》）古人很早就注意到鸟声与春暖的关系，而黎明时分更容易听到鸟叫。所以，"处处闻啼鸟"就写出了春晓的感觉，写出了鸟儿在枝头飞来飞去的感觉，写出了天气晴好的感觉。

"夜来风雨声，花落知多少。"这两句写回忆夜来风雨而引起惜花之情。从晴好的感觉忽然跳到"夜来风雨"，是逆转。这一逆转使诗意产生出波折，末句则是由想到风雨而引起的惜花心情。春眠中人并没有直接看到落花，但他回忆起夜来的风雨声，根据以往的经验，而产生出这样一种担忧。这种担忧，换言之即"怜春忽至恼忽去"（《红楼梦·葬花吟》）。不过，诗中的伤感成分并不重，被冲淡在春晓的那一片欢快的鸟声中。总之，三句的一转，四句的一问，使得全诗于一气贯注之中饶有跌宕之致。

这首诗意境的构成特点，是主要采用听觉形象。鸟语和风雨声是天籁，是大自然的音乐，构成了一种特殊的审美境界。据说，有人尝试用带有雨声的枕头或鸟语啁啾的录音来治疗神经衰弱等由文明社会带来的病症，实际上就是让病人在鸟声、雨声中回归自然，放下精神负担，得到心理抚慰。人们喜爱《春晓》，或许也有这方面的潜在因素。

宋代李清照对《春晓》诗有一个创造性的演绎："昨夜雨疏风骤，浓睡不消残酒。试问卷帘人，却道海棠依旧。知否，知否？应是绿肥红瘦。"(《如梦令》)她在其中设计了两个人物，加入了一些对话，便有了戏剧性，同时融入了时代气息和作者心情，所以要伤感一些。

宿建德江

孟浩然

移舟泊烟渚，日暮客愁新。
野旷天低树，江清月近人。

严羽说："唐人好诗多是征戍、迁谪、行旅、离别之作，往往感发人意。"(《沧浪诗话·诗评》)这首诗写作者的羁旅之思，就是一首虽小却好的佳作。

建德江是新安江流经建德（今属浙江）的那一段。诗人旅行时住在船上，诗也是在船上写的。诗的首句是叙事，写日暮泊舟的景象。次句点情，日暮生愁，在古人是一种很典型的意境。梁代费昶就有"向夕千愁起"(《长门怨》)之句，作者自己在别的诗中也写过"愁因薄暮起"(《秋登南山寄张五》)。"客愁新"的

"新"字有味，或是说离家未久（其实从襄阳到建德，离家的日子应不短，只是心理上觉得离家未久），所以想家；或是说黄昏时分特别想家，也可使乡愁加深。

"野旷天低树，江清月近人"是此诗的生花妙笔：以天低于树来写原野的旷远，以月近于人来写江水的清澈平静，构思精巧。"天低树""月近人"都是视感上的错觉，"天低树"是因天远于树，"月近人"只是月影近人也，虽是错觉，却有强烈的真实感。这种美得异样的景色，使诗人陶醉而又迷惘。景是太美了，只是人有些孤单。有人说这两句受到刘宋诗人谢灵运"野旷沙岸净，天高秋月明"（《初去郡》）的启发，细味果然，只是"江清月近人"之句更有诗意。唯有"月近人"，正是无人相近的一个转语，所以余味曲包。沈德潜点评道："下半写景，而客愁自见。"（《唐诗别裁》）

唐人绝句的一般结构，在第三句转折，此诗在结构上的特别之处，是次句以"客愁新"三字作转折，而结以骈句。骈句作结弄不好有"半律"之嫌，即给人感觉结尾突兀。而此诗末句饶有余味，所以没有那样的弊病。

杂诗三首之一

王维

君自故乡来，应知故乡事。
来日绮窗前，寒梅著花未？

这首诗命名"杂诗"，相当于无题。其中有两个主题词，一个是"故乡",一个是"寒梅"。

"君自故乡来,应知故乡事。"这两句中,重复了一个"故乡",是强调这个主题词。乐府诗有此句调,如李白"客自长安来,还归长安去"(《金乡送韦八之西京》)。对于歌,这种重复是非常必要的,由于音乐的缘故,不但不感到单调,反而会感到集中。它表现的生活情境十分动人——当一个人独在异乡为异客,故乡的消息是多么重要啊。不要说见了故乡熟悉的人,就是听到故乡话,也会深自惊喜的。比如说蔡文姬在南匈奴就有这样的事,"有客从外来,闻之常欢喜"(《悲愤诗二章》其一),可惜这个讲着汉语的人,并不是她的老乡——"迎问其消息,辄复非乡里"。王维这首诗中的情境就不同了,对方不仅是个说着乡音的人,而且是熟悉的人,他的第一个念头,也是"迎问其消息"。

"故乡事"是这首诗的一个重要内容,在实际的唠嗑中,涉及面会很宽,会从一个话题跳到另一个话题,先是诗中主人公最关心的话题,最后会落到两个人都有兴趣的话题。这一大堆内容,在古诗不仿照写,如王绩《在京思故园见乡人问》,从朋旧童孩、宗族弟侄、旧园新树、茅斋宽窄、柳行疏密一直问到院果林花,仍然意犹未尽。然而,对于绝句来说,只剩两句可用,作者须对内容进行筛选,最后他选择的是院果林花类的寒梅。当然,这寒梅在诗中不仅是一般的自然物,而且是故乡的一种象征。

然而,为什么要选这株寒梅作为故乡的象征物呢?这就不得不说到院果林花在童年或少妇记忆中所有的特殊地位了。对童年、对少妇来说,生活的空间本有局限,然而当事人眼中却会将它放大,园中的一草一木都会有趣得要命,特别是那些占据重要空间（如绮窗下）的花木，将成为当事人一生的重要记忆。古诗人写"庭中有奇树"（《古诗十九首》其九），沈复写《浮生六记》，鲁迅写《从百草园到三味书屋》、写《秋夜》（一棵是枣树，另一棵也是枣树），说起"寒梅"之类，都是喋喋不休的。因为关于"寒梅"之类，应该有一些故事，当年家居生活亲切有趣的故事，两个人都知道的故事——虽然都知道，还是津津乐道——笔者与儿时朋友相会，就常会说起儿时爬过的"二小的那棵黄桷树啊——"。

绝句贵乎以小见大，在这首能引起所有人的共鸣的诗中，"故乡"是大，"寒梅"是小，通过对"寒梅"的对话来表现"故乡"情，是以小见大。

相　思

王　维

红豆生南国，春来发几枝？
愿君多采撷，此物最相思。

唐代绝句名篇经乐工谱曲而广为流传者为数甚多。王维《相思》就是梨园弟子爱唱的歌词之一。据说天宝之乱后，著名歌者李龟年流落江南，经常为人演唱它，听者无不动容。题一作《江上赠李龟年》。说到这首诗的好处，就不得不谈到意象。

意象是诗意的象征符号。远不是所有的诗歌形象都能称为意象，"两个黄鹂鸣翠柳，一行白鹭上青天"（杜甫《绝句》），"黄鹂""白鹭"就不能称为意象——因为它们是眼前景，而不是象征符号。而"红豆生南国,春来发几枝"的"红豆",就完全不同了。

王维《相思》二十字之所以成为千古绝唱,首先就在于诗人给"相思"找到了一个绝妙的象征物——"红豆"。找到了这个象征物,诗就成功了一半,所谓"夕阳芳草寻常物,解用多为绝妙词"(袁枚《遣兴》)。何谓"解用"?说白了,便是善于提炼。

一位诗人告诉我,他在石河子时,心中曾一千遍追问:"什么是新疆建设兵团?"这就是说,他想为新疆建设兵团寻找一个象征符号。一天,他看到退役者摘掉帽徽的军帽上呈现出一个绿色的五星印记,喜不自胜——"我找到了!"于是就有了《绿色的星》那首诗,也有了一本诗集的名字。

以此类推,写《相思》时的王维,恐怕也曾在心中一千遍地追问过:"何物最相思?"直到有一天,他突然看到或想到了红豆。"红豆!""绿色的星!"原来新诗和诗词在意象的追求上,是如此这般地相通。

红豆何以能成为相思的象征物呢?首先,红豆的别名是相思子。其次,有一个民间故事,说的是一位女子望夫而死,在她泪尽之处长出树来,结出果实,就是红豆。而红豆的形状,又活像一滴滴血泪。《红楼梦》二十八回贾宝玉在冯紫英家唱曲,打头一句就是"滴不尽相思血泪抛红豆"——这可以说是对红豆这一意象的绝妙阐释。

所以,《相思》这首诗一起,"红豆"两字就占尽局面。接下来,"春来"还是"秋来",无关紧要,关键在于"发几枝"——既关红豆,又关相思。接下来,"多采撷"还是"休采撷"也无关紧要——说"勿忘我"和说"忘记我吧",反正表达的都是同一种深情，后者可能还更加苦涩。关键在于"此物最相思"——诗人心中反复追问的问题，答案找到了。

何物最相思？——"此物最相思"。

前人说，五言绝句须篇法圆紧。如何才能做到篇法圆紧？由这首诗可见，有一个好的意象，就能够做到篇法圆紧。

鹿　柴 zhài

王　维

空山不见人，但闻人语响。

返景入深林，复照青苔上。

这首诗是《辋川集》第五首。写鹿柴（通寨、砦）附近森林的风光和作者的感受。顾名思义，"鹿柴"是一处偏僻的原生态的有野鹿出没的地方。

"空山不见人"二句，写作者在鹿柴所处的山林感觉到的有声的寂静。"空山"即寂静的山林，"不见人"就是空山的写照。"但闻人语响"则是寂静中传来的声音，却不是风声，不是水声，不是鸟声，等等，而只是人声，感觉还特别"响"。听见人语响，又不见人，这就令人感觉神秘了，感觉很不真实，好像是一种象征。《大涅槃经》卷二二云："譬如山涧响声，愚痴之人谓之实声，有智之人知其非真。"空谷传音，愈见山谷之空；人语过后，愈添鹿柴之静。这又是以动衬静、以声衬静的妙用了。

"返景入深林"二句，写夕阳返照下鹿柴山林呈现的有光的幽暗。"返景"即返影，亦即夕阳的回光返照。"深林"是幽暗的，"青苔"就是幽暗的写照。"复照青苔上"则是写穿透幽暗的一线线光明，落在青苔上的一块块光斑，似乎是破了那幽暗，却又通过局部之光影与整体之幽暗的巨大反差，突出了山林之幽暗，使之愈见其暗。而洞烛幽暗的返照之光，也像是一个开悟。但丁《神曲》写道："当人生的中途／我迷失在一个黑暗的森林中／……忽然到了一个小山脚下／那小山的顶上已披上了阳光／这是普照一切旅途的明灯。"

　　清人李锳点赞，"'人语响'，是有声也，'返景'照，是有色也。写空山不从无声无色处写，偏从有声有色处写，而愈见其空。严沧浪所谓'玲珑剔透'者，应推此种。沈归愚谓其'佳处不可语言'，然诗之神韵意象，虽超于字句之外，实不能不寓于字句之间，善学者须就其所已言者，而玩索其不言之蕴，以得于字句之外可也。"（《诗法易简录》）这首诗前两句写声与静，后两句写光与暗，虽然分属听觉和视觉，但在人们的总体感觉上是相通的。无声的寂静，无光的幽暗，是人所共知的；有声的寂静，有光的幽暗，则鲜为人知。诗人以敏锐的感觉，予以拈出，顿成妙谛，此《鹿柴》之所以通于禅也。类似的发现，同样的手法，在《竹里馆》《鸟鸣涧》等诗中，也有择重的表现。

竹里馆

王　维

独坐幽篁里，弹琴复长啸。
深林人不知，明月来相照。

竹里馆建在辋川的一片竹林之中，环境幽深。王维常憩馆内，"日与道相亲"（裴迪《辋川集二十首·竹里馆》）。此诗写其恬淡自得的生活情趣。

"幽篁"一词出自《楚辞·九歌·山鬼》："余处幽篁兮终不见天。""终不见天"正表现篁竹林遮天蔽日的深幽。《山鬼》歌词表现出的是一种孤独思偶的情怀，隐喻着骚人政治上求合不成的感喟；《竹里馆》"独坐幽篁里"云云，则完全是怡然自得的神情。在唐诗中，"弹琴"这个意象往往用来表现一种不合时宜的清高拔俗的情感。至于"长啸"，自魏晋以来就是名士风度的一种表征，那啸声饶有旋律，相当富于魅力，"竹林七贤"之中的阮籍就神乎其技，竟能"与琴声相谐"（《陈留风俗传》）。"弹琴复长啸"，就传达出独处幽篁之幽人悠闲怡悦，尘虑皆空，忘乎其形的情态。

"深林人不知"，虽不是"不吾知其亦已兮"的牢骚话，却也小有遗憾。这就摇漾出最后一句："明月来相照。""来相照"与"人不知"意义正相反对，正好弥补了那小小的遗憾而归于圆满。诗人似有了他的知音——你看那中宵皎洁的明月，打那篁竹的空隙间钻出来，脉脉相窥，直令人心境为之澄澈。不过，"来相照"的毕竟只是一轮"明月"，又更见竹里馆的"幽深无世人"（裴迪《辋川集二十首·竹里馆》），更见其境的恬静。

此诗在用字造语上没有用力的痕迹。写景只在俯仰之间，"幽篁""深林""明月"，几个物象，自成幽雅环境；叙写的笔墨也简淡，"独坐""弹琴""长啸"几个动作，妙达闲逸自适心情。三、四两句转合之间那个小小的摇漾，其功用是不可忽略的。

鸟鸣涧

王　维

人闲桂花落，夜静春山空。
月出惊山鸟，时鸣春涧中。

　　王维的《皇甫岳云溪杂题五首》是描写友人别墅风光的一组诗，《鸟鸣涧》即其一。鸟鸣涧是云溪一处地名，顾名思义，这是一个多鸟而幽静的山沟。王维"晚年唯好静"，对大自然的幽美境界多有发现。这首描写春天月色、空山鸟语的小诗是他的代表作之一。

　　关于鸟鸣和山幽之间的关系，我们的古代诗人是很感兴趣的。梁代诗人王籍就有"鸟鸣山更幽"（《入若邪溪诗》）的名句。而宋代诗人王安石却反其意而用之，在诗中写道："一鸟不鸣山更幽。"（《钟山即事》）然而，它们似乎都不如王维《鸟鸣涧》善于体察二者之间的辩证关系，从而创造出更为深邃的境界。

　　诗的前二句包含四个片语："人闲—桂花落，夜静—春山空。""空"，是佛学对世界本质的概括，也是王维诗中的关键字。细味，"静"是"空"在自然环境上的表现，"闲"是"空"在人的心境中的表现。从写景的角度看，这四个片语通过人的心境的平静、夜的宁静、山的寂静，加之桂花（春桂或月桂）落地静无声这样一个细节，就充分地写出了月出以前春山毫无声息的静谧。它使人联想到"山中不隐响，一叶动亦闻"（孟郊《桐庐山中赠李明府》）或"闲花落地听无声"（刘长卿《别严士元》）那样幽寂的境界，正是"一鸟不鸣山更幽"。

　　如果仅此而已，诗境便不免单调，缺乏意趣，尤其是不能见出"鸟鸣涧"的特色。所以诗人进而写道:"月出惊山鸟,时鸣春涧中。"由于月出,使鸟儿受到惊扰,不时发出一两声啼鸣,打破了夜的寂静,却又反衬出深夜空山的寂静。这就是"鸟鸣山更幽"。

如果没有月出前春山绝对的寂静,鸟儿就不会因月出而惊啼;而月出后整个空山的氛围仍是一片寂静,偶尔传来一两声鸟鸣,反而更衬出春山的寂静,这里有对立面相反相成的关系,也有整体与局部的对比关系;鸟声乍停之后,更显得春山无边的寂静。这里,"鸟鸣山更幽"又回到"一鸟不鸣山更幽",然而意境却更加深邃了。读者不仅从比较中加深了对静的感受,而且体味到春山的寂静中包孕的无限生机。

幽暗的山谷,万籁无声,使人排除杂念,由静入定;突然,奇迹发生,皓月当空,光明洞彻,山谷时有鸟鸣,使人心生欢喜,由定生慧。因此可以说,此诗的诗境,也是禅悟过程的一种象征。

山中送别

王 维

山中相送罢,日暮掩柴扉。
春草明年绿,王孙归不归?

前人有称绝句为"截句"的,以为绝句乃截律诗而得,这是一种误会。不过,如就绝句独特的艺术表现手段而论,那倒确乎可以称为"截句",如王维《山中送别》写送别情事,就可以说是"截"去了事件的主体而保留了一个尾声。

诗篇一开始就是"送罢",这种写法在送别诗中是少见的。似乎正是因为话别、惜别的场面在诗中已写得太多,诗人干脆割弃了这样的场面。不过,"山中相送"四字还是大可玩味的。"山中"本与世隔绝,所与游息者,必属亲知。相契极深,一朝离去,必有不得已的理由,又使得居者感到格外的难堪。这一层感触是不为知者道,难与俗人言的。避开不说,只言"送罢"自怀。

山路崎岖萦纡,彼此依依难舍,送一程又一程。行人明发,而送罢归来,天色已晚。所以"日暮掩柴扉"与上句虽然跳越了一段时间,倒也合乎情理。日暮闭扉,原属常事,天天如此,有什么好写?写出来却有一种不同寻俗的意味。盖隐居山中的人对世俗本持关门态度,唯有同侪来访,方得洒扫三径,敞开蓬门以迎。而今,常登门造访的人却离此远去了。"日暮掩柴扉"——从此以后,怕是"门虽设而常关"了。这句初读平常,反复含咏,颇有兴味。

诗的后二句是一问:"春草明年绿,王孙归不归?"从《楚辞·招隐士》"王孙游兮不归,春草生兮萋萋"化出,"王孙"指游子、行人。这一问似乎突如其来。揆之情理,这样的问题应是送别分手的致语,置之送罢归来之后,是逆挽。这山中送别,大约发生在春芳衰竭的时节,所以诗人致语道:春草还会如期再绿,而行人归来是否有期?即使行者回答是肯定的,送者日暮掩扉之后,仍觉忽忽心未稳。"春草明年绿,王孙归不归",也可以说是他下意识地发出的疑问。不言惜别,而其情自深。

王维喜欢在短小的五绝中设问,如《相思》《杂诗》《孟城

落月摇情满江树

坞》及此诗，均为显例。这可说是一种"启发式"的写法，对于
丰富五绝这种最小诗体的诗意很有效。而将送别致语用逆挽方式
放到诗末表出，取得深长的意趣，则是此诗的特点。

山 中

王 维

荆谿白石出，天寒红叶稀。
山路元无雨，空翠湿人衣。

这首诗题一作《阙题》，写山中秋末冬初的景色及山行感受。
"荆谿"又称长水、荆谷水，源自陕西蓝田，北流至长安东北入
灞水。

"荆谿白石出"二句，写山行所见秋冬之交的景色。其时溪
水变浅，水落石出，"白石"与下句"红叶"在色彩上形成鲜明
对照，富于季节的特征和美感。有道是"西山红叶好，霜重色愈
浓"（陈毅《题西山红叶》），"红叶"之好与"天寒"是有因果关
系的，只不过入冬以后，"红叶"渐"稀"，稀则稀矣，却无损于
其鲜艳和明丽。与"浓绿万枝红一点，动人春色不须多"（王安
石《咏石榴花》），在道理上是一样的。

"山路元无雨"二句，写山中空气的潮湿和山行清凉的感觉。
"空翠"指什么？有人认为是形容松柏之苍翠欲滴，但和"湿人
衣"联系并不紧密。而唐人张旭诗云："纵使晴明无雨色，入云
深处亦沾衣。"（《山行留客》）与王维这两句说的，是同一回事。
也就是说"空翠"二字，是指山间的岚气。岚气是潮湿的空气，

"青霭入看无"（王维《终南山》），这"青霭"也就是"空翠"。久行山中，人的衣服也会潮湿。不但衣服会潮湿，整个身心都会受到浸润，感觉潮湿。这感觉不会让人不舒服，反之，它是令人愉悦的。三句说"元无雨"，四句说"湿人衣"，形成一种跌宕与唱叹，绝句正该这样写。

宋释惠洪引其弟超然《诗说》，以为此诗"得于天趣"（《冷斋夜话》四）。也就是说，王维在大自然中常有美的发现，而又能做到辞达，这是得于他的天机清妙，不全是刻苦用功的结果。

终南望馀雪

祖　咏

终南阴岭秀，积雪浮云端。
林表明霁色，城中增暮寒。

这是命题作诗，作者却调动了他的生活积累，做了超常的发挥。

"终南阴岭秀，积雪浮云端。"从长安遥望终南山，所见是山的北面，即"阴岭"，这一面因为背阳，所以积雪未化。"阴岭秀"的"秀"字，则写出半山以下未被积雪掩盖的植被。而"积雪"则是在岭的高处，但不可能浮在云端，"浮云端"只是透视的感觉。古人常用透视原理入诗，写景最妙——盖三维空间的物体投像在二维空间（视网膜）上，远近景物会叠合而成像，造成错觉。因为人在低处远望，所见终南山阴岭的积雪，背景就是蓝天白云，而白云又是流动的，就造成了"浮"的感觉。

"林表明霁色，城中增暮寒。"写雪晴之后，冰雪开始消融，气温骤降。"霁色"指太阳照耀下白雪皑皑的情景。终南山距长安约六十华里，从长安遥望终南山，由于云遮雾罩，阴天固然难以看清，就是晴天也看不分明，只有在雨雪初晴的时分，空气的透明度大大增加，才能清楚看到终南山的面目。"林表"指树林的上方，也就是终南阴岭的高处，在夕阳下特别明亮。然而，气温并没有因为阳光而回升，却反而骤降，这是因为冰雪融化要吸收空气中大量的热能，故俗谚有"下雪不冷化雪冷"之说。杨逢春评："此题若庸手为之，必刻画残雪正面矣。明字、增字，下得着力，言霁色添明，暮寒增剧也，中有残雪之魂在。"（《唐诗偶评》）这话说得很好，暮寒的感觉是超出了视觉画面的，可以说是诗中摄神之笔。

《唐诗纪事》卷二十记载了这首诗的本事：祖咏在长安应试，按照规定，省试诗应该是一首六韵十二句的五言排律，但他只写了这四句便呈有司，问他为什么，他说："意尽。"这个不顾功令的做法可能毁掉一次考试，但却成就了一首好诗。

长干曲四首之一

崔颢

君家何处住？妾住在横塘。
停船暂借问，或恐是同乡。

这首诗和下一首诗写一对萍水相逢的男女青年的隔船问答，极富戏剧性。

第一首写家住横塘的女子率先和邻船男子搭讪，她很可能是从那位男子的口中听到了乡音。俗话说："美不美，家乡水。亲不亲，故乡人。"所以忍不住问他："君家何处住？"这句话劈面而来，有石破天惊之感。没等到那个男子回答，女子接着又自报家门："妾住在横塘。"横塘是建康（今江苏南京）的一处堤塘，地近长干。最要紧的话，放到最前面说，在新闻消息的写作中叫倒金字塔法。诗中人无师自通，先说了要紧的话，然后说不要紧的话，即补充说明搭讪的原因："停船暂借问，或恐是同乡。""停船"表明是水上偶然邂逅，"或恐是同乡"暗示出那男子说话的口音与女子相同。清代的王夫之赞美这首诗道："墨气所射，四表无穷，无字处皆其意也。"（《姜斋诗话》）意思是字数不多，信息量极为丰富。

　　有人说这是写恋爱，不能说全无道理，因为恋爱往往是从搭讪开始。曾听一位长相漂亮的朋友说，年轻时经常遇到人把自行车"弯"过来索要电话号码，或者在书店里遇到陌生人递名片。只要接招，恋爱就会开始。当然，搭讪也不一定恋爱。如假期天旅游，相逢于名山的大学生相互搭讪——你是哪个学校的？我是哪个学校的。只是年轻人一见相悦的情态，这叫"你不用介绍你，我不用介绍我，年轻的朋友在一起，心里真快乐"。正因为如此，这首诗所展示的人情美，包容更大。

　　这是一个古老的故事，但是它永远新鲜。当代有位青年诗人写了一首《车上遐思》："虽幸公交一座同，可怜无计姓名通。卿将何去何时下，我住钱塘东复东。"诗的内容与崔颢《长干曲》神似。这就是陌生人之间的好感，从作者不好意思问对方姓名这一点看，对方应该是个美丽女子。不同的是，所有的搭讪只在于

落月摇情满江树

作者的想象之中，"车上遐思"嘛。"卿将何去何时下"是他想问对方的话，"我住钱塘东复东"是他想说的话，也就是想递上名片，渴望重逢的意思。这首诗的时代感表现在"公交一座同"上，其主人公是当代男子，表现却比较羞涩。崔颢诗写的是唐代女子，表现却大方。这就是彼此之间和而不同之处。

长干曲四首之二

崔 颢

家临九江水，来去九江侧。
同是长干人，生小不相识。

　　这一首写男子的答话。民歌本有男女对唱的传统，所以《乐府诗集》有"相和歌辞"。"家临九江水"是答复"君家何处住"的问题，委婉地告诉女子，他的老家也在建康（今江苏南京）长干里，他们是同乡。"来去九江侧"是男子说明自己的职业身份——他也是在船上讨生活的人。虽然彼此都是生活在船上，都在长江中游来来往往，然而处在不同的船上，就像两股道上跑的车，是面对面还觉得遥远的。要不是因为偶尔在一处"停船"，就没有相识的机会。"同是长干人，生小不相识"——作为一个事实，这太简单了；作为一种心情，则不那么简单，至少包含有"今日相识"的喜悦和相逢恨晚的感喟。越是对过去感到惋惜，越是对此时此地的邂逅感到欣幸。

　　《长干曲》是南朝乐府中"杂曲古辞"的旧题，原曲以素朴真率见长，此诗写得干净健康，蕴藉无邪，深得乐府神髓。

静夜思

李　白

床前明月光，疑是地上霜。

举头望明月，低头思故乡。

这是一首国人家喻户晓的唐诗。它的内容是那样家常，语言是那样浅显，毫无雅人深致，深受妇女儿童的欢迎，却偏偏出自大诗人李白之手，这一现象，令某些风雅自命的文士沮丧不已。然而，它的广传却有颠扑不破的道理。《诗经》中就有两派诗，一种是风诗，本源在于民间，一种是雅诗，出自贵族或精神贵族。五绝的本色就不重雅人深致，而重风人之旨，所以妇女儿童往往胜于文人学士。深知个中三昧者莫过于唐代诗人，尤其是李白。

静夜，月夜，是思乡的时候。"床前明月光，疑是地上霜。"这两句写客子秋夜梦回的情景。这个情景，在没有电力的时代是一种普遍的生活经验。那时照明全靠油灯，人们天黑就歇息，很难一觉睡到天亮。中夜梦回时，明晃晃的月光会成为继续入眠的一种困扰。月光的感觉通于清寒，疑其为秋霜，就写出了通感。这对客子心理产生的影响是显著的——感到环境特别陌生，于是思乡之情便油然而生。在电力时代，这种情景已淡出城市的生活经验，但通过想象，仍然不难心领神会。

"举头望明月，低头思故乡。"这两句正面抒写客子在静夜中的乡思。夜里清醒之后长时间睡不着，也就只好"望明月"而"思故乡"了。"望明月"这一动作和"思故乡"这一心理活动，本属因果关系，作者却稚拙地将它们并列起来，分别与"举头"

落月摇情满江树

四〇四

"低头"的动作联系。举头、低头，皆是无语，是以形体语言，表达心理活动。"举头""低头"又做成一个唱叹，读来令人低回不已，使人觉得万种乡愁，俱在不言中。

"明月"是唐诗的重要意象。我国的传统历法，本质上是月历，晦、朔、望、既望等概念，都源于月相。可以说，月亮对中国人来说，就是一本活的历书，居人看，行人看，中秋看，元宵看，除了雨夜随时都看，它早已融入人民生活，能激起复杂的情思。用"明月"作为意象来表现相思或乡愁，是古代诗人的天才创举，它的运用在李白诗中达到极致，《静夜思》就是有代表性的一例。顺便说，古人选诗对原作常有删改，因为选家自己作诗也很高明。这首诗在宋版二种及元明本中，一、三句皆作"看月光""望山月"，王士禛《唐人万首绝句选》作"明月光"，乾隆敕编《唐宋诗醇》作"望明月"，沈德潜《唐诗别裁》悉作今本，流传至今。原作"看月光""望山月"虽无不可，王文才说："似不如改本之深厚、流畅、自然，前后一气而成。"诚哉斯言。

最后应该指出，这首诗在写作上是受到一首古代民歌的影响："秋风入窗里，罗帐起飘扬。仰头看明月，寄情千里光。"（《子夜四时歌·秋》）它也是一首"静夜思"，诗歌的主要意象也是明月，写得也不错，却远没有李白《静夜思》脍炙人口。除了选家造成的原因，还可以指出一个原因：那首民歌写的是闺情，而李白诗写的是乡思，前者能引起恋人的共鸣，而后者几乎将天下人一网打尽。此外，《静夜思》写到"思故乡"戛然而止，"百千旅情，虽说明却不说尽"（沈德潜《唐诗别裁》）。一方面是明白如话，一方面又隽永含蓄，这也是它成为千古绝唱之不可忽略的因素。

秋浦歌十七首之一

李 白

白发三千丈，缘愁似个长。

不知明镜里，何处得秋霜？

━━

　　天宝十三载（754），李白自幽燕南归客游秋浦（在今安徽贵池），作《秋浦歌》组诗十七首，抒写诗人忧心国事、叹惜年华的浓愁。"白发三千丈"一首是组诗的最强音。

　　同样以白发来表现忧愁，在长于写实的杜甫笔下是"白头搔更短，浑欲不胜簪"，而在作风浪漫的李白笔下则是"白发三千丈，缘愁似个长"。想一下白发三千丈的诗人形象吧，那是只见白发而不见诗人，飘飘然的白发遮蔽了一切，这具象化了的愁情，就令读者永志不忘了。诗句之妙，在于夸张的妙用和形象的独创性，"洵非老手不能，寻章摘句之士，安可以语此"（王琦《李太白诗集注》）。

　　后两句点明诗人是在对镜顾影自怜："不知明镜里，何处得秋霜？"诗意略近于《将进酒》之"君不见高堂明镜悲白发，朝如青丝暮成雪"，"不知""何处"云云，表明是忽然的发现，似乎一夜之间就平添了白发三千丈。这仍是夸张，不过也有真实作基础，《武昭关》中的伍子胥，不就是一夜之间愁白了头吗？古人所谓"明镜"，本指铜镜。这里是借代，喻指秋浦河平静的水面。以"明镜"代水面，李白诗屡见，如："两水夹明镜，双桥落彩虹"（《秋登宣城谢朓北楼》）、"人行明镜中，鸟度屏风里"（《清溪行》）。

　　本诗的前二句夸张的是白发的长度，后二句夸张的发白的速

落月摇情满江树

度。通过这样两度的夸张，就把诗人莫可名状的愁思宣泄得淋漓尽致了。

独坐敬亭山

李　白

众鸟高飞尽，孤云独去闲。

相看两不厌，只有敬亭山。

  此诗作于天宝十二载（753）游历宣城之际。敬亭山在今安徽宣城市北，山有万松亭、虎窥泉，东临宛、句二水，南俯城闉，烟市风帆，极目如画，为南齐诗人谢朓吟咏处。这首诗着重表现诗人目空世俗的傲岸精神，表现为对孤独感的玩味和自我欣赏。

  "众鸟高飞尽，孤云独去闲"，前二句是独坐敬亭山望山中之景。"言我独坐之时，鸟飞云散，有若无情而不相亲者。独有敬亭之山，长相看而不相厌也。"（朱谏《李诗选注》）陶渊明《归去来兮辞》"云无心以出岫，鸟倦飞而知还"，大致给岭云、归鸟这两个诗歌意象定了性，它们都成了皈依自然的象征。此二句诗中也大致含有"君平既弃世，世亦弃君平"（李白《古风》）的意味。诗人鄙弃世俗，世俗也排斥诗人。"众""孤"字面，形成一种对照，暗有以众形独之意。

  "相看两不厌，只有敬亭山"，后二句之妙在不更从独处落笔，而从不独处写独。也就是辛弃疾用词所诠释的"我见青山多妩媚，料青山见我应如是"（《贺新郎》），这与"举杯邀明月，对影成三人"（李白《月下独酌四首》其一）同法，以"相看两不厌"力破孤独，同时也突出孤独，表现出一种精神的好强。

诗人将敬亭山人格化，实是将自己情感外化，人和山两者同出而异名，互相欣赏其实是自我欣赏，所以"只有"云云，最终又强调了诗人的孤独感。归根结底，诗人顾影自怜，为自己的孤独大唱赞歌。

有两首诗可资比较，一是王维《竹里馆》，其诗重在表现人与自然的融合，泯忘物我，通了禅味。《独坐敬亭山》重表现主观情感，突出张扬自我，有抗争的精神。王维是王维，李白是李白，不会混淆。二是王安石《登飞来峰》"不畏浮云遮望眼，只缘身在最高层"，表现的是不为物议干扰的、乐观的战斗精神，李白诗表现的是受到排斥的愤世嫉俗的抗争精神。一在朝，一在野，语感不同，实质也不同。

绝句二首之一

杜　甫

迟日江山丽，春风花草香。
泥融飞燕子，沙暖睡鸳鸯。

先唐以五绝写景，有所谓"一时而四景皆列"的手法，如吴均诗："山际见来烟，竹中窥落日。鸟向檐上飞，云从窗里出。"（《山中杂诗三首》其一）这种手法又称为四句整对，在杜甫绝句中更为常见。作于广德二年（764）成都草堂的"迟日江山丽"一首绝句，即运用此法。上下联皆对，工整自然。

"迟日江山丽。"《诗经·豳风·七月》云："春日迟迟"，是说仲春的日子，白昼一天长似一天。这时风和日丽，山河特别秀美可爱。"迟日"二字笼罩全篇，给人以温暖明媚之感。

"春风花草香。"前句写春光明媚，此句则写春的气息。前句偏于触觉，此句偏于嗅觉。因"日"见"丽"，凭"风"传"香"，用字工稳可喜，又表现出景物间的联系。

前二句着力写春天给人的总体感受，较为宏观，有如画图的阔大背景。后二句则着力刻画一二细节，较具体而微。它写的是小径与溪边的景物。"泥融""沙暖"都承"迟日"句来。"飞燕子""睡鸳鸯"则写出两种鸟儿，一动一静，它们分别与"泥融""沙暖"搭配，意蕴更加丰富。盖春来土湿，燕子忙做窠，它们啄泥芳径，又复飞去。鸳鸯成双作对，因春水犹寒而日照沙暖，它们便交颈而眠，贪享春天的温暖。通过对两种鸟儿的动静刻画，反映了春天的勃勃生机。

全诗既从大处着眼，又从细处落墨，有联系又有对照，虽一句一景，但既不零乱，也不单调。"丽""香""融""暖"等形容字，下得准确，堪称诗眼。通过对美好春光的描绘，反映了饱经丧乱漂泊之苦的诗人在相对安定和平的环境中的喜悦心情。

八阵图

杜 甫

功盖三分国，名成八阵图。

江流石不转，遗恨失吞吴。

杜甫漂泊西南期间，所作咏怀古迹诗篇不少，其间有关蜀相诸葛亮的篇什尤多。《八阵图》就是一首，它作于大历元年（766）作者寓居夔州时。"八阵图"是由八种阵势（名目为：天、地、风、云、龙、虎、鸟、蛇）构成的战阵，古已有之，非始于亮。亮布八阵凡四，就中以布在夔州西南永安宫前平沙上的八阵图最为著名。据载：夔州八阵图聚细石为之，各高五尺，广十围。历然棋布，纵横相当。中间相去九尺，正中开南北巷，悉广五尺，凡六十四聚。

　　诗人一落笔就撇开阵图的具体描述，而以概括的笔墨点出八阵图与诸葛亮一生功名大节之关系："功盖三分国，名成八阵图。"历史上三国局面的形成，是以诸葛亮辅佐刘备割据西蜀为标志的，"功盖三分国"就肯定了诸葛亮在三国鼎立局面的奠定上，起了无与伦比的作用。首句偏重其人的政治才具，次句则偏重军事才能，并直扣题面"八阵图"。兼资文武全才，正是诸葛亮功盖三国、名垂后世的一个重要原因。这两句诗好在既有概括性，又有针对性（当地古迹）。其概括性可与"三顾频烦天下计，两朝开济老臣心"（杜甫《蜀相》）、"三分割据纡筹策，万古云霄一羽毛"（杜甫《咏怀古迹五首》其五）媲美，然而它只能是咏"八阵图"的诗句，不可它移。

　　"江流石不转"——这一句写到阵图本身来了，但仍不作一般描述，只抓住其特别引人注意的一点，着力描写。据刘禹锡《嘉话录》载："夔州西市，俯临江沙，下有诸葛亮八阵图，宛然犹存，峡水大时，三蜀雪消之际，澒涌晃漾，大木十围，枯槎百丈，随波而下，及乎水落川平，万物皆失故态，诸葛小石之堆，标聚行列依然。如是者近六百年，迨今不动。"这是一个奇迹。

《诗经·邶风·柏舟》云：“我心匪石，不可转也”，本是说石头易翻转，江水的力量更不难转石。而八阵图居然“江流石不转”，不免神异。看起来五字只纪实，其实字里行间充满慨叹，有赞颂其功千载不泯的意味，直承前两句而来。同时“石不转”三字又暗逗后文的“遗恨”。

诸葛亮既然功盖三国，而八阵图又名垂千古，何以复兴汉室的大业未竟，长使英雄泪满襟呢？末句便一笔兜转，说出此“遗恨”的缘由在于“吞吴”之失。这一句诸说不同，或谓以不能灭吴为恨（旧说），或谓以先主伐吴为恨（苏轼），或谓不能制主东下为恨，或谓先主伐吴不能用其阵法为恨。大要可分两种：一将“失吞吴”释为以吞吴失计；一释为以未吞吴为失计。按“蜀主窥吴幸三峡，崩年亦在永安宫”（杜甫《咏怀古迹五首》其四），刘备伐吴之举，实有违于诸葛亮联吴抗曹之策略，实为蜀国在政治上走下坡路的开端。虽有阵图，亦无济于事。此因阵图所在之地而连及史事，与《蜀相》诗感慨略同。故以“失吞吴”作以吞吴为失计较优。

逢雪宿芙蓉山主人

刘长卿

日暮苍山远，天寒白屋贫。
柴门闻犬吠，风雪夜归人。

这首诗写一次旅途投宿的深刻感受。一户深山老林中的人家，会带给漂泊在外的人一个家的感觉——一个多么亲切温馨的感觉。投宿者情不自禁地加入了芙蓉山中的这一片生活，一点也不陌生。他呼吸着茅屋中烟味很浓的空气，感受着山人的心情——尤其是深夜亲人从风雪中归来、家人心中石头落地的愉快心情。

"日暮苍山远，天寒白屋贫。"写芙蓉山山行所见，能让人联想到杜牧笔下的"远上寒山石径斜，白云生处有人家"（《山行》），而生出几多神往。"苍山""白屋"是主要意象，是选择性的写景。这两句好比一幅写意的彩墨画，青苍的远山上，点缀着茅屋。"白屋"指简陋的房屋，故著一"贫"字。然而从审美的角度看，点染山水的房子，还不能要高楼大厦，就是要几间东歪西倒屋，才有味道，以其渐近自然。"日暮""天寒"是写时间、天气，旅行者看到天气已晚，寒气逼将上来，路还"远"着，风景虽好，心里不免有点着急。

"柴门闻犬吠，风雪夜归人。"写投宿山村的情景。有意思的是，作者并不说自己是怎样投宿的，山里人是怎样接待客人的。却写他投宿山家后，夜里看到的一个情景："风雪夜归人。"准确讲，这"风雪夜归人"的情景，也不全是看来的，而是从狗叫声和狗叫后的人语嘈杂声中听出来的。狗叫是山村之夜的细节特征，诗人抓住了山村之夜的细节特征，所以给人印象深刻。

山中人在风雪之夜久久未归，弄得家人好等，显然是为生计而奔波。所以这首小诗还含蓄地，或间接地表现了山中人贫寒劳碌的生活境遇。而那个夜归人，进屋之后，拍拍满身的雪花，形容可能沧桑，然而他的心里一定是热乎乎的吧。这一切，诗中皆不明说，然而令人浮想联翩，生出许多的感受。这就是所谓神韵。

送灵澈上人

刘长卿

苍苍竹林寺，杳杳钟声晚。

荷笠带斜阳，青山独归远。

"上人"就是和尚，是对和尚的尊称。灵澈，俗姓汤，会稽（今浙江绍兴）人。自幼出家。少从严维学诗，后至吴兴（今浙江湖州），与诗僧皎然交游，也和一些官员多有交往，刘长卿即其一焉。

作者选取在傍晚时分目送灵澈回归山寺的情景，进行精心的点染，以寄寓自己对友人的一片深情。先是写景：遥望竹林寺（在丹徒县，即今江苏镇江丹徒区），只见一片暮色苍苍；从寺里传来钟声，是那样的深远和悠扬。这里，"晚"字用得很巧，不仅点明了送人的具体时间——正是山寺的晚钟响了，僧人应该回山的时候了，而且还用"晚"字来修饰那"杳杳钟声"，仿佛那远远传来的钟声也带上了时间的概念。读者从"晚"字中似乎感到了那缓慢的，在山中轻轻回荡、渐远渐细的袅袅余音。这种通感修辞手法的运用，使诗歌意境显得更加丰富和生动——这就是灵澈上人要回去的地方，"爱屋及乌"，还没有写人，先就写到了人的归宿之处，显得一往情深，诗人对灵澈的深厚友情自然包含其中。这是景中有情。

后两句就直接写人，先是描写灵澈的形象：他头戴着斗笠，站立在斜阳之中，那夕阳的余晖映照在他身上，微透出红色。这是一个很美丽的剪影，就像一尊菩萨的静穆的雕像一样，让人肃然起敬。也许他此时正在合掌向诗人致谢告别，静穆中又显得情意深长，耐人寻味。然后是灵澈转身一步步地向着青山中的竹林寺默默地走去，渐行渐远，诗人目送着他，依依不舍，直到身影消失在苍苍的暮霭中，还久久地不忍离去。这是情中有景。全诗情景交融，浑然一体，情意质朴深挚，境界闲远幽深，表现出朴素自然、清秀雅致的诗风——真是"清辞妙句，令人一唱三叹"（宋荦《漫堂说诗》）。

这是一首超好的诗。诗人以二十个闲淡的字，写出了一个深邃的意境。诗人提炼了几个意象（元素、符号）：一座寺庙、画外的钟声、一道青山、西下的夕阳和一个踽踽独行的僧人。钟声代表一种召唤，僧人渐行渐远代表一种皈依、归宿。"荷笠带斜阳"，与陶渊明"带月荷锄归"（《归园田居五首》其三）在用字上有异曲同工之妙。归宿的感觉真好——《逢雪宿芙蓉山主人》也写归宿，但那是出门人对家的归宿，是人生的况味；这是出家人灵魂的归宿，是超越人生的况味，所以深邃。

听弹琴

刘长卿

泠泠七弦上，静听松风寒。
古调虽自爱，今人多不弹。

诗题一作"弹琴"。《刘随州集》为"听弹琴"，从诗中"静听"二字细味，题目以有"听"字为妥。

琴是我国古代传统民族乐器，由七条弦组成，所以首句以"七弦"作琴的代称，意象也更具体。"泠泠"形容琴声的清越，逗起"松风寒"三字。"松风寒"以风入松林暗示琴声的凄清，极为形象，引导读者进入音乐的境界。"静听"二字描摹出听琴者入神的情态，可见琴声的超妙。高雅平和的琴声，常能唤起听者水流石上、风来松下的幽静肃穆之感。而琴曲中又有《风入松》的调名，一语双关，用意甚妙。

如果说前两句是描写音乐的境界，后两句则是议论性抒情，牵涉到当时音乐变革的背景。汉魏六朝南方清乐尚用琴瑟，而到唐代，音乐发生变革，"燕乐"成为一代新声，乐器则以西域传入的琵琶为主。"琵琶起舞换新声"的同时，公众的欣赏趣味也变了。受人欢迎的是能表达世俗欢快心声的新乐。穆如松风的琴声虽美，如今毕竟成了"古调"，又有几人能怀着高雅情致来欣赏呢？言下便流露出曲高和寡的孤独感。诗僧齐己有《赠琴客》诗云："曾携五老峰前过，几向双松石上弹。此境此身谁更爱，掀天羯鼓满长安。"可与此对读。三字"虽"字转折，从对琴声的赞美进入对时尚的感慨。"今人多不弹"的"多"字，更反衬出琴客知音者的稀少。

有人以此二句谓今人好趋时尚不弹古调，意在表现作者的不合时宜，是很对的。刘长卿清才冠世，一生两遭迁斥，有一肚皮不合时宜和一种与流俗落落寡合的情调。他的集中有《幽琴》（《杂咏八首上礼部李侍郎》）诗曰："月色满轩白，琴声宜夜阑。飗飗青丝上，静听松风寒。古调虽自爱，今人多不弹。向君投此曲，所贵知音难。"其中三句就是这首听琴绝句。"所贵知音难"也正是诗的题旨之所在。"作诗必此诗，定知非诗人"（袁枚《随园诗话》引苏轼语），诗咏听琴，只不过借此寄托一种孤芳自赏的情操罢了。

塞下曲六首之一

卢 纶

林暗草惊风，将军夜引弓。
平明寻白羽，没在石棱中。

卢纶《塞下曲》共六首，分别写发号施令、射猎破敌、奏凯庆功等军营生活。诗题一作"和张仆射塞下曲"，语多赞美之意。

此为组诗的第二首，写将军夜猎，见林深处风吹草动，以为是虎，便弯弓猛射。天亮一看，箭竟然射进一块石头中去了。通过这一典型情节，表现了将军的勇武。诗的取材，出自《史记·李将军列传》。据载，汉代名将李广猿臂善射，在任右北平太守时，就有这样一次富于戏剧性的经历："广出猎，见草中石，以为虎而射之。中石没镞，视之石也。因复更射之，终不能复入石矣。"

首句写将军夜猎场所是幽暗的深林。当时天色已晚，一阵阵疾风刮来，草木为之纷披。这不但交代了具体的时间、地点，而且制造了一种气氛。右北平是产虎地区，深山密林是百兽之王的猛虎藏身之所，而虎又多在黄昏夜分出山，"林暗草惊风"，著一"惊"字，就不仅令人自然联想到其中有虎，呼之欲出，渲染出一种紧张异常的气氛，而且也暗示将军是何等警惕，为下文"引弓"做了铺垫。次句即续写"射"。但不言"射"而言"引弓"，这不仅是因为诗要押韵的缘故，而且因为"引"是"发"的准备动作，在一"惊"之后，将军随即搭箭开弓，身手敏捷之至。

后二句写"中石没镞"的奇迹，把时间推迟到翌日清晨（"平明"），将军搜寻猎物，发现中箭者并非猛虎，而是石头，令人读之，始而惊异，既而嗟叹，原来箭头竟"没在石棱中"。这样写不仅更为曲折，有时间、场景变化，而且富于戏剧性。"石棱"即石头的棱角，箭头要钻入殊不可想象。《史记》原文只说"没镞"，并没有说得这样具体。这一颊上添毫的笔墨，特别尽情够味，只觉其妙，不以为非。

清人吴乔曾形象地以米喻"意"，说文则炊米而为饭，诗则酿米而为酒（见《围炉诗话》），其言甚妙。因为诗须诉诸读者的情绪，一般比散文形象更集中，语言更凝练，更注重意境的创造，从而更令人陶醉，也更像酒。《史记》中一段普普通通的文字，一经诗人提炼加工，便升华出如此富于艺术魅力的小诗，不正是化稻粱为醇醪吗？

塞下曲六首之二

卢　纶

月黑雁飞高，单于夜遁逃。

欲将轻骑逐，大雪满弓刀。

此诗原列第三。它通过雪夜追击逃敌的情节，着重表现并热情歌颂了边防将士的不畏艰苦和英勇威武。

前两句写敌军趁夜遁逃。第一句"月黑雁飞高"，极力烘托寒夜气氛：彤云密布，没有月光，是漆黑阴森的夜。"雁"点出季节。塞下秋来，寒风凛冽，下雪是不必待到隆冬。夜空飞雁，是凭听觉感到的。雁的啼声从远空传来，"高"就表达出了这种实际的感觉。黑夜雁飞，是很反常的现象。因为雁群晚来投宿沙滩或芦塘，要白天再次降临才继续远征。这种鸟儿十分警觉，一有动静即相呼而起。夜空惊雁的一笔，表明黑茫茫的夜幕正掩蔽着一个诡秘的军事行动，这就紧紧逼起下句："单于夜遁逃"——乃是惊雁的原因了。"月黑雁飞高"，既是赋，又兼有比兴作用。黑暗中作高空飞行的大雁，又是趁夜撤退的敌军的一种象征。

后两句，以一极有力的"欲"字领起，写警觉的边防军已洞察敌人的动静，即将以轻骑兵追击。这时气氛突变，一瞬间满天大雪纷飞。出击的情形，战斗的后果，被诗人一概舍去，独取一个"特写镜头"——"大雪满弓刀"：黑夜看不清人和马，雪光映射在战士们的刀剑上，发出闪闪冷光。所以在追兵中独见"弓刀"，这是极真切的描写。由于前两句诗充分地烘托了气氛，第三句只用"轻骑逐"三字，便极含蓄地写出了战斗胜利在望的气势，写出了将士们勇猛追击的精神面貌。它使人联想到"将军金甲夜不脱，半夜军行戈相拨，风头如刀面如割"，"虏骑闻之应胆慑，料知短兵不敢接，车师西门伫献捷"（岑参《走马川行奉送出师西征》）的诗句。其所写将士坚毅的意志，昂扬的士气，决胜的信心，此诗与之毫无二致。第四句写临发时突如其来的大风雪，于行军不利，然而这正是将士们坚忍不拔、一往无前的英勇气概的有力衬托。这可说是诗中最精彩的一笔。从句式上看，以"欲将"领起二句，有意造成一种引而不发、欲擒故纵的气势，诵读起来音情摇曳，回肠荡气，语极豪放又含蓄不尽。追击成功与否，诗人不写，读者已心领神会了。

鸣　筝

李　端

鸣筝金粟柱，素手玉房前。

欲得周郎顾，时时误拂弦。

筝是中国古代弹拨弦乐器。"鸣筝"谓弹奏筝曲。这首诗写一位弹筝女子为博取心上人的青睐，故意弹筝出错的情态，曲尽人情，耐人寻味。

"鸣筝金粟柱，素手玉房前。"前两句写女子坐在华美的房舍前，拨弄筝弦，是这首诗的引子。句中有两个装点字面——筝上支撑弦的构件称柱，"金粟柱"即以金粟装饰的弦柱。"玉房"是房屋的美称，犹金闺之类。金、玉字面，赋予诗句华美的外衣。"素手"表明弹筝者是女子。

"欲得周郎顾，时时误拂弦。"后二句即写女子故意弹错曲调，以博取心上人的青睐。这里有一个典故，周郎即周瑜，为吴将时年仅二十四岁，吴下呼之为"周郎"。据《三国志》本传说，周瑜精通音乐，听人奏曲有误时，即使喝得半醉，也要回过头去注目演奏者，故谣曰："曲有误，周郎顾。"诗中显然是借周郎以喻女子的知音。"时时"是强调她一再出错，以博得对方的注意。徐增有个说法："妇人卖弄身份，巧于撩拨，往往以有心为无心，手在弦上，意属听者。在赏音人之前不欲见长，偏欲见短。见长则人审其音，见短则人见其意。李君何故短得恁细？"（《而庵说唐诗详解》）意思是说，女性为了引起知音的注意，有时故意卖弄破绽。为什么要这样做呢？无非是让对方来点拨一下自己，制造一个接近的机会而已。

现实生活中常常有这样的事，一个人（无论男女）想要和别人（通常为前辈、上司）套近乎，却找不到恰当的机会，只能"韬晦"一下，准备问题以求教的方式，去博得对方的好感。有时他准备的问题，答案本来是心知肚明的，却偏要装作不知道，让对方显示其高明。所以这首诗的寓意，实际是大于形象的，也就是说，是超出了表面内容的。

这首诗还有一种别解，作者未必然，读者何必不然——那女了山错不是故意的，只是因为失去了对方的关注，又"欲得周郎顾"，弹筝时不免心不在焉，闪了神，不在状态，这样，出错也就是难免的了。施肩吾有首《夜笛词》："皎洁西楼月未斜，笛声寥亮入东家。却令灯下裁衣妇，误剪同心一半花。"就是写的这种情况。

拜新月

李 端

开帘见新月，便即下阶拜。
细语人不闻，北风吹裙带。

《拜新月》属乐府杂曲歌辞。唐诗中提到拜月，例指拜新月，这个民俗与一个节日相关，即农历七月初七，俗称七夕节。当天晚上相传是牛郎织女一年一度相会的佳期，民间女子有拜新月及向织女乞巧的风俗，故又称乞巧节、女儿节。李端（一作耿湋）的这首小诗，是唐诗名篇之一。诗中涉及唐代民间拜月的习俗，同时塑造了一位渴望幸福的少女形象。

《全唐诗》另有吉中孚妻（一作张夫人）《拜新月》叙述较详："拜新月，拜月出堂前。暗魄深笼桂，虚弓未引弦。拜新月，拜月妆楼上。鸾镜未安台，蛾眉已相向。拜新月，拜月不胜情，庭前风露清。月临人自老，望月更长生。东家阿母亦拜月，一拜一悲声断绝。昔年拜月逞容仪，如今拜月双泪垂。回看众女拜新月，却忆红闺年少时。"读此可知，拜新月主要是少女的活动。

"开帘见新月"二句，写女子见月，下阶便拜。"开帘"即出户，所为何来，当然是为过节而来，当然也准备要拜新月。只是没想到月亮出来恁快，"开帘见新月"，就有"莫道君行早"（毛泽东《清平乐·会昌》）之意。"便即下阶拜"的"便即"，即有赶紧、不敢怠慢的意思，可以想见她内心的虔诚。所以"拜新月"对女子，并不是娱乐项目，而是因为她相信这个风俗。俗话说"心诚则灵"，所以这两句动作描写，是能反映人物心理活动的。

"细语人不闻"二句，写女子拜月的情态，就更妙了。按照当时习俗，拜月之前须陈瓜果于庭前，见到新月，须点燃香火，对月祝拜，并默默地许下心愿。为什么要默默呢？也是虔诚的表示，只能对月许愿，还得闭上眼睛，好像说给别人听见就不灵了。正是人同此心，心同此理，古今中外，人们许愿时大都如此。既是"细语"，却又"人不闻"。虽然"人不闻"，大致又猜得到。所谓"此时无声胜有声"（白居易《长恨歌》）也。诗中没有设定视角，读后觉得画出来一定是个背面的美人。大概是因为诗中无一字道及女子表情，却写"北风吹裙带"，给人以强烈的暗示。清人黄叔灿云："上三句写照，心事已是传神，但试思

'细语人不闻'下如何下转语？工诗者于此用离脱法，'北风吹裙带'，此诗之魂，通首活现矣。"（《唐诗笺注》）

文学描写中，最好的动作描写，是须表现人物的心理活动的。例如张爱玲小说表现一个人心慌意乱时，却是描写："转身出去，一路扣纽子。不知怎么有那么多的纽子。"（《红玫瑰与白玫瑰》）再看这首诗，无一句不是动作，赶紧下阶的动作，隐约不清之细语，随风飘动的罗带，纯属动态描写，却无一句不是心理活动，这是作者最成功的地方。明人唐汝询说："心有所怀，故见月即拜，以情诉月，而人不闻，独风吹裙带耳。此《子夜歌》之遗声也。"（《唐诗解》）《子夜歌》哪有这般细腻的动作描写，这已是纯正的唐音了。

新嫁娘词三首之一

王 建

三日入厨下，洗手作羹汤。

未谙姑食性，先遣小姑尝。

中唐人以白描写日常生活，往往曲尽人情。朱庆馀《闺意上张水部》写洞房花烛夜后的新嫁娘，令人过目不忘；王建《新嫁娘词》内容如朱诗之续，艺术上亦不相让。

古谓新媳妇难当，在于夫婿之上还有公婆。光夫婿称心还不行，还得婆婆顺眼，第一印象非常重要。古代女子过门第三天（俗称"过三朝"），照例要下厨做菜，这习俗到清代还保持着，《儒林外史》二十七回："南京的风俗，但凡新媳妇进门，三天就要到厨下去收拾一样菜，发个利市。"画眉入时固然重要，拿味合口则更为要紧。所以新媳妇是有几分忐忑不安的。

"三日入厨下"直赋其事，同时也交代出上述那样一个规定的环境。"洗手"本是操作中无关紧要的程序，写出来就有表现新妇慎重小心的功用——看来她是颇为内行，却分明有几分踟蹰。原因很简单："未谙姑（婆婆）食性。"考虑到"姑"的食性问题，也得见新妇的精细。同样一道羹汤，兴许有说咸，有说淡。这里不仅有个客观好坏标准，还有个主观好恶标准。"知己不知彼"，岂能稳操胜券？看来，她需要参谋。

谁来参谋？夫婿么，在回答母亲食性如何这个问题上，也许远不如对"画眉深浅"的问题来得那么叫人放心。女儿才是最体贴娘亲的，女儿的习惯往往来自母亲的习惯，食性亦然。所以新嫁娘找准"小姑"帮忙。"味"这东西，说不清而辨得出，不消问而只需请"尝"。小姑小到什么程度不得而知，总之未成年，还很稚气。她也许心想尝汤而未敢僭先的，所以新嫂子要"遣"而尝之。姑嫂之间，嫂是尊长。对夫婿要低声问，对小姑则可"遣"矣。情事各别，俱服从于规定情景。可见诗人用字之精确。诗人写到"尝"字为止，以下的情事，就要由读者去补充了。

江 雪

柳宗元

千山鸟飞绝，万径人踪灭。

孤舟蓑笠翁，独钓寒江雪。

此诗作于永州，为唐人五绝名篇。诗中描绘了一幅寒江独钓图。

"千山鸟飞绝，万径人踪灭。"两句是背景、远景，是一片白茫茫大地真干净的雪景。这空旷的世界图景隐含着双重意蕴，一是象征政治气候的严寒，以衬托后二句表现的对这种严寒的无所谓；一是隐含封建士大夫的某种人生观念，也就是《红楼梦》十二支曲尤其是《尾声·飞鸟各投林》所表现的看破红尘的观念。实际上也就是对现实的一种否定，所以这两句也就成为对人生伤悟的禅境。

"孤舟蓑笠翁，独钓寒江雪。"两句是近景、特写，是处于前述画面中心的人物。这人以渔翁形象出现，为蓑衣箬笠覆盖，端坐船头，俨若禅定。他坐在冰天雪地中而不为冰雪所动，他在垂钓而心不在鱼——与其说在钓鱼不如说在钓雪。这是一个象征，即不为险恶严寒所动的独立不迁的精神境界的象征。

通过"孤""独"与"千山""万径"的对比，严寒与不畏严寒的对比，诗人赞美了"贫贱不移，威武不屈"的精神，成功地表现了一种人格美。前人认为诗中渔翁乃诗人"托此自高"（唐汝询《唐诗解》），十分中肯。

总之，这首诗中寒江独钓的渔翁，是一个诗歌意象，象征着一种等待、一种坚守。也许他钓不到什么，等不到什么，但正如一首歌所唱的那样："我的心在等待，永远在等待，我的心在等待、在等待——"，也就是永不言弃。

行　宫

元　稹

寥落古行宫，宫花寂寞红。

白头宫女在，闲坐说玄宗。

〔··〕

　　"行宫"指京城以外的皇宫，在这首诗中指东都洛阳的上阳宫。上阳宫是离宫，也称行宫。这首诗作于元和四年（809），通过古老行宫的衰败景象，抒写抚今追昔的沧桑感慨。诗中的"白头宫女"，即白居易《新乐府·上阳白发人》中提到的主人公。

　　"寥落古行宫，宫花寂寞红。"这两句写老行宫总体印象，有不胜今昔之感。句中主要意象是"行宫""宫花"。"行宫"非同民宅，联系着堂皇；"宫花"非同野花，联系着繁富，都可以通往过去，使人联想到作者《连昌宫词》"炫转荧煌"四字。作为韵脚的"宫""红"二字，更强化这个感觉。而"寥落""古""寂寞"等形容的加入，却联系着年久、失修、自开自落、顾影自怜，把堂皇、繁富一类感觉完全败坏了。"红"之为色，是与温暖、热烈、鲜艳、发皇通感的，在句中却作了冷清、衰落、黯淡、消沉的点染和反衬，使寥落更其寥落、寂寞更其寂寞，从而令人沮丧。

　　"白头宫女在，闲坐说玄宗。"这两句写白头宫女闲聊天宝遗事，有无尽怅惘之致。句中主要意象是"宫女""玄宗"。"宫女"是美女，"玄宗"是风流天子，联系着歌舞升平，穷极奢侈。而"白头""闲坐"等形容的加入，却联系着衰老、故事、风流云散、穷极无聊，把歌舞升平一扫而空了。全诗至此，已经重复使用了三个"宫"字，令人浑然不觉，暗含感慨无端。"白头"的

"白"字，顶住上文的"红"字，对比极为强烈。有"在"，就有不在——比如"玄宗"。"宫女"而"白头"，就成了历史见证人。末句"闲坐说玄宗"轻描淡写，略不经意，然宫女数十年之辛酸，国家数十年之盛衰，无不含蕴句下。沈德潜评点道："说玄宗，不说玄宗长短。"（《唐诗别裁》）是说这首诗十分含蓄，令人作历史的反思。还不仅仅如此。

"白头宫女在，闲坐说玄宗"，用今天的话说，这是"口述历史"，是打开尘封的记忆，是见证人讲说历史人物，不像起居注那样系统而正规，她并不会说"玄宗长短"，可能只是点点滴滴披露事实，却有无比的生动性和可信度，有珍贵的史料价值。令人恒存怀想。当我们从荧屏上看到某些仅存的老人，面对记者，倾诉对历史人物的亲身见闻时，有时会自然想起元稹的这两句诗。清人潘德舆说得好："《长恨歌》一百二十句，读者不觉其长；微之《行宫》才四句，读者不觉其短，文章之妙也。"（《诗话》）

问刘十九

白居易

绿蚁新醅酒，红泥小火炉。
晚来天欲雪，能饮一杯无？

这首诗的内容，坦率点说，就是请人冬夜喝酒。这点意思，不足为长句，用五绝来表现是相宜的。

唐代的酒类似今日之米酒，新酿酒未过滤时，表面上会有些浮渣，微呈黄绿色，细如蚁，称为"绿蚁"。"我家已酿成新酒"这层意思，直说太无味，诗人代之以一个描写性的句子，通过"绿蚁"这样一个细节，造成了画面感，使人仿佛看到了那新酿的米酒，甚至好像嗅到了酒香。说罢酒，自然的联想是与冬夜小聚相关的一个设施——火炉，这是可以用来温酒，可以用来御寒的。在没有电器的时代，围炉夜话一直是象征亲情友谊的很典型、很温馨的生活情境。不但酒是新酿，炉子应该也是新糊的，这从"红泥"表现的色泽感可以得知。"绿蚁新醅酒，红泥小火炉"，通过颜色字造成工整的对仗，造成的氛围是诱人的。

绝句的第三句很重要，在正式发出邀请之前，写一下气候："晚来天欲雪"。在没有电灯的时代，漫长的冬夜易生寂寞之感，快要下雪时风刮得很紧，更使人感到冬夜难熬，最后导致一个结果，就是对亲人对朋友的思念。当这个铺垫到位时，最后发出邀请，就是水到渠成的事了——"能饮一杯无？"诗人没有使用应用文即请帖的语言，却代之以一句问询，而且只说"一杯"——当然不是真的只饮一杯，而是文明礼貌的用语，类似于"小饮""聊备薄馔"的说法，这是富于人情味的。

清人田雯在《古欢堂集》中说："乐天诗极清浅可爱，往往以眼前事为见得语，皆他人所未发。"这首诗语言清新平易，却包含有醇浓的诗意、丰富的感情，可以设想，刘十九接到这首诗后，一定会欣然前往的。

寻隐者不遇

贾　岛

松下问童子，言师采药去。
只在此山中，云深不知处。

————————————————————————————————————

诗写的是一次寻访。寻访的结果是"不遇"。一作孙革《访羊尊师》诗。

"松下问童子"一句写问，以下三句则是对答。问写得极简括。不须明写谁问和问什么，因诗题和对答有清楚的交代。答语是诗着意之处，"言师采药去"，童子说师父进山采药去了。这一句本来已是一个完整的答复，但如果就此打住，就没有诗意了。小童对答复作的一番补充：师父就在这座山里，在那云雾迷蒙的某个地方，但具体在哪儿，谁也不知道了。"只在此山中"的"只在"二字是很肯定的语气，仿佛做了确切的回答，但"云深不知处"——叫人哪里找去？说了半天，还是等于零。然而这两句补充并非多余，它不但是十分天真的话，而且语意佳妙。这不是故意卖弄口舌，而是生活中常有的那种无意中得到的妙语。它生动反映出"隐者"特有的生活趣味和情操。诗通过描写"隐者"那出没云中、神秘莫测的行踪，隐隐透露出其洁身自好、高蹈尘埃之外的精神风貌。

寻访"不遇"，通常是一种扫兴的事。但读这首诗，却会感到有不同寻俗之处。小童的天真答话，把人引进高远的意境中，使人恍如面对那云烟缭绕的大山，想到有一位高士在其中自由自在地活动，那人迹罕至的去处，一定别有天地、别有一番乐趣。诗以小童的答话结束，虽然没直接写寻访者的反应，但读后令人觉得，他大约不会立即兴尽而返，而会站在松下，久久对着那云烟深处神往。诗属五绝，不入律可作一首短小的古风读，内容和形式是统一的。

剑 客

贾 岛

十年磨一剑，霜刃未曾试。

今日把示君，谁为不平事。

这首诗的诗题一作《述剑》。通过剑客口吻，成功地塑造了一位行侠仗义的剑客形象。作者本具侠气，姚合《哭贾岛》称其："曾闻有书剑，应是别人收。"故此诗亦兼有咏怀述志之意，或以此自荐于公卿，亦未可知。

"十年磨一剑"二句，以磨剑待试，以喻蓄器贮用。有道是"宝剑锋从磨砺出"（冯梦龙《警世通言·勤奋篇》），十年磨剑，足见打磨的精心，而宝剑之锋利则非同一般。有一种解读，认为铸剑十年却从未露过锋芒，是因为能识此宝之人尚未出现。不对，诗中说的是磨剑十年，不是"铸剑十年"；不是知音未遇，而是打磨未成。比如读书人，是"十年寒窗无人问"。所以"霜刃未曾试"，并无怨气。打磨既成，言"未曾试"，则跃跃欲试之意，悠然可会。再说，剑是侠客的随身之物，试剑亦不等于卖剑。元杂剧说："学成文武艺，货与帝王家"（无名氏《马陵道》），阮小七说："俺这一腔热血，只卖与识货的人"（《水浒传》），也是说把本领卖人，而不是把宝剑卖人。

"今日把示君"二句，写剑客亮剑，欲觅用武之地。三句言以剑示人，表明侠客的自信。"今日"是个时间节点，即宝剑磨成之日。"把示君"用二人称语气，仿佛是在对"识货的人"说话，又仿佛是对所有读者说话。总之这个"君"不是特指而是泛指，不是单数而是复数。所以末句是："谁为不平事。"此句一作"谁有不平事"，意思是请问诸公，谁有冤屈不平之事，我为你做主。"谁有"之"谁"指受害者，"谁为"之"谁"指加害者。"谁有不平事"，就替谁做主！"谁为不平事"，就找谁算账！哪一种说法更好呢，论者或以后一说为佳，以为更见游侠本色。其实这与"愿君多采撷"与"劝君休采撷"（王维《相思》）一样，未易优劣。两种说法都是在打包票，都将剑客之豪爽表现得痛快淋漓，使人血脉偾张。清人李锳评："豪爽之气，溢于行间。第二句一顿，第三句陡转有力，末句措语含蓄，便不犯尽。"（《诗法易简录》）

　　此诗成功之处，在于描摹剑客口吻，打造侠客形象，无不惟妙惟肖，使人过目成诵。吴敬夫评："遍读《刺客列传》，不如此二十字惊心动魄之声，谁云寂寥短韵哉！"（《唐诗归折衷》）贾岛诗思奇僻，此诗属于别调。通首声情壮烈，造语豪健。以问辞作结，更觉意味不尽。

乐游原

李商隐

向晚意不适，驱车登古原。
夕阳无限好，只是近黄昏。

乐游原在长安东南，为唐时登览胜地。这首诗写作者登乐游原遥望夕阳而触发的感受。它是一首小诗，也是一首大作。

"向晚意不适，驱车登古原。"两句写作者黄昏登上古原，为了排愁解闷。"向晚"二字的字面意义是天色向晚，然而，也可以理解为人过中年，耐人寻味。这就是汉语因具有模糊性而造成的魅力。"古原"是个有意思的词汇，照理说，土地是不可再生的资源，所以无原不古。然而，强调是"古原"，无非是说它未经开发，是纯自然而非人化的自然。因此，"古原"一词，不仅与"向晚"呼应，更有一种回归之意。还要说说"意不适"。什么是"意不适"呢？纪昀说"百感茫茫，一时交集，谓之悲身世可，谓之忧时事亦可"（《玉溪生诗说》），总之是有些介意，不能超脱。除了"驱车登古原"，还有什么更好的办法呢？

"夕阳无限好，只是近黄昏。"两句写登古原所见到的景色和得到的启示。"夕阳无限好"这一句极好，应画一路密圈意其该着重欣赏。一方面是夕阳确实好，人们都知道夕阳在下山的时候特别红、特别圆、特别大，可以对视，有很强的视觉冲击力。另一方面是人们只强调旭日东升的好，没有人强调过夕阳西下的好，特别是没有人强调过"无限好"，所以让人耳目一新。这一句提神，却增加了下一句的难度。作得不好，全盘皆输。老实说，"近黄昏"三字容易想到，特别是因为用韵，更容易想到。不容易想到的是"只是"二字，如果留白让人填写，恐怕谁也猜不到是"只是"二字吧——并不是因为奇崛，别人想不到，而是因为平易，别人想不到。"只是近黄昏"的"只是"，妙在含混。就和王昌龄《从军行》中的"不破楼兰终不还"的"终"字妙在含混一样，含混则诗味厚，如改成"誓"字，意思就单薄了。同理，如果把"只是近黄昏"的"只是"改成"可惜"，意思就单薄了一样。因为"只是"还可以解为"正是"。举证："只在此山中"（贾岛《寻隐者不遇》）的"只在"即正在，"游人只合江南老"（韦庄《菩萨蛮》）的"只合"即正该，"只缘身在此山中"（苏轼《题西林壁》）的"只缘"即正为，等等。所以这一句，作憾语看亦可，作赞语看，则更加阳光。这再一次显示了汉语因为模糊性而特具的魅力。

人生难免遇到负面的情绪，人的一生都要注意拒绝负面情绪，给自己以积极的心理暗示。唐诗杰作，往往给人以这方面的启示，如李白《将进酒》，又如此诗。它们不但给人以思想启迪，而且给人以充分美的享受。管世铭称这首诗为"消息甚大，为五绝中所未有"（《读雪山房唐诗钞》），是极为中肯的。

田　家

聂夷中

父耕原上田，子劚山下荒。
六月禾未秀，官家已修仓。

中晚唐为数众多的悯农诗中，短小精悍之作首推李绅《悯农二首》，接下来就要算聂夷中的《田家》了。乍看去，此诗的内容之平常，语言之明白，字句之简单，几乎没什么奥妙可言，但它能以最少的文字取得很大的效果，显得十分耐读，又绝不是偶然的。

封建时代农民遭受的剥削主要是地租剥削。在唐末那样的乱

落月摇情满江树

四三三

世，封建国家开支甚巨而资用匮乏，必然加重对农民的榨取。此诗的写作目的就在于揭露这样的黑暗现实。此诗撇开正面的描写，而只摄取收租的题前之景，即农夫辛勤耕作而官家等待收租情况，"官家已修仓"句点到为止，修仓干什么，农夫的命运将怎样，一应留待读者去想，作者省却许多气力。

诗歌语言有具体形象之美，亦有概括抽象之妙。"春种一粒粟，秋收万颗子"（李绅《悯农二首》其一）的诗句，就好在用泛写的方式，概括了一般丰年的情事，并不以具体形象见长。此诗前二句也一样，"父耕原上田，子劚山下荒"，并不是特写一家父子的情事，而是概括了千千万万个农民的家庭，所谓"夜半呼儿趁晓耕，嬴牛无力渐艰行"（颜仁郁《农家》），正是农家普遍的情事；"原上田""山下荒"也并不特指某山某原，而泛指着已耕的熟田和待垦的荒地，从耕田写到开荒，简洁有力地刻画出农家一年到头的辛苦，几乎没有空闲可言。十个字具有很强的涵盖力，增加了诗意的典型性，几乎成为封建社会农村生活的一个缩影。

在揭露讽刺的时候，诗人不发议论而重在摆事实，发人深省。"六月禾未秀"一句不单指庄稼未成熟。按正常的情况，四五月麦苗就该扬花（"秀"），"六月"应已收割而"禾未秀"，当是遇到了旱情，暗示着歉收。而按唐时两税法，六月正是应该交纳夏税的时节，所以"官家已修仓"。官家修仓，本身就暗示着对农民劳动成果的窥伺和即将实施的剥夺，而这种窥伺出现在"六月禾未秀"之际，尤觉意味深长。"禾未秀"而仓"已修"，一"未"一"已"，二字呼应勾勒之功不小。农家望成的焦灼如焚，官家收租的迫不及待，以及统治者的不恤民情，种种情事，俱在其中，作者的忧民悯农之心亦跃然纸上。

春 怨

金昌绪

打起黄莺儿，莫教枝上啼。

啼时惊妾梦，不得到辽西。

诗题一作"伊州歌"。诗写春晓，一位少妇刚刚做上难得的好梦，飞越千山万里，与久别而又远在军中的丈夫相会。就在这关键时刻，窗外传来一连串莺啼，把少妇从美梦中惊醒。诗是用少妇对莺嗔怨的口吻写成的。

一句先将梦醒后打鸟的情状表出，起得很突兀。就艺术效果而言，这种写法能一下子抓住读者，引起"悬念"，又符合气急、恼怒时语无伦次的实际情况，口角逼肖。二句解释打鸟的原因——"莫教枝上啼"。春莺的歌喉原是美妙的，但少妇听来，却烦心死了。不准它在树枝上叫，这为什么呢？答案就是——"啼时惊妾梦，不得到辽西"。"辽西"是唐代征东部队的驻地。由于少妇的丈夫从军在外，无由相会，这里点出"春怨"的题旨，悬念释然。枕上片时春梦，可以行尽千里，在梦中会见亲人，对少妇来说也是难能可贵的。但梦境到底难续，既已惊梦，打鸟何益？但还是要打，这不但把少妇气恼而又单纯得近乎痴稚的情态活现纸上，又具有浓厚的生活气息和生活中常有的幽默情趣。

在写作布局上，《春怨》采用倒叙手法，一浪追一浪，后句说明前句，篇法圆紧，语气蝉联，增添了全诗活泼的情趣。试想一下，要将篇法结构改作"离别——入梦——惊梦——打鸟"，即使内容完全一样，不免平板枯索，化神奇为平庸了。

哥舒歌

西鄙人

北斗七星高，哥舒夜带刀。

至今窥牧马，不敢过临洮。

这首歌的作者是唐安西都护府（今新疆库车一带）人，失姓名。哥舒指哥舒翰，突骑施哥舒部人。原是身兼数节度使职的名将王忠嗣的部下，天宝六载（747），由于王忠嗣被诬陷革职，玄宗命哥舒翰为陇右节度使，控地数千里，甚著威令。

《太平广记》中记此歌歌词为："北斗北星高，哥舒夜带刀。吐蕃总杀尽，更筑两重壕。"当是此诗的另一文本。比较起来"吐蕃总杀尽"这样的说法，未免过头，不如"至今窥牧马，不敢过临洮"，将边塞战争定义为防御性质为好。

《哥舒歌》的内容是颂扬哥舒翰抵抗吐蕃侵扰、安定边疆的，也寄寓了人民渴望和平、安定的理想愿望。这首诗的奇突之处在开头，"北斗七星高，哥舒夜带刀"给这首诗一个很高的起点。写夜巡很有意思，表现出守边者很高的警惕性。当然，这是从现实层面而言的。还有一层是浪漫想象，即由夜带刀，联想到七星高。这个想象是怎么来的？这和刀剑上的七星花纹应有一定关系，王维《老将行》即有"试拂铁衣如雪色，聊持宝剑动星文"之句。

从象征层面看，电剧连续剧《水浒》有"大河向东流，天上的星星参北斗"之句，"北斗七星高"给人的感觉也应该是这样的。同时，北斗七星又是拱卫北辰的，这都切合哥舒大将的身份。

　　绝句一种写法是以后二句为主，前二句只是一传到位，三句二传，四句扣球得分，这个说法来自钟振振。另一种写法是以前二句为主，先声夺人，后二句只以余思作波。这首诗就应该是第二种写法，"至今窥牧马，不敢过临洮"，使人想到飞将军李广守右北平三年，匈奴不敢南下而"牧马"——显然，"牧马"是个象征的说法，说白了，就是侵略。但诗最好不说白，"至今窥牧马，不敢过临洮"就没有说白，很含蓄，将哥舒大将的威风却完全表现出来了。临洮，即今甘肃省洮河边的临潭，为秦长城西端。吐蕃的入侵，自从遭到哥舒翰的抵御，就再也没有发生了。

　　沈德潜《唐诗别裁》评："与《敕勒歌》同是天籁，不可以工拙求之。"是说歌谣体在语言上很上口，没有太多的修饰，以质朴见长。李慈铭《越缦堂读书简端记》评："此军中谣也，字字高浑，纯是天籁，诵之如闻边塞激烈之音。""军中谣"这个说法不一定准确，最后一句对沈评是一个补充。

卷六　七言绝句

回乡偶书二首之一

贺知章

少小离家老大回，乡音无改鬓毛衰。
儿童相见不相识，笑问客从何处来。

〔┋┄┄┄┄┄┄┄┄┄┄┄┄┄┄┄┄┄┄┄┄┄┄┄┄┄┄┄┄┄┄┄┄┄┄┄┄┄┋〕

　　这是一首著名的唐诗。它的内容是如此家常，语言是如此质朴，几乎看不到文采，然而，人们却有太多的理由喜欢这首诗，喜欢到代代相传，喜欢到家喻户晓。值得好好玩味。

　　人们在年轻时总想离开家，而年老时又总想还家。故乡主题，是文学的永恒主题之一。按一般人的经验，久别还乡的人，通常与亲友邻里会面的时候居多，儿童相见只是插曲。作者不写一般的情况，而只写这个插曲，这是诗人的高招。只要是儿童，谁不是人来疯，对客人到来总是兴奋莫名，总是问这问那。杜甫《赠卫八处士》就这样写道："昔别君未婚，儿女忽成行。怡然敬父执，问我来何方。"儿童问客，如查户口，是一定要问"客从何处来"的。这是一个有趣的现象。在特定语境中，"客从何处来"犹如英语的"Where are you from"，相当于问"你是哪里人？"明明是家乡人，却被家乡孩子当作外乡人。诗人敏感地觉察到这一日常生活对话中的喜剧性（本质与现象的矛盾），从此赋予抒写世事沧桑的这首诗以风趣和隽永。

此外，这一偶然事件还包含着必然性，儿童天真的问话捅破了天机。"去者日以疏，来者日以亲。"（《古诗十九首》其十四）天地间就没有永久的主人，只有永久的过客——昨天先入为主的，明天会渐行渐远。"长江后浪推前浪，世上新人赶旧人。"（《增广贤文》）人生易老、规律无情，诸如此类的人生慨叹，诗中并没有直接说出，但你不能说它的话外没有，读之悠然可会。所以这首诗又非常富于神韵。

少小离家老大回家，亲切感和疏离感同在，熟悉感和新鲜感并存，这是一种普遍的人生经验。然而，具体到每个时代，具体到每一个人，感受则是不一样的。"十五从军征，八十始得归。道逢乡里人，家中有阿谁？"（汉乐府）虽然道逢家乡人，却感到透心的凄凉，这是汉末乱世的人生况味。而贺知章这首诗大不相同。儿童问客内容是生分的，态度却是礼貌和友善的，字里行间有太多的人情味。古人说："治世之音安以乐，其政和。"（《毛诗序》）这首诗的情调就是安乐、和谐，是典型的唐音。世世代代的读者热爱这首诗，也包含对安乐、和谐的向往。

这首诗的语言比较贴近口语，句式却比较考究，多用句中排，所以饶有唱叹之音。具体而言，首句"少小离家"（人生旅程之始）和"老大回"（人生旅程之末）构成对比，是一重唱叹。次句"乡音无改"（暗示乡情依旧）和"鬓毛衰"（暗示形容变尽）构成对比，是另一重唱叹。三句"相见"（亲和感）和"不相识"（疏离感）构成对比，是第三重唱叹。末句不再对比，以"笑问"作收，是重复中的变化，是整饬中的活泼。唐人绝句最重风调，即宜于讽咏，神似民歌，这首诗就很有代表性。

咏 柳

贺知章

碧玉妆成一树高，万条垂下绿丝绦。

不知细叶谁裁出，二月春风似剪刀。

　　这是一首写景诗，也是一首咏物诗，咏物写景有一个不二法门，叫作拟人，即把物当成人来写，赋无情以有情。这首诗就是一个成功的例子。

　　开头的"碧玉"两字，就是一个人名，一个姑娘的名字。南朝乐府有《碧玉歌》，"碧玉破瓜时"，就是说碧玉姑娘长到十六的时候，南朝诗人肖绎的《采莲赋》则说："碧玉小家女。"直到今天，人们称一位民间女子，还喜欢用"小家碧玉"这样的说法。"碧玉妆成一树高"，这句实际上是个倒装，是说一棵高挑的柳树，好像梳妆既毕的小家碧玉。当然，还有用"碧玉"来形容柳树枝青叶绿的颜色的意思。也可以讲成，这棵柳树就像是用碧玉妆成的一样。这叫"诗无达诂"。也就是说，诗不是法律文本，法律文本不可以有歧义，而诗则反之，叫诗多义。

　　"万条垂下绿丝绦"，写柳条。柳树的婀娜多姿，是因为披拂的柳条。就像小姑娘梳成许多的辫子，比维吾尔族姑娘的辫子还要多，又像垂下了万条绿色的丝带。"绦"，是用丝线编织成的带子。女性最具诱惑力的动作，莫过于撩头发或甩辫子。而"春风杨柳万千条"（毛泽东《送瘟神》其二），就像维吾尔族姑娘摆动她的辫子，真有万千的妩媚。

第三句说柳叶。柳叶形态精致、漂亮，诗人一般会用它比作画眉，此诗却从总体上把它比作一件精心裁剪的衣裳（初民曾用树叶做过衣裳）。"不知细叶谁裁出"，是设问，这么漂亮的衣裳是谁裁成的呀？"谁裁出"，这是追问裁缝，服装设计师。绝句以第三句为主，这是转折，是蓄势，为了逼出最后的、也是最出彩的一句。

"二月春风似剪刀。"作者不直接回答裁缝是"谁"。他拐了个弯儿，似乎是自言自语，只说"剪刀"是什么。这就是"二月春风"，因为是春风把柳叶吹绿的。谁是使用剪刀的人呢？作者没说，而读者可以意会到了。剪刀是工具，而心灵手巧的裁缝，除了春天，还能是谁呢！所以，此诗看似咏柳，其实是一首春天的赞歌。

这首诗两度使用了拟人法，一度是将柳树比作美丽的姑娘，因为柳树具象，所以这个比拟容易想到。另一度是将春天比作能工巧匠，而春天并不具象，所以这个比拟不容易想到。而且这个拟人还拐了个弯儿，只说到"二月春风似剪刀"为止。这首诗妙就妙在这里，即写出了想不到的好。

山行留客

张　旭

山光物态弄春晖，莫为轻阴便拟归。

纵使晴明无雨色，入云深处亦沾衣。

唐诗的题目是生活化的，像这首诗，题为"山行留客"，就是一个生活事件。看来诗中的客人是因为看到山中天气转阴而打算告辞，而作者呢，却热情地挽留他。这首诗完全是用对话的语气写成的。

"山光物态弄春晖，莫为轻阴便拟归。"前两句就直奔"留客"的主题，一句是说严冬过尽，好不容易遇到万象更新、阳光和煦的春天，山中迎来了风景最好的时候之一。"弄春晖"三字，写"山光物态"即风光，非常空灵，给读者留下想象的余地，读者可以想到青翠欲滴的新枝嫩叶、潺潺而流的山泉、歌喉婉转的百鸟、白云缭绕的山径，等等。二句则表留客之意："莫为轻阴便拟归。""轻阴"即微有一点天阴，这是客人告辞的理由，他看到了天气变化的征兆，害怕风雨来临被困在山中，所以打消了游山的想法，意欲趁早下山。而主人的判断却与他完全不同，"轻阴"这个说法，表明他估计这阵天阴只是暂时的，不严重。他的意思是，客人告辞的理由不充分。其语气也表明他是有经验的，留客的心情也是非常诚恳的。

想必那客人还会有其他托词，如天气晴好再来，下次再来，等等。主人要堵住他的嘴，就退一步说，这也不是理由，游山不能太在意天气，而你所想象的那种晴好天气，在山中恐怕没有。因为越是到山的高处，雾罩可能越大，云气可能更重，可要做好这样的思想准备。"纵使晴明无雨色，入云深处亦沾衣"——即使是天气晴朗，你只要进了深山，到了高处，是不免会打沾衣裳的，然而为了尽游山之趣，又怎么能够害怕沾衣呢？如果确有必

四四一

要，备一件雨衣也是可以的嘛。这两句是以退为进，是欲擒故纵，令人想起陶渊明《归园田居》"衣沾不足惜，但使愿无违"的名言，其象征意蕴是，为了达了某个崇高的目的，要有付出一定代价的思想准备。比如"沾衣"，就是春日游山无可避免的事，为了游山，就不要害怕这种事，就像游泳不要害怕呛水一样。从某一角度说，"沾衣"又何尝不是游山的一种乐趣呢？总之，与同类诗作相比，这首诗别有理趣，所以传世。

九月九日忆山东兄弟

王　维

独在异乡为异客，每逢佳节倍思亲。
遥知兄弟登高处，遍插茱萸少一人。

这首诗是王维早年旅居长安或洛阳时，在重阳节思念故乡兄弟之作，题下原注"时年十七"。作者是蒲州（今山西永济）人，蒲州在华山东面，所以称故乡兄弟为"山（即华山）东兄弟"。重阳节有登高习俗，"俗于此日，以茱萸气烈成熟，尚此日，折萸房以插头，言辟热气而御初寒"（《太平御览》三二引《风土记》）。

"独在异乡为异客"二句，写作者独自离家未久、佳节思亲的情绪。离家未久，漂泊异乡的年轻人，会特别想家。不要说王维，连李白离开四川时都有"夜发清溪向三峡，思君不见下渝州"（《峨眉山月歌》）之想。此诗首句的一个"独"字、两个"异"字，都是写对新环境不适应的心情。"独"是孤单，"异"是陌生。把他乡写作"异乡"，他乡之客写作"异客"，是特别强调不认同的感觉。"思亲"是想家的另一个说法。"每逢佳节倍思亲"是唐诗之名句，由于一个"倍"字，使这个句子包含两重意思。一重意思是"不逢佳节也思亲"，另一重意思就是明写出来的"每逢佳节倍思亲"，因为佳节是亲友团聚的日子，所以"倍思亲"。这叫一句顶两句。一经写出，便成熟语，以其道出了普遍人情，是人人心中所有，而笔下所无也。

"遥知兄弟登高处"二句，古歌说"远望可以当归"，说兄弟登高处，也暗示了自己登高处，不同者独登而已。不说"忆山东兄弟"，而说山东兄弟忆我。这种写法，叫作对面生情。二句以"遥知"领起，直如一句，金圣叹称之"倩女离魂法"，谓"极有远致"（俞陛云《诗境浅说续编》引）。"登高处""遍插茱萸"云云，都紧扣"九月九日"的习俗。作者又不直说兄弟思我，只说"少一人"。至于少哪一人，读者悠然可会。不直说，所以耐人寻味。这种"不说我想他，却说他想我，加一倍凄凉"（张谦宜《茧斋诗谈》）的手法，可以追溯到《魏风·陟岵》。而此诗更凝练、更含蓄，故前人说"词义之美，虽《陟岵》不能加"（唐汝询《唐诗解》）。唐诗中用同样手法的名句，如王昌龄"更吹羌笛关山月，无那金闺万里愁"（《从军行》）、高适"故乡今夜思千里，霜鬓明朝又一年"（《除夜作》）、杜甫"今夜鄜州月，闺中只独看"（《月夜》）、白居易"共看明月应垂泪，一夜乡心五处同"（《望月有感》）等，都不早于此作。

少年行四首之一

王　维

新丰美酒斗十千，咸阳游侠多少年。
相逢意气为君饮，系马高楼垂柳边。

《少年行》本乐府旧题，《乐府诗集》卷六六录此四首于《结客少年场行》之后。从组诗所反映的少年游侠精神面貌来看，这四首诗是王维早期的作品，当作于安史之乱发生以前。这首诗是《少年行》第一首，写长安少年之任侠使气与豪迈气概。

"新丰美酒斗十千"二句，一句写酒，一句写人。谓美酒与少年相得益彰，如"健儿须快马，快马须健儿"（《折杨柳歌辞》）一般，写得意兴醋畅，顾盼神飞。"新丰"为汉初置县，以安置刘邦故乡丰邑迁来的住户，故址在今陕西西安临潼。此诗以"新丰"与"咸阳"（唐人诗中常借指长安）对举，所指为临潼之新丰。"新丰酒"则是因而用之。"斗十千"（语出曹植《名都篇》："归来宴平乐，美酒斗十千。"）通过价昂极形酒美，为下文"为君饮"伏笔。次句则强调英雄出少年之意。所谓"游侠"，是汉唐时代城市中以侠义相许，立气势、作威福、结私交的青少年群体。

"相逢意气为君饮"二句，写游侠少年陌路相逢，倾盖如故，同上酒家，开怀纵饮。三句模拟少年语气，是一顿宕。"意气"即感情，兼有理想抱负、思想感情、性格作风诸多方面的认同。"为君饮"即为你干杯、为相识干杯，宛如少侠声口。末句避开了宴饮场面，于楼外摄神，写到"系马高楼垂柳边"而止。"垂柳"之妙，一是为"系马"生根，一是作酒楼陪衬，还关合少年青春，不但饶有画意，而且空际传神，使全篇富于诗意和浪漫情调。

此诗重点突出少年游侠重然诺而轻千金的性格特点，诗人却选择了高楼纵饮这一典型场景，而从虚处摄神，故不落前人窠臼。唐人绝句之以景结情者，以此诗与王昌龄之"高高秋月照长城"（《从军行》）最为脍炙人口，看似不费力，实乃空际传神之笔。

送元二使安西

王　维

渭城朝雨浥轻尘，客舍青青柳色新。
劝君更尽一杯酒，西出阳关无故人。

此诗因谱曲演唱，一称《渭城曲》，又因末句提到"阳关"，称《阳关曲》。元二是作者的友人，姓元、行第（同一曾祖的兄弟排行）为二，故称"元二"，在唐代这是尊称。他可能是一位使者，也可能是一位赴边的文人。"安西"是安西都护府的简称，治所在今新疆库车县。

"渭城"在长安西北、渭水边上，即秦时咸阳故城。从长安到渭城，恰好是一天的路程，晚唐李商隐有"送到咸阳见夕阳"（《赴职梓潼留别畏之员外同年》）之句，可以证明。唐代送别的习俗，亲友走远路，送行者往往要陪送一天的路程，于客舍小住，所以诗中提到"客舍"，次日清晨才正式饯别。诗中写的正是这种情况。

"渭城朝雨浥轻尘"——这天早上下了一场雨，雨不大，刚好沾湿道路上的细尘。在平日,通往西域的大道车马交驰,熙来攘往,不免尘土飞扬,令人犯愁。而在一场"朝雨"后,路尘不起,天宇澄清,空气分外新鲜,令人感觉十分舒适。同时朝雨转晴,正宜行路。所以这一句就给全诗定下了一个明快的基调。虽然是离别,却并不十分感伤。

"客舍青青柳色新"——"客舍"就是渭城宾馆了,因为紧靠渭水,所以多植柳树。经过"朝雨"的清洗,所以焕然一新。"青青"这俩叠字,处在句中。既可以属上,"客舍青青",连客舍都被柳色映绿了;也可以属下,"青青柳色新",形容柳色绿得更深、更鲜。说到柳树,会使人联想到自汉以来就有的折柳送别的传统习俗。这样,送别气氛就被渲染得浓浓的。然而这个送别的场景,由于风光明媚,并不使人感到愁惨,反倒是精神一爽。

接下来有一个跳跃,诗人并没有展开描写送别的场面,而直接跳到饯宴即将结束,诗人对行者的劝酒之辞写来,意味特别深长。

"劝君更尽一杯酒"——"更尽"二字意味着酒过数巡,对方可能已不胜酒力,而送行方殷勤地,还要敬对方最后一杯酒。在这种情况下,对方不免推醉,不免出现辞请再三的场面。于是敬酒的人不得不寻找一个劝酒的理由,使对方不得不乐意饮下这杯酒。南朝诗人沈约说:"勿言一樽酒,明日难重持。"(《别范安成》)今人在酒席上说:"友情深,一口闷;友情浅,舔一舔。"这种酒文化,可以说是源远流长了。

"西出阳关无故人"——这就是最后的劝酒词,就是一个叫人推诿不得的理由。"阳关"是古关名,地处河西走廊的尽头,与北面的玉门关遥遥相对,为出使西域必经之地。王维在另一首诗中这样写道："绝域阳关道，胡沙与塞尘。三春时有雁，万里少行人。"（《送刘司直赴安西》）既然是"万里少行人"，自然是"无故人"了。而诗中所说的"故人"，更多地是指作者自己。后来白居易《对酒》诗中说："相逢且莫推辞醉，听唱阳关第四声"，"阳关第四声"就是指《渭城曲》的第四句"西出阳关无故人"，可见这是一句劝酒词了。

时至今日，虽然过去一千多年了，但诗中的场面，千古如新。难怪清人朱彝尊说："唐诗色泽鲜妍，如旦晚脱笔砚者，今诗才脱笔砚，已是陈言。"（《静志居诗话》卷十六）由于这首诗成功表现了最普遍、最真挚、最深厚的友情，在语言上又极富音乐美，"城""轻""尘""青""青""新""君""尽""人"等构成连串的叠韵，环环相扣，轻柔明快，强化了抒情的气氛。因此，从产生之日开始，它就被谱曲传唱，成为流行歌曲。刘禹锡的《赠歌者何戡》："旧人唯有何戡在，更与殷勤唱渭城"，明代郑之升的《留别》："无人为唱阳关曲，唯有青山送我行"等，都提到这一首歌曲。从此，"渭城曲""阳关曲"就成为送别曲、友谊曲的代称。有人甚至说，这是在《友谊地久天长》以前，表现友谊和离别的最脍炙人口的世界经典名曲。

在此照录朋友郭君短信以飨读者：《阳关曲》讲解从容不迫，极其精彩。信手拈来的旁征博引极有裨益。另外提供两点，或许以后可以用到。一是著名的古曲《阳关三叠》，既与《古诗十九首》之首的"行行重行行"有关，更与王维这首诗有关。二是，小时候我尝听过为逝者唱道场的道士在唱词中有王维这首《阳关曲》的三、四句，生离死别，"西出阳关"，真是十分贴切。

从军行七首之一

王昌龄

烽火城西百尺楼，黄昏独坐海风秋。

更吹羌笛关山月，无那金闺万里愁。

··

《从军行》是乐府《相和歌辞·平调曲》旧题，内容叙军旅之事。王昌龄原作七首，这首诗原列第一，抒写戍边战士思乡之情。

"烽火城西百尺楼，黄昏独坐海风秋。"这两句写戍守烽火台的战士，在黄昏时分所起的边愁。首句七字按意义的排序本应是"城西百尺烽火楼"，意即在边城之西有一座高高的烽火台，句中的"城"应该是河西走廊上的一座孤城，如凉州、甘州之类。但这个排序在平仄上为"平平仄仄平仄平"，是不协律的，经过倒腾为"烽火城西百尺楼"，平仄上作"仄仄平平仄仄平"，则不但协律，而且意义不变，还非常耐味。王安石说"诗家语必此等乃健"，这也是一个很好例子。

戍边战士的日常生活，一言以蔽之曰单调（李颀《从军行》诗云："白日登山望烽火，黄昏饮马傍交河。"）——而单调正是思乡的触媒。"烽火城西"二句，就层层渲染这种单调。其间有七层意思，可谓层层加码："城西"，身在边城以外；"烽火（楼）"，正在放哨；"百尺"，地点高危；"黄昏"，是容易想家的时分；"独坐"，是孑然一身；"海风"，寒风凛冽从青海湖吹来；"秋"，秋凉季节。种种思家的因素加在一起，直令哨所战士乡心陡起，有不可禁当之感。

"更吹羌笛关山月，无那金闺万里愁。"这两句作最后的渲染和加倍的抒情。"更吹"的"更"字表明，诗中的气氛渲染将达到高潮，起码还包含三四层意思："羌笛"，传来笛声（按，有一种普遍的误读，以为是战士吹笛，这其实是不可以的，须知这是哨兵。所以，只能是传来的笛声）；"关山月"，这是笛声所吹的曲调（《乐府古题要解》云："关山月，伤离别也"）；"关山"，意味着边疆；"月"，月夜，时间较黄昏时分已有一番推移。层层加码渲染气氛，本来是七绝普遍的创作方法，然后没有哪一首七绝能像王昌龄这首诗一样，达到如此的极致。然而，全诗读来又是浑成的。

最后的一句是抒情，这是全诗的主题句。按照前面的分析，经过那么多的渲染烘托，末句应顺理成章地写作"无那戍边万里愁"才是。不料诗人却抠掉"戍边"二字，换作"金闺"，指戍边者家中的妻子。似乎是说，戍边者的乡愁不说也罢，今夜留守的妻子之闺思才没治哩。这是对面生情，是本面不写写背面，是加倍的抒情，使得本来已够厚重的诗意，显得更加厚重。"金闺"是一个辞藻，按理说为戍边者写沉痛之情，遣词应该朴素才是，然而诗人偏用华丽辞藻，其中包含戍边者多少浪漫之想！这个词使全诗生色。"万里"是强调空间距离，加重了"愁"字的分量。"无那"即无奈，是"虞兮虞兮奈若何"（项羽《垓下歌》）一样的负疚口气，然而戍边者何辜之有！诗中措语，耐人寻味。

从军行七首之二

王昌龄

琵琶起舞换新声，总是关山旧别情。

撩乱边愁听不尽，高高秋月照长城。

〔‥‥‥‥‥‥‥‥‥‥‥‥‥‥‥‥‥‥‥‥‥‥‥‥‥‥‥〕

此诗原列《从军行》系列第二。截取了边塞军旅生活的一个片段，通过写军中宴乐表现征戍者深沉、复杂的感情。诗境在乐声中展开：随舞蹈的变换，琵琶又翻出新的曲调。琵琶是富于边地风味的乐器，而军中置酒作乐，常常少不了"胡琴琵琶与羌笛"（岑参《白雪歌送武判官归京》）。这些器乐，对征戍者来说，带着异域情调，容易唤起强烈感触。既然是"换新声"，总能给人以一些新的情趣、新的感受吧？

不，边地音乐主要内容，可以一言以蔽之，"旧别情"而已。因为艺术反映实际生活，征戍者谁个不是离乡背井乃至别妇抛雏？"别情"实在是最普遍、最深厚的感情和创作素材。所以，琵琶尽可换新曲调，却换不了歌词包含的情感内容。《乐府古题要解》云："关山月，伤离别也。"句中"关山"双关《关山月》曲调，含意更深。

此句的"旧"对应上句的"新"，成为诗意的一次波折，造成抗坠扬抑的音情，特别是以"总是"作有力转接，效果尤显。次句既然强调别情之"旧"，那么，这乐曲是否太乏味呢？不，那曲调无论什么时候，总能扰得人心烦乱不宁，那奏不完、"听不尽"的曲调，实叫人又怕听，又爱听，永远动情。这是诗中又一次波折，又一次音情的抑扬。"听不尽"三字，是怨，是叹，是赞？意味深长。作"奏不完"解，自然是偏于怨叹。然作"听不够"讲，则又含有赞美了。所以这句提到的"边愁"既是久戍思归的苦情，又未尝没有更多的意味？当时北方边患未除，尚不能尽息甲兵，言念及此，征戍者也许会心不宁意不平的。前人多只看到它"意调酸楚"的一面，未必全面。

诗前三句均就乐声抒情，说到"边愁"用了"听不尽"三字，那么结句如何以有限的七字尽此"不尽"就最见功力。诗人这里轻轻宕开一笔，以景结情。仿佛在军中置酒饮乐的场面之后，忽然出现一个月照长城的莽莽苍苍的景象：古老雄伟的长城绵亘起伏，秋月高照，景象壮阔而悲凉。对此，你会生出什么感想？是无限的乡愁，是立功边塞的雄心和对于现实的幽怨？也许，还应加上对于祖国山川风物的深沉的爱，等等。

读者也会感到，在前三句中的感情细流一波三折地发展（换新声——旧别情——听不尽）后，到此却汇成一汪深沉的湖水，荡漾回旋。"高高秋月照长城"，这里离情入景，使诗情得到升华。正因为情不可尽，诗人"以不尽尽之"，"思入微茫，似脱实粘"，才使人感到那样丰富深刻的思想感情，征戍者的内心世界表达得入木三分。此诗之臻于七绝上乘之境，除了音情曲折外，这绝处生姿的一笔也是不容轻忽的。

从军行七首之三

王昌龄

青海长云暗雪山，孤城遥望玉门关。
黄沙百战穿金甲，不破楼兰终不还。

本诗原列《从军行》系列第四。诗中所写孤城亦在河西走廊。盖河西走廊的南侧乃祁连山脉，其山峰上有终年不化之积雪，山那边即青海，走廊北侧乃古之长城，走廊的尽头是玉门关。

这首诗前二句描写的地域，在唐属河西节度使辖区。青海是唐与吐蕃多次接仗之地，而玉门关外则是突厥的势力范围。河西节度使的首要任务，就是隔断两蕃，守护河西走廊，确保丝绸之路的畅通无阻。所以诗的前二句不仅是描绘西部风光，更重要的是点出了孤城南拒吐蕃、西防突厥的重要地理位置和战略意义。从而在写景中流露出戍边将士的自豪感和责任感，以及戍边生活的苦寒、单调与寂寞。

如果说前二句展示孤城地理位置，是空间显现，后二句则是关于时间的叙写——"黄沙百战穿金甲"一句，将戍边时间之漫长、战事之频繁、战斗之艰苦、敌军之强悍、沙场之荒凉，皆概括无遗。七绝以第三句为主，就是指在这句上酝酿情绪要充分，则末句的挽结就可以水到渠成。

末句借汉傅介子事作抒情。盖汉时西域楼兰王勾结匈奴，屡次遮杀汉使于丝路，后傅介子奉命前往，计斩楼兰王，威震西域，保证了丝路的畅通。"不破楼兰终不还"的结句妙在一个"终"字，作豪语读可，作苦语读亦何尝不可？这恰好缴足了前二句所隐含的正反两种情绪，这里的措辞之妙也在一个"终"字，如改为"誓不还"，则是单纯的豪言壮语，与将士的实际心情对照，不免失之简单化。

从军行七首之四

王昌龄

大漠风尘日色昏，红旗半卷出辕门。

前军夜战洮河北，已报生擒吐谷浑。

此诗原列《从军行》系列第五。《从军行》前几首都没有写到战事，而这首诗则写到战事，写到战局神变，妙于情节设计。

绝句太短，故写作须惜墨如金。在这首诗中，作者避免写正面的接仗，而选取了一个有意味的时刻写了一个战役，姑名之"洮河战役"。作者采用话分两头的写法："大漠风尘日色昏"两句，写的是后军在黄昏时分出营，紧急增援前线，是出发的情景；"前军夜战洮河北"两句，则是写前军夜战的捷报，就在这时传来。原来古代信息传递不便，军中急件"羽书"（等于鸡毛信）一般为快马传递。收到信时，得到的也应是若干时辰前，甚至若干天前，甚至数以月计以前的信息。这首诗中黄昏增援前所得到的信息和出发时得到的信息，内容完全不同。这就十分传神地写出战局神变及唐军的苦战与善战，使诗的容量突破篇幅，变得十分丰富。

这首诗和作者的《闺怨》，开创了七绝"二元对立"的写法，成为一种典型的绝句结构方式。什么是"二元对立"呢？就是对立面的相互依存，如《闺怨》前二写"闺中少妇不知愁"，后二写"悔教夫婿觅封侯"，就是少妇先后对立的两种情绪的依存。又如此诗，则是同一时间，前方军中的情形的依存。后来有崔护《题都城南庄》，前二写去年今日，后二写今年今日，以见物是人非；杜审言《再经胡城县》，前二写"去岁曾经此县城"，后二写"今来县宰加朱绂"，都采用了二元对立的结构。

唐代边塞诗多写到"红旗"这一意象，且屡与白雪相互映衬，如"纷纷暮雪下辕门，风掣红旗冻不翻"（岑参《白雪歌送武判官归京》)、"横笛闻声不见人，红旗直上天山雪"（陈羽《从军行》)。考其来历，盖由汉高祖初为亭长夜行斩蛇，后有一妪夜哭，云是赤帝子斩白帝子，起事为沛公，遂树赤帜，这是诗中"红旗"的来由。"吐谷浑"是南朝晋时鲜卑族慕容氏的后裔，据有洮水西南等处，时扰边境，后被唐高宗和吐蕃联军所败，开元时已不复存在，此泛指边寇，正是诗所容许的写法。

出塞二首之一

王昌龄

秦时明月汉时关，万里长征人未还。

但使龙城飞将在，不教胡马度阴山。

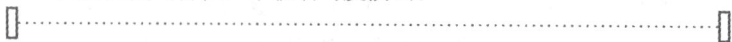

《出塞》是乐府《横吹曲辞》旧题，原作二首，此其一。此诗一起即十分精警——"秦时明月汉时关"，"明月"与"关"这两个意象中都积淀有戍卒乡愁的意绪，与下文"万里长征人未还"相照应，包含多少征夫思妇之泪！而首句将明月与关分属秦、汉，是互文手法，意即明月还是秦汉时那轮明月，关也还是秦汉时的故关，言下意味就十分丰富了。一方面可见征夫思妇之悲自古而然，其意味恰是李白《战城南》所谓："秦家筑城备胡处，汉家还有烽火燃。烽火燃不息，征战无已时"，因此"万里长征人未还"，是包容了秦汉直至李唐，不知有多少征戍者沿着祁连山下的这条古道有去无还！另一方面，在这明月照临下的雄关，自秦汉以来演出过多少威武雄壮的保家卫国的活剧——秦始皇曾派蒙恬北筑长城而守藩篱，使匈奴退兵七百余里，不敢南侵；霍去病深入虎穴，击败匈奴，封狼居胥山；李广做右北平太守，匈奴呼为"飞将军"，数年不敢入侵。因此，秦汉时的边塞，也曾有过相对安定的时候。

前两句的意蕴如此丰富，蓄势十分充足，后二句也就水到渠成："但使龙城飞将在，不教胡马度阴山。"沈德潜解道："盖言劳师力竭而功不成，由将非其人故也；得飞将军则边烽自息，即高常侍《燕歌行》推重'自今犹忆李将军'也。"（《唐诗别裁》）解极是。然此诗虽与《燕歌行》具有同样思想内容，写法则蕴藉空灵，特别是前二句无字处皆具意也。

诗中"龙城"二字，曾引起注家议论纷纷，或以为"龙城"（在今蒙古国境内）是匈奴大会祭天之所（据《汉书》），而右北平唐时为北平郡、治卢龙县有卢龙军，故应作"卢城"，但旧本难改，至今绝大多数读者仍倾向于"龙城"。地名"龙城"者本不止一处，从道理上讲，"卢龙城"也可简作"龙城"；又李广为陇西成纪人，《史记》载成纪于汉文帝十五年有黄龙现，以此也可称成纪为"龙城"；从感情上讲，"龙城飞将"自唐以来早为读者接受，深入人心，不可更改；从辞采而言，"龙城"何等神气，"卢城"则平淡无奇。

采莲曲二首之一

王昌龄

荷叶罗裙一色裁，芙蓉向脸两边开。

乱入池中看不见，闻歌始觉有人来。

这首诗描写采莲季节江南水乡女子的美丽形象，好比一幅采莲图。网上有人说其作于被贬龙标时且杜撰本事，实无依据。

"荷叶罗裙一色裁"二句，写采莲女衣着之美，与荷塘莲叶相淆乱；其颜值之高，与盛开的荷花相比美。这是一种就近取譬，本于梁元帝萧绎《碧玉歌》："莲花乱脸色，荷叶杂衣香。"改写为七言，仍大体保留了原句的对偶美。绿罗裙本来就是古代女子着装的一种美的选择，对于采莲女来说，无意中还成为一种保护色、伪装也，岂不有趣？不仅如此，"荷叶罗裙一色裁"还能使人想起《离骚》中"制芰荷以为衣兮，集芙蓉以为裳"那样的名句，又是对人物内在美的一种象征。"芙蓉向脸两边开"，不但是把女子比成出水芙蓉，而且将其姣好的容颜与荷花并置，有"花面交相映"（温庭筠《菩萨蛮》），即看花了眼的奇妙感。说花"向脸"而开，似花亦有情。"开"字之妙，在兼有花朵盛开和向两边分开的意思。连采莲舟迎面而来的感觉，也写出来了。所以，这两句绝不是梁元帝诗句的简单改写，而是再创作。

"乱入池中看不见"二句，承上写采莲女子隐入莲叶荷花之中，忽闻歌声，始觉有人。"乱入"二字之妙，在于不但照应上文有莲叶与罗裙、荷花与人面相淆乱的意思，而且意味着采莲女不是一人而是一群，是一个集体劳动的场面。以上所写都是视觉形象，以"看不见"一收，然后出以听觉形象："闻歌始觉有人来。"虽说是神来之笔，但首先是来自生活，所以无独有偶，同时代诗人崔国辅《小长干曲》即有"菱歌唱不彻，知在此塘中"可以参读。令人身临其境，如在十里荷塘，闻菱歌四起，而观者之伫立谛听，心往神驰之状，亦如在目前。"闻歌"的"歌"，不正是《采莲曲》吗？作者此诗，正属乐府旧题，可说是一首精彩的拟民歌。元人杨载论绝句道："宛转变化工夫，全在第三句，若于此转变得好，则第四句如顺流之舟矣。"（《诗法家数》）此诗的三、四句，就是如此。

明人瞿佑点赞："叶与裙同色，花与脸同色，故棹入花间不能辨，及闻歌声，方知有人来也。用意之妙，读者莫草草看过了。"（《乐府遗音》）钟惺点赞："从'乱'字、'看'字、'闻'字、'觉'字，耳、目、心三处参错说出情来，若直作衣服容貌相夸示，则失之远矣。"（《唐诗归》）都说到点子上了，可以参考。

长信秋词五首之一

王昌龄

奉帚平明金殿开，且将团扇共徘徊。
玉颜不及寒鸦色，犹带昭阳日影来。

这个诗题，《乐府诗集》作《长信怨》，来源于陆机《婕妤怨》。什么是"婕妤怨"呢？"婕妤"本为宫中女官名，汉成帝时有一位班婕妤，以美而能文受宠。后来成帝移情于赵飞燕、赵合德姊妹，班婕妤忧谗畏妒，自请到长信宫侍奉太后，作《怨歌行》云："新裂齐纨素，皎洁如霜雪。裁为合欢扇，团团似明月。出入君怀袖，动摇微风发。常恐秋节至，凉飙夺炎热。弃捐箧笥中，恩情中道绝。"可见"婕妤怨"实是宫怨。

王昌龄《长信秋词》原本五首，这是第三首。这首诗的前两句是紧扣班婕妤及《怨歌行》说事的。首句"奉帚平明金殿开"，想象班婕妤在长信宫（"金殿"）侍奉太后，清晨扫除（"奉帚"）的情境。次句"且将团扇共徘徊"的"团扇"，可不是等闲意义上的一把扇子，而是班婕妤《怨歌行》中用来作比方的那一把"团扇"——它本应象征团圆的，却在秋风中被主人捐弃了，成了失意宫人的一个象征。

这首诗的创意集中在后两句："玉颜不及寒鸦色，犹带昭阳日影来。"诗人想象，班婕妤在清晨洒扫之后，看到空中飞过一两只乌鸦，在旭日的辉映下，它们的毛羽金光灿灿，十分地炫人眼目。相形之下，失意宫人黯然失色。诗人比喻的高明之处，在于他突破了"拟人必于其伦"的限制，将"寒鸦"和"玉颜"这两个毫无可比性的东西作比，谓美不如丑，人不如鸦，真是颠倒黑白之至，而宫人对"昭阳日影"的怨意，可见是很深的。

晚唐孟迟亦作《长信宫》诗，后两句道："自恨身轻不如燕，春来还绕御帘飞。"句中騾栝了"飞燕"二字，是脍炙人口的名句。比较而言，孟诗更新巧也更刻意；此诗更含蓄更蕴藉，更合于古典审美的追求。

闺　怨

王昌龄

闺中少妇不知愁，春日凝妆上翠楼。
忽见陌头杨柳色，悔教夫婿觅封侯。

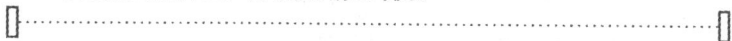

封建时代妇女活动范围限于家庭，所谓足不出户，精神特别空虚，把夫妻间的团聚看得很重，然而由于生活的原因，却以不

能如愿的时候居多，此闺怨所由作也。

王昌龄这首闺怨写得相当别致，相当深刻，为众多同类之作不及。写"闺怨"，却先说"不知愁"，刻意求深的读者往往不得其解，或曰为礼教所囿不便流露愁情，这种说法不合唐代实际，也不合诗意；或曰"少年不识愁滋味"（辛弃疾《丑奴儿·书博山道中壁》），但这是少妇，不是少年（男性）；或曰诗中少妇是半憨的，所以不知愁，但写半憨的少妇没有普遍意义，又与诗意不合。其实"不知愁"就是"不知愁"，盖以从军为荣，盛唐社会风气如此，"功名只向马上取"（岑参《送李副使赴碛西官军》），"觅封侯"不但是少年的愿望，亦必合于少妇的幻想。少年壮志不言愁和闺中少妇不知愁，是完全可能的事。

首句说罢"不知愁"，次句具体说明她是怎样的"不知愁"。在一个春天的早上，她打扮得济济楚楚，款步登楼，既为赏景，也未尝没有几分风流自赏的意味。"凝妆"即严妆、浓妆，知愁者断不如此——"自伯之东，首如飞蓬。岂无膏沐，谁适为容?"

第三句是全诗转折的关纽，当少妇登楼观望街景时，发现最醒目的却是街头青青的柳色，一刹那间情绪就发生了变化。"杨柳色"虽然在很多场合可作为"春色"的代称，然其形象的暗示性却要大得多，它既可以使人联想到青春年华，也可以使人联想到好景不长，例如：蒲柳之姿、未老先衰等，还可以使人联想到折柳送别和《折杨柳曲》而引起伤离，这些联想都可以通往远方引起对夫婿的思念。从而使少妇产生了一个从来没有如此强烈的悔恨的念头："悔教夫婿觅封侯"!

诗中少妇情绪的变化在刹那间发生，看起来是突变，其实也有个渐进过程——就在少妇表面"不知愁"的当儿，她的潜意识中未尝没有惆怅和孤独的情绪在滋长，当其遇到一定外部条件（如"杨柳色"）的刺激，就会发生突变。所以"忽见"两字是大转折，"悔教"二字是现有的心情，而别后思念、平日希望等矛盾的心理状态，也都包含在其中了。

　　这篇七绝截取一个生活断面，抓住少妇心理发生微妙变化的刹那予以集中描写，使读者从偶然见到必然，由突变联想到渐进，不但表现了诗人对笔下人物心理变化的准确把握，同时在艺术上也做到了以小见大。